EN GARD

VAN LOOCK & SLUSZNY

EN GARDE

OREGA

www.vanloocksluszny.com

Auteur: Ann Van Loock en Marc Sluszny.
Omslagfoto: © Shutterstock
Gedrukt in België.

D-MMVI-0001-403
NUR 332

Elke gelijkenis in deze roman berust op toeval.

Paul Van Den Bosch, onze 'coach'
Bedankt dat je in ons blijft geloven!

Gunter Lauwers, doctorandus Politieke Wetenschappen
Bedankt voor je advies rond subversieve groeperingen

Peter, Miet, Christian, Marcel, Paul
Jenn, Elke, Mia, Inge, Geert
Voor hun verhelderende technische hulp!

Jet, Mercedes en Marv
mijn ouders, Fons en Bart
Bedankt voor jullie steun!

Proloog
Oktober 2006

Ritmisch parelende zweetdruppels glansden op het atletische lichaam. Elke spier leek zich aan te spannen voor het hoogtepunt van het ultieme moment.

De cadans werd door de klassieke muziek opgezweept. Als een Bengaalse tijger besloop hij zijn prooi in slow motion.

Het natte shirt verborg amper de perfecte wasbordbuik die gecontroleerd pompte.

Het eindpunt kwam te laat voor de geest, te snel voor het lichaam dat zich als een perpetuum mobile bleef voortbewegen en niet tot de gedwongen rust van de eindstreep kon komen. Een mechaniekje dat nog niet besefte dat zijn batterijen op waren.

'Olympia, Fest der Völker. Fest der Schönheit'

Een offscreenstem gaf de inleidende commentaar:

'CNN is trots u deze bekroonde documentaire te tonen over de eerste belangrijke vrouwelijke regisseur die zelfs drie jaar na haar dood nog steeds controverse oproept. Leni Riefenstahl: slechts het liefje van de Führer of een visionaire kunstenares.'

De bombastische muziek zwol weer aan. Op het scherm verscheen dezelfde atleet van de intro, met de woorden:

Berlijn 1936
De eerste Olympische Spelen met een politieke agenda

De zwart-rode swastika op het scherm wierp bevende schaduwbeelden in een New Yorkse flat waar de stilte te snijden was.

Drie generaties zaten in de stoelen tegenover elkaar. De oude man keek bezorgd naar zijn kleinzoon, die als versteend wezenloos voor zich uit zat te staren. Had hij er wel goed aan gedaan om hem de waarheid te vertellen, hoe pijnlijk die ook was? Staalblauwe ogen die hij zelf ook had, keken hem nu wanhopig aan. Het atletische lichaam van zijn kleinzoon deed hem denken aan zijn eigen jeugd, toen alles nog mogelijk was.

'Wojteck', verbrak de derde man in de kamer zijn gedachtegang.

De zachte stem verraadde zijn bezorgdheid om de oude man voor hem. Collin zag de handen ongecontroleerd beven op de armleuningen van de fauteuil. De emotie werd de bijna negentigjarige duidelijk te veel. Zijn blik was vol van verleden.

'Zal ik iets voor u te drinken halen?' Collin stond op zonder het antwoord af te wachten. Met zijn grijze, warrige lokken en zijn verfomfaaide kleding leek hij meer op een verstrooide professor dan op de goede verpleger die hij nu al jaren was. Zijn hand ging vluchtig over het hoofd van de jongeman, die bruusk als geëlektrocuteerd wegtrok.

'Nee, papa. Ik móét alles weten.'

Collin schudde zijn hoofd. Hij wilde niet dat het leven van Gideon zo door elkaar geschud werd.

De offscreenstem op tv ging ondertussen onverstoorbaar verder.

'De Olympische Spelen van 1936 in Berlijn. Door Leni Riefenstahl als een echte triomf van het menselijk lichaam in beeld gebracht. Dé voorloper van de hedendaagse sportreportages. Met haar cameramannen op rolschaatsen zorgde ze voor esthetische sportbeelden die nu nog de wereld doen verbazen door hun schoonheid.'

Gideon keek verdoofd naar de beelden van de schoonspringers als vrije vogels in hun vlucht. De finale van de 100 meter lopen, schitterend opgebouwd door de montage van Riefenstahl. Gideon voelde zich haast fysiek de zwarte loper met zijn ogen naar de finish duwen.

Alles liever dan de waarheid onder ogen zien.

Het beeld van Jesse Owens met een lauwerkrans op het hoofd met een swastika op de achtergrond. Amerikaanse overwinnaars die samen dé groet brachten, terwijl het zelfgenoegzame gezicht van Hitler hen hautain toelachte. Gideon zag dat de naam alleen al zijn grootvader Wojteck fysiek pijn deed. Hitler.

Dezelfde beelden verschenen in een maagdelijk designerwit penthousekantoor dat uitkeek op de nog broeierige stad Buenos Aires. De avond was al wel gevallen, maar het zou nog een aantal uren duren voor deze stad zou beseffen dat ze moest gaan slapen. De computer zoemde, de tv stond aan op CNN.

Het grote plasmascherm bracht ook hier de Olympische Spelen van 1936 naar 2006.

'De hele wereld liet zich verwennen door de vernietigende dictatuur van deze man, die hier, met deze spelen, een succesvol charmeoffensief had gevoerd.'

Beelden van de openingsceremonie waarbij het zo bekende gezicht met een minzame glimlach de atleten begroette. Op de achtergrond weergalmde het geluid van een vurige speech die in sterk contrast stond met de lieflijke beelden van het atletendorp. De staccato stem deed de rijzige vijftiger vanachter een groot bureau opkijken. Gefascineerd keek hij naar het scherm dat daarvoor puur als visueel behang dienstdeed. Zijn pak was onberispelijk, zijn grijze haar gedistingeerd. Zijn hand ging naar een kettinkje dat onder zijn Armanihemd verborgen zat. Hij voelde de punten van de ster aan de ketting in zijn hand prikken.

Een discreet klopje, gevolgd door een jonge, kortgerokte vrouw.

'Het is al negen uur, hebt u mij nog nodig, Walter?'

Hij keek verstoord naar haar, zijn blik vol afkeuring en minachting. Het was niet omdat ze af en toe de sofa in zijn kantoor deelden dat ze het recht had om zelf te beslissen wanneer ze naar huis kon. Maar, had hij haar die avond nog nodig? Nee, geen zin.

'Ga maar', gebaarde hij, als een welwillende patriarch. 'En neem morgenmiddag maar vrij. Dan kan je jezelf eens goed verwennen. Op mijn kosten.'

Een dankbare blik en ze was weg. Hij stond op, liep naar de bar en schonk zichzelf een drankje in. Hij kon het wachten op dat belangrijke telefoontje beter aangenaam doorbrengen en deze boeiende documentaire volgen.

Na het zoveelste reclameblokje verscheen een foto van de artieste in haar jonge jaren met een van de arische goden uit haar film.

'1902-2003: Leni Riefenstahl, meer dan alleen een omstreden naziregisseuse.'

Walter liet zich onderuitzakken in zijn lederen stoel. Even niet aan zaken denken, gewoon doen wat elke nietsvermoedende burger 's avonds deed: tv-kijken.

'De rode draad in het werk van Riefenstahl is duidelijk haar mateloze bewondering voor mooie lichamen. Of men nu blank of zwart was, schoonheid was het enige wat telde.'

Hij genoot van de irreële beelden van de eindeloze parades die daar voor hem passeerden. Geen stap te vroeg, geen gezicht uit de plooi. Iedereen in opperste vervoering. Alles in dienst van die ene man.

Maar de beelden van haar Nubische krijgers en tropische vissen interesseerden Walter al veel minder. Hij keek naar zijn bureau. Zou hij dan toch maar de laatste rapporten en mails vanuit Europa doornemen? Ongedurig keek hij naar zijn Rolex. Het was in België drie uur 's nachts. Nu zouden ze toch wel zeker al nieuws hebben? Of zou er iets misgegaan zijn? Hij keek weer naar het grote scherm, dat nog altijd naakte, zwarte spierbundels in de Afrikaanse jungle toonde.

Het móést gewoon gelukt zijn in België. Al zijn zwart geld, witgewassen door Zwitserse kanalen, dat als 'sponsorgeld' gediend had. Dat mocht gewoonweg niet verloren gaan.

De telefoon ging. Bedachtzaam zette hij de tv op 'mute' en wandelde rustig naar zijn bureau. Vooral niet te snel opnemen. Men moest in België niet denken dat hij op hun nieuws zat te wachten. Hij nam langzaam de hoorn op.

'Ja, hallo?' Niet te veel namen noemen. De stem aan de andere kant van de lijn kon amper zijn vreugde bedwingen.

'Ik ben het, Filip. We zijn er!'

Een ingehouden zucht van opluchting van Walter. Dit was het nieuws dat hij had willen horen.

'Goed gedaan, jongen!'

'Antwerpen, België, ze gaan plat!'

Hun terreurcampagnes waren dan toch vruchtbaar geweest, alle doden te verantwoorden voor hun grote doel. Een belangrijke stap voor de mensheid!

En plots had Walter er spijt van dat hij zijn secretaresse naar huis had laten gaan. Zijn ogen gingen naar de tv, waarop nu fragmenten van een olympische schermwedstrijd te zien waren.

Zijn arm imiteerde de hem zo vertrouwde schermbeweging die hij voor zich zag. De denkbeeldige degen bewoog zich door zijn kantoor. Met een felle uitzwaai maaide hij zijn denkbeeldige tegenstander neer.

De offscreenstem becommentarieerde het spel.

'Een dodelijke dans, in het holst van de nacht. Elegantie ten top: de finale van "sabel". Zo gracieus, zo mysterieus.'

De rechtse schermer pareerde bliksemsnel een aanval van zijn tegenstander. Hun witte pakken gaven zwarte, dansende schaduwen. Met een perfecte uithaal maakte de rechtse schermer de linkse af.

'Kijk,' sprak Collin, toen hij met een dienblad met drie kopjes de stille woonkamer van de flat weer binnenkwam. 'Schermen!'

De oude man keek abrupt alert naar het tv-scherm.

'1936, Berlijn.' Zijn stem was nog altijd geëmotioneerd.

Collin bood hen het drankje aan, dat ze allebei dankbaar aanvaardden. Hij was er weer eens in geslaagd om de spanning te doorbreken.

Wojteck had hem de vorige dag verteld dat hij de wens had om zijn kleinzoon alles te vertellen. Zijn tijd hier was immers beperkt.

Collin had met een zekere tegenzin toegestemd. Soms was het beter niet alles te weten. Hij zou de oude man nooit alles kunnen vertellen. Ook al twijfelde hij soms of hij het recht had om het geheim van Wojtecks dochter na al die jaren nog altijd voor zich te houden. Had haar zoon, Gideon, niet het recht op de waarheid? Nee, klonk het onmiddellijk in zijn hoofd. Hoe kon hij deze twee mensen die hij zo graag mocht, vertellen wat er werkelijk gebeurd was?

Elke keer als hij zijn ogen sloot, dreigde dat beeld van haar naar boven te komen. Op een metalen tafel, ontdaan van alle waardigheid. De geur van verrotting, die het duidelijk gewonnen had van de ontsmettingsmiddelen. Ze hadden geen vingerafdrukken meer kunnen nemen. Half opgeknabbeld lagen die handen werkeloos naast haar bleekblauwe lichaam. Die handen die haar zoontje zo vaak hadden geknuffeld en getroost. Tevergeefs had hij gezocht naar sporen die zouden bewijzen dat ze niet geleden had. Had hij gezocht in zijn herinneringen naar de mooie, levendige vrouw die ze ooit geweest was. Dit mocht niet het beeld zijn dat hij voor altijd van haar zou bewaren.

Maar het was niet gelukt. De dagen na haar dood had hij elke nacht van die kille kamer gedroomd, was samen met haar verdronken. Ook als de kleine Gideon bij hem in bed gekropen was en elke keer weer naar zijn mama gevraagd had. Nee, hij kon hen niet alles vertellen. Hij gaf de jongeman ook een kop thee.

'Bedankt, pap.' Zijn blik was weer zacht. Gelukkig.

De stilte in de flat was terug van een onschuldigere aard, waar mensen niet altijd hoeven te spreken als ze samen zijn.

'Ik was daar ook.' De vinger van de oude man wees naar het scherm. 'Zie ze lopen, zie ze groeten!' lachte hij schamper. 'De hele wereld was aanwezig en deed niets! *Wir haben es nicht gewusst...* Nee, vooral niet!'

'Maar die Riefenstahl, hebt u die vrouw in het echt gezien?' vroeg Gideon verbaasd.

Met enige moeite ging de geest van Wojteck weer van 1936 naar 2006.

'Riefenstahl? Ja.'

De schermers op de tv groetten elkaar.

'Ik had daar moeten staan.' Zijn stem klonk verbitterd.

1

EN GARDE

Orakel van Delphi:

Welk dier loopt 's ochtends op vier benen?

Oedipus, *Sophocles*

1
Berlijn, Olympische Spelen
1936

'Germany is very lucky to have his Hitler'

Winston Churchill

Hoeveel kon een vrouw eigenlijk nog eisen?

Wojteck stopte met lopen en keek naar de twee mannen die vlak bij de polsstokconstructie een diepe put aan het graven waren. Naast hen stond een voor Wojteck na vier dagen al vertrouwde figuur in een verregende Macintosh toezicht te houden, met een cameraman in brave zithouding aan haar voeten. Haar zwarte lokken plakten tegen haar geprononceerde jukbeenderen en de halfopen regenjas toonde een sportief en slank silhouet. Maar het waren vooral die door passie gedreven ogen die Wojteck al de eerste keer waren opgevallen. Ook nu zag hij in haar blik, die vanaf de startplaats tot aan de aanloop van het polsstokspringen gleed, de sprong van die middag op haar netvlies.

'Frau Riefenstahl,' zei een van de mannen in de put op voorzichtige toon, 'zijn we nu niet diep genoeg? Als de cameraman op zijn rug gaat liggen, dan kan hij al goede beelden schieten van de atleten, nog nooit eerder vertoond.'

'Neenee', sprak de vrouw vastberaden. 'Graaf nog maar verder. Ik wil geen goede beelden, ik wil er perfecte.'

'Maar het olympisch comité...' fluisterde de man naast haar.

'Die?!' barstte ze in een uitbundig lachen uit. Ze bewoog met haar hand voor de ogen van de man. 'Die heb ik allang om mijn vinger gewonden. Zij gaan me niet meer dwarsbomen na mijn dramatische huilbui en de vermaning van Dolphi.'

Zijn naam deed Wojteck even huiveren in zijn doorweekte training en hij deinsde terug op de sintelbaan, waar ook al in de voormiddag een atletische drukte heerste van spurtende sportmannen die zich aan het voorbereiden waren voor de wedstrijd van die dag.

Het Grünewaldstadion galmde door de krakerige stem van een omroeper, die het publiek dat nu al binnenstroomde, aanmaande om zo discreet mogelijk plaats te nemen. Indrukwekkende locatie, dat stadion. Dat moest Wojteck toegeven.

Zeker als hij terugdacht aan de urenlange openingsceremonie van enkele dagen geleden. Het kippenvel kwam nog terug bij de herinnering aan het afgeladen volle stadion dat de Poolse ploeg toejuichte bij het betreden van de piste in de grote parade. De witte duiven die *en masse* over de toeschouwers wegvlogen, door de blauwe hemel, die scherp afstak tegen de bloedrode swastikavlaggen, blijkbaar hét nieuwe symbool van Duitsland.

Terwijl honderdduizend mensen 'sieg Heil' scandeerden, bracht hun homeboy, de Berlijner Schilger, de olympische vlam helemaal naar boven in het stadion. Met zijn blonde lokken en zijn perfect afgetrainde lichaam leek hij weggelopen uit de spectaculaire klimmersfilm *Der heilige Berg,* die Wojteck de avond ervoor nog in het bioscoopzaaltje van het olympisch dorp had gezien. Wéér met die vrouw die ook bij de openingsceremonie met haar immense cameraploeg prominent aanwezig was, maar die hier als actrice ook hoog aanzien had.

Het leek wel alsof elk beeld vastgelegd moest worden. En dan vooral de laatste ploeg die het stadion was binnengekomen: de Duitse, in smetteloos witte uniformen. Toen ze de loge van de prominenten passeerden, brachten natuurlijk ook zij de olympische groet die ook door de andere landen gebracht was. Maar het leek meer op de typische groet die Wojteck tot in den treure overal zag brengen. Alleen Engeland en Japan hadden het lef gehad die groet te weigeren. Het juichen van de opgezweepte menigte had zelfs de nuchtere Wojteck geraakt. Wat voor een onwerkelijke steun in de rug moest zo'n publiek zijn als je door dit prachtig verbouwde stadion liep!

Hij zou nooit de 100 meter sprint vergeten die hij de dag ervoor had bijgewoond met de cameraploeg die het hele parcours volgde. Hij had nog nooit een man zo zien lopen als die Owens.

'Sneller dan het licht! Een zwarte gazelle!' had de omroeper door het stadion gebruld. En dat leek Wojteck een minimalistische vergelijking.

De zwarte had in ieder geval geglunderd van trots bij zijn overwinning. Die lauwerkrans zouden ze hem niet meer afpakken, wat er verder nog zou gebeuren. Had Wojteck ook maar zo'n kans op onvergetelijke roem!

Wojteck Zipowitsch, olympisch medaillewinnaar, discipline schermen, degen, Berlijn 1936! Hij was ervan overtuigd dat zo'n krans ook op zijn blonde kruin niet zou misstaan. Als hij zijn ogen sloot, kon hij het Poolse volkslied door het stadion horen weerklinken.

'Hé, sta je nu weer die "Filmziege" te begluren?'

Het was Andreï, die hem vriendschappelijk tackelde. 'Het is bijna tijd voor onze oefensessie. De Deutschlandhalle wacht op ons!' sprak hij pseudoplechtig.

'Filmziege?' keek Wojteck Andreï verwonderd aan.

'Kom op, man', porde Andreï hem in de ribben. 'Iedereen weet toch dat dit de bijnaam is die Goebbels aan jouw vriendinnetje heeft gegeven. Ze is trouwens veel te oud voor zo'n jongetje als jij!'

'Ik hou me niet bezig met roddels', antwoordde Wojteck. 'En ze is mijn vriendinnetje niet. Ik vind gewoon dat...'

'Ja, dat zal wel.' Hij sleurde Wojteck mee naar de uitgang van het stadion. 'Weet je, je hebt meer gemeen met Goebbels dan je denkt!'

Wojteck keek geërgerd voor zich uit. Hij zou niet happen.

'Ook hij wil het liefst met zijn hand in haar broekje zitten!' lachte Andreï.

Wojteck liep met gedecideerde stappen steeds verder weg.

'Kom nou, trainingspartner!' riep Andreï hem na. 'Zand erover! Ik heb je nodig voor mijn wedstrijd straks! Ik weet zeker dat jij met je blonde haar, dat perfecte lichaam vol tijgerreflexen en die blauwe ogen hoge toppen bij haar zult scoren, ook al ben je dan... hé, Wojteck!'

Maar Wojteck zocht al zijn weg in de labyrintgangen van het Grünewaldstadion.

'Jacqueline, is je huiswerk al gemaakt?'

De kijvende stem van haar moeder bracht haar weer met beide voeten op de Antwerpse Kielgrond. Wat zou ze er veel voor overhebben om net als de heldin van haar vervolgverhaal 'Niet zonder volharding' gered te worden door een Lawrence of Arabiatype en met hem een zwoele zonsondergang in te wandelen. Met een zucht streek ze het felgekleurde voorblad van het tijdschrift glad. Nu werd het weer een week wachten voor ze zou weten wat er nog ging gebeuren. Een van de leukste traktaties die ze wekelijks van haar oma kreeg: de vijf centime om aan de krantenkiosk op de hoek van de Polostraat en de Sint-Bernardsesteenweg haar leesvoer te kopen.

'Zit je nu weer met je hoofd in die flutverhalen?' mopperde haar moeder toen ze uit het kleine keukentje de eetkamer binnenstapte. 'Je weet toch dat ik vind dat meisjes van veertien te jong zijn om...'

Eén blik op de grootvaderklok stopte haar zoveelste preek over haar dochters dromerige gedrag. Het leek wel alsof haar kind meer tijd in een fantasiewereld doorbracht dan in de realiteit.

'Tijd om de tafel te dekken', porde haar moeder Jacqueline aan. 'Je vader zal zo thuis zijn. Als die vergadering voor het nieuwe schooljaar met zijn personeel tenminste niet uitloopt...'

Jacqueline moest stilletjes lachen om die laatste opmerking. Sinds haar vader de functie van schoolhoofd had aan het atheneum op de Rooseveltplaats, dacht mama dat ze een treetje hoger op de sociale ladder geklommen waren. Een feit waarop haar vader met zijn socialistische idealen volgens haar niet trots genoeg was.

In de spiegel boven de schoorsteen zag ze vluchtig haar spiegelbeeld dat voorbijflitste met elke beweging van haar arm die de tafel dekte. De lange, zwarte vlecht danste over haar ranke rug. Ontstemd blikte ze snel weg van haar bleke, smalle gezicht met die te kleine neus en te grote, bruine ogen. Hoewel haar vader haar had verzekerd dat ze helemaal geen lelijk eendje was, zoals ze altijd zat te mopperen. Had ze dan nog nooit van die mooie zwaan op het eind van het sprookje gehoord? Maar Jacqueline was ervan overtuigd dat deze metamorfose bij haar nooit zou plaatsvinden.

Net toen ze het laatste bord op tafel had gezet, ging de deur open.

'Wat denken jullie ervan om vanavond naar de Ciné Rex te gaan?' viel haar vader letterlijk met de deur in huis. Zijn ogen straalden van energie en zijn weerbarstige, zwarte haar stak alle kanten op.

'Nu nog, zo midden in de week?' schudde haar moeder het hoofd. Hij antwoordde met een schalkse zoen in de krulletjes van haar nek, zodat de soeppot in haar handen even wankelde.

'Waarom niet?' Hij schoof zijn stoel aan tafel, nadat een verdwaalde kus op Jacquelines hoofd was beland. 'Mmm, de soep ruikt heerlijk.'

Even nam een groot hongergevoel de plaats in van zijn enthousiasme, maar al na de eerste happen kwam hij terug op zijn voorstel. 'Nee, serieus, ik meen het. Ze tonen vanavond de eerste beelden van de Olympische Spelen in Berlijn en die wil ik echt wel zien. Naar het schijnt zijn het spectaculaire prestaties die daar neergezet worden.'

Jacqueline keek verwachtingsvol naar haar moeder. Zo'n onverwacht avondje uit kwam als een geschenk uit de hemel. De vakantie leek zich eindeloos aaneen te rijgen met regenachtige dagen, haar moeders poetsmanie en het steeds weer lezen van de beperkte boekenvoorraad uit de lokale bibliotheek. De collectie verboden boeken in de volwassenenafdeling lonkte steeds verleidelijker, ondanks de strenge, vermanende blik van de bibliothecaris. Haar vriendinnetjes van de lagere school waren allemaal al druk aan het werk. Niet een van hen had de stap gewaagd naar de grote school 'in 't stad'. Wat had het voor zin om als meisje verder te studeren? Haar klasgenoten in het schooltje wisten dat deze arbeiderswijk geen behoefte had aan gestudeerde bollebozen. Een paar stevige handen die in deze woelige tijden met een zeer beperkt budget creatief een huishouden konden besturen: dat was wat het Kiel nodig had.

Maar haar ouders hadden het anders voor haar beslist. Vooral haar vader zag voor haar een mooie carrière in het onderwijs. Als socialist in hart en nieren geloofde hij onvoorwaardelijk in de gelijkheid van alle mensen. En zo zou Jacqueline elke dag met haar vader op de paardentram mee naar het verre atheneum op de Rooseveltplaats gaan. Maar daar leek ze nu eeuwen van verwijderd. Wat telde, was het filmbezoek van die avond. Ze wist zeker dat haar vader haar zou trakteren op harde pralines. Als haar moeder nu maar zou instemmen…

Na het dessert kwam de vertrouwde geur van zijn pijptabak haar tegemoet, terwijl ze de tafel aan het afruimen was. Een verzadigde stilte van huiselijke vrede die alleen begeleid werd door het ritmische tikken van de klok.

'We moeten gaan!' sprong hij op, terwijl hij een bezorgde blik op diezelfde klok wierp. 'Ik denk dat veel mensen die nieuwsberichten willen zien.'

Zijn haast veegde al haar moeders bezwaren van de tafel en voor ze het wisten, reden ze door de Brederodestraat de Leien op naar de De Keyserlei, waar inderdaad al een lange rij stond aan te schuiven voor het 'koninklijke' gebouw. De Rex was een plaats van dromen en verwachtingen voor Jacqueline. De magie van het witte doek liet bij haar altijd een langdurige indruk na. Dagenlang kon ze de filmbeelden nog in haar hoofd oproepen.

Terwijl ze in haar bed de ogen sloot, zag ze wilde kamelen door een eindeloze woestijn draven en beeldschone vrouwen smachtend op een hartstochtelijk antwoord wachten. Diezelfde nacht moesten deze beelden echter plaatsmaken voor de duizenden witte stipjes die wegvlogen tijdens de openingsceremonie en het glunderende, zwarte gezicht met de lauwerkrans. Wat zou ze toch graag naar Berlijn gaan en een stukje van die puzzel vol levensvreugde zijn. Het plezier en de perfectie waren gewoonweg van het scherm gespat.

Ook haar vader had een zucht van bewondering geuit bij zoveel sportief geweld. Alleen bij het verschijnen van een kleine man in uniform had hij afkeurend gemompeld. 'Die onderdeur, die...' had hij gefrustreerd voor zich uit gefluisterd, tot haar moeder sussend een hand op zijn verkrampte vuist had gelegd.

Jacqueline draaide zich nog maar eens om. Wat had haar vader toch tegen die man die zo feilloos de Olympische Spelen kon organiseren? De beelden van het olympisch dorp toonden alleen maar fraaie atleten die in de beste omstandigheden konden trainen. Stralende gezichten vol oud-Griekse idealen. Waarom zouden de toeschouwers niet luidkeels applaudisseren bij de aankomst van hun leider in dat machtige stadion?

De punt raakte net niet zijn borstbeen om dan vlak naast zijn linkeroog voorbij te schieten. Wojtecks spieren verkrampten. Dit ging zijn vriend niet lang volhouden. Maar Andreï's vastberadenheid was zoals die van een terriër. Een gelukte aanval naar de voet van zijn tegenstander ontlokte de laatste een gefrustreerde onderdrukte vloek in het Spaans. Hij moest niet denken dat de Poolse ploeg zo snel de handdoek in de ring zou gooien!

De Spanjaard werd teruggedrongen op de smalle mat met de vijf scheidsrechters in hun onmiddellijke kielzog, de blikken gericht op de blinkende degens van staal die elkaar aftastten in een gevaarlijke, achtvormige dans.

Het was drukkend heet in de Deutschlandhalle. Ook voor het schermen was er veel publiek gekomen. En ook hier was een cameraploeg aanwezig die deze flitsende wedstrijd zo elegant mogelijk op het witte doek wilde krijgen. Wojteck kneep de stoelleuning voor hem bijna tot pulp bij de verbeten strijd die zijn vriend Andreï voerde. Wat zou hij ervoor gegeven hebben om in Andreï's plaats de degens te mogen kruisen. Een fluitsignaal gaf het einde van de tweede periode van drie minuten aan: 4-4.

Dit mocht niet op gelijkspel eindigen! Andreï had nog één punt nodig om deze wedstrijd te winnen. In een gefrustreerde zwaai gooide hij het zwarte masker van zich af. Het zweet druppelde over zijn wenkbrauwen. Wojtecks dwingende blik deed hem naar de tribune kijken. Hij knikte zijn vriend bemoedigend toe.

Hij móést het halen. Deze wedstrijd móést gewonnen worden. Anders lag de Poolse ploeg eruit bij de degen. Hun 'maître' fluisterde Andreï allerlei mogelijke strategieën in het oor. Wojteck zag het mogelijke wedstrijdverloop in het verbeten hoofdknikken en de lichaamstaal die de twee uitstraalden. Langer dan gewoonlijk bleef hun meester op Andreï inpraten. Dat had alles te maken met het slechte 'punt zetten' van Andreï voor de wedstrijd. Normaal gezien was hij tijdens die korte oefensessie met de maître zo gefocust dat hij zelfs niet meer met iemand praatte en alleen maar naar de vijftien meter lange mat staarde waarop zo dadelijk het duel zou worden gevoerd. Deze keer had Andreï te veel fouten in timing gemaakt om met een gerust gemoed aan de wedstrijd te beginnen. Zijn ogen schoten te veel van links naar rechts en hij trok de hele tijd zenuwachtig aan zijn witte handschoen. Was de druk voor zijn vriend te groot? Wojteck keek op zijn horloge. De scheidsrechter zou zo het begin van de slotfase aankondigen. Het was alles of niets.

'En?' fluisterde een hese stem hem in het oor. 'Gaat de Pool het vandaag halen?'

Wojteck draaide zich verschrikt om. Een sensuele vrouw keek hem vragend aan.

'Frau Riefenstahl', fluisterde hij. De geur van haar parfum omarmde hem. Had Andreï dan toch gelijk?

'Jij bent ook een schermer?' ging ze met een vertrouwelijke intimiteit verder. Ze vond het blijkbaar vanzelfsprekend dat hij haar naam kende. Hij knikte, terwijl hij voor zich uitkeek.

'Dat heb ik al gezien in het stadion. Dat explosieve sprinten, die katachtige gratie. Het touwtje springen. Training verraadt altijd de sport. Ik heb trouwens zelf ook zo getraind voor mijn films.'

Op de mat stonden de twee schermers weer tegenover elkaar voor de finalestrijd.

'Waarom doe jij eigenlijk niet mee?'

Wojteck keek haar verwonderd aan, terwijl zijn brein naar de correcte diplomatische Duitse woorden zocht. Haar duim en wijsvinger gleden in een denkbeeldige camerapositie voor zijn gezicht.

'Jij had perfect in mijn film gepast.' Wojteck voelde een aandrang in de onderbuik om deze vingertoppen vlak voor hem te kussen. Een plotse schreeuw deed hen echter allebei weer naar de mat kijken. De Spanjaard begon met een stoutmoedige aanval, die slechts met een spectaculaire duik kon gepareerd worden. Wojteck draaide zich om om zijn bewondering voor Andreï's verdediging te uiten, maar het was te laat. Alleen haar bedwelmende geur was gebleven. Jammer. Wojteck werd onmiddellijk door de snijdende spanning in de Deutschlandhalle opgeslorpt. Het publiek hield de adem in bij elke aanval van de schermers. Maar de score bleef tergend hangen. Het liefst was Wojteck ter plekke in rook opgegaan. De spanning was moordend. Nu begreep hij het van stress doorploegde gezicht van zijn maître nadat hij van de mat gekomen was.

Wojteck zag hoe de Spanjaard Andreï steeds verder in de verdediging duwde tot hij zelfs al met één voet buiten de mat stond en zo ook aan het verliezende eind van de wedstrijd. De agressie van de Spaanse bewegingen werd steeds zwakker gepareerd door Andreï. De strijd scheen beslecht. Andreï's lichaamstaal met de onzekere hoofdbewegingen en de aarzelende verdedigingsopbouw gaven Wojteck kippenvel. Wat deed hij nu toch allemaal? Waarom fixeerde hij zijn blik nu niet om die man te verzwakken? Gefrustreerd sloeg hij met zijn gebalde vuist op zijn vlakke hand. Zo hadden ze deze wedstrijd toch niet getraind! Domme Andreï, de kansen van hun ploeg verspelen met dat amateuristische spel! Als hij, Wojteck, er had gestaan, dan...

Maar toen zag hij het. De Strategie. Vertwijfeld hield hij de adem in. Zou hij werkelijk...? Dat was gevaarlijk dansen op het slappe koord. Hoe ver ging hij het laten gaan? Je zag de triomf al in elk gebaar van de Spanjaard. Zijn ploeg en entourage zaten al op het puntje van de stoel om in luid triomfgebrul los te barsten.

Toen kwam het. Onverwacht. Sneller dan een bliksemschicht en nauwelijks te volgen voor het publiek. De *flèche*. Pijlsnel vloog Andreï voorbij de tegenstander met een geheven degen die pal op het borstbeen belandde.

De Spaanse tegenstander wist niet wat hem overkwam. Als een feniks herrezen uit de as stond Andreï achter de man die al zo zeker van zijn overwinning was geweest. De hoofdscheidsrechter gaf het beslissende teken: 5 voor Polen!

Het overwinnende vuistje naar zijn ploeg zei genoeg. Andreï had heel goed geweten waarmee hij bezig was geweest.

Het kleine podium dat ook al voor de tussenoverwinningen gebruikt werd, was strategisch opgesteld. Onder luid gejoel brachten ze Andreï ernaartoe. Omkranst door zwart-rode vlaggen stond hij te glunderen. Polen was weer een stapje dichter bij een medaille. De cameraploeg zwermde rond Andreï onder directieve aanwijzingen van Riefenstahl. Wojteck bekeek haar met een zucht van onvervuld verlangen. Met een bittere glimlach schudde hij die dwaze hersenspinsels uit zijn hoofd. Hij moest zich geen illusies maken, hij maakte geen kans. Nog in geen miljoen lichtjaren. Niet in deze wereld.

Na de kleine ceremonie had Wojteck eindelijk de kans om dichter bij Andreï te komen, die nog in een overwinningsroes baadde. Een onhandige duw op zijn biceps was Wojtecks felicitatie.

'Doe mij die spanning nooit meer aan, man!'

In de ogen van zijn vriend glunderde de blik van een stoute schooljongen. 'Ik wist dat ik die man op zijn hoogmoed moest pakken. Hij was zo ijdel, zo pompeus, dat ik braaf verdedigend kon blijven afwachten. Dat had ik al gezien voor de wedstrijd. En zo'n zwakke plek, daar moet je gewoon gebruik van maken. Met de overwinning in zicht liet hij zijn oplettendheid varen om zijn pauwentrots in alle glorie uit te waaieren.'

'Goed gedaan!' sloeg Wojteck hem op de rug.

'Verdient dat geen avondje stappen in Berlijn?' lachte Andreï. Hij sloeg zichzelf op de borst. 'Dit is meer dan een verpletterend atletisch lijf. Het kopje kan ook tellen.'

'Pas maar op voor die pauw! Het werkt besmettelijk. Ga je omkleden. We zetten een stapje in de wereld.'

Wojteck ging in afwachting op een van de banken zitten en keek rond in de hal, die langzaam leegliep. Ook de cameraploeg was verdwenen in de coulissen.

Na een aantal bezoekjes aan de lokale 'Kneipen' waren ze in 'Unter den Linden' beland.

'Zullen we?' schudde Wojteck zijn vriend wakker, die naast hem op de bank was ingedut. 'Anders missen we de laatste bus naar het olympisch dorp.'

'Je hebt gelijk', zuchtte Andreï. 'Maar dit is zo'n verleidelijke stad. Zie ons hier zitten. Op een bankje op deze grootse boulevard, dé centrale plek van Berlijn. Kijk naar die Rijksdag! Zie hoe welvarend en schoon deze stad is. Kijk naar de knappe *Mädels* die hier voorbij paraderen!'

'Het heeft hier inderdaad allemaal heel recent een likje verf gehad', beaamde Wojteck.

'Maar het wit van deze bank kan niet volledig de tekst uitwissen die het moest verbergen. Voel maar.'

Andreï's vingers gleden over het brailleoppervlak. '*Nur für...*' ontleedde hij de woorden.

'*Ariër*', vulde Wojteck de tekst aan. 'Zeg nu nog eens dat dit zo'n fantastische stad is!'

'En toch denk ik dat het hier zo slecht nog niet is', weerlegde Andreï. 'Heb je die Helene Mayer niet zien schermen? Een grote kansmaker op een medaille én Joods. En zit die niet in de Duitse ploeg?'

Wojteck schudde het hoofd. 'Zie je dan niet dat dit allemaal één grote show is, opgezet om de hele wereld in slaap te wiegen? Ons perfecte olympische dorp met die perfecte Duitse huizen, gevuld met degelijke Duitse kunst in een degelijk perfecte natuur? Waar we nu zelfs extra ooievaars hebben omdat een of andere clown van het Britse team gezegd heeft dat dit nog aan het idyllische plaatje ontbrak? Iedereen gelukkig en tevreden? Eén groots opgezette vertoning, meer dan dat is het niet!'

Andreï keek hem bedenkelijk aan. 'Ik zou maar oppassen met zulke opruiende taal. Jij met je democratische idealen!' Die laatste woorden sprak hij uit alsof hij zo dadelijk zijn mond met zeep zou moeten gaan wassen.

'Als jij je wat minder agressief had opgesteld, dan, dan... ík ben hier in ieder geval om in mijn sport het beste van mezelf te geven. Net zoals elke atleet hier.' Hij keek op zijn horloge en sprong op. 'We moeten ons inderdaad haasten. Anders missen we echt onze laatste bus.'

Het onderwerp was voor hem duidelijk afgesloten, maar niet voor Wojteck. Zijn vingers gleden over de verboden bank voor hij Andreï achternaliep.

Die nacht lag Wojteck in zijn bed te woelen. Beelden van de zwartrode stad, het spannende schermen en de herinnering aan haar erotische aanwezigheid wisselden elkaar af. Twintig jaar en zo vol twijfels? Wat zou zijn leven hem nog bieden? Nog meer misgelopen kansen? Met een zucht sloeg hij de dekens van zich af en ging van zijn kamer naar de keuken van hun huis.

Het maanlicht scheen door de leefruimte en botste op een kitscherig schilderij van de Alpen bij zonsondergang. Elk huis had hier een Bundesland als centraal thema en zij hadden het geluk omringd te zijn door Bayern. Wojteck gruwde van de met roosjes beschilderde meubels omrankt met klimop. Het zou goed zijn om van dit protserige interieur weer naar zijn stijlvolle Kraków te kunnen gaan. Waarom had hij eigenlijk toegezegd om als sparringpartner met de Poolse ploeg mee te gaan? Zijn frustratie groeide met de dag.

Een onverwacht harde ontmoeting van zijn heup met zo'n kitscherige 'dirndltafel' ontlokte hem een Poolse vloek. Waar zat die verdomde lichtknop?

Nog voor hij daarop het antwoord vond, scheen een fel licht hem verblindend in de ogen.

'Kan ik u ergens mee helpen?'

Natuurlijk. Hij had het kunnen weten. Een van de Hitlerjugendknechtjes die ook in het Poolse huis als manusjes-van-alles aangeduid waren. Hun 'witte gids'. Net als hij dacht een beetje privacy te hebben, dook zo'n jongen op met de beste bedoelingen. *Selbstverständlich.*

Met het hoofd lichtjes schuin herhaalde hij woordeloos zijn vraag.

'Nee, dank je. Ga maar weer slapen', wuifde Wojteck zijn hulp weg. Stilletjes grinnikte hij voor zich uit. Die jongen moest eens weten voor wie hij als een knipmes stond te buigen.

2
Kristallnacht

Van Heinrich Müller aan alle Gestapokantoren – doorgestuurd om 11.55 uur, 9 november 1938:

1) Acties tegen Joden, vooral tegen hun synagogen, zullen binnenkort plaatsvinden over het hele Rijk. Men mag op geen enkele wijze tussenkomen. Maar dat wil niet zeggen dat men de lokale Polizei *niet mag inzetten om het plunderen en andere excessen te voorkomen.*

2) Al het belangrijke archiefmateriaal dat mogelijk aanwezig is in synagogen moet in verzekerde bewaring gebracht worden.

3) Voorbereidingen moeten getroffen worden voor de arrestatie van 20.000 tot 30.000 Joden in het Rijk. Vooral welgestelde Joden moeten geselecteerd worden. Gedetailleerde instructies volgen in de loop van deze nacht.

'Wat een geluk, wat een lol. Jacqueline vliegt in de put en die is vol!'

Met een zucht plofte Jacqueline haar ganzenpionnetje neer op het oude spelbord. De regen kletterde tegen de ruiten, bewasemd door het te grote aantal lijven dat in hun te kleine appartement gepropt was. Als haar tante en oom kwamen met hun kroost, leek hun flat uit zijn voegen te barsten. Het gejengel van hun jongste aanwinst was nog maar net gestild of er kwam een vulkanische uitbarsting van de twee oudsten, die de twee beroemde broers uit het Oude Testament, Kaïn en Abel, qua jaloezie duidelijk naar de kroon wilden steken. Maar die eeuwenoude haat verdween als bij toverslag als ze een gemeenschappelijk slachtoffer voor hun geplaag hadden gevonden.

'Jacqueline, je kunt toch zwemmen?' gniffelde een van hen nu.

'Wacht maar tot je me passeert. Dan duw ik je erin en ga er als een haas vandoor!' speelde ze het spelletje mee.

'Als een gans, zul je bedoelen!' schaterde de jongste het uit. 'En trouwens, we zijn allemaal al lang voorbij 31. Jij blijft voor altijd in die put zitten!'

Jacqueline zuchtte nog eens voor zich uit. Ze was al die spelletjes al uren beu. Wanneer ging haar moeder eens beseffen dat ze toch echt wel te oud was om met die hele meute van kinderen met een lading spelletjes en kaarten naar de keuken verbannen te worden. Waarom kon ze niet bij de volwassenen blijven zitten voor een slokje van een pousse-café en een brokje roddel of wereldnieuws, al naargelang het gesprek onder invloed van de meegebrachte fles cognac evolueerde. Gelukkig had haar moeder deze keer de keukendeur laten openstaan, zodat niet alleen de warmte van de kachel maar ook flarden van hun gesprek binnensijpelden, vermengd met de geur van de pijptabak die haar moeder zo verafschuwde bij haar broer. Maar Jacqueline hield van dat typische aroma dat haar lievelingsoom steeds om zich heen had. Hij behandelde haar tenminste als de zestienjarige jonge vrouw die ze was. Ze spitste dan ook de oren toen ze zijn stem hoorde.

'Ik weet niet of dat nu wel zo verstandig is, Karel', bromde hij met de pijp tussen de tanden geklemd.

'Dat heb ik hem al zo dikwijls gezegd, maar ja...' begon haar moeder weer de litanie die Jacqueline bijna woord voor woord kon opzeggen. Hun flat was klein en gehorig. Geen enkel ouderlijk conflict was haar vreemd. De discussie die hier nu voor de hele familie gevoerd werd, had al wekenlang achter gesloten deuren gewoed.

'Ik moet iets doen. Ik kan gewoonweg niet aan de kant blijven staan en dit allemaal zomaar laten gebeuren!'

Jacqueline hoorde het knisperende geluid van krantenpapier en wist dat haar vader haar tante en oom een artikel onder de neus schoof dat hij zelf ondertussen toch wel uit het hoofd moest kennen, zo vaak had hij het met een groeiende verontwaardiging gelezen.

'Jij gaat nu toch niet zeggen dat we dit zomaar moeten toestaan?!'

Een ongemakkelijke stilte volgde.

'Maar dat is toch geen reden om je bij een of andere illegale verzetsgroep aan te sluiten!' was het antwoord van haar oom. 'Je moet denken aan je carrière op school, je moet...'

Een verontwaardigd gesnuif van haar vader onderbrak de goedbedoelde raadgeving.

'Zoiets kunnen we toch niet laten gebeuren!'

'Maar dat was toch in Duitsland...' kwam haar tante tussenbeide.

'Bij ons...'

'Nee, natuurlijk niet, bij ons zal dat nooit gebeuren!' sneerde papa. 'Hoe naïef kan een mens zijn?'

'Wij hebben net het einde van de Grote Oorlog herdacht', sprak nu ook haar moeder. 'We weten allemaal hoe gelukkig we mogen zijn dat we 11 november 1914 nog hebben kunnen meemaken. Zoiets laten we nooit meer gebeuren!'

Nu barstte haar vader pas echt los. Ze hoorde hem uit zijn stoel omhoogschieten en als een gefrustreerd dier in een kooi door de te kleine voorkamer ijsberen.

'Iedereen met een beetje gezond verstand wéét gewoon dat Duitsland zich voorbereidt op een volgende oorlog. De tekenen zijn overal. Je moet wel erg blind zijn om dat niet te zien! De vraag is niet meer of, alleen nog wanneer. Misschien halen we het niet eens meer tot het einde van 1938.'

Deze onheilsvoorspelling, zo akelig dichtbij, verlamde even het gesprek, tot haar oom de stilte doorbrak: 'Wie zegt eigenlijk dat dit verhaal klopt? Het lijkt me geen betrouwbare bron, zo'n flutkrantje.'

Het geluid van krantenpapier dat bij elkaar gepropt werd.

'Waar heb je trouwens dat vod vandaan?'

'Van die koosjere bakkerij op de Belgiëlei', zuchtte haar vader.

'Waar ze die overheerlijke koekjes hebben?' probeerde haar tante het gesprek weer in ongevaarlijke, maar zo oppervlakkige wateren te leiden.

'Inderdaad, nog wel.'

'Ja, 58! Jacqueline, kijk dan! Louis is dood. Dooddooddood...' scandeerde de hele groep. Met tegenzin plaatste Louis gehoorzaam zijn pionnetje op 58, om weer naar 1 te schuiven, tranen van frustratie in zijn ogen. Hij was zo dicht bij de overwinning geweest.

'Nu kun jij Jacqueline gaan redden', porde een broertje hem in de zij.

'Pfff... Laat die zichzelf maar redden!'

'Hé, dat was de letter H! De tol is op de H gevallen! Je mag maar de helft nemen!'

De verontwaardigde stem van zijn jonge zusje Myriam deed Wojteck uit zijn overpeinzingen opschrikken. Met een glimlach van herkenning zag hij zijn jongste neefje naar de voorraad nootjes graaien die door Wojtecks moeder voor het spel met de Dreidl waren klaargelegd. Net toen Myriam de tol weer wilde laten draaien om de schrokop een halt toe te roepen, kwam zijn vader binnen. De eerste druppels natte sneeuw in zijn zwartgrijze baard. Een vlaag van kou golfde door de kleine keuken. Toen hij zijn halfbewasemde brilletje afzette om het te poetsen, keek hij plagerig boos naar de kinderen rond de tafel.

'Wat? Zijn jullie nu al Sevivon aan het spelen?! Maar het is nog geen Chanoeka!'

De beteuterde gezichten deden hem nog meer in zijn rol van strenge opvoeder opgaan. Met een knipoog naar Wojteck ging hij naar de tafel en schoof al de nootjes naar zich toe. Hij nam de tol en liet hem op de G vallen.

'Dit is voor mij. Jullie zien het. Ik heb alles gewonnen!'

'Maar… maar papa…'

'Ja, Mirri?' keek hij zijn jongste dochter bewust onschuldig aan.

'Dat is vals. U hebt de tol niet eerlijk laten draaien!'

'Net zo vals als jullie die dit spel veel te vroeg voor Chanoeka spelen', reageerde haar vader. 'Samuel, waarom spelen we exact acht dagen met de Dreidl?'

Met een klein sprongetje wipte deze van de keukenstoel. 'De Dreidl is een spel dat de vier letters bevat die verwijzen naar het mirakel van het licht. Van de Makkabi in… 165 voor Christus. Een voorraadje olie voor één dag heeft toen voor acht dagen de menora, de zevenarmige kandelaar, gevuld en zo de Makkabeeërs licht gegeven om de Perzen te verslaan.'

Wojteck moest lachen om Samuel, die daar in strakke houding zijn kennis etaleerde. Het was duidelijk, die jongen was in volle voorbereiding voor zijn bar mitswa.

'En waarom moet dit verhaal in de vorm van deze tol overgeleverd worden? Waarom niet in een boek zoals de Thora?' ging zijn vader nog even verder.

'Omdat het met deze tol niet leek alsof je een verhaal aan het vertellen was. Het scheen een eenvoudig gokspelletje en zo konden de gojim, de niet-Joden, ons dit verhaal niet afpakken. Ook al verboden ze ons dan elk boek, elk papier. De verhalen bleven verder leven, ondanks de gojim.'

Met een zucht plofte Samuel weer op zijn stoel. Hij had zijn oom alle informatie gegeven die in zijn hoofdje was gedrild.

Wojtecks vader draaide de tol voor hem op tafel. Hij viel op de S.

'Alles verloren', zuchtte hij, terwijl hij tot de kinderen gebaarde dat ze verder mochten spelen. De les van vandaag was afgelopen. Zijn vader kroop weer in zijn vertrouwde rol van boekhandelaar annex volgzame burger van Kraków, wijk Kazimierz.

'Hoe gingen de zaken vandaag?' opende Wojteck het gesprek.

'Ik vrees dat we in de toekomst nog heel veel tollen zullen moeten maken om al die gruwelijke verhalen van de laatste tijd in herinnering te houden. De K van Kristallnacht aan kop, waarbij je niet alleen al je snoepgoed verliest.'

'Dus de geruchten kloppen?' vroeg Wojteck. Hij legde zijn cursus anatomie weg. Dit was véél belangrijker dan dat examen dat hem aan het eind van de week op de Jagiellonian-universiteit wachtte. Wat zou hij zich nu druk maken om zijn laatste examens aan die universiteit die vorige zomer een verschrikkelijke numerus clausus had gezet op het aantal Joden? Hij kon zich nog zo de teleurstelling op het gezicht van zijn jongere vrienden herinneren, die het 'heiligdom der wijsheid' door deze maatregel niet gehaald hadden. Naïeve jongens. Alsof het met dat 'lessenaarsghetto' ook nog maar iets van het liberalisme van een universiteit bezat! Het aantal 'nur-für-Juden-banken' slonk met de maand. Een paria, meer was hij niet. Hij kon niet wachten om zijn diploma fysieke training te halen en die antisemitische deuren voorgoed achter hem te sluiten.

'Lees maar eens. Heb ik van Juliusz gekregen', gaf zijn vader hem een krantenartikel uit de *Glos Narodu* door.

Wojteck snuifde van verontwaardiging bij het zien van die krant. 'Dat propagandablad!'

'Nee, jongen. Feiten blijven feiten, hoe gekleurd ze ook zijn. Trouwens, je kent Juliusz toch. Die gaat niet zomaar verhalen vertellen die hij niet dubbel gecheckt heeft, ook al is hij dan een dichter.'

Wojteck nam de krant in zijn handen. Zijn vader had gelijk. Juliusz Feldhorn, zijn vroegere leraar Pools aan de middelbare school, was een betrouwbare bron. Hij zou nooit zomaar in het wilde weg paniekgeruchten verspreiden. Daarvoor waren zijn stad en land hem te dierbaar. Wojteck had nog nooit een Jood zo verliefd over de Poolse taal horen praten.

'Het veelkoppige monster eindelijk een halt toegeroepen?'
'Lenteschoonmaak in het najaar!'

Verontwaardigde woede maakte het Wojteck onmogelijk het hele artikel rustig te lezen. Zijn ogen vlogen van het ene woord naar het andere.

'Brand... synagoge... ramen stuk... winkels geplunderd... 20.000 arrestaties...

staatsgevaarlijke individuen... begin van...'

Verslagen legde hij het provocerende artikel op de tafel. Dezelfde vraag lag op hun lippen, maar geen van beiden durfde ze te stellen. Hoe lang nog? Hoe lang nog ging het duren vooraleer ook Kraków aan die waanzin zou deelnemen?

Wojteck voelde al de vlammen die zijn vaders collectie boeken zou produceren. Het verkrampte gezicht van Bernard Seiden bij de vernietiging van zijn gekoesterde auteurs. De dreigende stilte tussen hen werd alleen maar verstoord door het gezoem van de draaitol op het tafelkleed.

'Moest je hem dat nu laten lezen?'

Vader en zoon waren zo in hun persoonlijke visioenen van de hel in Duitsland gedompeld dat ze haar niet hadden horen binnenkomen. Een half afgewerkte jurk met nog loshangende kant over de linkerarm terwijl ze in haar rechterhand naald en draad vasthield. Een brok alledaagse realiteit dat de strijd aanging met de wrede woorden van de *Glos Naradu*.

'Rachel, hij heeft het recht op de waarheid', sprak zijn vader beslist. 'Hij is er oud genoeg voor.'

'Pfff... de waarheid? Je zegt zelf altijd dat die zogenaamde krant een aanfluiting is voor de journalistiek!' Als een wervelwind spreidde de jurk zich uit over de tafel, de krant naar een hoek in de kamer verbannend.

Wojtecks moeder was altijd al de steunpilaar van het nuchtere verstand geweest. In zijn kindertijd was hij vaak op haar onverzettelijke boerenverstand gebotst, dat het dan nog vaak, jammer genoeg, achteraf bij het juiste eind leek te hebben. Hij keek naar zijn moeder, die met een aantal speldenkopjes in de mond de onderkant van zijn zusters jurk begon af te zomen. Zou ze deze keer ook gelijk hebben? Maakte haar dromerige echtgenoot ook van deze bruine molshoop een niet te beklimmen Himalaya?

'Mirri, maak je klaar om te passen', mompelde ze tussen de speldenkopjes door.

'En jij, Wojteck, moet jij niet naar de sportclub? Je mag je training niet verwaarlozen! Je schermpak ligt al klaar in je slaapkamer.'

Wojteck keek verstoord naar zijn moeder, die met volle aandacht een nieuwe draad door haar naald probeerde te halen. Haar blonde, krullerige haar stak weer alle kanten uit, de wangen waren rood van concentratie. Wojteck wist dat hij zijn misleidende arische uiterlijk van zijn moeder had. Zijn karakter daarentegen kwam duidelijk van de man met de mysterieuze, donkere ogen die nu vol ergernis naar zijn praktische echtgenote keken.

'Maar, Rachel...' startte hij een betoog dat al voor het begin de pas werd afgesneden.

'Nee, Bernard. Als het al gebeurd is, is dat in Duitsland. En wij, wij wonen in Polen. De jongen mag zijn training niet verwaarlozen. Dat zeg je zelf ook altijd. Het is niet omdat het in dat verdorven Berlijn niet gelukt is, dat het in 1940 niet zal kunnen. Wojteck, de Olympische Spelen van Japan smachten naar jou.'

Wojteck wilde zijn moeder meer dan ooit geloven.

3
De fatale ontmoeting
1 september 1939

'Alleen de doden hebben het einde van een oorlog gezien'

Plato

Zijn vader had ongelijk. Het schermen ging perfect!

Dit was nu al zijn derde kwalificatietoernooi voor het WK van november 1939. Frankrijk was overweldigend geweest, Denemarken euforisch. Hij wist zeker dat hij het overwinningsfeestje van die avond nooit meer zou vergeten. Wojteck was nu echt een deel van het Poolse team, dat hoge toppen scoorde. Wat een contrast met die teleurstellende reservepositie van Berlijn. Toen hij Andreï gevraagd had waarom hij nu ineens wél in de basisploeg zat, had zijn sparringpartner hem verwonderd aangekeken. Wojteck vond zichzelf nu niet echt zo fantastisch verbeterd. Waarom was hij nu wél persona grata bij hun coach? Andreï had zijn hoofd geschud en gevraagd of hij misschien vergeten was waar die Olympische Spelen hadden plaatsgevonden? Alsof Wojteck daar ooit op de mat had mogen komen!

Wojteck schudde zijn natte haren los en bekeek zichzelf in de hotelspiegel, die bijna volledig aangedampt was door Andreï's stomend hete bad. Tevreden ging zijn blik over zijn lenige lichaam, dat slechts door een paar littekens ontsierd werd. Hij was dus nooit te slecht geweest voor het team! Voor niets had hij zichzelf zo de grond ingeboord! Weg waren nu die ongegronde twijfels, zijn wedstrijden wonnen aan zekerheid. Een idiote grijns naar de spiegel met een denkbeeldige degenzwaai.

'Hé, macho!' verscheen Andreï naast hem, amper zijn zwaai ontwijkend. 'Kies je beste pak maar uit voor dat etentje vanavond. Dat wordt dus echt wel chic! De directeur van die school lijkt me een échte levensgenieter!'

Andreï's gemillimeterde hoofd blonk alweer van het zweet. De Vlamingen hier noemden deze dagen 'hondsdagen'. Het was ook al de hele tijd bloedheet. De schermpakken waren een marteling geweest. Wojteck had nog nooit zo afgezien tijdens wedstrijden. Elke seconde in zo'n zwaar pak leek te veel. Maar dat had zijn team niet belemmerd om ook in Antwerpen weer een mooie tweede plaats te halen. Ze waren klaar voor de wereldkampioenschappen, zoveel was duidelijk.

Toen ze beneden kwamen, zat hun hospita aan de radio gekluisterd. De oude dame wilde hen iets zeggen, maar uit onmacht stokten de woorden in haar keel. Een Babylonische muur scheidde hen van deze eenvoudige volksvrouw. Andreï en Wojteck gaven haar hun internationale glimlach, maar deze keer knikte ze niet uitgebreid lachend terug. Zagen ze nu medelijden in die waterige ogen? Met een gebaar naar de deur lieten ze zichzelf uit.

De zwoele avond was een verademing na de verstikkende lucht in het kleine appartementje. Wojteck liep Andreï achterna, die hen met een stadsplattegrond naar het afgesproken restaurant loodste. Wojteck keek achter zich naar de mooie, groene laan die hem aan de groene rand rond het stadscentrum van Kraków deed denken. Wojteck had zich nog nooit in zijn leven zo zorgeloos en licht gevoeld als in deze cocon van een sportman. De wereld was geruststellend klein. Met een diepe zucht van tevredenheid struinde hij door deze zomerse stad en keek braafjes naar het imposante treinstation dat Andreï hem als architectuurliefhebber aanwees. De tedere constructie van glas en staal baadde in een zachte avondzon. De terrasjes zaten overvol op de volgende, nog bredere laan die naar datzelfde station leidde. Deze stad was er echt een van grandeur! Andreï deed teken dat ze er bijna waren. Wojteck glimlachte naar hem. Waarom zouden ze zich haasten? Het liefst had hij willen neerploffen op een van deze terrasjes en de sterrenhemel boven het majestueuze station zien verschijnen. Maar Andreï maande hem op een licht geërgerde toon aan tot spoed, zodat ze zich langs een rij wachtenden voor een filmzaal moesten wringen en op een drafje toch nog binnen Andreï's voorziene tijd voor de deur van het restaurant stonden.

'Oké, net op tijd. Heb je dat gezien, zoveel volk voor die bioscoop? Zou er weer een nieuwe film vertoond worden?'

Soms wenste Wojteck dat hij Andreï's ratelende stem kon afzetten zoals een radiotoestel. Hij had nog nooit iemand ontmoet die zo kon kletsen. Maar hij wist dat Andreï zich in zijn plaats ook ergerde aan zijn stille dromerigheid.

'Kom je?' Andreï hield de deur uitnodigend open. 'Klaar voor een avondje Duits-Pools-Engels?'

'Jacqueline! Er zijn nog meer mensen die de badkamer willen gebruiken!' Haar moeders stem had een dreigende ondertoon die Jacqueline waarschuwde dat haar geduld echt wel helemaal op was. Met een diepe zucht keek ze in de spiegel, waar een negentienjarige in de kleren van een dertienjarige krampachtig glimlachte. Wanneer ging haar moeder eindelijk beseffen dat die stomme vlecht en die achterlijke jurken echts niets meer voor deze jonge vrouw waren? Een trendy bobkapsel, een tweed broekpak. De nieuwe Vlaamse Audrey Hepburn! Waarom niet? Zeker nu!

'Jacqueline!' De deur vloog met een harde klap open en ze liet snel haar opgestoken vlecht weer in zijn brave rustpositie op haar rug neerkomen.

Haar vader stond in de gang op hen te wachten. Een diepe denkrimpel in zijn voorhoofd verraadde de stress van een nieuw schooljaar en de organisatie van een schermtoernooi in zijn schoolgebouwen dat heel haar doordeweekse leventje op zijn kop had gezet. De laatste week van een overigens saaie vakantie was overweldigend geweest. Eerst had ze met enige tegenzin haar vader geholpen, maar deze bereidwilligheid was met 200% gestegen, toen ze hém had gezien. Waarom kende ze nu niet wat meer Engels of Duits, en waarom zag niemand dat ze meer was dan de dochter van de directeur?

Ze wist het, hij was het.

Opeens kregen al die voor haar tot nu toe belachelijke beschrijvingen uit die stationsromannetjes extra betekenis. Flauwvallen bij zijn aanblik, smachten van verlangen door al die vlinders in het lichaam… Vroeger had ze smakelijk gelachen met die pathetische overdrijvingen van die romanheldinnen, maar nu zou ze er alles voor geven om een zweetdruppel te zijn die zich via zijn hals over zijn borstkas naar…

'Jacqueline, ben je klaar?' bracht haar vader haar weer tot de werkelijkheid. 'Dan missen we tenminste de volgende tram niet!'

Tijdens de rit volgde ze afwezig het gesprek van haar ouders.

'Zouden ze het al weten?' vroeg haar moeder bezorgd.

'Hoe dan? Ze verstaan hier geen woord!'

Gefrustreerd sloeg haar vader met de vuist op de leuning voor hem.

'De smeerlap! Eerst annexeert hij Oostenrijk alsof het zijn achtertuintje is waarop hij volgens zijn geboorte automatisch recht heeft! En nu… nu walst hij Polen binnen!'

Geschrokken keek Jacqueline door de vuile ruitjes naar de onschuldige drukte in de Brederodestraat. Had die Hitler nu ook al Polen… Maar wat...?

Haar gedachten werden aangevuld door haar moeder. 'Wat denk je dat het Poolse team gaat doen? Terugkeren?'

Haar vader brieste van verontwaardiging. 'Als we dat toestaan, sturen we hen de dood in. Zulke jonge, sportieve mannen, het perfecte kanonnenvlees!'

'Maar er zijn er toch bij die…'

'Alsof dat een verschil gaat maken voor het Poolse leger!' coupeerde hij haar bits. 'In tijden van nood verdwijnen heel wat hypocriete regels en vooroordelen als sneeuw voor de zon!'

'Maar die Wojteck zei toch dat hij aan de universiteit als een tweede-, nee, derderangsburger werd behandeld?'

'Wees daar maar zeker van!' lachte haar vader bitter. 'Met de hete adem van Hitler in hun nek zullen die Polen hem snel tot eersteklassoldaat maken!'

Jacqueline sloot haar ogen. Waarom kon ze niet de ogen openen en weer die verliefde wereld zien? Waarom gebeurden daar al die dingen waarop ze totaal geen vat had maar die wel haar fundamentele zekerheden van een mooie toekomst onder haar voeten wegmaaiden? Wie kon haar garanderen dat er niet weer zo'n Grote Oorlog zou komen die haar ouders zo had getekend?

Toen ze in het restaurant aankwamen, was het direct duidelijk aan de bedrukte stemming dat de Polen op de hoogte waren van het slechte nieuws. Het feestelijke afscheidsetentje voor het toernooi verliep dan ook in mineur. De restauranthouder probeerde er nog met een extra fles wijn wat meer stemming in te krijgen. Maar dat was duidelijk vergeefse moeite. Toen zij en haar moeder na het etentje alweer bij de garderobes stonden, zag ze haar vader met de Poolse jongens praten. Een van hen, hij, liet een briefje aan haar vader zien, die nadenkend knikte. Wat zou ze nu graag een beetje meer 'vrouw van de wereld' en een beetje minder 'dochter van' zijn. Dan zou zij nu zonder scrupules naar hen toestappen en vragen of zij ergens mee kon helpen. Ze begon immers pas binnen veertien dagen aan haar laatste jaar in haar opleiding van schooljuffrouw. Ze had alle tijd. Maar nee, hier stond ze braaf aan de rokken van haar moeder gekluisterd. Een geluk dat ze haar immense nieuwsgierigheid duidelijk geërfd had.

Ze zaten dan ook maar nauwelijks in de tram naar huis, of haar moeder overstelpte haar vader met een spervuur aan vragen.

'En? Gaan die Poolse jongens toch terug naar Polen?'

Hij knikte gelaten.

'Ze willen naar hun familie. Alleen die Wojteck blijft hier. Hij heeft mij trouwens om hulp gevraagd.'

Jacquelines hart maakte een sprongetje.

'Hij liet me een adres zien van mensen die vanuit Kraków naar Antwerpen geëmigreerd waren en die zijn vader persoonlijk kenden. Ik denk dat die jongeman hoopt zijn familie hiernaartoe te krijgen, uit dat oorlogsgebied dat Kraków nu is.'

'En?'

Haar vader knikte twijfelend.

'Ik heb morgen met hem afgesproken om die mensen op te zoeken. Ze hebben een winkel in de buurt van de Pelikaanstraat, dus dat zal wel lukken. Maar...'

Jacqueline en haar moeder keken hem vragend aan.

'... wie zegt dat Antwerpen in de toekomst beter zal zijn dan Kraków?'

De volgende morgen stond Wojteck al een halfuur voor zijn afspraak met de directeur voor de deur van zijn hospita's huis. Andreï was nog volop bezig zijn koffers te pakken. Hij had gisteren samen met hem tevergeefs naar Kraków proberen te bellen. Maar niemand had opgenomen. Toen Wojteck Andreï had verteld dat hij in Antwerpen wilde blijven, had deze niet-begrijpend het hoofd geschud. Hoe kon hij er nu niet naar verlangen zijn familie weer in zijn armen te kunnen sluiten?

Wojteck had in alle talen gezwegen over de emigratieplannen die zijn vader hem voor zijn rondreis door Europa had ontvouwen. Toen had het Wojteck een utopisch hersenspinsel geleken. Zijn moeder zou nooit haar geliefde Kraków verlaten! Nu leek dit allemaal veel realistischer en hij was het zijn vader en zijn familie verplicht hier de nodige contacten te leggen voor een eventuele vlucht uit Kraków.

De Polen konden winnen, ja, maar een wanhopige zekerheid in Wojteck zei hem dat dit niet het geval zou zijn.

En waarom vertelde hij niets van zijn plannen aan Andreï? Het leek alsof een soort van drang naar zelfbehoud het al van hem overnam. Des te minder mensen er iets over wisten, des te beter. Dit was misschien dé kans voor zijn familie op een ontsnapping en niemand ging die van hen afnemen.

Wojteck voelde de zon nog net zo onschuldig branden als gisteren, alsof er op de hele wereld geen vuiltje aan de lucht was.

'Wojteck?'

Hij schrok op van de zachte stem van de directeur, die onverwachts voor hem stond.

'Dag, meneer, hier is het adres.'

'Meneer? Zeg maar Karel.' Hij nam het papiertje aan. 'Dat is niet ver. Kom.'

Ongemakkelijk beende hij deze vriendelijke man bij, die er een stevige pas inzette. Nadat ze de hoek omgeslagen waren, probeerde Wojteck een gesprek aan te knopen.

'Hebt u nog nieuws uit Polen?'

'De kranten vertellen niet veel meer dan gisteren. We hebben er wel een nieuw begrip bij, *Blitzkrieg*. Zo noemt dat monster de oorlog tegen Polen. Het lef dat die man heeft!'

De verdere wandeling verliep in een geladen stilte. *Blitz*. Wojteck moest het toegeven, ze hadden in Polen al veel langer de dreiging van een naderend onweer gevoeld.

'Hier moet het zijn.' Karel stopte en keek naar het papiertje. 'Ja, nummer 54.'

Hij morrelde aan de deur, die gesloten bleek. Wojteck zag door een vuile etalage nog een aantal kartonnen dozen en een ladder staan, die volledig onder het spinrag zaten. Dit was niet het interieur van een goed functionerende boekhandel, zoals hij die van zijn vader kende.

Na nog wat extra geklop en aanbellen aan het appartement boven de winkel, keek Karel hem vragend aan.

'Mijn vader was er zeker van dat de familie Hirsch hier woonde. Het laatste jaar waren ze elkaar uit het oog verloren, maar dit? Het lijkt wel alsof ze overhaast zijn vertrokken!'

Net toen ze weg wilden gaan, ging de deur naast de winkel voorzichtig open en een oud dametje stapte wankelend op de stoep. Karel stapte onmiddellijk op haar af. Wojteck probeerde uit hun gebaren en mimiek de inhoud van het gesprek te begrijpen, maar moest toch wachten tot Karel met een vertaling in zijn mengelmoes van Duits en Engels kwam.

'De familie Hirsch is blijkbaar met de Red Star Line naar New York vertrokken.'

'Op reis?' vroeg Wojteck verwonderd.

'Nee, voorgoed.'

Karel keek hem aan: '*What's next*?'

Wojteck staarde voor zich uit. 'Inderdaad. *What's next*?'

4

Stukgeslagen hoop

1943

A couple of Jews were exchanging
uncomplimentary remarks.

'What would please me most,' said one, 'is that
Hitler should be changed into a lamp.'

'Why so?'

'Because I would see him hang
during the day, burn at night,
and be extinguished in the morning.'

Encyclopaedia of Jewish humor

Voorzichtig legde hij haar arm, die zich over zijn heup had gevlijd, weer naast haar neer. Het maanlicht door het halfopen gordijn tekende op haar naakte lichaam een patroon dat bizarre vormen aannam door een licht briesje. Hij keek op zijn horloge, ze hadden nog een uur voor ze weer thuis moest zijn. Met zijn wijsvinger gleed hij van haar neus over haar lippen, die zich instinctief zachtjes openden, om bij het kuiltje in haar hals te stoppen. Zijn licht in duistere tijden, zijn rots van zekere, onvoorwaardelijke trouw in deze onzekere, gevaarlijke wereld.

Wojteck herinnerde zich nog de eerste keer dat ze toenadering tot hem zocht. Hij glimlachte naar de witte muur van zijn zolderkamer waarop hun eerste herinneringen zich weer als een film afspeelden. Toen, vlak na het uitbreken van de oorlog, hadden zijn geest en lichaam zich op één ding gefocust: zijn familie naar het veilige Antwerpen krijgen. Hij voelde zich een stuurloze boei op een woeste zee. Het was Karel geweest die hem in zijn grote gastvrijheid had opgevangen, en naar hem had geluisterd, terwijl hij zijn twijfels over zijn terugkeer naar Polen uitte. Hoe zou hij gaan, met de trein? Om dan aan de grens met Duitsland opgepakt te worden? Te voet? Dan was de oorlog misschien al lang afgelopen op het moment dat hij een voet in Kraków zette? Karel had hem bij deze woorden meewarig aangekeken. Dacht hij nu echt dat die Hitler door het Poolse leger kon tegengehouden worden? Hij was met Wojteck naar zijn bureau op school gegaan, dan kon hij telefoneren met zijn vaders boekhandel.

'Papa?'

Een krakend geluid had zijn oor pijn gedaan.

'Wojteck?' Hij leefde nog!

Een zucht van opluchting aan beide kanten van de hoorn.

'Ik kom jullie halen: jou, mama, Mirri!'

Even had het geleken alsof de lijn dood was.

'Nee, schrijf ons! Ze laten nog brieven door, de post is een van de weinige dingen die nog wel werken. *Bleib stehn*! In godsnaam. Blijf daar!'

Dat waren de laatste woorden geweest die hij van zijn vader gehoord had. Alle telefoonverkeer werd onmogelijk nadat Polen zich in minder dan een week overgaf aan de Duitse bezetter. Hij had diezelfde dag nog een brief verstuurd naar Kraków met de smeekbede om zo snel mogelijk bericht terug te sturen naar het adres van Karel. Die eerste avond had hij op de sofa in zijn beste kamer mogen slapen. Maar het had lang geduurd voor hij eindelijk de verwarrende trein van gedachten in zijn hoofd had kunnen stilzetten.

Een voorzichtige aai over zijn voorhoofd en de geur van verse koffie hadden hem de volgende ochtend de ogen doen openen om de zachte blik van Jacqueline te voelen. Enigszins betrapt had ze haar aarzelende hand van zijn voorhoofd weggenomen en hem onhandig, met een hoogrode blos op de wangen, in gebrekkig Duits uitgenodigd voor het ontbijt.

Als hij nu terugkeek op die eerste dagen, moest hij stilletjes glimlachen om haar steelse pogingen om steeds bij hem in de buurt te zijn. Zijn intrek nemen in een zolderkamer van de broer van Karel, die zij discreet voor hem inrichtte. Zijn eerste schermlessen die zij voor hem regelde in een plaatselijke sportclub, die dan jammer genoeg door het uitbreken van de oorlog in België te gevaarlijk werden. Het wanhopig op zoek gaan naar een andere bron van inkomsten in de Antwerpse haven, waar niet zo op zijn afkomst gelet werd, maar wel op zijn lichaam. Het langzaam inwijden door Karel in zijn verzetswerk, dat Wojteck als een mogelijk middel zag om Kraków naar Antwerpen te krijgen. De argwanende blikken van haar moeder toen ze hem aanbood Antwerpen beter te leren kennen. Haar aarzelende lippen, toen ze elkaar voor het eerst kusten in het 'Waaigat', vlak naast die majestueuze kathedraal die door haar tijdloosheid de hele oorlog deed vergeten.

Af en toe had hij het lastig met haar blinde overgave, hij was de slechtst mogelijke kandidaat voor een meisje zoals zij. Nooit zouden zij een normaal paar kunnen zijn, niet in deze wereld.

Maar elke keer als hij zijn bezwaren tegen hun verhouding uitte, botste hij op haar onverwoestbare, optimistische geloof in hun liefde. Maar Wojtecks beeld van de toekomst werd zwarter met de dag. Ook Antwerpen werd voor hem steeds gevaarlijker. Met het netwerk van georganiseerd verzet dat vele Joden naar Amerika hielp, groeide ook de tumor van verklikkers en dwepers met het nieuwe bewind. Wojteck voelde dat deze laatsten hun netten steeds harder aanspanden. Hoe lang ging het nog duren voor hij of Karel tegen die bruine lamp zou lopen?

Met een zwaai diepte hij vanuit zijn jaszak een pakje inmiddels verfrommelde brieven op. Jacqueline draaide zich met een verontwaardigde zucht in een bolletje om verder te slapen. Zachtjes trok hij een laken over haar lichaam, dat nog nagloeide van zijn aanrakingen, en keerde zich toen naar het licht om zijn vaders brieven te lezen die als bij wonder het adres op het Kiel hadden gevonden.

Toch tot voor een paar maanden...

Hij bladerde door het pakje en opende een voor een deze kostbare getuigen dat zijn familie wel degelijk op deze aardbol vertoefde, ook al voelde hij zich hier in Antwerpen een melkwegstelsel ver verwijderd.

De eerste brief dreigde in de vouwen al uit elkaar te rafelen. Hij zou voorzichtig moeten zijn.

Kazimierz, Kraków, Szeroka 2

November 9, 1939

Dag lieve zoon,

Op deze spijtige verjaardag van die noodlottige Kristallnacht een jaar geleden (een apocalyptische voorbode van wat nog komen zou) schrijf ik jou in onze geliefde taal die niet iedereen verstaat.

Het zijn hier harde tijden. Mijn boekhandel, mijn trots en leven, is sinds enkele weken gesloten. De grote davidsster die al in september op de ramen was geschilderd, zal niet meer kunnen opschrikken van mijn, volgens jou, irritante winkelbel die je vroeger zo dikwijls tegen het plafond deed springen. Wat baat het een boekhandel open te houden als elk boek dat je wilt verkopen, verboden is?

Mama en ik werken nu sinds kort in een munitiefabriek in Płaszów. Er moet brood op de plank komen. Ze laat je de groetjes doen, maar ligt nu al in bed. Het arbeidsritme in die fabriek is moordend. Maar binnenkort gaat ook Myriam mee. De scholen zijn immers sinds een paar dagen gesloten. Niet alle, alleen die voor ons. Beter dan de hele dag thuis te zitten, kan Mirri dus een steentje bijdragen.

Ik hoop dat jij daar ook het Loofhuttenfeest op gepaste wijze hebt kunnen vieren. Wij hebben dat hier in ieder geval in de mate van het mogelijke gedaan. Ook al mag er dan geen vlees meer ritueel geslacht worden, we hebben gefeest met jou in onze gedachten.

Zoon, vergeet nooit je afkomst en je geloof!

Maar kom, genoeg geklaagd. Wij zijn hier alle drie gezond en wel! En ik hoop dat dit ook voor jou het geval is. Weet dat wij ongeduldig naar elke brief van jou uitzien!

Liefhebbende groeten van je vader, Bernard

P.S. Ik hoop dat jouw werkzaamheden daar naar alle tevredenheid verlopen.

Wojteck plooide deze eerste brief van het thuisfront voorzichtig dicht. Wat had de situatie toen nog hoopvol geleken, ook al wist hij dat zijn vaders hart gebroken was geweest met het sluiten van zijn geliefde boekhandel. Maar dat was niets in vergelijking met wat er in die volgende brief zat.

Even aarzelde Wojteck om de wond in zijn hart weer open te leggen, maar een onbewuste drang deed hem toch ook weer naar die volgende briefomslag grijpen. Toen hij de brief eruit nam, dwarrelde een krantenartikel op de grond. Een vlugschrift van vaders vriend, Telz, een drukker die het blijkbaar zelfs in deze moeilijke tijden als zijn taak zag de Joodse bevolking van Kraków de waarheid te vertellen. Ook al was die dan onmenselijk hard. In een latere brief had zijn vader het in omfloerste bewoordingen over Telz' executie gehad. Blijkbaar mocht de waarheid in het Nieuwe Rijk niet overleven... Wojteck nam het artikel in de hand waarvan hij ondertussen de noodlottige inhoud woord voor woord kon herhalen.

Kraków 1940.2.16

Sneeuwruimen met noodlottige afloop

De extreme sneeuwval van de laatste dagen heeft ervoor gezorgd dat alle jonge mensen vanaf 14 jaar door de nieuwe stadsdiensten van Kazimierz opgeroepen werden tot sneeuwruimen. Ze moesten zich verzamelen aan de synagoge Wysoka en zouden zo, verspreid in kleine groepjes, de stad 'zuiveren' van de overvloedige sneeuw. Diezelfde avond kregen de ouders van deze jongeren te horen dat een kortsluiting een zo felle brand had veroorzaakt in de trams waarin hun kinderen zaten dat ze de diepbedroefde ouders zelfs geen stoffelijk overschot konden bieden als troost. Het speet de autoriteiten enorm, omdat ze wisten dat het voor de Joodse godsdienst belangrijk was een graf te 'mogen' hebben.
Een spijtige zaak, inderdaad. Maar wat zegt het u als ik u vertel dat deze jonge mensen een nog veel gruwelijker einde hebben gekend? Dat dit helemaal geen jammerlijk ongeval, maar een welbewuste, sadistische aanslag op de toekomst van ons volk was? Ga naar buiten, ouders, ga naar het zuiden van de stad en kijk daar naar de vers omgewoelde grond in de oude stadsgrachten. Kijk naar de nog natte leem die over uw half bewusteloos geslagen kinderen is gelegd als een verstikkend doodskleed.
Mensen van Kazimierz: laat u nooit wijsmaken dat uw kinderen sneeuw moeten gaan ruimen.

Het bijgevoegde briefje van zijn vader lag voor hem open op het kussen met de vijf dodelijkste woorden die Wojteck ooit had gelezen.

Mirri was één van hen.

Na twee jaar was die opgekropte prop van immense haat en diep verdriet in zijn keel alleen nog maar groter geworden. Zijn zusje, zijn Mirri, zo verliezen. Als hij zijn ogen sloot, zag hij haar vingers die wanhopig in de natte leem klauwden, terwijl haar mond versmacht werd door de zware grond.

Wojteck probeerde deze doodsbeelden van zich af te schudden. Hij was te laat geweest. Te laat voor Mirri. Wie kon hem verzekeren dat hij ook niet te laat voor zijn ouders ging zijn? Karel probeerde hem langs alle kanten te helpen. Maar het Belgisch verzet kon ook geen wonderen verrichten. Vooral niet met het nieuws dat hij in deze laatste brief van zijn vader ontvangen had.

Podgorze, Kraków

Februari 2, 1943

Liefste zoon,

Zoals je ziet, wonen wij sinds kort niet meer in Kazmierz. Nee, het heeft de goede God behaagd ons naar een nieuwe omgeving te brengen. Podgorze is onze nieuwe woonwijk. Je weet nog wel, via de Starowislna, over de brug van de Wista, zo op het Bohaterow Gettaplein.

Wojteck wist maar al te goed over welke 'perfecte' wijk zijn vader het had. Podgorz was altijd al de meest verlopen en vervallen wijk van Kraków geweest waar de onderwereld van de stad rondkroop. Aan zijn vaders misplaatst optimistische woorden wist hij dat deze brieven vanaf nu nagelezen werden. Geen enkel negatief woord kwam zijn vader nog over de lippen, ook al kon Wojteck tussen de lijnen de verborgen ironie en het snijdende sarcasme horen.

De autoriteiten hebben ervoor gezorgd dat we hier veilig zijn. Een grote muur met een immense toegangspoort met daarboven in sierlijke letters 'Joodse Woonwijk' omringt onze huizenblokken. Ik persoonlijk vond even dat de muur zelf, gebouwd zoals de bogen van onze grafstenen, een beetje macaber was. Maar je goede moeder heeft mij inmiddels doen inzien dat dit onzin was. Volgens haar geeft het een groter thuisgevoel voor ons. Heel attent van onze gezaghebbers.

Het leven is hier goed. We zijn hier gelukkig in ons appartementje met nog twee andere gezinnen. Goed dat we maar 25 kilo bagage mochten meebrengen van thuis! Het zou hier anders nogal krap zijn. En wie heeft er nu al die poëziebundels van mij nodig, zeg nu zelf! Mama's juwelen en ons spaarpotje zijn al langer in veilige bewaring aan de autoriteiten meegegeven.

Je mama probeert me mee te krijgen naar ander werk. Ik heb je al verteld dat wij al een hele tijd geluk hebben in Płaszów te werken. Nu heeft Rachel gehoord dat een emailfabriek hier vlakbij nog nieuwe arbeiders zoekt. Het werk is warm, maar minder gevaarlijk dan met die munitie. Maar ik heb zo toch mijn twijfels. Die eigenaar, een zekere Schindler, zou een Duitser zijn. Zou hij ons wel verstaan? We zullen zien. Je moeder kan hardnekkig zijn, als ze iets in haar hoofd heeft. Dat weet je nog wel.

Je ziet het: mama en ik zijn hier heel gelukkig en we begrijpen absoluut die mensen niet die hier vorige maand massaal zelfmoord hebben gepleegd om de zogenaamde 'situatie' in onze woonwijk.

Wij hopen dat jij ook positieve gevoelens hebt daar bij jouw activiteiten en dat alles naar wens vordert.

Jouw liefhebbende ouders, Rachel en Bernard

Voorzichtig streelde hij met zijn vinger over hun namen. Zeven maanden was het nu al geleden dat hij nog iets van hen gehoord had. Hij kon toch ook voor hen niet te laat zijn?

'Hé.' Een zachte hand gleed over zijn ruggengraat. 'Toch niet weer aan het piekeren?' Een tedere kus op zijn schouderblad. 'Het komt wel goed.'

Hij sloeg de lakens van zich af en ging op de rand van het bed zitten. 'We moeten gaan. Het is tijd.'

De Abdijstraat, waar hij sinds kort een kamertje had, was slechts een tiental minuten van het appartement van haar ouders verwijderd. De Sint-Bernardsesteenweg was al in een akelig stilzwijgen gehuld. Zelfs bij het vallen van de avond durfde bijna niemand zich nog op straat te wagen. De rode avondzon viel op de ongelijke kasseistraat. Het zou niet lang meer duren of de stad zou weer in een volledige duisternis baden, elke lichtbron zorgvuldig afgedekt.

Jacqueline drukte zich stevig tegen haar Wojteck aan, die zijn arm over haar schouder legde. Wat zou ze graag dat zware blok van verdriet dat zijn sterke schouders bijna verpletterde, voor hem willen dragen. Hij was vandaag weer zo beangstigend stil geweest. Zijn lichaam was hier, zijn geest meer dan duizend kilometer van haar verwijderd. Toch wist ze zeker dat hij van haar hield. De lieve, zachte blik in zijn ogen als hij haar kuste. Zijn bezorgdheid voor haar als er weer geen eten op tafel kwam of de kolenvoorraad voor die dag uitgeput was. Jacqueline wist niet hoe ze de afgelopen jaren zou doorgekomen zijn zonder hem. Al haar jonge illusies waren stuk voor stuk de grond ingeboord. Geen bloeiende carrière als schooljuffrouw met een lief klasje van kinderen dat aan haar lippen hing. Geen gelukkige ouders die hun dochter de mooiste bruiloft van Antwerpen en omstreken zouden geven. Ze legde even een hand op haar buik. Geen kleine jongen met zijn blonde haren en haar donkere ogen.

Ze rilde even. Hij nam haar nog iets steviger vast. 'Koud?'

Ze schudde het hoofd en gaf hem een kus op de hand die over haar schouder hing. 'Hoe kan dat nu? Met jou bij mij.'

Zijn stralende glimlach was het perfecte antwoord.

'Hopelijk is je vader al thuis. Anders ga je je moeder weer horen!' zei hij. Jacqueline knikte.

Net als koning Salomon zat ze tussen twee vuren. Aan de ene kant begreep ze haar moeder, die het elke keer bestierf als haar man op een van zijn verzetsmissies was. Ze had net hetzelfde gevoel wanneer Wojteck haar vader hielp en uren weg was. De minuten op de klok leken dan tergend traag voort te tikken. Maar aan de andere kant had ze ook veel bewondering voor het werk dat hij met zijn groep verrichtte. Ze had al een paar keer het geluk op de gezichten van een gered gezin gezien. En Wojteck die in zijn gebrekkig Vlaams maar met zo'n warmte hen begroette, alsof het elke keer weer zijn eigen familie was.

Hopelijk was dit ook ooit, in de nabije toekomst liefst, het geval. De clandestiene berichten die ze vanuit het verzet hadden ontvangen over die zogenaamde werkkampen... Als ook maar de helft van de gruwel waar was...

'Hé, dromer!' Wojteck duwde haar zachtjes de Polostraat in. 'We zijn er bijna.'

Toen ze aan het appartement kwamen, keken ze raar op. De voordeur stond wagenwijd open, het ganglicht scheen uitdagend.

Jacqueline keek Wojteck ongerust aan, maar hij gaf haar geen bemoedigende blik.

'Wacht hier.'

Nog voor ze kon reageren, gleed hij zachtjes over het bordes, de haar zo vertrouwde gang in.

Verlamd van schrik keek ze hem na, terwijl een luide angstkreet in haar lichaam echode. Het duurde eeuwen voor ze zijn gezicht weer zag verschijnen. Een uitnodigend gebaar met zijn hand deed haar langzaam de trappen bestijgen. Dit was haar ergste nachtmerrie in volle dag. Haar moeder. Haar vader. Er mocht niets met hen gebeurd zijn. Plots voelde ze zich weer het kleine meisje dat bescherming zocht. Weg was de zelfstandige, jonge vrouw, die in vooral met haar moeder gevoerde discussies haar liefde voor Wojteck verdedigde.

Ze voelde het koele marmer van de gang langs haar rug, terwijl ze, hand in hand, door de geopende deur van het appartement stapten. Alles was nog net zoals ze het die middag gezien had. Haar boek dat ze aan het lezen was, lag nog altijd met opengevouwen vleugels op de leuning van de sofa. Haar moeders verstelwerk was in diezelfde stoel in een hoekje gepropt.

In de keuken stond de soeppan op het vuur. Vier borden op de keukentafel. Het brood met het snijmes op de verweerde plank.

Alles was perfect in orde, geen vuiltje aan de lucht.

Jacqueline keek Wojteck aan. Maakten ze zich zorgen om niets? Was haar moeder gewoon even naar de bovenbuurvrouw, op zoek naar een onschuldig praatje met een leeg kopje voor bloem als excuus?

Maar waarom die open deuren? En waar was haar vader? Ze gingen normaal gezien nooit zomaar weg zonder een briefje achter te laten.

'Wojteck?'

Net toen ze wilde zeggen dat ze even bij de buren ging informeren, hoorde ze het. Het duurde slechts een fractie van een seconde voor ze in zijn ogen zag dat hij het ook wist. De stampende laarzen in de gang, ze zou het geluid nooit vergeten. Noch die schichtige blik van Wojteck, die als een dier in nood machteloos naar een uitweg zocht.

'*Mitkommen*. Nu!'

De soldaat met de barse stem duwde hen hardhandig naar buiten. In aparte auto's.

Wojtecks ogen achter de achterruit van de auto voor haar waren het laatste dat ze van hem zag.

5
Vagevuur
1943

Mefistofeles:
'Ik wil mij hier tot uwen dienst verbinden,
en rustloos doen, wat gij van mij begeert;
zo wij ons ginder weder vinden,
worden de rollen omgekeerd.'
Faust:
'Het ginder kan mij weinig deren.'

Faust, *Wolfgang von Goethe*

Hij moest dit volhouden. Minstens 72 uur. Wat mank ijsbeerde hij over de vijfenzeventig tegels die door het bange ongeduld van zijn voorgangers al uitgesleten waren. Gefrustreerd gleed zijn hand over de witte plek aan zijn andere pols. 72 uur. Hoe lang zat hij al in deze cel? Het kale peertje dat rusteloos aan het plafond bengelde, was zijn enige lichtbron in deze betonnen, naamloze bunker. Het leek eeuwen geleden dat hij haar hand nog in de zijne had gevoeld.

Jacqueline… wat…? Nee. Hij schudde het hoofd, zijn gedachten in een andere richting duwend. Nee. Niet aan haar denken. Niet aan haar, door de uniformen geflankeerd als een lam naar… Nee. Met een zucht zette hij zich op de harde brits, terwijl hij de dreunende pijn aan zijn oog probeerde te negeren. Ze waren niet bepaald zachtaardig geweest toen ze hem in deze cel duwden. Elke kleine aarzeling van zijn kant was goed geweest om hem genadeloos te slaan en te duwen alsof hij de grootste misdadiger aller tijden was. De sissende keelklankbevelen weerklonken nog na in zijn vermoeide oren. Tevergeefs probeerde hij de gedachtemolen in zijn hoofd stil te zetten, maar de onschuld van de slaap wilde maar niet komen. Hoe kon het ook anders, met het verschrikkelijke beeld van

Karel dat op zijn netvlies gebrand stond. De hele rit van het Kiel naar deze duistere hoofdkwartieren had hij zich moeten concentreren op zijn ingewanden die als enige in zijn lichaam niet verlamd leken. De staalharde, onverschillige blik van de Gestapoman naast hem deed het ergste vermoeden. De adrenaline die door zijn lichaam pompte, werd veroorzaakt door totale angst.

Toen ze hem uiteindelijk door de eindeloze, gifgroene gang duwden, had hij amper de tijd gehad de ruimte in zich op te nemen. Pas toen hij in een van de belendende kamers een hem vertrouwde stem hoorde, leek het alsof ook zijn bewakers even remden in hun gehaaste pas om hem een blik te gunnen in de kille verhoorkamer. Hij zou nooit dat beeld vergeten van de man die hem zo vol enthousiasme en energie had opgevangen in zijn familie en hem in de geheimen van het Antwerpse verzetswerk had ingewijd. Deze gebroken man, die amper nog op de stoel zat, het overhemd besmeurd met bloed, de ogen die wezenloos naar de zwart-rode vlaggetjes op het bureau voor hem staarden.

72 uur. Zoveel tijd had de organisatie nodig om zich volledig in te dekken, om de lopende operatie succesvol af te ronden. Hij zag het gezin al in de polders van Doel vergeefs staan wachten op hun contactpersoon, hun schamele bezittingen in een versleten koffer gepropt. Ging Karel dit zo lang volhouden? Hoe laat was het eigenlijk? Met een gefrustreerde klap op de harde brits stond hij weer op. Ging hij het horloge dat hij voor zijn bar mitswa gekregen had, ooit nog terugzien? De tijd leek in zijn hoofd nu eens tergend langzaam en dan weer angstwekkend snel weg te tikken.

Jacqueline. De herinnering aan haar bezorgde ogen die middag, toen hij nog eens de brieven uit Kraków las. Zijn ouders. Mirri. Tellen, Wojteck, tellen. Tegel 53. Tegel 54. Vooruit. Tellen. Als in een mantra reeg hij het dagelijkse gebed uit zijn kindertijd aan de getallen.

De luide knal van de deur die openvloog, met de krakende laarzen die een stoel en een tafel binnenbrachten, klonk Wojteck als een volledige donderslag bij heldere hemel, zo was hij erin geslaagd om zijn geest naar oorden ver weg te brengen. Een dreigende vinger deed hem aan de tafel plaats nemen. De kleine ruimte was ineens meer dan gevuld met ranzig mannenzweet en barse stemmen.

'Name?'

Wojteck keek stoïcijns voor zich uit, gesteund door het gebed dat hij nog in zijn hoofd naprevelde. De slag die volgde, stopte agressief zijn gelatenheid. Als een dier in een val kermde Wojteck inwendig. Hij wist dat hier geen gebeden gingen helpen. Het boksijzer blonk in de klauw van het varken voor hem.

Hoe lang zat ze al in deze koude kamer? Eerst had ze het niet gewaagd haar blik te laten ronddwalen, uit schrik dat een van haar bewaaksters haar weer hardhandig met het hoofd naar de zwart-wit betegelde vloer zou duwen. Maar toen ze na een lange tijd niets meer had gehoord of gevoeld, hadden haar ogen over dit Spartaans ingerichte vertrek gegleden. Een klein raampje met tralies, twee stoelen en een kleine tafel, en in een hoek een besmeurde jurk met bloempjes. Jacqueline probeerde zich op dit zonnige kledingstuk te fixeren zonder ook maar één gedachte te wijden aan de eigenares ervan. Zonder ook maar te denken aan haar ouders, haar Wojteck... Alles zou in orde komen. Alles. Maar telkens glipten haar moeders woorden in haar hoofd. 'Karel, stop met die gevaarlijke operaties. Wie ben jij dat je denkt dat je de wereld kunt verbeteren? Denk aan Jacqueline. Denk aan mij. Voor het te laat is.'

Het was te laat.

Met de minuut groeide deze zin aan zekerheid. Hier zouden ze nooit meer uit komen. Ze had al genoeg verhalen gehoord van mensen die in de avondschemering in het niets verdwenen waren. Haar blik fixeerde zich nu op de deurklink, die toch ooit weer moest bewegen. Ze konden haar geen eeuwigheid laten zitten. Wie zei haar trouwens dat ze niet eventjes mocht opstaan? Haar rug en haar benen leken met de seconde steeds meer te verkrampen. Maar net toen ze haar rug strekte om te staan, besloot de deurklink in beweging te komen. Vlug stokte haar lichaam in stilstand, de blik weer op een krak in de tegels gevestigd.

Ze herkende de stem van de vrouw die haar in deze kamer had gestopt. Geen dragonder van een vrouw, zoals de clichés haar altijd hadden voorgespiegeld. Zonder dat gehate uniform leek ze een normale, jonge vrouw, die misschien wel in een ander leven met Jacqueline bevriend had kunnen zijn. Maar de taal en een absurd gevaarlijk gedachtegoed scheidden deze twee meisjes. Jacqueline voelde de dreigende aanwezigheid, maar er volgde een lange stilte. Alleen maar onderbroken door hun ademhaling, de ene rustig beheerst, de andere schokkend van ingehouden angst.

Pas toen de deur na eeuwen weer openging, durfde Jacqueline even op te kijken. Een opgeluchte blik van herkenning ging naar de jonge vrouw die daar voor haar verscheen. Ze wist het, nu waren ze gered! Maar de onverschillige ogen die over haar heen gleden, deden Jacqueline twijfelen. Had ze zich vergist? Was dit niet het meisje dat vroeger zo vaak bij hen over de vloer was gekomen, toen haar vader de moeder in een alcoholisch destructieve bui het ziekenhuis had ingeslagen en het arme kind helemaal overstuur bij hen onderdak had gezocht? Was dit niet...? Het geritsel van papier dat doorgegeven werd. Het uitnodigende gebaar van de Duitse naar... Mia! Ja, dat was haar naam!

Zelfverzekerd keek Jacqueline haar weer aan, maar Mia gaf geen enkel teken van herkenning. Terwijl ze door de papieren bladerde, wandelde ze resoluut achter haar stoel.

'Naam?' klonk haar stem Jacqueline bars in de oren.

Verwonderd probeerde ze zich om te draaien. Dat wist Mia toch wel! Maar deze spontane beweging werd prompt bestraft door de andere vrouw, die haar met een smalle stok plat op haar ruggengraat sloeg. '*Sitzen bleiben*!'

'Naam?' herhaalde Mia, enigszins verveeld. Jacqueline besloot uit pure wanhoop het spelletje maar mee te spelen en gaf braaf alle gegevens over haar naam en adres, die de vrouw opschreef alsof ze die net voor de eerste keer gehoord had.

'Beroep vader?'

Verontwaardigd keek Jacqueline haar in de ogen, die snel van haar weg flitsten. 'Mia, dat kun je niet menen, je kent mijn vader toch!'

Een venijnige slag in haar gezicht was het antwoord. Ze proefde het bloed dat door haar gespleten lip in haar mond druppelde.

Tijdens het hele verdere verhoor kroop Jacqueline steeds verder in een ogenschijnlijk ondoordringbare cocon die haar belette om ook op maar één vraag antwoord te geven. Ze wist niet meer wat haar vader in zijn vrije tijd deed. Wie hij allemaal in het duister van de nacht ontmoette. Waarom die Pool bij hen verbleef. Wat die Polak samen met haar vader bedisseld had om het ware regime als een horzel te irriteren? Wat zij allemaal gedaan had om haar 'pappie' te helpen bij zijn spelletjes?

Naarmate het antwoordenblad leeg bleef, groeide de frustratie bij de twee vrouwen, die als oud-Griekse furiën om haar heen raasden en haar met gericht geduw deden wankelen op haar stoel. Beschermend sloeg ze haar armen om haar hoofd. Ze was hier niet. Ze was bij Wojteck. Hij zou haar redden. Hij was altijd...

'Das genügt.'

Deze woorden deden de storm rond haar bedaren. Voorzichtig richtte ze haar blik naar de deur, waardoor haar twee beulen bijna verdwenen waren, tot de ene aan de andere nog een teken gaf en deze weer binnenkwam.

'Die Klamotten sollen weg!'

Jacqueline keek Mia vragend aan.

'Uit met die kleren. Nu!'

Omdat ze niet onmiddellijk op de gewenste manier reageerde, trok Mia haar hardhandig aan de bloes, die dreigend scheurde. Mechanisch bewogen haar handen naar de ritssluiting van de rok en de knoopjes van de bloes.

Toen ze in haar hemdje en onderbroek stond, keek ze de vrouw voor haar smekend aan. Maar het antwoord in haar ogen was onverbiddelijk. Traag gleden haar handen over hetzelfde hemdje dat Wojteck enkele uren daarvoor nog teder over haar hoofd had getrokken. Nadat Mia al haar kleren achteloos in een andere hoek van het vertrek had geworpen, verliet deze ook de kamer met een laatste nors bevel.

'Zitten blijven.'

Jacqueline keek naar de halfverroeste ijzeren stoel die haar naaktheid moest ondersteunen.

In foetushouding, met zijn ene hand tussen de dijen geklemd, probeerde Wojteck de golven van pijn te onderdrukken. Die nagel zou wel weer aangroeien. Hij had gezwegen. Dat was het belangrijkste. Maar telkens als hij de ogen sloot, zag hij de tang voor zich die zijn andere nagels naderde. Hij had echter geen woord gesproken. In geen enkele taal. Zijn onbegrijpende blik naar zijn ondervragers had hun agressie steeds meer opgehitst tot ze in een ultieme poging om hem schrik aan te jagen de boksbeugel voor een tang hadden verruild. De angst in zijn ogen had hen uitgelaten als een groepje schoolkinderen doen lachen met een onschuldig spelletje. Maar de schrijnende pijn aan zijn linkerwijsvinger die hem nu nog automatisch de tranen in de ogen deed krijgen, vertelde een heel ander verhaal. Hij wist zeker dat hij ging buigen voor hun ondervragingstechnieken. Zijn geest dwaalde af naar de nagels die hij nog had. Hij had weinig verbeelding nodig om de fantoompijn van de verdwenen nagels te voelen. Hoe lang ging het nog duren vooraleer hij alles wat hij wist van de organisatie van Karel ging spuien? Voorzichtig haalde hij de met bloed besmeurde zakdoek van zijn linkerhand.

Een verschrikkelijke gedachte flitste door zijn hoofd. Ze zouden toch niet met Jacqueline...? Nee. Dat zouden ze nooit doen. Dit waren niet meer de middeleeuwen. Nee, zo barbaars zouden ze niet zijn. Maar hij wist dat hij dit nog tot in den treure in zijn hoofd zou moeten herhalen voor hij ook maar één woord van deze zin zou geloven.

Uiteindelijk doezelde zijn getergde geest weg in een halfslaap die hem het ene moment met Mirri naar hun achterkeuken bracht en dan weer met Jacqueline naar de beschaduwde laan van de Belgiëlei. Net toen hij de schaterlach van zijn zusje meende te horen en de zachte vingers van zijn liefste van zijn harde kaaklijn naar zijn nek voelde glijden, verpletterde een onzeglijke pijn zijn slaap. En toen hij zijn ogen opende, zag hij de bron van de nieuwe pijn. Zijn rechterarm, die tijdens zijn slaap van de brits was gegleden, werd nu hardhandig op de grond gehouden, terwijl een zware hak van een legerlaars op de vingerkootjes van zijn rechterhand balanceerde. Wojteck zag in de weerschijn van de perfect gepoetste laars nu het gezicht dat zich met een haast menselijke glimlach naar hem toeboog.

'Klaar om eindelijk wat behulpzamer te zijn?'

Een blik vol verachting was zijn antwoord. Die man dacht toch zeker niet dat hij, Wojteck, zomaar ging buigen voor zijn intimidatietechnieken! Als schermer wist hij alles van de regels van een gevecht. Bullebakken als deze tegenstander hadden hem nooit uit zijn evenwicht kunnen brengen. Helaas, hij was één ding uit het oog verloren door het positieve nagloeien van zijn droom. Dit was geen gelijke strijd zoals bij een schermduel. De blinkende Luger die ostentatief in de holster stak, bewees onmiddellijk het tegendeel.

'Heb je die blik gezien?' bromde de man tot de SS'er die ook in zijn kleine cel was binnengekomen.

'Ik denk dat er hier iemand eens dringend wat manieren moet leren.'

Een droog, krakend geluid volgde op de zware hak die even naar boven ging om dan als een hakbijl op Wojtecks vingers neer te komen. Het duurde enkele fracties van seconden voor zijn hersenen de pijn in minstens drie vingers registreerden.

'Dat zal geen schermen meer worden', sprak de man voor hem tevreden, terwijl hij zijn mooi gepoetste laars even nakeek op mogelijk ontsierende vlekken. Met een verveelde zucht gleed zijn hand even over de tip van zijn schoenen.

'Dat is het risico dat je neemt met het verdelgen van kakkerlakken. '

Wojteck sloot de ogen. Die man wist dat hij schermer was! Hij mocht er niet aan denken wat dat monster misschien nog allemaal over hem had uitgevist. Hoe lang ging het duren voor hij zou bevelen om zich uit te kleden? Wojteck voelde al de gele ster op zijn borst branden. Volledig bewegingloos bleef hij liggen, terwijl hij de twee mannen om hem heen voelde. Als hij nu geen kick meer gaf, zouden die twee nachtmerries dan niet gewoonweg verdwijnen? Vroeger, als kind, speelde hij hetzelfde spelletje. Onbeweeglijk onder de lakens kruipen en de adem inhouden zodat mogelijke inbrekers of kinderdieven je niet zagen. Maar de pijn in zijn rechterhand verspreidde zich over zijn hele lichaam en hij had de grootste moeite om niet in een instinctieve schreeuw uit te barsten.

'Kom', sprak de handlanger van de beul.

'Laat hem maar even sudderen. We zullen ons eerst met zijn liefje amuseren. De vrouwen hebben er tot nu toe niet veel uit weten te krijgen. We zullen eens zien wie hier zijn mond blijft houden.'

'Nee!' Wojteck haalde als een gewond dier uit naar het groene uniform, dat hem meewarig bekeek. Zijn gekraakte rechterhand probeerde tevergeefs een harde vuist te maken. Schamper lachend sloten ze zijn cel weer af. Wojteck vervloekte de dag dat hij Jacqueline een plaatsje in zijn hart had gegeven.

Het koude staal van de stoel leek zich aan haar onderrug te hechten. Even wilde ze zich strekken, maar de schaamte deed haar nog een paar graden vooroverbuigen.

De koude tegelvloer drong bij elke aanraking tot in haar blaas, die nu al uren op springen stond. Jacqueline vreesde en hoopte dat die ellendige deur eindelijk weer zou opengaan. Haar positieve gedachten waren al volledig opgedroogd. Haar geest leek zich nog maar op één gedachte te concentreren. Wanhopig waren haar ogen over de kamer gegleden, maar er was niets in deze cel dat haar ook maar enigszins kon helpen. Geen emmer. Niets. Absurd. Ze begon zelfs te verlangen naar de terugkomst van die twee 'kenaus'. Maar toen eindelijk de deur weer openging, smolt dat verlangen bij hun ijskoude blik. Toen ze zich naast haar hadden geposteerd, elk een hand op haar schouders, was er maar weinig meer nodig om de tranen waartegen ze zo hard gevochten had, toch over haar gezicht te laten lopen. Tevergeefs probeerde ze een geluidloze snik te onderdrukken. De kleine zucht verstevigde alleen nog maar hun grip die het haar, ondanks de fysieke warmte, immens koud deed krijgen. Waarom zeiden ze niets? Waarom gebeurde er niets? Waar wachtten ze op?

De angst die deze stille dreiging opriep, deed haar inwendig klappertanden. Weg was de rationele gedachte van een paar uur geleden, dat dit toch ook maar gewoon vrouwen waren, net zoals zij. Menselijke wezens die er alle begrip voor zouden hebben dat zij dringend naar het toilet moest.

Hoe lang zat ze hier al op dit stoeltje? Geen raam. Geen klok. Wat had ze zichzelf al die stomme vergetelheid van haar verweten! Waarom had ze uitgerekend die avond haar horloge op zijn nachtkastje laten liggen?

De stilte duurde eeuwig. Tot zij de pijn in haar blaas echt niet meer kon houden en ze aarzelend haar hoofd een beetje ophief. Voorzichtig voor zich uitkijkend, opende ze haar mond, die droog aanvoelde. Even leek het of haar stem uit pure angst verstek zou geven en ze schrok ervan dat ze de woorden toch over haar lippen kreeg.

'Mia, zou ik... Mag ik... naar het toilet?'

Het leek alsof ze de vraag niet gesteld had. Elke mogelijke reactie bleef uit. Was ze misschien al gek aan het worden en had ze zich alleen maar verbeeld iets hardop gevraagd te hebben? Had haar stem alleen maar in haar hoofd geklonken?

Een stekende pijn in haar onderbuik dwong haar de vraag nog eens te stellen. 'Mia?'

Weer die onverschillige stilte. De pijn was niet meer te houden. Waar wachtten ze op?

Twee hoofden bewogen in een luguber synchroon ballet naar de deur die met een ruk openvloog.

Een frisse wind gleed langs haar wangen. Een ondefinieerbare geur kwam het vertrek binnen. Jacquelines blik ging van de ene tegel naar de andere om bij een paar perfecte laarzen te komen.

'Und?' De stem klonk beheerst en vol overtuiging dat hij hier de hoogste in rang was.

Behoedzaam hief Jacqueline het hoofd om dit nieuwe element in hun mise-en-scène te bekijken. De man was groot. Groter dan Wojteck. Een perfect gesteven uniform met blinkende bliksemflitsen op de revers. De bruine haren waren perfect gekamd. Het lege antwoordenblad dat haar bewaakster hem onder de neus schoof, deed hem de wenkbrauwen fronsen. Betrapt sloeg ze de ogen neer, toen ze zijn staalgrijze blik op haar voelde rusten. Haar hart bonsde bijna uit haar keel. In die ogen had ze de gruwelijke precisie van een degelijke SS'er gezien. Ze wilde er niet aan denken wat die man misschien allemaal op zijn geweten had. Maar wat haar misschien nog meer beangstigde, was die korte flits van begeerte in zijn ogen. Of had ze zich dat verbeeld?

'Also noch keine Informationen?' Hij gaf het blad terug aan de vrouw. Zijn geur gleed weer langs Jacqueline heen.

'Macht nichts, kommt noch', klonk zijn stem zelfverzekerd. *'Bis bald.'*

Zijn uniform raakte even haar naakte lichaam. Zijn hand rustte even zacht op haar hoofd.

Jacqueline sloot vol angst de ogen. Waarom sloeg hij haar niet? Deze streling was erger dan de verschrikkelijkste foltering. Toen de deur eindelijk achter hem sloot, zuchtte Jacqueline voorzichtig. Maar de kleine opluchting maakte al snel plaats voor een grote schaamte, toen ze voelde hoe een onbehaaglijke warmte haar plots omgaf. De vloeken van haar bewaaksters, die verschrikt wegsprongen, klonken haar als een welkome boodschap na die man zijn ondraaglijke blik. Maar de penetrante geur van urine vertelde haar dat haar lichaam de strijd tegen haar geest had gewonnen. Ze schaamde zich dood.

'Mitkommen!'

Dat waren de woorden die hem die nacht vanuit zijn koude cel met een rammelende legerauto naar dit gure oord gebracht hadden. Toen ze tegen dageraad bij hun bestemming aangekomen waren, had Wojteck in grote letters 'Breendonk' boven de ingangspoort gezien. Een of andere gevangenis? Wojteck meende de naam al wel ooit gehoord te hebben. Vertwijfeld schudde hij het hoofd bij de spontane gedachte die bij hem opkwam: even aan Karel vragen. Hij durfde er niet aan te denken hoe het met Karel zou zijn. Dit was een van de vele vragen die hij probeerde te vermijden.

Waarom was hij ineens naar deze plek gebracht? Waarom waren Jacqueline en haar familie hem niet gevolgd? Wat hadden ze met Jacqueline...?

Breendonk, herhaalde hij de naam van deze plaats in zijn hoofd. Ook al was hij nu een aantal jaren op Vlaamse bodem, hij had nog steeds moeite om die voor hem moeilijke taal in het hoofd te prenten. Zijn Nederlands was doorspekt met Duitse woordjes en Poolse keelklanken. Volgens Jacqueline zo charmant, volgens hemzelf bijzonder frustrerend. Die nieuwe taal en het volledig nieuwe leven dat ermee gepaard ging... Soms verlangde hij zo hard naar zijn vaders boekhandel in Kraków, waar in het Pools of Jiddisch de gesprekken zoveel gemakkelijker te volgen waren.

De koude van de cel waarin ze hem achterlieten, was er een die hem tot op het bot deed verkleumen. En het was nog maar september. De labyrintische weg die ze genomen hadden... hij zou hier nooit meer op eigen initiatief uitkomen. Maar wat maakte hij zichzelf wijs? Uit deze nachtmerrie zou hij nooit meer ontwaken.

De deur vloog open. Een arm smeet een plunje op de brits en dreigde alweer te verdwijnen, toen Wojteck hem gehaast aansprak.

'Meneer, alstublieft, wat gaat er met mij gebeuren?'

Met een grijns van het ene naar het andere oor stapte zijn bewaker de donkere cel binnen. Een burgermannetje dat zich in zijn nieuwe functie meester van het universum waande. Zijn kleine oogjes straalden een plezier uit dat Wojteck ook in Kraków bij sommige beambten maar al te vaak gezien had.

'Kijk maar eens.' Hij wees naar het verschoten uniform dat daar voor hem lag. 'Vouw maar open. Dan weet je direct wat je bent.'

Aarzelend greep Wojtecks hand naar zijn toekomstige kleren. Welk insigne zou erop staan? Zouden ze het weten? Wojteck wist dat dan zijn doodsvonnis zou getekend zijn. Een gele ster. Een witte band met de blauwe davidsster. Voorzichtig legde hij de broek naast het jasje. Hij sloot even de ogen. Alstublieft God, niet…

'Tempo, tempo!' sneerde de stem achter hem. 'Ik heb ook nog andere klanten in dit hotel.' Toen Wojteck het jasje opende en het insigne zag, keek hij blij verwonderd naar zijn bewaker.

'Ja, vanaf nu ben je officieel een politieke gevangene. Het verzet helpen, tuttuttut', siste de man afkeurend. 'Vooruit, aantrekken!'

Terwijl Wojteck vliegensvlug zijn vertrouwde kleren uitschoot, kon hij het toch niet laten nog eens dezelfde vraag te stellen.

'En wat gaat er nu met mij gebeuren?'

De man keek hem geïrriteerd aan. Wojteck wist dat hij moest oppassen. Zijn gekwetste handen maanden hem tot grotere voorzichtigheid.

'Dat accent,' polste de man, 'waar kom je vandaan?'

'Kraków.'

'Dan ga je binnenkort naar huis', glimlachte hij, terwijl hij Wojtecks kleren in een bundel bijeen propte. Wojteck keek hem angstig vragend aan.

'Hoe ver ligt Auschwitz van Kraków?' Met deze onschuldige geografische vraag sloot zijn bewaker de deur van zijn cel.

6
Oswieçim
Oktober 1944

Welkomstspeech van Karl Fritzsch, Schutzhaftlagerführer, Auschwitz-Birkenau:

'Dit is geen sanatorium. Dit is een Duits concentratiekamp.
En wij hebben maar één uitgang: door de schoorsteen.
Joden leven hier ongeveer twee weken, priesters
één maand en al de rest drie maanden.'

Auschwitz was geen zestig kilometer van zijn thuisstad verwijderd. Lichtjaren lagen tussen Kraków en deze hel.

4.35 uur.

De gure herfstkou drong al door zijn afgedragen schoenen heen om naar zijn onderbuik te kruipen. Hij was er die morgen niet in geslaagd zijn biologische klok enkele minuten voor het officiële ontwaken te laten aflopen. En hij wist dat dit hem de hele dag ging achtervolgen. Die paar extra minuten, helemaal alleen voor zichzelf, waren heilig. Even weg van het ziekelijke gekreun en gerochel in de overvolle barak, waar het elke avond een strijd van leven op dood was om de hoogste plaats in hun plankenstapelbedden van drie hoog te veroveren. Hij wist waarom hij zich die ochtend verslapen had. Hij dacht dat hij inmiddels getraind was in het stoïcijns negeren van noodkreten. Maar de jongen die de avondstrijd verloren had en op een onderste slaapplank was beland, had hem door zijn onmenselijke gillen toch doen opspringen. De angst die in het maanlicht uit zijn verschrikte ogen sprak, deed Wojteck denken aan zijn werk overdag. Een grijze wanhoop maakte zich meester van zijn defensieve apathie. Zijn bedgenoten maanden de jongen tevergeefs aan tot stilte, maar het was al te laat. De bonkende stappen die de deur naderden, het slepende geluid van zijn voeten door de barak, terwijl hij hardhandig in de armen genomen was door de twee nachtwachten en dan weer de normale, geluidsvolle stilte in barak B II, d.

Pas toen Wojteck zich enkele uren later naar de latrines haastte voor een plaspauze van maximum twee minuten, ving hij gefluisterde flarden van de nachtelijke tragedie op.

'Gisteren geslagen door een Kapo.' 'Lip kapot.' 'Bloed laten hangen.'

Die laatste zin werd geuit op een zekere neerbuigende toon voor de naïviteit van dat groentje.

'Hij vroeg erom.' 'Ja, als een rat zich vastzet.'

Wojteck sloot even de ogen. Niet alleen SS'ers, maar ook ander ongedierte vormde een steeds aanwezige bedreiging. Op de onderste plank liggen met een open wond, hoe klein ook, was een rechtstreekse uitnodiging voor rattenbezoek. Wojteck voelde even aan zijn nog ongeschonden lip. Het vroeg weinig verbeelding om de verschrikte pijn te voelen van de jongen die plots letterlijk zijn vijand in de ogen kon kijken. Voorzichtig krabde hij aan zijn linkerelleboog, waar enkele vlooienbeten zich hadden gecentreerd. Ook deze kleine beestjes waren Wojtecks grote angst. Tyfus was maar een van de ziektes die vlooien en luizen doorgaven.

Hij was nu al bang voor de 'nieuwe' kleren die hij weer binnen vier weken ging krijgen. Een wasbeurt en het ontvangen van 'schone' kleren van een overleden gevangene waren in deze onderwereld absoluut geen garantie dat je gezondheid erop vooruitging. Integendeel.

En iedereen wist wat er uiteindelijk met je gebeurde als je achter de deuren van het Krankenlager belandde of, nog erger, in Block 11. Wojteck had al een aantal slachtoffers van dat gebouw gezien tijdens zijn werk. Het lijden dat zelfs na de dood nog op hun gezichten stond geschreven, wenste men zelfs zijn ergste vijand niet toe. Alhoewel. Maar nee, ze waren niet allemaal slecht.

Hij moest het toegeven: hij kreeg van een wachter soms extra 'voedsel'. Uit medelijden. Omdat de ouders van die Duitser vroeger in Polen gewoond hadden. Wojteck probeerde zijn gedachten weer terug te brengen naar het hier en nu. Hij moest zich focussen op de kleine, dagelijkse routine.

Hij kon het niet laten zachtjes te klappertanden. Hoe lang ging deze keer het appel duren? Volgens een aantal oudgedienden duurde het langer naarmate het weer slechter werd. En Wojteck kende de Poolse winters.

Hij had gedacht dat de winter in Breendonk al onmenselijk was geweest. België. Alles leek nu zo ver weg. De verschrikkelijke treinrit in februari na vier maanden opsluiting in Breendonk was een peulenschil vergeleken met de hete zomer eerst in Auschwitz en daarna, met zijn nieuwe werk, in Auschwitz-Birkenau. Hij had van niemand ook maar iets gehoord. Het leek alsof hij geen leven voor deze hel geleid had. En hij wist dat zo denken hem misschien ooit uit deze plaats kon helpen. Nu al werd hij door medekampbewoners als een unicum beschouwd. Zovele maanden overleven en nog steeds hadden ze hem niet gekraakt. Toch niet volledig.

Het appel was eindelijk begonnen. De nummers met hun echo-ja gleden langs hem heen. Voorzichtig streek hij met zijn rechterhand over zijn linkerarm, waar, onder zijn flinterdunne streepjesjasje, zijn nummer getatoeëerd stond. Wojteck wilde alleen maar de laatste vier cijfers onthouden: 2302. Haar geboortedag, gevolgd door die van hem, als door een kabbalistisch ironisch lot toch nog bij elkaar. In de normale wereld zou hij smalend gelachen hebben om zo'n bijgelovige hocuspocus. Maar hier gaf het hem al een zalig warm gevoel door alleen maar die 23 aan te raken. De hoop ooit weer die verjaardag te vieren, deed hem volhouden, deed hem de discipline die hij als sportman altijd hoog in het vaandel had gevoerd, ook hier in de mate van het mogelijke toepassen. Hij wist dat hij als atleet zijn kansen hier verdubbelde. Misschien.

Wat had die man toen weer gezegd, toen ze hier op die ijskoude februarimorgen waren gearriveerd? Voor gewone gevangenen drie maanden? Hij voelde aan de rode driehoek op zijn linkerborst. Zijn vervaldatum was al lang voorbij. De lijst van cijfers leek eindeloos te duren, ook al wist hij dat er in hun afdeling B II d, net zoals in de andere afdelingen, elke dag mensen van de lijst geschrapt werden. Door ziekte, door sadistische straffen, door pure quota om het aantal eliminaties per dag uit te voeren.

Wojteck wist met door ervaring gevoede zekerheid dat de jongeman van die nacht de volgende morgen niet zou afgeroepen worden. Zijn zwakke gejammer begeleidde het appel. De armen achteraan vastgebonden, was hij die nacht op de appelplaats aan een mobiele galgconstructie opgehangen. Zijn voeten raakten amper de grond. Zijn armen leken al volledig uit de kom. De piepende ademhaling teisterde Wojtecks oren en geweten. Hoe lang ging het nog duren voor de longen het zouden begeven? Hij was er zeker van dat ze hem zouden laten hangen als een soort van directe waarschuwing en dreiging.

Eindelijk. Het fluitsignaal gaf het einde van het appel aan. Vijf minuten om het lauwwarme watermengsel dat ze hier koffie noemden, naar binnen te werken.

Een klein teken. Een uitnodigend gebaar. Wojteck zette zich naast François op de wankele bank.

'Goed geslapen, maat?'

Wojteck moest nog altijd lachen bij deze typische Antwerpse aanspreking zo ver van de havenstad vandaan. Vanaf het begin van zijn verblijf hier had Wojteck zich voorgenomen geen vriendschappen te sluiten. Hij was hier alleen, hij zou hier ook alleen vertrekken... Waarom met mensen contacten aanknopen die toch alleen maar tot een bruusk afscheid zouden leiden? Maar toen deze man hem twee maanden geleden in gebrekkig Duits, doorspekt met Vlaams, om een speciale gunst had gevraagd, had hij deze bijna ingewilligd. Het was zijn taal. Hij had een koosjere slagerswinkel gehad in een zijstraat van de Belgiëlei. Dankzij François had Wojteck weer een stukje Jacqueline bij zich en pas toen hij dat voor zichzelf toegaf, wist hij met heel zijn hart dat hij haar terug ging zien.

Hij moest het hier volhouden.

Voor Jacqueline.

Zijn geest weigerde ook maar één seconde te denken aan wat er met haar gebeurd zou kunnen zijn. Jacqueline was veilig. Dat moest hij blijven geloven.

'Het is weer goeie *kaffee*', knipoogde François naar hem.

Wojteck knikte. Hij bekeek zijn vriend onderzoekend. De kleine spierbundel die hier amper twee maanden geleden was beland, leek met de dag te verschrompelen door het immense verdriet en de barslechte levensomstandigheden. Maar toch slaagde François er elke dag weer in om Wojteck met een kwinkslag of een herinnering aan Antwerpen moed in te spreken. Zijn donkere oogjes verraadden een levenskracht die zelfs door het verlies van zijn gezin niet volledig geblust was. Zijn vrouw, nog verzwakt van de bevalling van hun tweeling, was onmiddellijk naar de douches gestuurd. En de tweeling? Iedereen wist dat de dokter van Block 11 een bijzondere interesse voor dit 'fenomeen' had. Hoe kon je een man troosten wiens gezin met één handbeweging naar de dood was gestuurd? Dat was heel simpel. Voor zoiets was er geen troost mogelijk.

Een dwingend fluitsignaal weerklonk.

'Klaar voor een nieuwe werkdag?' François stond op. Hij was sinds een week gepromoveerd van grachtengraver tot sorteerder in de Canadablokken, waar elke dag massa's koffers belandden waarop naam en afkomst van de eigenaars in grillige krijttekens stonden neergekrabbeld. François sorteerde nu de bezittingen van deze mensen, die verzekerd werden dat ze na de douches alles zouden terugkrijgen. De eerste dagen had hij niet kunnen zwijgen over deze sinistere baan.

'Al die kleren, zorgvuldig opgevouwen. De familiefoto's die systematisch worden opgestookt. De knuffels van de kinderen... Zoveel herinneringen, zoveel verwachtingen in die gezichten op de foto's...'

François had met zijn vuist op de brits geslagen, de tranen verbijtend die hij anders alleen in de stille beslotenheid van de nacht liet lopen. Wojteck had hierop niets gezegd. Wat viel er te zeggen? Voor sommige dingen waren er geen woorden, in geen enkele taal.

'Ik weet het,' had François gezucht, 'wat jij moet doen, is nog tien keer erger.'

De marsmuziek van een orkestje aan de ingang van het kamp begeleidde hen ook die morgen weer naar hun dagtaak.

Die muziek! Wojteck werd al misselijk bij het horen van de eerste tonen. Vooral 's avonds, wanneer het resultaat van een vrolijke werkdag voor het Derde Rijk door de werkmakkers werd binnengedragen. Naarmate het kouder werd, groeide het aantal lijken dat bij het avondappel werd binnengebracht. Ook lijken moesten geteld worden. De zinloze dood van zo velen, begeleid door een opgewekt marsmelodietje.

Wojteck werd met zijn 'collega's' in sneltempo begeleid naar hun werkplaats, waar de schoorstenen al volop aan het branden waren. Ook de vuren aan de rand van het kamp waren weer ontstoken.

Niet denken. Niet zien. Niet ruiken.

Deze mantra dreunde als vanouds weer door zijn hoofd. Als lid van het Sonderkommando Crematorium III wist hij dat dit de enige manier was om te overleven. Maar hoe lang ging hij dit nog volhouden? Hoe lang ging hij nog de as kunnen negeren die hem bij plotse windvlagen deed knipperen omdat zijn wimpers het menselijke stof niet konden tegenhouden? Wojteck keek onder het lopen naar zijn schoenen, die alweer volledig bedekt waren met een laagje grijs dat zich ook op elke porie van zijn lichaam vastzette. Hoeveel verschillende soorten grijs er waren… dat had Wojteck al snel ontdekt, toen hij twee maanden geleden de baan van lijkendrager had gekregen. Als een lastezel, van gaskamer naar crematorium, of naar de grachten, als de ovens de snelheid van het vergassen niet konden bijbenen. Zijn vader had hem vroeger verteld over de Eskimo's, die meer dan honderd woorden hadden voor de kleur wit. Hoeveel woorden zouden ze hier dan wel niet kunnen uitvinden voor alle grijstinten?

Zijn vader? Weg met die herinnering! Zijn vader zat veilig in Kraków. Zijn vader zou hier nooit komen, was hier nooit geweest!

'Du, mitkommen.'

Een pook van een zweepje in zijn biceps en Wojteck volgde gedwee, de armband met de SS-Totenkopf in het vizier. Dat had hij de eerste weken met harde hand geleerd. Je volgde elk bevel zonder enige aarzeling op, hoe vreemd of kwetsend dit ook mocht zijn. En hij had die eerste periode nog een ander belangrijk ding heel snel geleerd: nooit, maar dan ook nooit keek je een SS'er of een Kapo in het gezicht. Totale nederigheid was een strikte voorwaarde om de dag levend te kunnen eindigen. Of was het omdat ze hun slachtoffers niet recht in de ogen konden kijken uit een ergens diep verborgen schaamte? Nee. Deze elitetroepen kenden zelfs dat woord niet. Wojteck was er vast van overtuigd dat, als hij het toch zou wagen hen in de ogen te kijken, hun blik leeg en koud zou zijn. Hoe kon het anders dat ze met zo'n kille, mathematische precisie moordden?

De zweep hield hem tegen bij een berg lichamen. Zijn bewaker kreeg het gezelschap van een soortgenoot met herdershond die nieuwsgierig de berg begon te besnuffelen. Wojteck bleef bewegingsloos staan, de blik op de grond gericht zodat hij de aanblik van de berg zo lang mogelijk kon vermijden. Hij kon hun luchtige gebabbel over een feestje van de vorige avond niet buitensluiten.

'Schöne Mädel… zu viel getrunken… Schade… im Arsch, ja! … Ging noch gerade… in zwei Wochen…'

Hun leventje ging hun gewone decadente gang. Hoe konden ze, terwijl hier zovele dode oren meeluisterden?

Verontwaardiging en woede stapelden zich op in zijn borst, wanhopig op zoek naar een uitweg. Wat zou hij ervoor geven om nu een degen in de hand te hebben, ook al wist hij dat hij dan zijn doodsvonnis tekende. Zijn blik vulde zich met de diepste walging die hij in al die maanden had opgepot. Zijn voeten schuifelden voorzichtig weg van de berg, zijn vuisten klemden zich rond de stof van zijn hemd tot ze wit werden. Hij kon er niet meer tegen. Hij moest… Een dreigend gegrom van de hond bracht de twee bewakers weer bij de orde van de dag. Een zweepstok in de rug. Als hij zich nu bliksemsnel omdraaide en die stok bemachtigde, kon hij hem de strot induwen. Dood binnen een minuut. Als schermer kende hij de zwakke plekken van het menselijke lichaam. Binnen een minuut naar het walhalla met die zelfvoldane grijns van hem. Een fractie van een seconde twijfelde hij. Zijn rechterarm ging de lucht in, zijn prooi vermoedde niets. Ja. Nu. Draaien en in één flèche-beweging dood.

Wojteck waande zich weer even op de oefenmat in de Maccabisporthal van Kraków. Elke spier leek zich op te spannen. Ze hadden het echt niet door.

Ja! Nu!

Een herhaling van de zweep die hem in de rug porde en Wojteck voelde de geladenheid van een mogelijk gevecht uit zich wegstromen. Hoe had hij kunnen denken het ooit te kunnen opnemen tegen een man die het zelfs niet waagde om hem rechtstreeks aan te raken? Een worm was hij. Minder nog.

Gelaten keek hij naar de wijsvinger die van de berg naar de brandende gracht verderop wees. Alsof Wojteck nog niet wist wat hem te doen stond. Het crematorium kon de liggende rij wachtenden weer eens niet volgen. Tijd voor een gezellig ouderwetse brandstapel…

Wojteck wist dat zijn zwartgallige cynisme hem ooit zou vellen. Of was dit gewoon realisme?

De hele dag sleurde hij met lijken die ook na de dood pasten in het immense raderwerk van het Derde Rijk. De vlechten en de peies die met hun zachte krullen binnenkort tot mooi geweven stoffen verwerkt om de schouders van een degelijke arische moeder zouden rusten. De gouden tanden die in blinkende goudstaven gegoten per spoedexpres naar het centrum van de wereld, Berlijn, gestuurd zouden worden. De talrijke beenprotheses die de soldaten aan het Oostfront weer vlotjes zouden doen rondhuppelen, zodat zij ook het rode gevaar zouden kunnen versmoren. Alles had zijn nut. Alles had zijn functie. Een geheim, gedragen door het Sonderkommando van elk crematorium, maar ondertussen ook algemeen geweten in het hele kamp. Waarom had François hem anders gevraagd om uit te kijken naar iets van zijn familie: een lok van zijn vrouw, een sokje van zijn tweeling? Een onzinnig verzoek. Levensgevaarlijk. En wie zou hem zeggen dat juist de familie van François door zijn crematorium zou behandeld worden? Hoe zou hij ze herkennen? De enige foto die François had gehad, was in hun kleine koffer in de Canadablokken verdwenen. Even was het in Wojteck opgekomen hem zomaar uit de immense stapel een lok, een sokje te geven. Alles om de wanhoop en het verdriet in de man zijn ogen te sussen. Maar hij had dit niet gedaan. Auschwitz was niet de plaats voor valse hoop of troost.

Tijdens het wandelen van de ene verschrikking naar de andere probeerde Wojteck steeds zijn gedachten zo ver mogelijk van de beschuldigende ogen op zijn wankele kruiwagen te brengen. Hoe ver zou het staan met de plannen van het Sonderkommando van Crematorium IV? Toen hij voor de eerste keer van hun verzetsplannen had gehoord, had hij snerend gelachen om die dwaze, gevaarlijke hersenspinsels van hen. Dynamiet binnensmokkelen om dan alle crematoria in één nacht eindelijk tot hun ultieme doel te brengen: zelf in de as gelegd worden? En dan? Om dan, na de gruwelijkste vergeldingsacties van de Totenköpfe, nieuwe crematoria te moeten bouwen? Een van de verzetsleden had verontwaardigd gereageerd op zijn cynisme. Had hij dan de geruchten niet gehoord dat Hitler op alle fronten nederlagen leed? Dat het Derde Rijk aan het wankelen was? Wojteck had toen gelaten het hoofd geschud om zoveel naïviteit. Maar toen de man hem op zijn rode driehoek had gewezen, was de twijfel binnengeslopen. Misschien had die man wel gelijk. Was het niet tijd om zijn gedrag van bevroren konijn voor een lichtbak stop te zetten? Was hij het niet aan Karel verplicht om terug te vechten?

Karel. Antwerpen.

Honger! Ja! Focussen op dat gevoel dat hem dag en nacht vergezelde. Alles was beter dan die herinneringen. Waarschijnlijk weer koolsoep. Haar lachende ogen. Nee. En dat stomme gezouten varkensvlees dat volgens François zelfs niet aan de beesten zou gegeven mogen worden. Het kuiltje onderaan haar rug. Stop. Hopelijk vandaag geen brood dat al half door schimmel verzwolgen was. Tot de laatste kruimel. De siddering die door haar lijf ging, toen hij haar voor de eerste keer… Nee. Honger.

Dorst. Alles behalve dat. Hij keek even om zich heen. De lotgenoten van zijn commando waren in hetzelfde doelloze rondrijden verwikkeld, de blik op oneindig. Wojteck kende niemand van hen. Toch niet echt. Het was alsof een gemeenschappelijke schaamte hen belemmerde om elkaar in de ogen te kijken. Alsof zij de daders van deze gruwel waren.

Net toen Wojteck dacht dat zijn taak er voor die dag op zat, verscheen een groep bewakers aan de horizon tegen een onwezenlijk mooie zonsondergang die ze in dit oord moesten verbieden.

'Krankenlager. Nun!!'

Wojteck gebaarde of ze hun kruiwagens moesten meenemen, maar de SS'er schudde geïrriteerd het hoofd.

'Nein! Kein Transport! Überraschungskonsulation beim Kampfarzt. Befehl von Höss.'

Gelaten liepen ze naar de barak waar zoveel zieken tevergeefs op de juiste medicatie wachtten. Wojteck voelde zijn hart van schrik door zijn lichaam razen. Waarom zo abrupt, zonder waarschuwing? Hadden ze iets opgevangen van de plannen van dat andere Sonderkommando? Was deze 'consultatie' een eufemisme voor hun efficiënte folteringen om zo de waarheid boven te krijgen?

En wat met hemzelf?

Tot nu toe had de rode driehoek hem beschermd. Bij de laatste checkup had de arts wel vragend naar zijn penis gekeken. Maar de rode kleur van zijn merkteken, zijn blonde haar en het zachtjes gemompelde '*Krankheit*' had hem al snel het akkoord gegeven. Wie zei hem dat dit deze keer ook het geval zou zijn? Hoeveel levens had Wojteck nog tegoed?

Toen ze het ziekenhuisblok binnengeleid werden, sloeg de geur van ziekte en verrotting hem al tegemoet. Hier kwamen de mensen niet om beter te worden. Ook al waren ook hier gevangenen volop bezig met maniakaal poetsen.

Een staccato hoofdgebaar van hun SS'er begeleidde hen naar een van de belendende vertrekken. Wojteck en zijn collega's gingen binnen in een kale kamer met één bankje en een aantal afgebroken kleerhaakjes aan een gifgroen verschoten muur. Ze kenden de routine en begonnen zich mechanisch uit te kleden. Onmiddellijk overwon de kou van dit kille blok de door het werken opgedane warmte. Het bankje bleef onbezet. Wie van hen ging deze enige zitplaats opeisen? Bedremmeld stonden ze allemaal naar een bepaald punt in de verte te staren, elk met hun gedachten bij het komende onderzoek dat hen al dan niet op of achter de kruiwagen zou doen belanden: een wereld van verschil.

De tijd tikte bijzonder langzaam weg. Wojteck had de grootste moeite om zijn gedachten onder controle te houden. Hij mocht nu vooral niet beginnen panikeren. Als vanzelf dwaalde zijn geest naar de Thoralessen en gebeden die hij voor zijn bar mitswa uit het hoofd had moeten leren. Even verwonderde hij zich hierover. Hoe kwam het toch dat hij elke keer in tijden van enorme stress op zijn geloof terugviel? Omdat het hem aan zijn familie herinnerde? Uit nostalgie? Of was dit dan toch écht geloof?

De gebeden namen het in zijn hoofd over. Het wachten duurde uren. Volkomen verkleumd ijsbeerden ze door de kamer in een abstract patroon dat ervoor zorgde dat ze nooit met elkaar in contact kwamen.

Het plotse geblaf van de verpleger deed hen niet opschrikken. Ze wisten dat ze hier altijd alert moesten zijn. Een kleine verstrooidheid of onoplettendheid kon al het perfecte excuus zijn om iemand ter plekke te executeren. Braaf draafden ze achter de witte man aan. Even goed getraind als die herdershonden van hen, bedacht Wojteck bitter.

Het volgende vertrek bevatte een warmte die de mannen als een deken omarmde. Voor de dokters die daar vooraan aan hun kleine tafeltjes zaten, was het blijkbaar te fris om zonder kachel te werken. Maar de warmte zorgde er wel voor dat het angstzweet in de kamer penetrant duidelijk werd.

Wojteck was de laatste in de rij. Uiterlijk gelaten wachtte hij gespannen zijn beurt af. Hij had, buiten de normale uitputting, nog geen kenmerken van een ziekte bij zichzelf vastgesteld. Maar hij was geen dokter. Wie zei hem dat zijn ingewanden al niet lang aan tyfus of aanverwante overgeleverd waren?

Een ongeduldig handgebaar van de dokter, terwijl zijn nummer werd gesnauwd. Braaf ging hij voor de bebrilde man staan. Dit was gewoon een medisch onderzoek. Meer niet. Dat moest hij zich blijven inprenten. Een gewoon routineonderzoek. Niet meer, niet minder.

Perkamenten, koude handen gleden langs zijn gebit en hieven zijn oogleden op. De zurige adem van de arts deed zijn lege maag tuimelen. Geklop op zijn armen en zijn benen. Als een paard op de veemarkt. Alles duurde maar een paar seconden, voor Wojteck leken het uren.

De hardhandige manier waarop de man Wojtecks zedige handen voor zijn geslachtsdelen wegsloeg. Hoe hij zijn ballen vastpakte en dan die aha-blik.

Het was de eerste keer dat Wojteck de vijand in de ogen keek. Meteen ook de laatste?

7
Pact met de duivel
Augustus 1944

'De perfecte ariër: blond haar, blauwe ogen,
vruchtbare heupen, groot van gestalte,
fijne gelaatstrekken'

Nee! Hij mocht niet sterven! Niet nu!

Jacqueline ijsbeerde door de als pakhuis vermomde bibliotheek van haar luxegevangenis. Overal in de villa hoorde ze gestommel en gesleur. De duivel had een trouw gevolg én een immense voorraad aan geplunderde schatten, waarschijnlijk geen toevallige combinatie. Ze zuchtte diep. Het leek een eeuwigheid geleden dat ook zij hier als buit was binnengeleid. Na die verschrikkelijke nacht op de Kommandatur op de Meir. Ze zou nooit meer in alle onschuld voorbij dat vroegere bisschoppelijke paleis kunnen wandelen op haar maandelijkse uitstapje met haar moeder op die Meir. Laatdunkend fronste ze de wenkbrauwen. Alsof zij nog ooit met haar moeder daar zou gaan flaneren. Ze zouden haar in Antwerpen zien komen! Het hoertje van een Gestapo-officier... Ze moesten eens weten.

De reutelende ademhaling van haar drie maanden oude zoontje haalde haar uit de nachtmerrie van het Antwerpse gejoel bij de aanblik van een nazihoer. Sussend haalde ze hem voorzichtig uit zijn rieten reiswieg, door kartonnen dozen omsingeld. Zijn voorhoofd gloeide, zijn blonde krulletjes plakten in zijn nekje. Haar verstand vertelde haar dat dit misschien gewoon zijn eerste verkoudheidje was. Maar haar hart sloeg op hol als ze er ook maar aan dacht dat ze haar jongen ook nog zou moeten afgeven. Hij was haar alles, het enige dat haar door deze verschrikking had heen geholpen. Vanaf het moment dat zijn kleine knuistje zich rond haar vinger had vastgeklemd vlak na de meest eenzame bevalling, had ze het geweten: dit kind was van haar.

Ook al had Hammel tegen de militaire verpleegsters uit de ziekenhuiskamer geblaft en de baby geïnspecteerd en tevreden geglimlacht: 'Die blauwe ogen. Precies zoals die van mijn moeder. Een perfecte ariër.'

Een goedkeurend klopje op haar schouder. Het kweekdier had haar taak goed vervuld. Haar lichaam had van woede getrild bij deze zogenaamde tedere aanraking. Hoe durfde hij? Nooit zou ze de liefde voor Wojteck verloochenen, ook al moest ze daarvoor haar ziel aan Hammel verkopen.

Die eerste nacht, zo kwetsbaar naakt op die wankele stoel, had ze zijn blik al gevoeld. Maar het was pas de volgende middag dat ze ook ondervonden had wat de beweegredenen van die afgeborstelde vijand waren. Het verschil in behandeling voor en na zijn bezoek aan haar cel was dag en nacht geweest. Met duidelijke tegenzin hadden haar bewaaksters Jacqueline haar kleren gegeven en haar naar een primitieve badkamer gebracht, waar ze de schaamte van haar blaas van zich af kon wassen. Toen ze zich gesterkt voelde door deze menselijke behandeling, had ze ook de moed gehad om naar haar ouders en haar 'verloofde' te informeren.

Maar dat was net iets te veel gevraagd van hun goede wil. Een harde klap op haar wang was het antwoord met een afkeurend geluid van de Duitse bewaakster, die onmiddellijk het gezicht van Jacqueline inspecteerde. De vrouw had betrapt en angstig gekeken. En Jacqueline had al snel geweten waarom zij zo bang was geweest voor een mogelijke berisping van de Gestapoman.

Ze was die morgen nog van de Meir naar zijn vertrekken gevoerd. Het immense gerechtsgebouw dat haar als kind al een enorm ontzag inboezemde. De Lange Lozannastraat. Het Middelheimpark. Heel Antwerpen had ze zien passeren door het zwaar bewasemde ruitje van de Gestapoauto. Ook al had ze toen tussen twee bewakers in gepropt gezeten die geen enkele moeite hadden gedaan om fysiek contact met haar te mijden, ze had zich nog nooit zo alleen gevoeld.

Het leek wel alsof Antwerpen, haar geboortestad, als een verre bekende haar was voorbijgegleden.

Wat zou er nu met haar gebeuren? Breendonk? Verdwijnen in *Nacht und Nebel*? De gruwelijkste verhalen van haar vader hadden door haar hoofd gespookt.

Haar vader.

Een pijn die veel dieper ging dan die slag op haar wang, had haar overvallen. Haar ouders, Wojteck, ging ze hen ooit nog terugzien?

Met piepende banden waren ze gestopt voor een victoriaanse villa. Jacqueline schatte dat ze in vogelvlucht maar twee kilometer van het huis van haar ouders in de Polostraat verwijderd waren. Het Middelheimpark lag in de stralende najaarszon te baden. Wat had haar belemmerd om op deze Indian Summerdag een zalige wandeling naar huis te maken? Het norse bevel van haar bewakers die haar naar het portaal van de villa brachten waar Jacqueline nog de sporen van een stukgemaakte mezoeza had geregistreerd. Ze kende die traditie van de Belgiëlei. Een stukje Thoratekst in een klein houdertje aan de deur. Een flardje tekst als bescherming.

Dit was een Joods huis. Geweest.

De monumentale trap in de marmeren hal droeg nog de herinnering van de ongeduldige kindervoetjes die op vrijdagavond naar het sabbatmaal renden. Haar escorte had haar naar boven geleid en in een schitterend vertrek achtergelaten. Dit was duidelijk de ouderlijke slaapkamer geweest. De grote kapspiegel met allerlei potjes en flesjes ervoor stonden onaangeroerd, alsof de vrouw des huizes die morgen voor een onschuldig dagje winkelen was vertrokken en zich die avond, moe maar tevreden, in een nieuwe jurk zou wurmen voor een etentje met haar echtgenoot. Jacqueline ging aarzelend naar de spiegel en keek sluiks naar haar spiegelbeeld. Haar lokken hingen in slierten langs haar gezicht, dat nog de sporen van de hand van haar bewaakster droeg. Haar vingers gleden over de tafelrand langs de crèmes en zalfjes en stopten bij een parfumflesje.

'Je mag er gerust wat van nemen. De eigenares zal het toch niet meer nodig hebben.'

Verschrikt sloeg Jacqueline het flesje op de grond zodat de hele ruimte bedwelmd werd door een heftige rozengeur. Ze verstijfde van schrik toen ze de schaduw aan de deur voelde naderen. Zijn Nederlands had een Duits accent, maar verraadde toch dat hij hier al lang was. Een windvlaag gleed langs haar heen. Hij had het raam dat naar het balkon leidde, opengezet.

Jacqueline sloot de ogen. Ze gaf haar hersenen geen toestemming om te bedenken waarom ze net hiernaartoe was gebracht. Nooit gedacht dat ze zou verlangen om naar Breendonk getransporteerd te worden!

'Zo.'

Het stemgeluid werd gevolgd door de piepende veren van een matras. De geur van rozen werd vermengd met de scherpe reuk van een sigaar. Als de vrouw van Lot stond Jacqueline versteend aan de grond genageld. Wat wilde die griezel van haar? Waar was Wojteck?

'Kom naast me zitten.' Zijn hand op de sprei was beleefd uitnodigend, zijn stem was dwingend. 'Kom.'

Met gebogen hoofd ging ze naast hem zitten op het uiterste einde van het bed, haar handen voelden de chenille sprei onder haar zachtjes meegeven. Dit was een nachtmerrie. Meer niet. Wojteck zou haar zo dadelijk wakker kussen.

Maar de hand die haar knie omklemde, was wel degelijk de realiteit. De greep verstevigde zich. Haar knie klemde zich krampachtig vast aan haar andere knie. De seconden duurden uren.

Een extra druk op de matras en haar knie. En toen ijsbeerde hij door de kamer, terwijl hij haar zijn zakelijke voorstel deed.

'Die familie van jou, je verloofde. Je weet toch wat ik met hen kan laten doen?'

Jacqueline staarde voor zich uit. Dacht die man dat ze hem ging antwoorden? Zijn schaduw kwam dichterbij en stopte vlak voor haar. Zijn ongeduldige zucht om haar apathie blies in haar gezicht. Haar ogen knipperden instinctief, alert voor het naderende gevaar. Maar er volgde geen klap. Geen boze woorden. Alleen die harde ogen die ook al de vorige dag haar ziel hadden doorboord.

'Ik heb een voorstel. Ik zorg ervoor dat ze in de gevangenis worden beschermd. Je kunt er zeker van zijn: hen overkomt niets.'

De sigarenrook en de rozengeur omsingelden haar in een verstikkende greep. Wat sprak die man voor onzin, waarom zou hij nu ineens verzetsleden gaan sparen? Ze wist dat hij hier blufpoker speelde. Of niet?

Haar ouders. Ze wist dat haar moeder niet sterk was. Ze zou de onzinnige terreur in Breendonk niet overleven. Haar vader wel, die was sterk. Alhoewel… En Wojteck. Ze wist alles van hem. Als die man voor haar dat ook zou weten… Nee. Dat mocht niet. Dat kon niet. Ze moest alles doen voor hen. Voor hem.

Haar ogen beantwoordden zijn blik, die door de onverwachte openheid even opschrok.

‘Ja.’ Haar stem klonk schor en aarzelend.

Ja, knikte ze opnieuw.

De eerste kaart in hun pokerspel was uitgespeeld. Ze schrok van zichzelf. Wat bezielde haar om met deze duivel een pact te sluiten? Wie zei haar dat deze man ook maar voor een haar te vertrouwen was? Maar ze wist heel goed waarom. Omdat elke strohalm goed was voor haar. Omdat ze álles zou doen voor Wojteck, voor haar ouders.

De Gestapoman bukte zich en streek haar haar naar achter, terwijl zijn vingers even afkeurend op de roodblauwe plek op haar wang bleven rusten. Jacqueline kon een huivering bij zijn aanraking niet onderdrukken. Haar ogen schoten even vuur tot ze besefte dat die vingers niet alleen haar leven in handen hadden.

‘Op één voorwaarde.’ Haar laatste troefkaart was uitgespeeld. ‘Dat u hen in Breendonk houdt en hen niet doorstuurt.’

De gruwelverhalen van de kampen in Duitsland en Polen. Dat overleefden ze nooit. Zeker Wojteck niet.

Even kreeg zijn blik dat harde dat ze ook al bij die andere zwijnen in Antwerpen gezien had. Wat verbeeldde ze zich? Alsof zij in de positie verkeerde om eisen te stellen! Maar iets in haar zei haar door te gaan. Wat had ze te verliezen? Instinctief voelde ze aan dat deze man iets van haar wilde. Haar lichaam voor het leven van drie mensen, een klein offer.

‘Gut.’

Drie letters die zo belangrijk waren. Door haar lichaam ging een golf van opluchting die de hardnekkige twijfels over zijn oprechtheid deed wegspoelen.

‘Sta op!’

Aarzelend ging ze aan het raam staan. Methodisch begon hij eerst de sprei zorgvuldig op te vouwen. Jacqueline staarde hem vol argwaan aan, terwijl hij de lakens opensloeg.

‘Kom hier.’

Voorzichtig knoopte hij haar blouse los, erop lettend dat hij geen stukje huid aanraakte. Zijn adem was beheerst, zijn bewegingen gecontroleerd. Elk kledingstuk van hem, van haar, belandde netjes opgevouwen op een stoel die hij naast het nachtkastje had geplaatst. Het enige liefdevolle gebaar lag in de korte streling van de bliksemschichtmanchetknopen die naast het nachtlampje neergelegd werden.

'Ga liggen.'

Geen gebrul, geen onnodig geweld.

Deze daad was een deel van hun zakelijke voorstel. Kort. Jacqueline had de hele tijd naar zijn laarzen liggen kijken die netjes onder de stoel geschoven stonden, terwijl ze tevergeefs zijn gesteun uit haar hoofd probeerde te blokkeren. Dit was zij niet. Dit was een andere vrouw.

Toen hij van haar af gleed en, na een korte zucht van tevredenheid, zich weer zorgvuldig begon aan te kleden, had ze hem voor het eerst langer aangekeken.

'Waarom ik?'

Haar vraag was op zijn stille aankleedritueel gebotst. Vlak voor hij de kamer verliet, had hij de lakens over haar lichaam getrokken en het raam toegedaan. 'Het wordt koud.'

Net voor hij de deur dichttrok, had ze het antwoord op haar vraag gekregen. 'Zomaar. Toeval.'

Dit was amper een jaar geleden. Het leek een eeuw. Ze wist dat heel veel gevangenen een gat in de lucht zouden springen als ze met haar konden ruilen. Maar steeds meer verlangde ze naar een koude cel en de onbeschofte behandeling van bewakers. Die gevangenen hadden tenminste elkaar nog. Ondanks het lekkere eten dat hier altijd voor Hammel en zijn vriendjes geserveerd werd. Ondanks de extra houtvoorraden die door hun Vlaamse sympathisanten in de villatuin werden opgestapeld. De hele villa was haar gevangeniscel: een vogel gevangen in een gouden kooi. Maar opgesloten bleef opgesloten. De eerste dagen had ze elke gelegenheid te baat genomen om hem te vragen naar haar ouders en Wojteck.

Pas toen hij haar op een afgemeten en ijskoude toon had gezegd dat hij als échte Gestapo-officier nooit op zijn beloftes terugkwam, had ze gezwegen. Zijn blik had haar gewaarschuwd. Ze was bijna te ver gegaan en haar instinct zei haar dat ze het best die lijn van zijn zakelijke beleefdheid niet kon overschrijden.

Af en toe leek hij de afstand tussen hen te willen overbruggen. Zoals die nacht dat hij haar de toestemming gaf om hem met de voornaam te noemen. Heinrich. Duitser kon niet. Alsof zij hem ooit 'Heini' zou toefluisteren! Nooit! Haar lichaam had na de eerste nachten het verzet opgegeven. Ze was een marionettenpop in zijn handen. Het kostte haar echter steeds meer moeite om in haar fantasie Wojtecks handen over haar heen te voelen. Gelukkig had ze nog een paar foto's van hen die in een geheim zakje van haar handtas verborgen hadden gezeten. Ze had gehuild, toen haar kleren en handtas van de Meir naar de villa waren gebracht. Een trouwfoto van haar ouders, gelukkig glimlachend naar elkaar. Een kleine foto van Wojteck, door haar oom, een fanatieke amateurfotograaf, genomen. Jacqueline herinnerde zich nog de avond waarop deze foto genomen was. Een geïmproviseerd feestje ter ere van haar vaders verjaardag. Ze zag Wojtecks gezicht, dat zich enorm concentreerde op de chaotische Vlaamse gesprekken. Die denkrimpel, die gefocuste blik. Als ze had gekund, had ze die foto met zachte kussen leven in geblazen. Maar het enige wat ze wél kon doen, was vertrouwen op de belofte van Hammel.

Ze waren allemaal veilig in Breendonk.

De maanden regen zich tergend langzaam aan elkaar. Ze zag de bomen van het park verkleuren en kaal worden. Haar enige uitje was af en toe een bezoekje aan de bioscoop. Steeds met Hammel. Antwerpen was voor haar een onbereikbare planeet, ook al leefde ze nog altijd in haar periferie. De eerste maand stelde ze zich geen vragen, de stress en de angst hadden haar volledig uit haar evenwicht gebracht. Maar de tweede maand was er een bang én hoopvol vermoeden gerezen. Pas in de derde maand had ze er iets over gezegd. Ze wist zeker dat ze nu binnen de kortste keren in Breendonk zou belanden. Bij hen! Welke échte Gestapo wilde een zwangere maîtresse?

Maar Hammel had heel anders gereageerd. Ze zou nooit zijn blik vergeten, toen ze het hem tijdens een van zijn nachtelijke bezoekjes gezegd had. Zijn ogen hadden een visionaire waas over zich gekregen en hij had zijn grote handen op haar beginnende buikje gelegd.

'Een zoon. Ik weet het zeker. Mijn nageslacht.'

Hij had haar die nacht verteld over de kweekexperimenten van Hitler. Hoe perfect arische vrouwen, zorgvuldig geselecteerd, bevrucht werden door de crème de la crème van de SS. Hoe in de kleine dorpjes rond München, vlak bij hét Adelaarsnest, deze arische *Übermenschen* de toekomst voor het Derde Rijk waren. Jacqueline had hem toen niet-begrijpend aangekeken.

'Ik heb je voorouders laten checken. Allemaal puur. Bovendien zag ik het al bij onze eerste ontmoeting: die wilskracht in jouw ogen. Je bent een sterke vrouw.'

Hij was uit bed gestapt, had zijn kamgaren kamerjas aangetrokken en zijn hand op haar lichaam gelegd als afscheid. Een goedkeurend klopje voor het brave huisdier.

'En bovendien', had hij tot slot geglimlacht, 'een stel goede heupen.'

Zijn gehuil was een zacht snikken geworden. Voorzichtig opende ze de deur van de bibliotheek. De koele traphal zou hem misschien in slaap wiegen. Ze ijsbeerde over de Perzische tapijten die haar stappen dempten. Een tevreden zucht ging door het kleine lichaampje. Was de koorts aan het zakken?

'Mijn kleine Walter', fluisterde ze hem zachtjes in het oor.

Ze glimlachte voor zich uit bij de herinnering aan het gesprek tussen Hammel en haar over de naam van hun zoontje. Het was de eerste en enige keer dat zij gewonnen had.

'Walter?' had ze voorzichtig gesuggereerd. Eerst had hij haar afkeurend bekeken. Maar daarna was hij naar zijn bureau gehold om triomfantelijk met een dik, opengeslagen boek terug te komen.

'Ja, hij gaat Walter heten. Waldan hari.'

Jacqueline had het hoofd geschud.

'Waldan hari, Oudgermaans voor "heer van het leger, machtig bevelhebber". Goede keuze, *Schätzi*, mijn zoon heeft een grootse toekomst voor zich.'

Jacqueline had gehuiverd bij zijn megalomane ideeën. Alsof die man haar zoon ooit zou zien opgroeien! Nee, die naam was gewoon een Vlaamse versie van haar geliefde; Wojteck zou lachen als ze hem dit verhaal zou vertellen! Binnenkort. Een nazi als Hammel om de tuin leiden. Zalig! Vooral omdat hij er nooit achter zou komen. Het paspoort van Wojteck was vals geweest. Niemand van die nazi's kende zijn echte naam. Wojteck, Walter: haar toekomst. En misschien wel veel sneller dan ze had durven hopen.

Toen ze gisteravond in de salon had gezeten, had ze door de halfopen deuren een wanhopig gesprek kunnen afluisteren. Hammel had de gewoonte minstens één keer per week een kaartavond te houden met overvloedige drank en sigaren, met de traditionele afloop van dronken gelal en heftige woordenwisselingen om verkeerd gespeelde kaarten. Zijzelf moest zich tijdens die avonden altijd ter beschikking houden in de salon, zodat Hammel haar af en toe confuus kon binnenroepen als zijn persoonlijke trofee of geluksbrenger. Na zijn gloriemoment verviel ze dan al snel tot een deel van het fluwelen behang en kon ze ongehinderd hun gesprekken volgen, die haar ofwel irriteerden door hun grofheid ofwel verveelden door hun bovenmatige eigendunk.

Maar de vorige avond was het anders geweest. Van echt kaartspelen was geen sprake geweest. Vanaf het moment dat het woord 'Breendonk' was gevallen, had ze de oren gespitst. Woorden als 'transport' en 'ontruiming' deden bij haar zowel de hoop als de angst groeien. Ze had het de laatste weken bij Hammel gevoeld: de onrust, de piekerende blik. Ook al leefde ze dan in een nieuwsvacuüm, ze voelde maar al te goed aan dat het Derde Rijk misschien wel eens niet zo eeuwigdurend zou kunnen zijn. De cadeaus van die Joris, Hammels beste vriend, en zijn dierbare Vlaamse collaborateurcollega's stroomden al een aantal dagen niet meer binnen. De verzamelwoede van Hammel, zijn hamsteren van dierbare schatten, kende een nooit geziene climax. De villa puilde uit van de dozen en kisten. Alles wees erop dat Hammel zich aan het voorbereiden was voor een reis naar zijn geliefde *Heimat*.

Tijd om hem aan zijn belofte te herinneren. Haar ouders. Wojteck. Ze had zich weliswaar noodgedwongen aan de afspraak gehouden. Ze kon bijna niet meer wachten om hen in haar armen te sluiten. Zij hadden het veel slechter gehad dan zij.

Een tevreden glimlach verscheen op het gezichtje van haar zoon. De koorts was verdwenen. Alles was weer volledig peis en vree in zijn kleine wereld. Jacqueline streelde hem zachtjes over het voorhoofd. Ze wist zeker dat Wojteck het haar zou vergeven. Wat er ook met haar lichaam gebeurd was, in haar hoofd was ze nog altijd dezelfde vrouw waarvan hij hield. Oké, ze wist dat het de eerste maanden niet gemakkelijk zou zijn voor haar in Antwerpen. Maar ze hadden elkaar. Voor de eerste keer in lange tijd zag ze een lichtje aan het einde van de tunnel.

Een deur beneden ging open. Zijn perfecte hoofd verscheen.

'Jacqueline, kom eens.'

Ze kon er zelfs na al die tijd nog altijd niet onverschillig op reageren. Zijn bevelen, zonder enige franje, deden haar nog altijd inwendig brullen van verontwaardiging. Maar ook deze keer slaagde ze erin om haar gezicht met een masker van welwillendheid te bedekken. Nog even, dacht ze. Beveel er maar rustig op los, Hammel, je dagen zijn geteld.

Toen ze zijn werkkamer binnenkwam, schrok ze van de wanorde op de tafel. Overal lagen dossiers, half geopend en gescheurd. De open haard in de chique kamer knisperde en zorgde voor nog wat extra warmte op deze hete augustusdag. Een straaltje zweet baande zich een weg langs zijn slapen, zijn netjes gesteven hemd vertoonde duidelijk transpiratievlekken. Jacqueline kon het niet nalaten een sarcastische blik te sturen naar de man die anders zijn mini-imperium zo vlekkeloos in handen had.

'U had me geroepen?'

Er kwam geen antwoord. Zijn ogen gleden over een aantal papieren, die even later met een diepe zucht in de gretige vlammen waaierden.

'Schade.'

Hij stond op en kwam achter haar staan, een hand op haar schouder. Was het moment van de waarheid eindelijk daar? Ging hij haar nu eindelijk zeggen dat ze vrij was om te gaan? Dat hij haar niet meer nodig had en weer naar zijn geliefde Berlijn ging?

'Geef hem aan mij.'

Met tegenzin overhandigde ze hem Walter, die even misnoegd een kreetje slaakte om zich dan in zijn armen te nestelen. Het waren de enige momenten dat Jacqueline zijn ogen dat onverschillig harde zag verliezen.

'Zoals je misschien al kon vermoeden, heeft het de *Führer* behaagd zijn topmannen bij zich te roepen. Omstandigheden dwingen ons onze strategieën te herzien. Men heeft het over mogelijke plannen in Zuid-Amerika: een aanvalsbasis om die Tommies en hun Amerikaanse vriendjes op de knieën te krijgen. Brazilië, Argentinië. Ze moeten vooral niet denken dat Hij het zo snel opgeeft.'

Haar hart sloeg een slag over van pure vreugde. De geruchten die ze in deze villa had horen mompelen, waren dus waar. Ze waren aan het verliezen! Het einde van deze hel naderde.

'Het spreekt voor zich dat alleen de besten voor deze missie naar Zuid-Amerika uitverkoren worden.' Zijn vinger gleed over zijn voorhoofd, dat baadde in het zweet.

Haar maag draaide om bij zoveel misplaatste hoogmoed. Missie? Zou 'vlucht' geen betere woordkeus geweest zijn?

'U gaat dus naar Berlijn?' bracht ze hem uit zijn heroïsche gemijmer.

Een ijskoude glimlach was zijn antwoord. 'U? Correctie, wíj!'

Ontzet staarde ze hem aan. 'Maar... wij... u... we hadden toch afgesproken... mijn ouders... mijn verloofde... ze...'

'Alles op zijn tijd', onderbrak hij haar.

'Maar u had toch beloofd...!'

Haar ogen schoten vuur. Dit mocht hier niet gebeuren! Zij had zich hier toch niet de hele tijd zo laten vernederen voor niets! 'En wat als ik zeg dat ik niet meega?'

De zelfgenoegzaamheid droop van zijn antwoord. 'Je doet maar. Ik heb mijn zoon. Dat is voldoende.'

'Nee!' Als een furie wierp ze zich op Hammel, die echter onaangedaan bleef staan en naar de deur van zijn kamer ging. Laatdunkend bekeek hij dit volgens hem onnodige, dramatische tafereel.

'Ik leg hem in zijn wieg', sprak hij haar op berispende toon toe. 'Ik heb nog veel werk. En jij ook.' Hij lachte. 'Of ga je nog altijd niet mee?'

De deur was al bijna gesloten.

Wat zou ze graag die pedante grijns van zijn gezicht krabben! Maar ze wist dat ze verslagen was. De panter had zijn prooi in zijn klauwen. Het was alleen afwachten wanneer hij zou besluiten te stoppen met spelen.

De volgende morgen zat ze in de grote hal, omgeven door koffers en zijn reiswieg. Walter sliep rustig, het koortsige van de vorige dag was volledig verdwenen. Waarschijnlijk dus toch een onschuldige verkoudheid. Het was op die momenten dat ze haar moeders raad meer dan ooit miste. Zij had haar wel kunnen geruststellen. Haar moeder, die... Ze wist dat ze deze gedachtegang moest stopzetten. De hele nacht had ze liggen piekeren. Waarom niet stiekem met Walter vluchten? Het beeld van de geüniformeerde wacht aan de deur was voldoende als antwoord.

Nee. Omwille van Walter moest ze nu even naar Berlijn. En dan naar huis.

Hammel kwam voor de laatste keer naar beneden en ging bijzonder tevreden met zichzelf naast haar staan.

'Klaar voor de grote reis, onze twee B's?'

Jacqueline bleef voor zich uit staren, weigerend aan zijn raadspelletje mee te doen.

'Eerst Berlijn. Dan Buenos Aires.' Zijn lach klonk hol in de geplunderde villa.

Jacqueline sloot haar ogen. Hoe zou Wojteck haar ooit nog kunnen terugvinden?

8
Pentakel
September 1944

'Volgens de weersvoorspelling zou het heet worden die dag in Buenos Aires; toch voelde ik de koude rillingen over mijn rug lopen. "Indien ik ze allemaal van kant had kunnen maken," voegde hij er op blaffende toon aan toe, "alle 10 of 11 miljoen Europese Joden, dan zou ik vandaag een gelukkiger man zijn geweest dan ik nu ben, want ik zou trots kunnen zeggen: ik heb de vijand uitgeroeid." Een stem op het scherp van de snee. Een stem met de slagkracht van een hamer.'

Excerpt interview Adolf Eichmann, Buenos Aires, 1960

Berlijn was overweldigend decadent na het preutse Antwerpen. Hij genoot met volle teugen van het mondaine leven dat erin slaagde om het voorbijvliegende gevaar te negeren. Elke avond feest. Elke avond onbegrensd plezier. Eindelijk kon hij die provinciestad achter zich laten.

Toen ze hier op een koele nazomeravond waren gearriveerd na een tumultueuze vlucht, had hij alleen maar naar een bed en een bad verlangd. Alleen in zijn vertrekken zonder de stille, beschuldigende blikken van die vrouw. Gelukkig had zijn zoon zich voorbeeldig gedragen. Met zijn pientere oogjes had hij bijna de hele tijd in het vliegtuig nieuwsgierig rondgekeken. Een echte zoon van zijn vader. Hij wist met tweehonderd procent zekerheid dat zijn Walter nog een grote toekomst te wachten stond. Tevreden glimlachte hij naar zijn spiegelbeeld: geen haartje verkeerd, geen kreukje in zijn nette uniform. Hij was klaar voor de grote ontmoeting, na zoveel jaren. Hij gniffelde bij de herinnering aan de verwonderde blikken van zijn minnares, toen ze met veel egards in een van de chique appartementen van Hem ontvangen werden. Haar betoverende ogen die glinsterden, toen hij haar had meegenomen naar een eersteklasrestaurant met orkest. Hij voelde nog de jaloerse blikken van alle mannen in het vertrek, terwijl hij met haar, de hand op haar slanke, open rug, over de dansvloer walste. Geen glimlach was haar die avond ontsnapt, ook al had hij haar een schitterende avondjurk gekocht met zilveren pailletjes die de kandelaars op de tafels weerspiegelden. Zijn Vlaamse Marlène. De in onmin geraakte zangeres had net zo'n verleidelijk dodelijke blik. Die nacht was hij net zo hard voor haar geweest als zij die avond voor hem. Er was niets dat hem zo kon opwinden als haar afwijzende ogen en haar gewillige lichaam.

Hij was er na zo'n nacht volledig klaar voor. Benieuwd naar de andere leden, die net als hij, in een dekmantelpositie, de hele tijd aan onzichtbare touwtjes hadden getrokken.

Het zonlicht priemde al door de zware, fluwelen gordijnen. Hij moest opschieten. Toen hij zich wilde omdraaien, kletterde een zilveren voorwerp op de parketvloer. Nog voor hij het sieraad weer in zijn broekzak had gestoken, had ze het al gezien. Op de hoge matras en de witzijden lakens lag haar blanke lichaam, dat nog de sporen van zijn nacht vertoonde.

'Een davidsster?' klonk haar stem hees in de nakletterende stilte.

Hij mompelde tussen de tanden: '*Mensch*, wat bazel je nou?'

Plots gehaast stapte hij door de kamer, zijn jas en handschoenen bij elkaar rapend. Vluchtig ging zijn blik over de vrouw die hem nooit dezelfde passie zou schenken die hij in zijn ziel voor haar voelde.

'Bedek je, vrouw, voor de bedienden hier zijn met je ontbijt. Jij bent mijn vrouw, geen ordinaire hoer.'

Weer die vernietigende blik van haar. Zou hij… nu nog snel…?

Hij keek op zijn horloge. Nee. Als hij één ding niet mocht doen, dan was het wel Hem laten wachten. Jacqueline zou er straks nog wel zijn. Nog vele jaren. Ze keek hem vragend aan. Ze dacht nu toch zeker niet dat hij haar ging uitleggen wat voor symbool daar net uit zijn broekzak gegleden was? Een ontevreden schreeuw van zijn zoon uit de reiswieg in de hoek van hun ruime suite redde hem van haar nieuwsgierigheid.

'Mijn zoon heeft je nodig', wees hij haar terecht. Hij wist dat hij haar met dat 'mijn' zonder probleem de kast opjoeg. Het pentakel zou zo wel snel uit haar gedachten verdwijnen. Stilletjes sloot hij de deur achter zich, terwijl zij al sussend haar kamerjas om zich heen sloeg om Walter te voeden.

De beginnende herfstkou kroop in alle kieren van zijn kleren. Het was lang geleden dat hij nog zo vroeg door de verlaten straten van Berlijn had gelopen. Zijn geliefde stad droeg duidelijk de vernietigende sporen van hun vijand. Enorme bomkraters zorgden voor lugubere openingen in de huizenrijen. Het grijze stof en de geur van verval vulden zijn neusgaten. Soms was het moeilijk te blijven geloven. Maar toen hij een groep van de Hitlerjugend in een park vlak bij hun hotel aan hun ochtendtraining zag beginnen, was daar weer die zekerheid. Zijn stappen wonnen weer aan daadkracht. Die jonge gezichten vol arische overmacht die het beste van zichzelf gaven. Het bevestigde hem alleen maar meer in zijn vastberadenheid om hun plannen verder uit te werken. Een kerkklok galmde in de verte en deed zijn stappen versnellen. Hij hield er niet van dat leden op zijn vergadering te laat waren, zeker niet vlak voordat Hij ging slapen. Heinrich had gehoord dat Hij steeds meer alleen maar 's nachts leefde. Wat zijn mythestatus alleen nog maar grotere proporties deed aannemen. Het restaurant dat ook al voor de oorlog hun vaste geheime ontmoetingsplaats was, stond er als altijd als een gesloten Sesamgrot bij. Maar een korte ritmische tik op de glazen toegangsdeur deed voor hem de poorten open. Blij dat hij van de blik van de geamputeerde Kaiser-Friedrich-Gedächtniskirche verlost was, glipte hij naar binnen. Zijn ogen hadden een paar seconden nodig om in het roodfluwelen interieur de schaduwen van twee van de vijf te onderscheiden. Zonder woorden werd hij naar hun vaste tafel geleid. De geur van verse koffie liet zijn hongerige maag een vreugdesprongetje maken. De stoel werd door discrete handen naar achter geschoven zodat Heinrich aan hun vertrouwde tafeltje zat.

Hij was er nog niet. En ook de andere Adolf was nog niet te bespeuren.

'Lang geleden', verbrak een van zijn tafelgenoten de stilte. Een klein mannetje met een pince-nez dat steeds zenuwachtig de lippen tuitte, alsof hij elke gespreksgenoot een klapzoen wilde geven. Heinrich had er nog altijd geen idee van hoe oud deze man wel was, maar hij wist wél dat hij een bureaucratisch wonder voor zich had. Wat voor hun organisatie van onmisbaar belang was. Als geen ander had hij onzichtbare administratieve draden uitgespannen naar hun verre werkterrein, waarlangs niet alleen een fortuin aan diamanten en goud van 'hen' maar ook een schat aan informatie en netwerken werden doorgesluisd. Heinrich was zijn belangrijkste aanvoerder van materiaal geweest voor Vlaanderen en Nederland. Hij had alles gedaan om de hele streek te zuiveren van 'hun' onterechte rijkdom.

'Te lang', antwoordde Heinrich minzaam na een korte stilte. 'Het voelt goed weer op Duitse bodem te zijn.'

De pince-nez knikte begrijpend. 'Denk vooral niet dat Berlijn de hemel op aarde is geweest. Hebt u buiten onze Kirche gezien? Symbool voor de niet-aflatende kracht van onze vijand.'

Met een diepe zucht gleden zijn handen naar het dampende kopje koffie voor hem.

'Laat Hem dat vooral niet horen', vermaande de derde, tot nu toe stille gesprekspartner aan tafel de bureaucraat op ingehouden militaire buldertoon. Zijn groene uniform barstte bijna uit zijn naden, terwijl zijn vuist de kopjes op de tafel deed trillen. Zijn kaalgeschoren hoofd blonk in de schaars verlichte ruimte. Iets van het oncontroleerbare woeste van Afrika sprak nog in zijn gebaren. Als rechterhand van de Woestijnvos had hij zich ook later als een uitmuntende strateeg bewezen. De decoraties op zijn borst bewezen het.

Elke schaduw in het restaurant was een mogelijke bron van verraad, ook al wist Heinrich dat Hij dit, zoals alles, tot in de puntjes had voorbereid. Stiekem verschoof hij zijn manchet, die zijn horloge bedekte. Hij was te laat. Zoals altijd. Ongemakkelijk staarde hij in zijn kopje, dat alleen nog de sporen van echte koffie droeg. Toen hij in 1938 gevraagd werd op hun eerste vergadering, had hij verwonderd gereageerd. Goed, hij was een vroegere dorpsgenoot en hij had het al op jonge leeftijd dankzij zijn grenzeloze ambitie tot de hoogste rangen gebracht. Nooit was hem in zijn leven zo'n eer te beurt gevallen: een persoonlijke uitnodiging van de Führer voor een geheim gezelschap. Met een trots die tot in de diepste vezel van zijn lichaam vibreerde, had hij als vijfde lid onsterfelijke trouw gezworen aan het pentakel, het arische symbool van hun samenwerking. Een heilig pentakel dat met zijn vijf punten de vier natuurelementen én de opperste geest in één streek tot een onlosmakelijke totaliteit verbond. Hun plannen waren wereldomvattend groots, hun doel verpletterend voor de degeneratie van deze planeet.

Een zenuwachtige rimpeling in de schaduwen van het restaurant verraadde het. Een kopje kruidenthee stond er al voor de man zelf zich aan tafel zette, de andere Adolf als een schaduw aan zijn zijde gekleefd. Het was al zo lang geleden, maar onmiddellijk voelde Heinrich dat bizarre magnetisme dat Hem omringde. Ook al zag hij nu in de ogen die steeds waakzaam van links naar rechts schoten een barstje in dat schild van onbegrensde zelfzekerheid dat Heinrich zo bewonderde. Of waren dit slechts de woorden van de pince-nez die zijn vertrouwen ondergroeven?

'Hebt u gedaan gekregen wat ik u gevraagd heb?' Zijn stem klonk zacht en aarzelend, alsof de intimiteit van deze ontmoeting zijn stentorstem in slaap wiegde.

'Het *Konzentrationslager* is op de hoogte. Hij staat paraat. Mét de resultaten van al zijn experimenten.'

'Goed.'

Tevreden danste het lepeltje in de fletse kruidenthee.

'Dan wordt het tijd dat we onze plannen concreet maken. Hoogste tijd.'

Het donderen van een naderend bommenonweer deed de facetjes van de kroonluchter boven hun tafel onterecht vrolijk rinkelen. Heinrichs handen grepen naar zijn kopje, dat breekbaar op het bordje danste.

'U bent ook terug.'

Hij voelde zijn priemende blik op hem rusten. De stem van de pince-nez verborg zijn ongemakkelijkheid.

'Mét een enorm fortuin', vulde de man aan. 'Onze zaak heeft veel aan hem te danken.'

Een goedkeurende blik vooraleer Hij van zijn thee nipte. 'Goed, we zullen het geld goed kunnen gebruiken.'

Het gedonder rolde dichterbij. Stoïcijns het naderende gevaar negerend, opende Hij de vergadering.

'Weer met vijf stel ik voor dat deze pentakelvergadering een aantal belangrijke knopen gaat doorhakken.'

Gruis viel van het plafond in hun kopjes en op hun hoofd. Geïrriteerd zette Hij zijn theeglas weer op tafel.

'Het is de hoogste tijd dat we onze grenzen verleggen. De wereld is er klaar voor.'

Een inslag, gevaarlijk dichtbij, sluierde zijn woorden. De schaduwen in de kamer schoten in actie. Een discrete hand verscheen op de schouder van hun Führer.

'We moeten gaan. Nu.'

De enige die Hem zo beslist kon toespreken. Als een gelijke. Het element van de lucht in hun pentakel: ongrijpbaar en onzichtbaar. Toen hij Adolf Eichmann voor de eerste keer ontmoette, had hij verwonderd opgekeken. Was dit die briljante denker in wie de Führer zoveel vertrouwen had? Een magere, donkere man die met zijn spitse gezicht eerder in de donkere gangen van een labyrintisch archief paste, dan in de hoogste schutskringen van hun Derde Rijk. Zijn gezicht, zijn figuur zou zo in een duister juwelierswinkeltje in de Pelikaanstraat kunnen werken. Maar ook nu schrok Heinrich weer van 's mans gedreven toon.

'We mogen geen risico's nemen. Zeker nu niet.'

Als om zijn woorden te onderstrepen, bulderden de bommen met een onvoorziene heftigheid die het hele restaurant op zijn grondvesten deed trillen. Als in een wervelwind meegezogen zaten ze op elkaar gepakt in de kelder, vooraleer ze het goed en wel beseften. Het angstzweet van de mannen vulde de kleine ruimte. Het oorlogsonweer naderde met elke seconde. Dit mocht niet gebeuren. Ook al was er dan geen roemrijker dood dan samen met Hem te sterven. Maar niet in deze bedompte kelder. Niet zo vlak voor de uitvoering van hun masterplan, dat Heinrich als dé oplossing zag voor hun problemen die Eichmann nu al jaren met duivelse verbetenheid aan het bekampen was.

De fluitende stilte. De adem van de pince-nez die zenuwachtig in zijn oor blies. Minuten die uren duurden. Toen hij zijn ogen sloot, zag hij het lachende gezichtje van zijn Walter voor zich. Als dat Engels varken dit wist... De Führer zo machteloos opgesloten in de kelder van dit restaurant. Als een lokeend, zo kwetsbaar.

En ineens was het voorbij.

Het gevaar.

Geen geluid van vliegtuigen meer. Alleen zuchten van opluchting en een algemene verwarring. Nog voor hij het goed en wel besefte, stond hij weer buiten. De vergadering was uitgesteld tot nadere datum. Iedereen leek in rook opgegaan.

Een gehaaste bakkersfiets reed hem bijna van zijn sokken.

'Uitkijken, ja! Ik ben al te laat met mijn bestellingen!'

Heinrich keek de mopperende man na. Was deze hele bijeenkomst een droom, een fata morgana? Vergiste hij zich of zat hij daarnet niet met de vier anderen van het pentakel in dit gesloten restaurant?

Het gerinkel van een naderende paardentram bracht hem weer bij het hier en nu. Zijn geliefde stad ontwaakte, alsof er niets aan de hand was. Opgelucht wandelde hij weer naar het hotel.

Een nieuwe dag, een nieuw begin.

Hij had het gezegd: hun plan kon niet meer wachten. Antwerpen was volledig geschiedenis.

Hij was er klaar voor. En Jacqueline ook. Ook al wist ze dat nog niet.

9
De dodenmars
1945

Bezing mij, o Muze, de vindingrijke man, die zeer veel rondzwierf...

Odyssee, *Homeros*

Een schot weerklonk ergens achteraan, gevolgd door een doffe plof. De zoveelste van die dag. Zijn onverschilligheid zou hem geshockeerd hebben, als hij er nog energie voor zou gehad hebben. Maar elke vonk ging naar de volgende stap in de kleffe sneeuw. Zijn hele lichaam concentreerde zich op het uitsluiten van die dodelijke vijand, de kou. Naast hem hoorde hij de steunende ademhaling van François, die de vorige dag een hak van zijn schoen was kwijtgespeeld. Iedereen wist dat dit het begin van zijn einde was. Zijn wankele tred liet ongelijke sporen in de sneeuw na. Nog geen uur geleden had een verblindende sneeuwstorm hen in het gezicht geslagen. Als mollen hadden ze de schaduw voor hen gevolgd, hopend dat die wist wat hij deed. Of was dat gisteren geweest? Hoe lang waren ze nu al aan het stappen en strompelen? Hij keek om zich heen. Een grijze massa in een grijze lucht. Af en toe een zucht van onmacht. Heel vaak een nors bevel dat hij zelfs 's nachts in zijn diepste slaap nog hoorde.

'Schnell, schnell!'

Het leek wel alsof de duivel zelf hen achternazat, zo opgefokt waren die SS'ers. Hij grimaste voor zich uit. Alsof ze niet wisten dat die helse bezoeker al jarenlang in hun zielen een welkome thuis had gevonden. De zon was al volledig achter de horizon gezakt. Ze zouden hen toch niet hier in die halfvolle greppel langs de weg laten slapen? Hij had die morgen de lijken gezien van de mensen die niet sterk genoeg waren geweest om een plaatsje in een van de veel te kleine schuren te veroveren. François en hij hadden geluk gehad. Als een van de laatsten hadden ze zich nog kunnen binnenwurmen voor hun bewakers de zware poort genadeloos sloten. De paar mannen die nog dat beetje energie hadden om te protesteren dat ook zij het recht hadden om binnen te slapen, kregen onmiddellijk het voorrecht van een eeuwige slaap. Een van hen was tegen de poort gebotst. Hij was er zich de hele nacht bewust van geweest dat alleen een houten balk hem van zijn dode slaapgenoot scheidde. Dat besef én het doodsgekreun achteraan in de schuur hadden ervoor gezorgd dat zijn slapen tot een wakend suffen was verworden met een volledige concentratie op zijn schoenen. Er waren er hier genoeg die van een uitputtende slaap zouden profiteren om je grootste schat te roven. Elk kledingstuk, elk stuk brood kon een verlenging van enkele dagen betekenen. Af en toe schokschouderde hij bij deze absurde overlevingsdrang. Overleven, waarvoor? Om nog een dag meer in deze hel te moeten meemaken? Maar als hij dan zijn ogen sloot en Jacqueline in de keuken in de Polostraat zag, wist hij weer waarom. Af en toe dook ook zijn moeder op, die zijn zusje een nieuwe jurk aanmat, terwijl zijn vader in een boek verzonken zat. Maar dat beeld verdrong hij altijd onmiddellijk. Als lid van het Sonderkommando wist hij wat er met hen gebeurd was. Niemand ontsnapte aan de schoorsteen. Zeker een Jood uit Kraków niet. Maar wat als, wat als…? Zijn verkleumde lichaam warmde even op bij deze sprankel van hoop. Wat als…?

'Hé, pas op!' blafte de man voor hem, op wie hij bruusk botste. De tragische mars was gestopt. Het gevecht voor een slaapplaats ging weer beginnen.

'Wojteck!' François hinkte naar hem toe. 'We moeten snel zijn. Kom!'

Een hand sleurde aan zijn arm en bracht hem uit zijn droomwereld. 'Snel!' Ook François leek besmet door hun bewakers, die er dreigend met hun geweer in de aanslag bijstonden.

'Brot. Schlafen. Unmittelbar!'

Aan de ingang van weer een vervallen schuur stonden manden met brood dat er zelfs halfbevroren nog smakelijk uitzag voor de meute. Als hongerige wolven stortten ze zich op de manden en vluchtten in de schuur, die zoveel gaten en kieren vertoonde dat de wind er vrij spel had. Een hand op zijn schouder deed Wojteck stoppen.

'Wacht even', fluisterde François hem in het oor. 'Je hebt vanmorgen toch gezien wat er met de eersten die gisteren binnen waren, gebeurd is.'

Wojteck knikte. De versmachte gezichten van de lijken die ze hadden moeten achterlaten. Verpletterd door hun eigen kampgenoten. Als de Duitsers het nalieten hen te vernietigen, klaarden ze blijkbaar zelf de klus wel. Weer zoveel kogels gespaard. Wojteck probeerde tevergeefs de verbittering van zich af te schudden. Hij had al te veel ellende gezien, te veel zinloosheid ervaren. Apathisch staarde hij voor zich uit.

'Kom op, nu!'

Een harde stomp in zijn rug duwde hem vooruit, de warme adem van François in zijn nek. Voor hij het besefte, waren ze binnen en zaten ze tegenover elkaar gepropt.

'Mazzel. Weer mazzel!' Het gezicht van François glunderde onder de vuile lagen en de roodblauwe striemen. Wojteck zuchtte diep.

'Hé!' Een duw op zijn biceps. 'Nu niet opgeven, ja!'

Hij begon zachtjes zijn pijnlijke enkel te masseren.

'We zijn er bijna.'

Deze woorden schudden Wojteck wakker. 'Waar zijn we bijna, François?' fluisterde hij sarcastisch. 'In de hel? Sorry, dan moet ik je teleurstellen, daar zijn we al héél lang.'

François zuchtte geïrriteerd. Zijn adem liet kleine wolkjes na, die maar langzaam oplosten.

'Oké, luister. Even de feiten op een rij. Die varkens, die spelen paniekvoetbal. Dat ziet het kleinste kind. Weet je nog, voordat we vertrokken, al die branden die ze aanstaken? De crematoria, de opslagplaatsen, onze werkplaatsen...'

Zijn stem haperde even. Geen van beiden werd graag herinnerd aan het werk dat hen waarschijnlijk het leven had gered.

'Wat doe je als ze je op de hielen zitten en je gruwelijke misdaden dreigen uit te komen?' Hij keek Wojteck triomfantelijk aan. 'Het bewijsmateriaal vernietigen natuurlijk!'

Wojteck pulkte aan het brood dat in zijn handen verpulverde. Hij wees om zich heen. 'En wij dan? Zijn wij dan niet het beste bewijs van hun perverse daden? Waarom sleuren ze ons dan mee in hun aftocht naar hun geliefde vaderland, in plaats van ons direct af te knallen?'

François keek hem ongelovig aan. 'Ben je dan werkelijk zo door de kou bevangen dat ook dat verstand van jou onder nul gaat? Ze hebben geen tijd, niet genoeg kogels, geen...' Zijn stem stokte. 'Ik durf ervoor te wedden dat de Russen nu al in het Lager zijn. De zieken die we daar achtergelaten hebben, die zijn al bevrijd. Nu wij nog. Als we maar langzaam genoeg vorderen. En dat zal geen probleem zijn. Hoeveel afstand kan een uitgeputte massa van 50.000 man afleggen? Vijf dagen zijn we al onderweg en hoe ver zijn we gevorderd?'

Vijf dagen! Wojteck verbaasde zich erover. Waren ze al zo lang aan het dwalen?

'Welke datum is het vandaag?'

Wojteck wist dat François er een erezaak van maakte de tijd onder controle te houden. Volgens hem stond je al met één been in de oven als je dat niet deed.

'22 januari', antwoordde François.

Wojteck voelde de tatoeage op zijn linkerarm branden.

'Dan is het morgen de 23ste.'

'Proficiat! Twee banken vooruit en een kus van de juffrouw!'

Wojteck lachte om zijn eeuwig optimistische vriend, die er ook nu weer in deze barre omstandigheden in slaagde om een glimlach op zijn gezicht te brengen.

'Morgen is... zou mijn vrouw... mijn vriendin jarig zijn.'

'*Is*', sprak François beslist. 'Maar ik vrees wel dat ze nog even op haar cadeautje zal moeten wachten. Ik denk niet dat we met deze trieste bende hier zo ineens op één dag in Antwerpen zullen komen.'

Wojteck grinnikte bij het beeld dat François bij hem opriep. Hij zag al het verschrikte gezicht van Jacquelines moeder voor zich, als hij daar zo zou aanbellen.

Maar een doodskreet ergens achteraan in de schuur bracht hem hardhandig terug bij de realiteit. Jacqueline zou ook dit jaar haar verjaardag alleen moeten vieren in Antwerpen. Als ze tenminste nog... Vertwijfeld sloot hij de ogen bij de gedachte dat ze er wel eens niet meer zou kunnen zijn. Dat zou pas ironie van het lot zijn. Hij als verzetsman vermomde Jood overleven, terwijl zij als brave staatsburger...

'Hé!' François legde een hand op zijn schouder. 'Niet opgeven!'

Wojteck keek hem moedeloos aan. 'Waar jij dat optimisme vandaan blijft halen?'

Hij schudde het hoofd. 'Terwijl jij met je gezin...' Wojteck wist dat hij zich op gevaarlijk ijs waagde.

'Precies daarom', antwoordde François zacht. 'Voor hen mag ik het nu niet opgeven. Dan hebben "zij" helemaal gewonnen. En dat, dat wil ik niet laten gebeuren.'

De stilte van de schuur was het enige wat ze nog hoorden. 'En jij ook niet. Niet nadat ze je daar bij de medische controle hebben laten gaan. Dat is een teken, Wojteck. Dat mag je niet negeren.'

Wojteck kon zonder probleem de angst oproepen die hem verlamde, toen de dokter met zijn koude handen van zijn ballen naar zijn penis greep en hem vervolgens vragend aankeek. Hij was er zeker van dat het niet zijn gestamel van een in zijn kindertijd opgelopen ziekte was dat hem toen van de ovens gered had. Nee, zijn blauwe ogen, zijn blonde stoppels. Zijn nog steeds sportieve lichaam. Dat had ervoor gezorgd dat die dokter hem, na een korte aarzeling, verder had gestuurd. Een wonder. Daarvan was hij zich maar al te goed bewust. Het had alleen maar zijn schuldgevoel tegenover alle doden rond hem vergroot. Wie was hij om door de mazen van het nazinet te glippen?

'Jij gaat dus naar Antwerpen', pakte François de draad van hun gesprek weer op.

Wojteck knikte. 'Ga je mee mij mee?' Hij probeerde met alle geweld zijn onzekere angst over de toekomst te onderdrukken. Dit was een gesprek onder vrienden, meer niet.

'Ik, naar Antwerpen?' antwoordde François lachend. 'Nee, ik ga naar Palestina. Ik heb mijn buik vol van Europa. Meer dan vol. Er is niets dat mij nog bindt.'

Wojteck keek hem verwonderd aan.

'Ja!' antwoordde François op besliste toon. 'Ons volk, of wat er nog van zal overblijven, heeft een eigen land nodig. Deze hel mag nooit meer gebeuren. Nooit!'

Wojteck grijnsde bitter. 'Jij doet alsof we het hier allemaal al achter de rug hebben! Ben je nu niet een beetje té optimistisch?'

'Voel je het niet?' veegde François zijn twijfels van de tafel. 'De Russen, ze zijn er bijna. Volhouden!'

De laatste woorden klonken onverwacht hard in de half ingeslapen schuur.

'Bek dicht!' klonk er vanuit de soezende mensenmassa. 'Slapen! Snel!'

Wojteck draaide zich op zijn zij. Toch goed dat er nog die zekerheid in het leven was. Snel. Gelukkig. Alles moest nog altijd snel.

Maar ook deze nacht kon hij weer niet echt slapen. De oude man die vlak naast hem gepropt lag, zuchtte en kreunde bij elke beweging. Zijn tandengeklapper werd afgewisseld met onderdrukt huilen van de pijn. Hoe stil de man zich ook wilde houden, zijn pijn echode luid in Wojtecks oren. Hij had de man zijn ogen zien oplichten, toen François over Palestina gefluisterd had, maar had dan snel zijn blik afgewend. Een hologig, wankel geraamte door vodden bedekt. Zo erg kon hij er zelf toch niet uitzien! Nee!

De ochtend kwam te snel. Het geschreeuw begon te vroeg. Net toen hij eindelijk even de realiteit had kunnen buitensluiten, was er weer een nieuwe dag in de hel.

'Schnell!! Schnell!!'

Weer vies brood. Waterkoffie. Stiekem snel aan de kant om zich te ontlasten. Steeds de blik op de bewakers gericht, erop lettend dat je niets zou doen dat hun wenkbrauwen deed fronsen, hun wijsvinger zenuwachtig deed worden. Over de viesbruine wei hing een laag ijs dat een schraal zonnetje weerspiegelde. Waar zaten ze in hemelsnaam? Nog in Polen, dat was zeker. Of niet? De morgenzon stond in ieder geval in hun rug. Het was ook logisch. Die varkens wilden naar hun heimat. Had François gelijk? Was hun einde echt nabij?

Wojteck concentreerde zich op zijn stappen. Hij mocht vooral niet struikelen, niet vallen. De wankele stap van François naast hem en de steunende ademhaling van zijn nachtelijke compagnon vormden een constante waarschuwing in zijn oren. De minuten, uren regen zich tergend langzaam aan elkaar. Pas toen hun bewakers zich wat lieten afzakken in de groep, waagde Wojteck het een gesprek aan te knopen met de oude man naast hem.

'Gaat het?' vroeg hij zachtjes in het Pools. Hij had juist gegokt. Hij zag het op de man zijn gezicht. Maar hij had blijkbaar niet meer de energie om te praten en te stappen. Een moeizame knik. Een kleine opleving van de dodelijk vermoeide ogen. Net toen Wojteck dacht dat hun toch al korte gesprek afgelopen was, klonk een schorre stem naast hem.

'Bedankt. En met u?'

Zijn antwoord, zijn hoffelijkheid van toon. Wojteck kreeg een zwaar gevoel op de borst. De elementaire beleefdheid in deze onbeschofte hel waar eenlettergreepwoorden en imperatieven heersten.

'Hoe oud bent u?'

De man zocht niet alleen met zijn vraag contact. Wojteck voelde ook een naar steun zoekende hand op zijn linkerarm. Even moest hij nadenken. Hoe oud? Maar de tatoeage onder de man zijn hand gaf hem het antwoord.

'Bijna 29. Op 2 februari.'

De man kneep hem in de arm en keek hem even blij verrast aan. 'Mijn zoontje is dan ook jarig.' Maar hij corrigeerde zich al snel. 'Was.'

De stilte die volgde, was pijnlijk. Wat viel er te zeggen? Niets. Helemaal niets. François, die het gesprek niet had kunnen volgen, keek Wojteck vragend aan. Maar deze knikte alleen maar van nee. Wat had het voor zin om François te vertellen dat deze man zijn verdriet om een verloren familie deelde. Maar na een tijdje won toch zijn nieuwsgierigheid. Had deze bejaarde man nog een zoontje gehad?

'Hoe oud', opende hij weer hun fluistergesprek, 'bent u?'

De man zuchtte diep voor hij hem antwoordde: 'Deze zomer, als het Jaweh bevalt, 39.'

Wojteck stokte even in zijn stappen. Als dit wrak maar tien jaar ouder was dan hij, hoe oud zag hij er zelf dan wel niet uit voor de buitenwereld?

'Negen maanden Auschwitz.' De man gaf zelf de verklaring.

De ochtend werd middag. De miezerige zon draaide zich om hen heen, maar slaagde er nog altijd niet in om hen ook maar één graad op te warmen. Kwam er dan nooit een einde aan? Wojteck kon zijn gedachten maar niet laten afdwalen. De pijn in zijn maag was allesoverheersend. Tot hij de niet zo oude man naast hem hoorde prevelen.

'Almachtige Heer, wees genadig en beantwoord welwillend ons gebed. Schenk ons uw barmhartigheid... Wij hebben uw vaderlijke bescherming nodig.'

Hij zat weer in de Remuh Synagoge naast zijn vader, die hem elke sabbat meenam en er streng op toekeek dat hij zijn religieuze plicht niet verzaakte door om zich heen te staren of alleen maar de laatste woorden van een gebed te prevelen. Kraków, Kazimierz, het Cmentarz Zydowski. De steentjes op elke grafsteen. Hoeveel steentjes zouden er niet naar

Auschwitz moeten gedragen worden? Hij hoorde in zijn geheugen de vaste stem van zijn vader, de melancholische liederen, de...

Een plotse ruk aan zijn linkerarm, een krampachtig vastklampen aan zijn linkerbeen. Wojteck schrok op, de angstadrenaline joeg door zijn lichaam. Voorzichtig keek hij naar links, de mannen achter hen porden hen in de rug. Maar één radertje in de marsmachine weigerde dienst, viel uit het systeem. Was hij gestruikeld of had de uitputting het eindelijk gewonnen van zijn gebed? Wojteck wist het niet, wilde het ook niet weten. Een fractie van een seconde twijfelde hij, dan strekte hij de armen uit. Hij moest deze man weer rechtop krijgen. Snel. Voordat...

'*Helf mir!*' Het Jiddisch klonk zwakjes. '*Helf mir, ich beet.*'

Wojteck raapte al zijn krachten samen om hem weer op de been te helpen. Zijn armen sleurden aan het bijna dode gewicht. Hij kon het niet. Hij moest.

'François, help!'

Maar deze sleurde hem met een verbazende macht van de arme man weg. Wojteck worstelde tegen. Wat deed François nu? De massa achter hem duwde hem steeds verder weg.

'Ich beet, mein Frau. Mein Kinder zennen alle toit. Nicht auch ich!'

Maar François bleef hem voortduwen. Een waarschuwende blik in zijn ogen. En toen hoorde Wojteck het ook. De stampende laarzen, het afkeurende gesnuif. Wojteck voelde alleen nog de vingertoppen van de man. Zijn kracht verlamde. En dan was er alleen nog de herinnering van de hand op zijn arm, de warmte in zijn vuist. Hij telde zijn stappen. En na tien was het er. Een schot, een plof. Weer een reisgenoot minder. Weer een steentje meer voor een onbestaand graf.

Als verdoofd wandelde Wojteck door de nacht en de dag. Het was François die hem een duister gebouw in duwde en hem een homp brood aanreikte. En het was ook François die hem de volgende morgen uit zijn lethargie haalde. Door de kieren van de ramen zagen ze het dag worden.

Maar waar bleven 'ze'? Het duurde lang, verschrikkelijk lang, voor de eerste naar de deuren durfde te gaan die niet meer afgesloten bleken. De deur werd geopend, enkele waaghalzen gingen naar buiten. Een stem klonk even later in de bevreemdende stilte: 'Ze zijn weg.'

Verweesd keken ze naar elkaar. Wojteck kon later niet meer zeggen hoe lang ze daar gezeten hadden, beducht voor een valstrik, een dodelijke afloop. Maar tegen de middag hadden ze het er toch op gewaagd en waren ze naar buiten gegaan. Stram en stijf, vol kou, met een onstilbare honger die nooit leek te wennen. Maar ook... vrij! Of niet? Had François dan toch gelijk gehad? De wereld om hen heen zag er net zo onherbergzaam en koud uit als de dag daarvoor. En toch was er een niet te onderschatten verschil: de dodelijke marsmachine was stilgevallen. En ZIJ waren er niet meer.

De volgende maanden waren verwarrend, hopeloos, gevaarlijk. Vaak dacht Wojteck dat hij zijn einddoel nooit zou bereiken. Antwerpen, de Polostraat, nooit zou hij daar terechtkomen. Maar het was François die hem er elke keer weer doorsleurde.

Zoals die keer dat ze het geluk hadden om bij een boerenfamilie te overnachten, nog net op de grens van Polen en Duitsland. Het was Wojtecks Krakówse accent geweest dat toen de schuur voor hen geopend had. De vrouw des huizes was ook van Kraków afkomstig en had zelfs nog extra vlees gevonden dat ze met échte boter voor hen had gebakken. Het water kwam Wojteck nog altijd in de mond bij de herinnering aan die bedwelmende geur van het gebraden vlees dat daar zo sappig op een bord voor hen lag te wachten. Echt vlees, echte boter, niet koosjer, maar ach... Dat allemaal omdat hij uit Kraków kwam!

Hij was dan ook zwaar verontwaardigd toen François zijn hand met een mes in de aanslag had tegengehouden. 'Nee, Wojteck, niet doen.'

Wojteck en ook de boerenvrouw hadden hem niet-begrijpend en vooral geïrriteerd aangekeken. 'Zeg, ben je nou helemaal! We gaan toch niet... ik weet het... niet koosjer!'

'Eet dit en je sterft.'

Wojteck had eerst smalend gelachen bij deze volgens hem overdreven dramatische woorden. Maar toen François hem verteld had dat hun maag door de extreme ontbering zo ingekrompen was dat dit copieuze maal funest kon zijn, had hij met een immense spijt het bord weer aan hun gastvrouw gegeven. Het had heel wat voeten in de aarde gehad voor zij hen alleen maar een bord soep met wat brood wilde voorzetten. Wojteck zou nooit de tranen van medelijden in haar ogen vergeten. Zij was de eerste vrouw in lange tijd geweest die hem toch weer een beetje deed geloven dat er goede mensen bestonden. Niet iedereen was met de dodelijke onverschilligheid van Auschwitz besmet.

Met de maanden werd het warmer en de afstand tussen hem en Antwerpen kleiner, ook al was dit dan soms maar met een snelheid van een kilometer.

Het werd ook elke dag gevaarlijker in Duitsland, dat steeds meer volledig losgeslagen leek. De hele tijd kregen ze tegenstrijdige berichten te horen. Soms had de Führer heel Europa in handen en had hij zelfs het rode gevaar bedwongen. Andere keren belandden ze bij Duitsers die stiekem op een in een schuur verborgen radio naar de BBC luisterden en hun dan vertelden over de verliezen van die zogenaamde grootse Führer.

Ze leefden die maanden in grachten en verlaten schuren, van gestolen en gekregen voedsel. Wojteck had nooit gedacht dat hij dit zou overleven. Elke dag kon de laatste zijn. Het gevaar van patrouilles of 'loyale' burgers was een dreiging die hen de hele tijd als een zwaard van Damocles boven het hoofd hing. Maar het leek wel alsof François er een extra zintuig op nahield om er de betrouwbaren uit te pikken.

Een al zwoele zomeravond. Juni? Juli?

De schuur in dat Poolse dorpje op 23 januari was al bijna volledig uit zijn geheugen gewist. Ook die avond hadden ze een gastvrij onderkomen gevonden bij een eenvoudige familie in het Zwarte Woud. De stralende warmte van de zon had Wojteck even zijn gepieker doen vergeten. Waar ging hij naartoe? Wat met zijn toekomst? Als die er morgen nog zou zijn...

Toen ze die avond samen met de hele familie met een bord rapensoep voor zich aan tafel zaten, had hij uit eerbied samen met François de handen gevouwen bij het avondgebed van de vader. Zijn linkermouw was door de beweging naar boven geschoven en nog voor hij dit kon herstellen, had de kleinste die naast hem zat, de cijfers al opgemerkt. Vier of vijf jaar? Wojteck kon moeilijk de leeftijd van de blonde, dansende krulletjes inschatten. '*Mutti?*' Het gesprek dat zich daarna tussen moeder en dochter ontspon, kon Wojteck amper volgen door hun dialect en haar kindertaaltje. Maar hij kon bijna zijn tranen niet bedwingen, toen ze hem een natte kus op de tatoeage gaf en ook François een dikke smakkerd gaf.

Haar onbevangen blik zorgde voor een ontroerde stilte bij de volwassenen, die hardhandig werd verbroken door de deur die met een smak werd geopend en een opgewonden dorpsgenoot binnenliet. De man begon direct heftig te gesticuleren en te praten. Wojteck en François keken elkaar verwonderd aan. Ook hier konden ze weer niet volgen. Maar ze zagen wel aan de blije en opgeluchte gezichten van hun gastfamilie dat het goed nieuws was. De man en de vrouw omhelsden elkaar, terwijl de kinderen rond de buurman een vreugdedansje maakten.

Alleen Wojteck en François zaten nog aan tafel. Tot de vrouw ook hen het nieuws meedeelde.

'Het is gedaan!'

Wojteck keek vragend naar François.

'De oorlog! Duitsland heeft zich overgegeven.'

De woorden dansten door de vreugde in haar stem. François sprong op. 'We hebben het gehaald, maat! We hebben het gehaald!'

Wojteck stond er als versteend bij. Zijn armen konden het niet meer opbrengen François te omhelzen. Alleen de tranen die hij over zijn wangen voelde lopen, deden hem beseffen dat hij nog iets voelde.

'Kijk hoe blij ze zijn!' lachte François, terwijl hij de vrouw omhelsde. 'Wat een ironie van het lot! Dat we net bij Duitsers belanden die blij zijn dat ze verliezen!'

Wojtecks gedachten leken een vlucht te nemen uit het kleine boerenhuis, het Zwarte Woud, Duitsland.

'Almachtige Heer, wees genadig en beantwoord...'

Zijn ouders. Jacqueline. Nog nooit waren ze zo dicht bij hem geweest.

'Reizigers voor Brussel-Centraal...'

De megafoon met zijn tweede taal. Het schitterende koepeldak waar nog steeds duiven koerden alsof er niets was gebeurd. Toen hij buitenkwam, greep de ontroering van de herkenning hem naar de keel. Hier, op deze nog altijd majestueuze laan, had hij met zijn Jacqueline gelopen. De mensen rondom hem haastten zich overal en nergens heen, maar hij bleef staan.

Na zovele kilometers van dwalen en stappen, leek hij nu geen enkele stap meer te kunnen verzetten.

Dit was thuis, háár thuis.

Zijn knieën begaven het. Langzaam zakte hij op de grond, terwijl hij zijn handen uit de veel te grote mouwen stak van een 'geleend' jasje. Zijn vingers raakten de kasseien. Zijn hoofd leek volledig leeg. Wat nu?

Een hand op de schouder bracht hem weer terug tot de realiteit.

'Meneer?'

Verschrikt keek hij in de ogen van een knappe jongen die hem een beetje beschaamd ontzet aanstaarde. Zijn donkere ogen, zijn handen waren vervuld van herkennend medeleven.

'Concentratielager?'

Wojteck knikte en deed de linkermouw even naar boven.

'Uit Antwerpen?'

Wojteck schudde het hoofd. 'Nee, Kraków. Maar ik spreek Vlaams.'

'Dat hoor ik!' De onschuldige lach van de jongen deed een stukje van zijn zwaarmoedigheid smelten.

'Mijn vrouw, mijn vriendin… ik…' Zijn stem klonk zwak, onzeker. Het was al geleden van in Hamburg dat hij nog een écht gesprek gevoerd had. François. Ze zouden contact houden. Als hij eenmaal in Palestina…

'Kom', sprak de jongen beslist. 'Je bent niet alleen.'

De hele buurt rond het station leek uitgestorven. Wat een verschil met de beelden die hij in zijn geheugen had opgeslagen. Geen juwelenbedrijvigheid meer. Geen Joden die gezellig buiten keuvelden. Dichtgetimmerde of kapotgeslagen etalages. De geur van angst op elke straathoek. Sommige straten herkende hij nog, maar al gauw liet hij zich willoos leiden door deze jongen, wiens leeftijd hij moeilijk kon raden.

'Je bar mitswa?'

De jongen glimlachte. 'Normaal gesproken vorig jaar. Maar ja…'

Wojteck kneep hem in de hand. 'Dat komt nog wel.'

Hij straalde even. 'Dat zeggen mijn ouders ook.'

Wojteck keek hem vol verbazing aan. Had deze jongen werkelijk het geluk gehad zijn beide ouders nog te hebben? De jongen zag de ongestelde vraag in zijn ogen. 'We hebben het in België overleefd. Dankzij het verzet. Kom.'

Het verzet. Het gezicht van Karel kwam hem voor de ogen. Zou hij…?

'Ja, we zijn er. Tachkemoni, onze school én een plek voor mensen die... voor mensen zoals u.'

Op de zwaar verwaarloosde speelplaats voerden twee kleine jongens een duel dat in hun kinderogen op leven en dood was. De houten zwaarden splinterden tegen elkaar. Wojteck zag zo wie het onderspit ging delven. 'Oogcontact', fluisterde hij stil voor zich. Een andere wereld. Had die ooit wel bestaan?

'Wilt u iets drinken? Wat eten? We hebben...'

Maar Wojteck stopte de spraakwaterval door een hand op de schouder van de jongen te leggen.

'Straks misschien. Hoe heet je eigenlijk?'

'Marcel.' De jongen keek hem afwachtend aan.

'Zou je me eerst naar het Kiel kunnen brengen? De Polostraat. Het is zo lang geleden, ik weet niet of ik de weg nog weet.'

'Natuurlijk, maar wilt u niet eerst...? U ziet er zo moe uit. En ik weet het zeker, mijn vader gaat u willen ontmoeten.'

'Straks', glimlachte Wojteck. 'Eerst de Polostraat.'

De tramrit naar het Zuid verliep in volledige stilte. Marcel leek perfect aan te voelen dat hij nu echt niet tot praten in staat was.

Pas toen ze vlak aan het vertrouwde huis waren en hij aarzelde om aan te bellen, sprak de jongen voorzichtig: 'U weet dat u altijd bij ons terechtkunt.'

De bel klonk zo luid dat Wojteck ervan schrok. Maar er gebeurde niets. Nog eens proberen. Misschien waren ze gewoon naar een winkel of op familiebezoek. Marcel keek hem onzeker aan.

'Weet u zeker dat ze hier wonen? Vele mensen zijn... verhuisd tijdens de oorlog.'

Maar nog voor hij hem kon antwoorden, ging een raam in een aanpalende woning open. Een oude vrouw verscheen in het afgebladderde raamkozijn.

'Pardon, weet u misschien...?'

'Ik? Ik weet niets', blafte de vrouw. 'Alleen dat daar niemand meer woont. Al heel lang niet meer.' Met een harde klap sloot ze haar raam.

Dit kon niet waar zijn. Zovele nachten had hij dit moment voor zich gezien. Hoe ze rond zijn nek zou vliegen en hem zachtjes zou strelen over zijn stoppels. Hoe... Nee! Dit kon niet.

Niet na al die ellende.

'Kom met mij mee.'

De stem van Marcel klonk ergens ver weg. Zijn hand kroop in de vuist van Wojteck. De hele rit naar de Lange Leemstraat had hij alle energie nodig om niet te beginnen klappertanden.

Zijn laatste hoop was opgebrand. Wat had het allemaal nog voor zin?

10
Argentijnse gastvrijheid
Februari 1948

'Waarom kunnen vrouwen niet voor honderd procent met ons meedoen? Zijn zij op te voeden? Of zijn zij eigenlijk minderwaardig? Vrouwen kunnen slechts in uitzonderingsgevallen heldinnen zijn.'

Joseph Goebbels

'Mutti, guck mal!'

Zijn voetjes dansten in de inmiddels afgekoelde hal. Zijn degen kletterde op het koele marmer. 'Ik kan het al!' Met een diepe zucht sloeg hij zijn armen om haar benen, haar rok in een kreukende omhelzing. Jacqueline streelde zijn blonde krullen en glimlachte. Zijn taaltje was echt een Babylonische mix van Vlaams, Duits en nu ook nog een vleugje Spaans. Teder omhelsde haar hand zijn gezichtje, dat nog nagloeide van zijn denkbeeldige duel. Ze schudde afkeurend het hoofd. Waarom had hij haar zoon voor zo'n sport ingeschreven?

Typisch iets voor de snobs van die countryclub die dat voor hun exclusieve leden organiseerde. Volgens zijn maître was hij voor zijn leeftijd bijzonder getalenteerd... In de grote victoriaanse spiegel voor haar zag ze plots de turnzaal op de Rooseveltplaats, haar vader die drukdoende heen en weer liep, die ogen die haar toen al vol verlangen aankeken...

'Signora, por favor!'

Een discrete bediende kwam in haar blikveld staan en gebaarde naar de aanpalende eetkamerdeuren, die uitnodigend openstonden. Ze hoorde zijn stem al. Heer en meester van haar universum. Tegen wil en dank. Een hand in de deur maande haar aan tot actie.

'Breng de jongen mee.'

Dit leek weer een avondje opscheppen met haar zoon, die steeds minder van haar leek.

'Papa!' Walter liep in topsnelheid naar de armen die hem in een wilde rondedans draaiden.

'Mijn stoere krijger!'

Jacqueline kreunde inwendig. Ze haatte zijn opgeklopte nazi-opvoedingprincipes, die Walter nu al van haar vervreemdden.

'Kom je nog?' Zijn ogen keken haar afkeurend aan. Net voor ze naar binnen ging, veegde hij met zijn hand over haar mond. De geur van sigaren die aan zijn vingers hing, deed haar maag oprispen.

Met een halve draai verdween de man van de nacht en kwam de perfecte gastheer weer tevoorschijn. 'Heren, mijn edele echtgenote.'

De salon zat vol met zijn adepten die hier in Buenos Aires een perfect onderkomen hadden gevonden om hun wonden te likken. Op zulke avonden leek het haar altijd alsof ze nog in Antwerpen of Berlijn was. Hun gevaarlijke camaraderie en hun rechtse machoverhalen deden haar soms vergeten dat het Derde Rijk echt wel ten einde was. Schaamteloos vertelden ze elke keer hoe fantastisch ze toch wel niet geweest waren in het ontsnappen aan de Nürnbergprocessen en de zielige pogingen van de geallieerden en andere minder legale groeperingen om weerwraak te nemen. Steeds meer kwam de naam 'Odessa' voor in hun verhalen.

Toen Jacqueline dit voor de eerste keer te horen kreeg, had ze Hammel gevraagd wat dat allemaal betekende. '*Organisation der ehemaligen SS-Angehörigen*, Odessa', had hij haar belerend de les gespeld.

'Je dacht toch zeker niet dat wij ook maar iets aan het toeval zouden overlaten! Nee, als het even minder gaat met ons Rijk, dan hebben wij onze vluchtroute. Onze mensen zitten op alle strategische plaatsen in Europa.' Zijn onterechte trots ergerde haar mateloos.

'En wij dan?' had ze hem smalend aangekeken. 'Wij zijn toch niet aan het andere eind van de wereld beland met die organisatie? Waren we misschien niet belangrijk genoeg?' Aan de opgetrokken wenkbrauwen kon ze zien dat ze hem geraakt had.

'Integendeel, *Schätzi*', had hij daarna fijntjes geglimlacht. 'Wij, ik, ben te belangrijk. Vandaar ons exclusieve verblijf in Genua.'

Jacqueline dacht met tegenzin en frustratie terug aan die turbulente vlucht van Berlijn naar Genua. Hoe zij en Walter als breekbare bagage van de ene plaats naar de andere gesleurd werden. Hoe ze elke nacht had liggen piekeren hoe ze het beste kon ontsnappen. Voor het te laat was. Voor een oceaan tussen haar en haar geliefden zou stromen.

Als ze dacht aan die ene nacht… een of ander piepklein dorpje met een reuzenklooster waar zelfs die allesverwoestende wereldoorlog nog niet was binnengedrongen, laat staan een klein beetje comfort van de twintigste eeuw. Hammel kreeg de ene boodschap na de andere die hem steeds meer irriteerde. Even was hij haar en Walter volledig vergeten. Dat zag ze. Ze had toen gewacht tot hij eindelijk in een onrustige slaap was gesukkeld. Hun slaapkamer had een rechtstreekse uitgang naar buiten. De wachter had zich tegen de nachtelijke kou in de kloosterkeuken teruggetrokken. Dat had ze allemaal met groeiende hoop geconstateerd. Hun slaapkamer had twee smalle britsen. Ze moest dus niet oppassen voor een terugverende matras als haar lichaam zich verplaatste. Uren had ze liggen luisteren naar elk verdacht geluid, naar zijn ademhaling, die ze zo haatte. Tot ze het op een bepaald moment echt niet meer kon houden. Het was nu of nooit. Voorzichtig had ze stuk voor stuk een laag kleding aangetrokken. De nacht was kou, ze moest zich wapenen. Bij elke beweging keek ze naar de slapende gestalte die af en toe onrustig steunde. De kleren aan, een extra koffer met spulletjes voor Walter in de hand. Ze was er klaar voor. Maar... het moeilijkste moest nog komen. De baby, haar Walter, in de armen nemen zonder dat hij een kik gaf. Heel traag en voorzichtig had ze haar hand onder zijn slapende hoofdje gelegd om hem dan met dekentje en al in haar armen te nemen. Alleen een klein, ontevreden snikje was aan zijn keel ontsnapt tot hij de warmte van zijn moeder vlak bij zich voelde. De stilte was perfect, Walters ademhaling weer in een diepe slaap. Het kon niet beter.

Zij was weg!

Met de deurknop in de hand voelde ze al de vrijheid, Antwerpen. Ze ging terug naar Antwerpen. Ze wist zeker dat haar ouders en Wojteck haar zouden vergeven. Walter zou een echte thuis krijgen. Hij…

De plotse duw in haar rug die haar op haar knieën dwong, de armen die ruw de inmiddels huilende baby uit haar omhelzing trokken. Alles gebeurde in een fractie van een seconde. De tijd van een ademhaling, waar ze niet meer op gelet had sinds ze Walter in haar armen had. Hammel was wakker. Hoe lang al?

Grijnzend had hij de deur voor haar geopend. 'Vooruit, ga maar.'

Verwonderd had ze hem aangekeken. Meende hij dit nu? Haar instinct zei haar geen minuut te twijfelen. Vliegensvlug griste ze naar de koffer die met haar val was opengeslagen om dan haar zoon van hem over te nemen. Maar dat was buiten zijn alertheid gerekend.

'Nee!' Zijn harde stem deed zelfs het gehuil van de baby even stokken. 'Walter is mijn zoon. Hij blijft bij mij.' Ze had hem eerst woedend, daarna smekend aangekeken. Dat kon hij toch niet menen! Maar zijn blik had haar genoeg gezegd! Onverzettelijk, onvermurwbaar. Ze kon nu nog het pijnlijke breekpunt van deze 'tableau vivant' voelen. Had ze toen verkeerd gehandeld? Had ze zijn aanbod voor ontsnapping moeten aannemen? Naar wie had ze moeten vluchten?

'Mijn ouders... mijn verloofde...' had ze in de stilte van die kloosterkamer zacht gefluisterd.

Zijn hoongelach ging haar door merg en been.

'Die? En jij denkt dat ze nog leven?'

'Maar u... ik...' probeerde ze hem aan zijn belofte te herinneren.

'Och, ja', had hij haar pseudobezorgd aangekeken. 'Dat is waar ook, ik had jou beloofd hen te sparen.' Een diepe zucht volgde, die nauwelijks zijn triomfalisme kon maskeren. 'Te laat.'

Die woorden waren de druppel geweest. Gelaten had ze haar koffer naast zich laten neerzakken, terwijl Hammel haar zoontje sussend in slaap had gewiegd met een oeroud slaapliedje dat zijn moeder ook al gebruikt had. Ongelooflijk dat zo'n harde man zo lief kon zijn voor zijn zoon.

Toen hij Walter weer in zijn reiswieg had gelegd, had hij haar vragend aangekeken en naar de deur gewezen. 'Wat wordt het? Ga je of blijf je?'

Ze was gebleven. Ze kon toch moeilijk de enige die in haar leven overbleef, achterlaten. En ze wist nu met meer dan honderd procent zekerheid dat Hammel haar nooit met haar zoontje zou laten gaan.

Hun verblijf in Genua had veel langer geduurd dan hij eerst had gedacht. In een van de chique buitenwijken van de stad hadden ze hun toevlucht gezocht bij een schatrijke Italiaanse familie die ook geloofde in het opperste Derde Rijk. Jacqueline kon zich nog maar weinig van die periode in dat huis en de lange boottocht erna herinneren. Als een automaat had ze haar moederlijke plichten vervuld, gegeten, gevrijd met de man die haar familie vermoord had. Wat kon het haar allemaal schelen? De typische bezorgdheid en bemoeizucht van de Italiaanse 'mama de la casa' had ze over zich heen laten glijden, de taalbarrière als excuus gebruikend. Het enige wat nog een vage glimlach op haar lippen had kunnen toveren, waren de steeds pessimistischere berichten van het front. De Yankees en de Britten slaagden er wél in. Zij kregen de Duitse vijand wel op de knieën, terwijl zij door de liefde voor haar zoontje geketend bleef. Verdoofd door de pijn van haar verlies liet ze zich als een marionet op de boot zetten, terwijl Hammel maar bleef doorhameren dat dit een terugtrekken was om dan te hergroeperen. Dit was geen vlucht. Nee, natuurlijk niet. Helemaal naar de andere kant van de wereld reizen, dat deed je enkel en alleen omdat je dan in alle rust en kalmte een nieuwe strategie kon plannen. Ja, natuurlijk, het Derde Rijk lag helemaal niet op apegapen.

Ze kon zich nog perfect de eerste beelden voor de geest halen, toen ze hier in Buenos Aires aangekomen waren. Zo irreëel, als in een slechte droom waarin ze al veel te lang ronddwaalde. De zilte geur van de haven. Het onverstaanbare Spaanse gebrabbel. De hectische mensenmassa in de straten, waarbij extreem rijk en pijnlijk arm naast elkaar liepen. Een volledig nieuwe wereld die haar schrik aanjoeg. Maar er was niemand die haar zoveel angst en afschuw inboezemde als de man die haar daar nu wenkte om bij zijn vrienden te komen zitten.

Hij legde als een echte bezitter zijn hand op haar blote onderrug.

'Jacqueline, je kent mijn goede vriend Klaus nog wel.'

'Natuurlijk kent ze mij nog.' Zijn hand met Totenkopfring ging naar haar hand om hem naar zijn getuite lippen op te heffen. Zijn pince-nez gleed bijna van zijn neus. Toen Jacqueline hem voor de eerste keer in Berlijn in hun suite gezien had, had hij haar een onbeduidend burgermannetje geleken, met zijn deftige maniertjes en zijn boekhoudergezicht dat door de grenzeloze saaiheid van zijn eigenaar in steeds dezelfde vreugdeloze mimiek versteend was. Maar Hammel had haar er toen al op gewezen dat deze Klaus Müller een onmisbare schakel in hun plannen was. En dat ze er bij hun volgende ontmoeting maar eens aan moest denken dat hij er verantwoordelijk voor was dat zij en Walter zich alles konden kopen wat ze maar wensten. Misschien dat ze hem dan met de gepaste eerbied zou begroeten. Maar het was pas toen hij hen voor de eerste keer in Buenos Aires had bezocht, dat ze hem met fluwelen handschoenen ontving. Toen hij zich die eerste avond gebukt had naar de kleine Walter en een ketting met daaraan diezelfde vijfpuntige ster van Hammel tevoorschijn was gekomen, had Jacqueline beseft dat Hammel en Klaus tot een orde behoorden waarbij de SS met hun Totenkopfsymbolen jonge padvinders leken. Hammel sloot haar steeds minder af van zijn gesprekken met Klaus en ook met zijn andere vazallen. Op talloze etentjes bij hun thuis in hun nieuwe villa, tijdens hun uitjes naar de lokale countryclub waar de beau monde van Buenos Aires elkaar trof, kreeg ze steeds meer kruimeltjes nieuws van het oude continent. Hammel leek steeds minder geheimen voor haar te hebben. Zo had hij zijn afgrijzen over de Nürnbergprocessen met haar gedeeld, dat als een golf van horror de toch wel grote Duitse commune in Buenos Aires had overspoeld. Wekenlang werd er over niets anders gepraat. Overal was er een beschaamde stilte gevallen bij het besef welke dans ze waren ontsprongen. Blijkbaar waren daar niet alleen de grote kopstukken berecht: de gekke Hess, de megalomane Göring... Nee, ook Hammel en Klaus leken een heel goede vriend verloren te hebben. Een of andere militair die Rommel in Afrika zou hebben bijgestaan. Jacqueline had niet alles gehoord van hun gesprekken, maar wel de ondertoon van ongeruste angst gevoeld. 'Twee man kwijt, Heinrich. Twee van de vijf', had Klaus gejammerd. Hammel had met zijn onverwoestbare zelfzekerheid geantwoord: 'Maak je geen zorgen, Klaus. Ik, wij houden de touwtjes stevig in handen. We zijn al te ver, nu teruggaan is onmogelijk.'

Jacqueline verstond niet alles van hun enigmatische woorden, maar ze wist wel dat Heinrich nog pijlen op zijn boog had, ook al was de strijd in Europa verloren. Dat zag ze ook deze avond aan de rist van genodigden die hier verzameld waren. De upper class van Duitsland leek met een vingerknip naar deze villa in Buenos Aires geflitst. Overal zag ze arische gezichten, hoorde ze zangerig Duits.

'*Mutti, Mutti!*' Met een reusachtige tijgersprong landde Walter aan haar voeten.

'Dag, mijn jongen, moeten kindjes van jouw leeftijd niet al lang in bed liggen?' De beringde hand van Klaus ging door de blonde krullen. Hij lachte Hammel plagend toe. 'Als ik jullie twee zo zie, met jullie donkere haren, dan vraag ik me toch af, Heinrich, waar die zogenaamde zoon van jou echt vandaan komt. Heb je ooit gecontroleerd of je vrouw, excuseer, je maîtresse, geen nachtelijk bezoek van een puur Duitse melkboer heeft gehad?'

Ze zag aan het gezicht van Hammel dat dit een serieuze stoot onder de gordel was. Knarsetandend blikte hij van Walter naar haar. Met een bruuske omhelzing nam hij Walter in zijn armen. 'Als ik van één ding zeker ben, dan is het wel dat dit mijn zoon is. Heb jij hem al zien vechten met zijn minidegen? Als dat geen bewijs is? Nee Klaus, hij is mijn opvolger.'

Klaus glimlachte en gaf hem een kameraadschappelijke klap op de schouder. 'Grapje, Heinrich, grapje.'

Hammel knikte hem toe, maar zijn ogen penetreerden even Jacqueline, die inwendig huiverde.

Gelukkig kwam een van de dienstboden binnen met de mededeling dat het eten opgediend kon worden. Als een gewillige marionet speelde ze ook die avond de perfecte gastvrouw met de gepaste minzame reacties en uitingen van bewondering. Haar lichaam in een schitterende avondjurk was dan wel de hele tijd meer dan aanwezig, haar geest zweefde elke avond naar het verleden. Haar lichaam kon hij hebben, haar geest nooit. Dat hij maar wachtte tot Walter groot genoeg was. Dan was zij weg, terug naar Antwerpen, naar…

'Jacqueline!' Zijn dwingende stem bracht haar weer naar de feestdis.

'Ja?'

Zijn geïrriteerde blik sprak zijn lachende mond tegen. 'Jij had toch bericht van ze gehad, niet?'

Jacqueline wist zonder enig aarzelen wie hij bedoelde. 'Ja, Eva heeft vanmiddag gebeld. Ze komen, maar alleen voor de pousse-café.'

Tevreden glimlachte Hammel naar zijn gasten. De kers op de taart van die avond ontbrak niet. Als een echte parvenu hield Hammel ervan om nonchalant op te scheppen over zijn vriendschap met de Peróns. Jacqueline wist er het fijne niet van, maar blijkbaar kenden ze elkaar nog van vroeger. Als militair attaché zou Perón nog voor de oorlog in Italië en Duitsland rondgereisd hebben om zwaar onder de indruk te komen van die machinaties van Mussolini en Hitler. En hij had blijkbaar niet alleen bewondering gevoeld voor hun gebouwen en plannen. Jacqueline had nog maar één keer een toespraak van hem gehoord van op zijn balkon van hun Casa Rosada. Maar ze had niet lang moeten nadenken waar hij de mosterd voor deze vertoningen vandaan had. Als een echte volksheld had hij het volk rondom Jacqueline opgehitst met zijn beeldschone vrouw Eva aan zijn zijde. Jacqueline moest het toegeven, zelfs zij had amper de drang kunnen onderdrukken om ook in luid gejuich uit te barsten. Hun reusachtige, roze paleis had in al zijn bombast bijna letterlijk getrild bij het gestamp en gejoel van de opgejutte menigte. Duizenden mensen, in volle aanbidding op het grote plein met de palmbomen in de ondergaande zon. Jacqueline zou nooit die beelden vergeten, ook al had ze het koppel al een paar keer in hun huis ontvangen en ontdekt dat ze zeker geen heiligen waren. Eva was niet de madonna van Argentinië, de luitenant-generaal niet de man die alles opofferde voor zijn vaderland. Nee. Anders zou Hammel hen nooit in zijn duistere plannen betrekken.

'Een toast op...' En daar ging weer het volgende glas in de machtsgeile kelen.

Jacqueline hoorde maar flarden van hun gesprekken.

'En? Hoe zit het met Adolf?'

Hammel keek licht geïrriteerd naar de onverlaat die deze vraag stelde. Jacqueline wist uit zijn gesprekken met Klaus dat ze zich zorgen maakten om hun vriend.

'Het laatste wat ik van hem gehoord heb, was dat hij in Syrië zat, die stomme Arabieren aan het opjutten tegen die laatste luizen die hij nog niet had laten vergassen.' Met een vettige lach stak hij een stuk bloederige Argentijnse steak in de mond.

'Nee hoor', sprak een andere disgenoot hem tegen. 'Eichmann zit in Egypte, klaar om te infiltreren in dat kruitvat van Palestina.'

'Wat?!' barstte een zwaar aangeschoten 'kameraad' in lachen uit. 'Eichmann als spion bij die rotjoden? Ja, hij heeft er wel het kopje voor. Noemden ze hem als kind al niet "*kleiner Jude*"?' Zijn bulderende lach weergalmde ongepast in hun chique eetkamer.

'Genoeg!' beëindigde Hammel op ijzig afgemeten toon de schaamteloze vertoning. 'Adolf is met heel belangrijke dingen bezig, voor de Zaak, meer kan ik niet zeggen.'

Even keek hij berekenend de grote tafel rond om dan weer in zijn rol van beminnelijke gastheer te stappen. 'Ik denk dat de pousse-café en de sigaren ons in de oranjerie al opwachten. Als het gezelschap mij zou willen volgen?'

Als een echte gentleman reikte hij naar Jacqueline, die hem met de gepaste egards bij de arm nam, haar mond een en al onderdanige glimlach, haar ogen vol ijskoude haat. Perfect georkestreerd stonden ze met zijn tweeën aan de imposante schoorsteen met een glas champagne. Hun spiegelbeeld in de spiegel boven de marmeren constructie was het symbool van hun perfecte symbiose: de hoofden lichtjes naar elkaar gebogen. Hij met een ondeugende tinteling in de ogen, zij met een parelende lach.

'Juan, Eva, jullie zijn er!'

Natuurlijk moest Hammel hen met de voornaam aanspreken. Alles om zijn gezelschap te imponeren. En ook die avond lukte het. Als bijen rond een pot honing zwermde men rond het charismatische koppel dat zichtbaar genoot van de bewonderende blikken. De statige luitenant-generaal hield ervan te pronken met zijn jonge echtgenote, die als actrice ontdekt had dat ook de politiek een perfect publiek kon zijn. Zij was dan misschien maar de vrouw van een groot man, Jacqueline besefte maar al te goed dat zij de drijvende kracht was achter deze militair die als een komeet politieke toppen scoorde. Niet toevallig dat Hammel hem als persoonlijke vriend wilde. Had Perón niet onlangs verordend dat Argentinië zijn deuren zou openen voor elke burger uit het door de Tweede Wereldoorlog verwoeste Europa? De Duitse commune in Buenos Aires zou hem ongetwijfeld de volgende maanden nog meer leren kennen. Jacqueline had zich in het begin afgevraagd of dit geen gevaarlijk spel was, zo openlijk hun Duitse eigenheid tentoon te spreiden. Zou niet elke rechtgeaarde Argentijnse burger onmiddellijk een telefoontje naar Nürnberg plegen, als ze beseften dat hun land als toevluchtsoord voor de nazi's diende? Maar nee, het tegendeel was waar. Als Jacqueline terugdacht aan de warme ontvangst met open armen in die Deutsche Bierstube… dat was meer dan een oogje dichtknijpen: een stukje Beiers biergeweld in het zwoele Buenos Aires.

Het was februari en haar jurk kleefde alweer aan haar huid. Ze vroeg zich af hoe lang ze dit nog ging volhouden. Mevrouw Eva Perón was dan misschien actrice van beroep, maar zij, Jacqueline, had de laatste jaren ook minstens één Oscar verdiend. En waarom? Dat antwoord was duidelijk: voor Walter, in wie ze…

'Jacqueline!' Daar was hij weer, haar heer en meester. 'Zou jij Eva even naar een van onze badkamers willen begeleiden? Het is nog altijd bloedheet, een beetje verfrissing zal haar goed doen. En dan kunnen jullie wat bijkletsen.'

Jacqueline schudde inwendig haar hoofd. Wat zou zij nu met deze first lady kunnen bespreken?

'Natuurlijk, schat', antwoordde ze poeslief. 'Als u mij zou willen volgen?'

Haar zwoele parfum achtervolgde hen in de gang. Haar Frans drong nauwelijks tot Jacqueline door. Of ze geen zin had om met haar de winkels van Buenos Aires onveilig te maken? Ze knikte kunstmatig enthousiast. Alsof zij met deze glamour lady het zuurverdiende geld van haar 'echtgenoot' zou opmaken? Bovendien was ze er zich terdege van bewust dat háár Buenos Aires niet hetzelfde was als dat van Eva. Jacqueline hield ervan door La Boca Barrio te struinen, waar de geur van de haven, de geur van vrijheid, bijna tastbaar was. Waar de kleurrijke huizen met hun metalen constructies zielvolle cafeetjes en winkeltjes herbergden. Waar af en toe een flard melancholische tango de passie in haar lichaam deed oplaaien. Een passie voor iemand die misschien al lang… Nee. Weg met die doemgedachte. Ze moest blijven geloven. Ze moest. Ooit.

'Goed, heel goed. Dan kunnen we misschien tijdens het winkelen ook eens overleggen of u er niet iets voor zou voelen om deel uit te maken van mijn liefdadigheidsteam. Wij hebben al veel lovenswaardige initiatieven op ons *palmarès*.'

'Natuurlijk!' Haar automatische antwoord op alles.

Misschien konden ze dan samen naar haar geliefde wijk gaan en kon ze deze knappe blondine uitleggen wat voor een man Hammel wel was en welk regime haar echtgenoot steunde? Maar een blik op de bloedrode lippen en de fonkelende diamanten om haar ranke hals zei haar genoeg. Deze vrouw wist wel degelijk waar de klepel hing. En die bekende liefdadigheid van haar? Berekende dekmantel of pure goedheid? Wie zou het zeggen?

Toen ze weer in de salon aankwamen, hadden groepjes zich afgezonderd op het koelere terras en in de prachtige tuin. Discreet liet ze Eva bij een enthousiaste bewonderaarster achter en ging op zoek naar Hammel.

Met een champagneglas in de hand laveerde ze tussen pratende mensen en walmende fakkels, door hun bedienden haastig neergeplant.

Zij had hem eerder gezien dan hij haar. Verwikkeld in een duidelijk ernstig gesprek waren ze de mensen rondom hen even vergeten.

'We moeten een nieuwe geldbron vinden,' insisteerde Müller.

'Maar al dat Europese geld dan…' fluisterde Hammel geïrriteerd. 'Dat moet toch, dat…'

'Dat smelt als sneeuw voor de zon', antwoordde Müller laconiek.

'Hoeveel denk je dat het wel niet kost om die Argentijnse wolven aan onze kant te houden? Nee, we moeten beslist een nieuwe constructie opzetten.'

Hammel schudde bedachtzaam het hoofd. 'En Joseph? Is hij al hier?'

Müller zuchtte. 'Nee, Dr. Mengele is nog altijd in Innsbruck, maar hij hoopt hier wel zo snel mogelijk te komen. De Europese grond wordt hem te heet onder de voeten.'

Hammel glimlachte. 'Goed, heel goed.'

Müller keek hem vragend aan.

'Je weet toch dat Argentinië een schat aan armen, aan uitschot bezit. Nou, samen met Joseph is dat een gouden combinatie. Ik weet zeker…'

Een donderende lachbui op het terras deed hem naar het huis kijken, waardoor zijn oog op Jacqueline viel, die onhandig deed alsof ze er net aankwam. Als hij maar niet doorkreeg dat zij daar al die tijd had gestaan. Haar oren tuitten. Wat was dat toch allemaal: onschuldig machogedoe of echt gevaarlijk spel?

Ze kreeg de tijd niet om erover na te denken. Zijn ene hand gleed weer bezitterig naar haar achterste, terwijl de andere hand met vaste greep op haar schouder belandde.

'Zullen we onze gasten even gaan bedanken voor de fijne avond, schat?' Ze zag nog net de geruststellende vette knipoog die Hammel naar de dralende Müller wierp. Het schaap had niets gehoord, niets gezien. Zijn schaap was goed afgericht, deed braaf wat hij van haar verlangde. Daar was hij zeker van.

Die nacht duwde ze de zijden lakens van zich af. Door het open raam kwam wel het vaalblauwe licht van de maan, maar nog altijd geen zuchtje verkoelende wind. Voorzichtig duwde ze zijn arm van zich af, die zich rond haar borsten had genesteld. Met een tevreden zucht legde hij zich op zijn rug, de armen achter het hoofd geheven, de benen gespreid. Heer en meester van zijn universum.

Jacqueline staarde naar de tatoeage onder zijn linkeroksel. Als elke rechtgeaarde SS'er had ook Hammel zijn bloedgroep getatoeëerd gekregen. Alles om het Superras bij mogelijke verwondingen zo snel mogelijk te redden.

A. De A van arrogant. De A van afschuw. Ze voelde haar geslacht nog branden. Macht als een onbedwingbaar afrodisiacum dat ervoor gezorgd had dat hij zo vaak, zo diep in haar binnengedrongen was dat het nog altijd pijn deed. Haar onverschillige blik als een trekker voor zijn gewelddadige wellust. Haar rug voelde beurs aan toen ze zich in foetushouding boog.

A als bloedgroep. Welke bloedgroep zou Walter hebben?

11
Nieuwe tijden
Februari 1948

'He who has a "why" to live,
can bear with almost any "how"'

Friedrich Nietzsche

Eindelijk hadden ze elkaar gevonden. Jaren zoeken en tevergeefs brieven sturen hadden eindelijk iets opgebracht. Een pril, aarzelend zonnetje probeerde hardnekkig zijn botten te verwarmen. Maar het leek wel of hij het sinds Auschwitz nooit meer echt warm zou kunnen krijgen. Ergens, diep in hem, zat een klompje ijs dat nooit nog zou smelten. Niet na alles wat zijn ogen hadden moeten aanschouwen, na al het slechte nieuws dat hij had moeten verduren. Hij sprak er nooit over. Elke keer als hem gevraagd werd wat er allemaal gebeurd was, gaf hij hen zijn kleine, zwarte notitieboekje dat hij sinds Antwerpen altijd bij zich had. Op de eerste bladzijden prijkten de naam en het adres van de mensen die hij zijn hele leven dankbaar zou zijn.

Het was elke keer weer hartverwarmend dat jongensachtige handschrift te zien. Hij hoorde direct weer die jonge Marcel die hem met een gastvrije vanzelfsprekendheid in zijn gehavende familie had opgenomen. Ook nu verscheen een glimlach op zijn gezicht bij het openen van het boekje.

Marcel
Limburgstraat 125
Kiel Antwerpen

De verbeelding en het enthousiasme van deze jongen zouden hem voor altijd bijblijven. Het was ook hij die hem het idee had gegeven om alle gegevens uit zijn leven op te schrijven.

'Nu wil je alles uit je geheugen wissen. Later heb je er misschien spijt van dat je alle herinneringen hebt verstoten. Ook de negatieve heb je nodig. Mijn vader zegt altijd...'

Wojteck glimlachte voor zich uit. Hij had Marcel wel duizend keer gezegd dat hij nooit de goede raad van zijn pa in de wind mocht slaan. Vaders...

Met een zucht bladerde hij verder in het boekje.

- mei 1945: einde oorlog?!?
- juni 1945: uitsluitsel familie Jacqueline. Nacht und Nebel (kort na oppakken '43) – werk bij Marcels vader in de winkel.
- juni 1945: Jacqueline? Nacht und Nebel?
- januari 1946: bericht uit Kraków: negatief
- maart 1947: begin van zoektocht

Vanaf gisteren kon hij er weer een datum bijzetten: *19 februari 1948: zoektocht gestopt.*

Een onbesuisde klap op zijn rug deed hem opschrikken. Maar toen hij zag wie daar achter hem verschenen was, glimlachte hij gerustgesteld.

Altijd, dag en nacht, was hij op het ergste voorbereid. Hij vroeg zich af of hij die vermoeiende waakzaamheid ooit zou kwijtgeraken.

'Al wat aan het genieten van het zonnetje hier? Je ziet het overal, de lente komt eraan. Prachtige natuur, toch?'

'Als je bereid bent door het prikkeldraad heen te kijken', merkte Wojteck bitter op.

'Ja, het lijkt wel alsof we elkaar anders niet kunnen ontmoeten. Hekken, barakken en mannen in uniform die ons bars bevelen.' Met een diepe zucht liet hij zich naast Wojteck op de grond zakken, met zijn rug tegen een verweerde pijnboom leunend. Wojteck ging naast hem zitten. Nog altijd had hij moeite om zijn ontroering te verbergen die hem gisteren zo overviel, toen hij eindelijk François in de armen kon nemen.

Na zovele omzwervingen had hij hem eindelijk gevonden. Weliswaar weer in een kamp, maar toch. De bevelen die ze hier te horen kregen, waren in het Engels en eerder vragend. Hij had het in de ogen van een paar Britten gezien. Ze hadden het lastig met deze opdracht: deze mensenmassa, zo geteisterd door de oorlog, met nieuwe hoop in hun ogen, beletten om hun beloofde land te bereiken. Ook nu zag Wojteck overal de bedrijvigheid van gehavende gezinnen rond hem, die ervan overtuigd waren dat de Britse regering hen onmogelijk eeuwig kon verhinderen naar Palestina te varen. De verbetenheid van de mensen die François omringden, had Wojteck voor de eerste keer sinds heel lange tijd weer zin gegeven om op te staan. Eindelijk weer een weliswaar vaag doel in zijn leven hebben. Het enthousiasme van deze mensen leek hem langzaam uit zijn emotionele verlamming te trekken. Toen François hem onmiddellijk naar zijn vriendin gevraagd had, had Wojteck alleen maar stilzwijgend voor zich uit kunnen staren. Geen vrouw. Geen ouders. Geen toekomst of toevluchtsoord. François had alleen maar een hand op zijn schouder gelegd en zacht gezucht: 'Ik weet het, jongen, ik weet het. We zijn allemaal gedoemd om te zwerven.'

De noeste slager die hem zo gesteund had, liet hem ook hier niet in de steek.

'Wat denk je?' stond hij op, terwijl hij de naalden en het zand van zijn broek klopte. 'Zin om een vergadering met mijn mannen mee te maken?'

Wojteck aarzelde. 'Ik weet niet, ik...'

'Vooruit, luie donder!' François reikte hem de hand. 'Wat heb je te verliezen?'

Wojteck lachte bitter. Als dat geen waarheid was... Hij sprong op. 'Oké, jij je zin! Maar...' Hij greep François in een speelse houdgreep vast. 'Geen verplichtingen!'

François knipoogde schalks. 'Nee, natuurlijk niet.'

De barak gloeide nog na van de verhitte gesprekken die duidelijk al voor de eigenlijke bijeenkomst had plaatsgevonden. Ze hadden zich met moeite langs de verpleegtent kunnen wurmen. Blijkbaar was er weer een te kleine lading medicatie aangekomen. Een verantwoordelijke, een speciale afgezant van Palestina, probeerde tevergeefs orde in de immense chaos van hun tentenkamp te brengen.

'De Britten denken dat ze de zaken beter onder controle kunnen houden, als ze iemand van ons "baas" van dit kamp kunnen maken', had François smalend naar de te heftig gesticulerende man gewezen.

'Waar hebben we dat nog gezien?' sprak Wojteck verbitterd.

'Nee', corrigeerde François. 'Deze man is geen Kapo, hij is gewoon een sukkel die van alle kanten op zijn kop krijgt. Kom.'

François had de wankele deur voor hem geopend en hem zo in de focus van een aantal keurende ogen gebracht. Wojteck voelde zich als een stuk slachtvee op de veemarkt in Kraków. Het was François die voor hem het ijs brak.

'Dit is Wojteck, mijn beste vriend in Auschwitz.'

De blikken verzachtten, hij was een van hen. De vergadering kon van start gaan. Het Jiddisch, het Hebreeuws, het Pools dat hier in deze ruimte weerklonk, het bracht Wojteck weer naar zijn jeugd, zijn verleden dat hij het liefst zoveel mogelijk achter slot en grendel hield. Hij probeerde zich zoveel mogelijk te concentreren op de verwarrende twistgesprekken die François met de grootste moeite in de juiste banen probeerde te leiden. Hij was duidelijk degene die de touwtjes in handen probeerde te houden. Het grote twistpunt was klassiek en had Wojteck al zovele malen moeten aanhoren. Ook hier probeerde François een evenwicht te vinden tussen de voortrazende daadkracht van de enen en de geduldige afwachting van de anderen.

'We moeten ontsnappen, nu!' sloeg een van de mannen met de vuist op een tafeltje. 'De mensen daar', wees hij naar een denkbeeldige plaats in het oosten, 'hebben ons nodig! En wij hen ook.'

'Ja', bevestigde een andere man deze oproep. 'Bovendien, weer een kamp, weer dat prikkeldraad... Ook al is het nu op Cyprus. Mij houdt niemand meer gevangen. En zeker niet die Britten die denken dat ze over ons land, Palestina, hun Engels mandaat, de scepter kunnen blijven zwaaien!'

Een oudere man, de gebedsriemen nog om de armen, stond op en bezwoer het gezelschap met sussende handgebaren. 'We moeten nadenken, kalm blijven en vooral niet als kippen zonder kop deze al zo getergde mensen een zekere dood injagen.'

'Wat stel jij dan voor?' lachte de ene man smalend. 'Wachten in dit godvergeten kamp tot we allemaal een voor een creperen uit gebrek aan eten en medicijnen?'

'Ik wil alleen maar zeggen dat dit pas serieuze ironie van het lot zou zijn: vijf jaar hel overleven om dan, vlak voor de eindstreep, door ons ongeduld te sterven. Nee, dat kan ik niet laten gebeuren!' Een pijnlijke stilte vulde even het vertrek.

'De man heeft gelijk.' Zijn stem klonk onverwacht hard. François keek hem verrast aan. Bedachtzaam opende Wojteck zijn kleine, zwarte boekje waar in een soort van gekriebeld handschrift zijn orders stonden. 'Ik heb hier mijn opdrachten.'

François' ogen werden groot van verbazing.

Wojteck wierp hem een verontschuldigende blik toe. 'Ik kom uit Antwerpen, waar het ondergrondse verzet zich ook na de oorlog bezighoudt met de vele dakloze Joden die nog maar naar één ding verlangen: een veilig land, een zekere thuis voor henzelf en hun nakomelingen.'

Een bevestigend geknik ging de ruimte rond. Welke Jood wilde dat nu niet?

'Ik ben niet de enige van onze organisatie die hier in de kampen op Cyprus "toevallig" is beland. We zijn hier gekomen met een opdracht, een voorstel.'

'Eindelijk!'

De enthousiastelingen van daarnet voelden zich gesterkt in hun impulsiviteit. 'Maar,' floot Wojteck hen al snel terug, 'deze meneer hier heeft ook gelijk.' De oudere man begon tevreden zijn gebedsriemen af te winden. 'Het heeft geen zin om de oorlog aan de Britten te verklaren. We zijn geen militairen, we hebben niet genoeg wapens. Bovendien zijn zij niet onze enige vijand. Denken jullie dat er ook maar één Arabier ons met open armen gaat ontvangen?' Nu werd het pas echt stil in het groepje. Wojteck bracht hen met hun soms naïeve, geïdealiseerde ideeën weer met beide voeten stevig op de grond.

'Maar dat wil niet zeggen dat ik hier niet met een voorstel voor jullie ben gekomen.' En zo had Wojteck hen zijn plan ontvouwen en al hun vragen beantwoord. Bijna al hun vragen. Sommige antwoorden werden bewust vaag gehouden.

Toen de vergadering was afgelopen, had François hem naar buiten geloodst naar hun plekje bij de pijnbomen van die ochtend. Wojteck wist wat er ging komen en hoorde dan ook gelaten de af en toe verwijtende woorden van François aan.

'Mooie vriend ben jij! En ik die dacht dat het toeval, of hoe noemen ze het ook, hét noodlot ons weer samengebracht had? Waarom heb jij er gisteren niks over gezegd?!' Wojteck keek hem verontschuldigend aan, maar François weigerde zijn blik te beantwoorden. Hij ijsbeerde driftig voor Wojtecks voeten.

'Maar nee, natuurlijk niet. Meneer is nu een hoge piet bij de Haganah of zelfs de Irgun! Wat zouden die tegen een eenvoudige slager te zeggen hebben? Pfff...'

Hij plofte op de grond neer. Wojteck wachtte nog een paar seconden tot de heftige ademhaling naast hem zijn normale ritme hervond. Rustig ging hij voor François zitten en wachtte tot hij hem weer in de ogen keek.

'Haganah? Irgun? Welke verzetsorganisaties ga je nog noemen? François, toen ik in Antwerpen niemand meer vond, was ik emotioneel zó volledig met de grond gelijkgemaakt dat het mij allemaal niets meer kon schelen. Al die ellende in Auschwitz overleven om dan... De momenten dat ik eraan gedacht heb om er definitief een einde aan te maken, ze zijn niet op één hand te tellen. Maar wat hield me elke keer tegen? Lafheid? Misschien. Of was het dat huizenhoge schuldgevoel dat wij het overleefd hebben, François, en zoveel anderen niet? Waarom wij wel?'

'Alsof ik dat gevoel niet ken', mompelde François voor zich uit.

'En toen, toen heb ik in Antwerpen contact gezocht met de mensen die overgebleven waren, maar die naar een veiliger oord verlangden. Nooit meer die angsten moeten voelen dat van het ene op het andere moment je hele leven als een kegelspel omgegooid kan worden. Daarom het verzet, daarom deze plannen. Ik ben maar een gewone pion in het grote verhaal, maar ik heb nu tenminste het gevoel dat ik eindelijk, na al die jaren, iets nuttigs terugdoe.'

In de verte weerklonk het gejoel van kinderen die er ook weer in dit kamp in slaagden om de ellende van deze wereld voor een fantasieversie om te ruilen. De tijd tikte weg in stille seconden. Wanneer ging François nu eindelijk zijn mond eens opendoen? Voorzichtig keek Wojteck naar de in gedachten verzonken vriend, tot hij de gespannen stilte niet meer kon verdragen.

'Ik begrijp het als...'

Maar François sneed hem zijn zin af. 'Wat kan ik doen?'

De blik die Wojteck bij dit aanbod kreeg, was genoeg. Conflict afgesloten, ze zaten weer op dezelfde lijn.

De volgende weken waren hectisch druk en enerverend saai. Wojteck had met zijn contacten buiten het kamp nog zoveel te regelen. En er waren te veel vrijwilligers voor hun nachtelijke ontsnappingen. Maar het moest allemaal traag en voorzichtig gaan. Het leek wel autorijden met de handrem erop. François was, zoals verwacht, een perfecte aanwinst voor hun operaties. Net als in Auschwitz was hij ook hier Wojtecks minirots in de branding, zoals hij het vaak gekscherend zei. Hij had nooit gedacht nog eens onbezorgd te kunnen lachen en dat was enkel en alleen François' verdienste. Hij zou nooit hun nachtelijke gesprekken vergeten, die in zacht gefluister het wachten op hun mannetje van buitenaf kortte. Als er dan weer een groepje gelukkigen was verdwenen, baden ze samen om hen op hun gevaarlijke tochten te begeleiden. 'Almachtige Heer, wees ons genadig.'

Meereizend op de golven tussen Cyprus en Palestina zouden deze woorden hen hopelijk beschermen. De verhalen die de ronde deden, waren niet allemaal even bemoedigend. Britten of Arabieren zouden de vluchtelingen aan het strand staan opwachten om hen al dan niet met geweld terug te sturen. Zonder enige scrupules, zonder een greintje medeleven. Wojteck probeerde deze doemverhalen uit zijn geest te bannen, maar ergens bleef er toch altijd die knagende twijfel hangen dat ze deze hoopvolle mensen de verdoemenis instuurden. Toen hij deze angst aan François verwoordde, had deze hem geruststellend aangekeken. 'Wojteck, je weet als geen ander uit welke hel de meesten hier komen. Dit zijn geen zondagskinderen, zij weten wat er kan gebeuren. Maar al te goed.'

En dan was het ook voor hem eindelijk zover. Ze mochten mee. Wojteck voelde zich als een kind op de vooravond van Chanoeka, het feest van het licht.

Toen ze in het struikgewas verscholen zaten, door een omgekochte Britse bewaker 'niet' gezien, en hun lift naar de kust op zich liet wachten, had Wojteck zacht gefluisterd: 'Had Jacqueline...'

'Ssst,' had François hem het zwijgen opgelegd, 'mijn vrouw, mijn kinderen, jouw familie, jouw geliefde, ze gaan allemaal mee. We doen dit voor hen.'

Geëmotioneerd had Wojteck de ogen gesloten. Even gaf hij toe aan dat toekomstbeeld dat hij ooit gekend had. Hij, die als beroemde schermer met zijn Jacqueline de hele wereld zou afreizen. Hun exotische vakantiedromen, haar eerste ontmoeting met zijn familie, die natuurlijk niet meer zou tegensputteren wanneer ze zijn niet-Joodse bruid gezien hadden. Jacqueline in Kraków.

'Ze zijn er!'

Een harde stomp van François maande hem tot snelle actie. Het vervoer in een oncomfortabele veewagen die elk bot in hun lichaam deed schudden. De zilte geur van de zwarte, dreigende zee, met daarop een afgebladderde vissersboot die met veel geduw en getrek begon te drijven. De kou die vanuit zijn natte broekspijpen naar zijn hart kroop en hem deed klappertanden. Het gehijg van de medevluchtelingen die met alle kracht de boot omhelsden. Het opgelucht zuchten toen de schipper hen een *thumbs-up* gaf en de motor aansloeg. De nacht was koud, hun halfnatte kleren hingen als een dodelijk gewicht rond hun verkleumde benen. En toch konden ze een glimlach niet onderdrukken. Ze waren vrij. Vijf paar gelukkige ogen keken Wojteck aan. Nooit gedacht dat hij zich ooit nog zo licht zou kunnen voelen. De schipper gebaarde hen naar het ruim te gaan, waar dekens en rantsoen op hen lagen te wachten.

'Dat heb je goed geregeld, maatje', grinnikte François jongensachtig, terwijl hij zijn natte broek uittrok en zich in een deken wikkelde.

'Dank je', glimlachte Wojteck. 'Maar het is de Haganah die je moet bedanken.'

François mompelde voor zich uit.

'Wat?' vroeg Wojteck geërgerd.

'Die halfzachte eitjes!'

Wojteck draaide zich boos naar de andere kant van het ruim. Hij had geen zin in politieke discussies. Niet nu. Slapen. Eten. Bidden dat ze veilig in Haifa zouden aankomen.

De volgende morgen was het eerste wat Wojteck zag een rimpelloze zee met een stralende ochtendzon, die slechts door het vale ruitje van de patrijspoort een beetje gedimd werd. Dit werd een stralende dag. Toen hij om zich heen keek, zag hij dat de anderen al bovendeks waren.

Hij werd hartelijk verwelkomd op een primitief ontbijt toen hij zijn kop uit het ruim stak. 'Kom erbij zitten!'

François bood hem een homp brood en een stuk fetakaas aan. Alle bitterheid van de woorden van vorige nacht leek verdwenen. 'Met de complimenten van de schipper.'

Wojteck keek om zich heen. Nu het gezelschap de sluier van de nacht verloren had in het felle zonlicht, zag hij pas hun individuele gezichten. Vier mannen en twee vrouwen, allemaal jong, allemaal enthousiast, allemaal getekend door het verleden. Wojteck had tot nu toe niet echt de tijd genomen om hen beter te leren kennen. Voor hem waren ze gewoon de volgende lading geweest. Niet meer, niet minder. Wat had het voor zin zich te hechten? Dat had hij al lang afgeleerd. Maar nu, nu ze echt wel op weg waren, viel even de zware last van verantwoordelijkheid van zijn schouders en had hij het gevoel van het lot een time-out gekregen te hebben.

'Wanneer zien we terug land, Wojteck?' vroeg een van de meisjes. Haar Pools deed Wojteck even verbaasd opkijken. Nadia was zo gebeten geweest om in Palestina te gaan helpen, dat Wojteck het niet over zijn hart had kunnen krijgen om haar achter te laten, ondanks de tegenwerpingen van François dat twee vrouwen in één missie te veel risico zouden geven. Maar tot nu toe hadden ze het tegendeel bewezen. De twee jonge vrouwen leken de meest volhardende van hun groepje.

'Als het dit weer blijft, vanavond.' Zijn antwoord deed haar grote ogen nog meer stralen en toen ze het goede nieuws in het Hebreeuws aan het groepje doorgaf, hoorde hij haar woorden dansen van nauwelijks in te houden vreugde.

Wojteck wist zeker dat deze jonge vrouw een mooie aanwinst zou zijn voor de nieuwe staat, die hopelijk niet te lang meer op zich zou laten wachten.

Na hun ontbijt verspreidde het groepje zich over het schip, sommigen om de schipper en zijn knechtje te helpen, anderen gewoon om wat tot zichzelf te komen. Ook Wojteck wikkelde zich in zijn deken en tuurde over de reling naar de blauwgrijze golven, die wellicht al eeuwen hun beloofde strand hadden aangeraakt. François had zich naast hem genesteld. Na een doezelige stilte vroeg Wojteck hem: 'Meende je dat van vannacht?'

François keek hem niet-begrijpend aan.

'Van de Haganah, dat wij halfzachte eitjes zijn?'

François antwoordde smalend: 'Wij?' Hij zuchtte. 'Praten, praten, dat is alles wat jullie doen. Soms kan alleen actie de wereld vooruit helpen.'

'Zoals het King Davidhotel opblazen in Jeruzalem, zodat er onschuldige slachtoffers vielen. Ja, dat was goed werk van de Irgun.'

François sprong verontwaardigd op. 'Het heeft er toch maar voor gezorgd dat de Britten aan het terugtrekken zijn.'

'Oh, ja? Wij hebben ook wel een leger. En misschien hebben de onderhandelingen van de Haganah toevallig wel iets meer met deze terugtrekking te maken. Als de Verenigde Naties in mei gaan stemmen, dan...'

Een luid gesnuif van verontwaardiging onderbrak het betoog van Wojteck. 'Alsof die gaan stemmen voor onafhankelijkheid! Nee, actie, geweld, dat is het enige wat die verdomde kolonialen begrijpen. Geloof me!'

Wojteck zuchtte. 'François, jij die de Irgun verdedigt? Ze noemen zich de vrijheidsstrijders van Israël, maar ze houden zich meer bezig met terroristische acties dan met onderhandelen voor vrede... Met hun geweldsagenda, zo ben jij toch niet?'

'Correctie', antwoordde hij droog. 'Zo wás ik niet. Ik ben het beu, Wojteck. Ik ben het kotsbeu om met me te laten sollen. Ik wil actie, nu.'

De verbetenheid in deze woorden verlamde Wojteck. Wie had er hier gelijk? Alleen de tijd zou dit kunnen zeggen. Maar hij wist één ding zeker: nooit zou hij zich laten verleiden tot de gewelddadige guerrilla-acties van de Irgun, hoe nobel hun einddoelen ook waren.

Hun gesprek was op een dood punt beland en ze schrokken dan ook beiden op toen Nadia en haar vriendin tussen hen in ploften. 'We storen toch niet?'

Zowel Wojteck als François schudde het hoofd. Ze waren blij met de afleiding.

'Hannah en ik, we hadden zo gedacht...' zelfs haar Hebreeuws bracht Wojteck weer naar Kraków, doorregen als het was met de Poolse klanken. Vertederd door haar enthousiasme liet hij haar woorden rustig over zich heen kabbelen. Met haar blonde krullen leek ze, net als hij, helemaal niet op het cliché van de typische Joodse.

Toen er een korte pauze viel in haar spraakwaterval, vroeg Wojteck haar: 'Waar komen jullie eigenlijk vandaan?'

Hij had al de hele tijd geprobeerd haar accent thuis te wijzen. Het was duidelijk niet uit Kraków. Warschau misschien? Haar stralende blik werd ineens donker en ze draaide zich naar haar vriendin. Wojteck zag het direct: domme vraag. Te veel herinneringen. Had hij het in al die tijd nog niet geleerd om deze ongeschreven wet niet te overtreden: nooit naar iemands verleden vragen.

'Ravensbrück', klonk haar stem mat. 'Allebei.' Hannah legde een troostende hand op haar knie. Nee! Zo had hij het niet bedoeld. Vóór, vóór al die ellende. Maar Wojteck zag aan hun gezichten dat hij dat niet meer recht kon zetten. Ze zaten weer in die Duitse stad, die vooral voor vrouwen een echte hel was. Als ook maar de helft van de verhalen die Wojteck gehoord had, waar waren...

Een plotselinge beweging, een algemene beroering op de boot, zorgde gelukkig voor een afbreken van dit pijnlijke moment. 'Storm op komst!' kwam een van de vluchtelingen naar hun groepje toegelopen. François keek verwonderd op. De zee was spiegelglad, de lentezon koesterend. Maar toen ze naar het westen keken, zagen ze het. Donkere wolken verzamelden zich met alle kracht.

'De schipper zei ons het ruim in te kruipen. Het kan er wel eens hard aan toegaan.' De man ging snel naar het andere groepje.

'Met een wind vanuit het westen!' riep François hem lachend na. 'Dan zijn we nog eerder in Haifa!'

Maar van dat optimisme was niets meer te bespeuren nadat de eerste golven woest tegen het ruim hadden gebeukt. De geur van hun halfverteerde ontbijt dat her en der verspreid lag, veroorzaakte pijnlijke tuimelingen in Wojtecks maag. Iedereen was al ziek geweest, maar niemand waagde het om de emmers bovendeks te dragen. Elk gezicht had de asgrauwe kleur van de lijken die Wojteck nog elke nacht in zijn nachtmerries zag. De ogen sluiten in de hoop zo de misselijkmakende deiningen weg te denken, hielp niet. Alles en iedereen danste. Toen hij weer zijn ogen opende, voelde hij Nadia naast zich neerzakken. Met een diepe zucht sloeg ze haar armen om haar opgetrokken knieën. Haar vriendin Hannah zat in een hoekje prevelend te bidden, wanhopig geconcentreerd alsof ze de enige op het schip was.

'Wat denk je?' vroeg ze in het Pools. Wojteck keek haar aan. 'Gaan we het halen of wordt deze stomme vissersboot ons graf?'

Wojteck moest enkele seconden naar hoop zoeken die hij niet had, maar hij antwoordde toch bemoedigend: 'Het komt wel goed. Het moet goed komen.'

'Ik hoop het', zuchtte Nadia. 'Ravensbrück overleven om dan hier, op een steenworp afstand van Palestina, te verdrinken.'

Voorzichtig legde Wojteck een hand op haar knie, die zich na een eerste verschrikte reactie weer ontspande. 'Jij gaat naar Haifa', sprak hij zelfverzekerd.

Haar ogen dwaalden af naar een onbestemde plek in het ruim waar ze de vreselijkste taferelen voor zich leek te zien. 'In Ravensbrück, de vrouwen, de experimenten...' stamelde ze. 'Het geschreeuw van degene voor mij. Ik...' heftig schudde ze het hoofd om de herinnering weg te jagen. Haar Pools verwarmde Wojteck, haar woorden niet.

'Sorry, ik weet ook niet waarom ik jou daar zo ineens mee lastigval. Het heeft geen zin. Ik wil, ik kan er niet over praten.'

Wojteck antwoordde niet, maar veegde een traan van haar wang. Wat kon hij zeggen? Dat het niet erg was? Dat ze er wel overheen zou raken?

'Bedankt', fluisterde ze zachtjes.

Het was François die hun cocon doorbrak. 'Moeten we die schipper niet gaan helpen? Het wordt alleen maar erger. Heb je die matroos van hem gezien? Als híj de zaak moet redden!'

Voorzichtig stond Wojteck op en wankelde naar François toe. 'En wat denk jij dat wij kunnen doen? Heb jij ooit eens gevaren? Ik niet!'

'Kom', nam François hem bij de arm.

Als zwaar dronken mannen bereikten ze de trap, die hen naar boven bracht. Toen ze het luik openden, sloeg de striemende hagel hen in het gezicht. Weg was dat zalige lentebriesje van die morgen. De zee leek wel een losgeslagen furie die het enkel en alleen op hun boot had voorzien. Langzaam schoven ze over de gladde plankenvloer, terwijl hun armen volledig stuurloos zwaaiend het evenwicht probeerden te regelen. Het leek alsof de witte hagelbolletjes tot diep in hun schedel binnendrongen. Het duurde een eeuwigheid voor ze de stuurcabine bereikten, waar ze tot hun grote verbazing een volstrekt kalme schipper vonden. Toen ze hem vragend aankeken, wees hij lachend naar de hoek van de cabine, waar zijn matroos lag te kronkelen.

'*We, real men!*' verkondigde hij triomfantelijk en hij klopte François kameraadschappelijk op de schouder. François' ogen rolden wanhopig heen en weer.

‘Zeg dat het niet waar is!’ brulde hij Wojteck in het Hebreeuws toe. ‘Een gek die ons leven moet redden!’

Wojteck keek hem berispend aan. ‘François, alsjeblieft!’ Hij tikte de schipper op de arm. ‘*Help?*’ Daarmee op zichzelf en François wijzend.

De man gaf hen een geruststellende glimlach. ‘*Don't worry!*’ Zijn rollende R werd echter onderbroken door een oorverdovende aanval van een woeste golf op de kleine cabineruitjes, die hevig natrilden.

Wojteck voelde in zich ook weer een nieuwe golf van misselijkheid aanzwellen. Dit kwam niet goed. De golven sprongen gewoon over deze boot heen! Maar hij kreeg geen seconde de tijd om te panikeren.

‘*Hold!*’

De schipper duwde hem hardhandig voor het roer en trok François mee naar buiten. Wojteck moest even slikken, toen hij besefte dat hij daar alleen achtergebleven was. Wat nu? Niet nadenken, vooral niet. Hij moest zich met alle kracht vermannen om niet weg te duiken, toen weer een golf tegen de cabine beukte. Die schipper had gemakkelijk praten, het roer in zijn handen leek zich niet meer in bedwang te laten houden. Een rilling van kou en angst liep over zijn rug. Waar bleven die twee? Door de vieze ruitjes zag hij slechts water en wind. Geen levende ziel te bespeuren. Wat als...?

Hij sloot zijn ogen en begon langzaam ademhalend te tellen. Als hij bij vijftig was, zou hij hen gaan zoeken. Zijn adem dreunde in zijn hoofd. *In. Uit. Drie-en-veertig. In-vier-uit.* Het schip zwalpte steeds heftiger. Hoe lang zou het dit nog volhouden? Hij durfde niet te denken aan de mensen in het ruim die hij in deze storm had meegesleurd. *En-veertig-in-uit* zijn ademhaling ging steeds trager. Wat als hij bij de vijftig kwam? Het roer loslaten waaraan hij voor het leven geketend leek? *Negen-in... uit... veer...*

‘Kom!’ De brul van François die de deur openduwde en door een plotse rukwind naar binnen gegooid werd, gevolgd door de schipper die met dezelfde grijns het roer overnam. De regen die van in zijn nek als een kolkende rivier op zijn rug een bedding vond. Voor hij het goed besefte, stond hij buiten met François, die hem uitlegde wat hun taak was. Vastsjorren. Alles wat ook maar enigszins twijfelde om toe te geven aan de brute kracht van de storm.

François reikte hem een aantal touwen aan. 'Ik links, jij rechts.'

Als een automaat liep Wojteck naar rechts. De regen striemde en de wind deed zijn te lichte kleding als een vlag aan een mast wapperen. Nooit zou hij het nog warm krijgen. De verweerde touwen schuurden zijn handen open. Het zilte zout ontsmette direct de wonden. Wojteck wist niet meer of het water op zijn gezicht regen of tranen waren. Nooit geweten dat de zee zoveel lawaai kon maken! Hij hoorde François aan de andere kant amper nog zingen. '*Unter der Lanterne...*' Zijn hersenen zochten in zijn geheugen het liedje. Ongelooflijk! Zijn vriend was daar Marlène Dietrich aan het zingen. Deze boot dreigde met man en muis te vergaan en hij dacht aan Lily Marleen! Hoe lang zou zo'n storm gemiddeld duren? Was het nu al nacht of was het gewoon de regen die alles verduisterde? Wat als...? De ene vraag na de andere stormde door zijn hoofd, terwijl zijn handen moeizaam de ene knoop na de andere probeerde te leggen. Het duurde even voor hij besefte dat hij iets niet meer hoorde. Lily?

In slow motion draaide hij zich om, om te beseffen dat François nergens meer te bespeuren viel. De paniek verlamde even elke beweging. Het duurde enkele seconden voor zijn benen het bevel doorkregen om naar de linkerkant te lopen. Maar toen het eindelijk doorkwam, namen zijn ledematen het van zijn verstijfde hersenen over.

'Help!'

Wojteck zou nooit de wanhoop van het volgende beeld uit zijn geheugen kunnen wissen. Overboord geslagen door een onverwachte rukwind of simpelweg uitgegleden? Wojteck wist het niet, maar feit was dat François daar als een overbodige last, de handen krampachtig rond een touw, aan de zijkant van het schip hing te zwaaien. De angst in de ogen van zijn vriend! Niets kon hij zeggen om die weg te nemen.

'Hou vol, hou vast', prevelde hij, terwijl hij met alle kracht aan het touw trok om zo François weer aan dek te krijgen. Maar met de benen al half in het kolkende water was hij een enorm zware massa en Wojteck voelde het touw voor geen millimeter in zijn voordeel bewegen. Integendeel. De stroming en de zwalpende boot deden er alles aan om deze overbodige last van zich af te schudden. De rand van de boot schuurde zijn maag, het touw raspte zijn al bloederige handen. Hij voelde zijn kracht afnemen. Hij ging het niet halen. Hulp. Waarom zag die verdomde schipper niet wat er aan de hand was? En de mannen beneden, waar bleven ze?

Wojteck wist dat hij het alleen moest klaren. Hij kon geen hulp gaan roepen, daarvoor was er niet genoeg tijd.

Maar het touw won.

Het hoofd van François kwam nog amper boven.

'Zwem!' brulde Wojteck. 'Zwem! Hou vast!'

François' hoofd schudde gelaten.

Met de moed der wanhoop perste Wojteck alle kracht uit zijn lichaam. Hij was een atleet. Hij moest doorgaan tot het uiterste. Alle spieren spannen, de kracht in zijn armen concentreren.

En langzaam, heel langzaam gaven de golven hun buit vrij. Met een laatste krachtsinspanning sleurde Wojteck François over de reling en viel dan naast zijn vriend neer, te zeer buiten adem om te vragen of alles oké was. Seconden, minuten, Wojteck wist achteraf niet hoe lang ze daar gelegen hadden met de regen die hen bestookte.

Het was François die als eerste sprak. 'Bedankt.' Zijn stem stokte. 'Ik kan, ik kan niet zwemmen.'

'Wat?!' Wojteck sprong op. 'Waarom ging jij dan... Er waren toch nog anderen... Waarom?'

François wees met bibberende hand naar de horizon. 'Omdat ik daar moet komen. Daarom.'

De volgende ochtend leek de hele storm een boze droom. Zeker toen de schipper hen op een vage, donkere streep aan de oplichtende horizon wees. 'Haifa', lachte hij. '*You see? Told you!*'

François keek Wojteck eerst even aarzelend aan. De angst van de nacht was nog absoluut niet uit hun kleren. De striemen in hun handen prikten nog bij elke beweging. Maar toen barstte het groepje in een feestvierend lachen uit. Ze waren er! Dat stormpje van vorige nacht, pfff! Zij hadden al voor hetere vuren gestaan...

Ze kregen niet de tijd om na te denken over de mogelijk vijandige ontvangst op het strand van Haifa. Hun schaarse bagage bij elkaar zoeken, nog snel wat drinken, ontschepen, angstig om zich heen kijken en dan de eerste stappen zetten op een gelukkig godverlaten strand. Iedereen werd even stil. Was dit het nu? Dé grote kans om alles wat er gebeurd was te vergeten? Misschien. Wojteck wist het niet. Hij was geen soldaat, geen vaderlandslievende van een land dat hij nog niet kende. Uit godsdienstige overwegingen? Sinds Auschwitz was zijn geloof wankel. Hoe kon een God een volk dit laten overkomen? Maar toch was er iets in hem dat zei dat het zijn plicht was zich in dienst te stellen van dit nieuwe land, dat op 15 mei hopelijk onafhankelijk verklaard zou worden. Hij had het tenslotte overleefd.

'Vriend', klopte François hem op de schouder. 'Ik ga ervandoor.'

Wojteck keek hem verbaasd aan. 'Wacht je niet tot ze ons komen ophalen? Ze zullen er zo zijn. Dat was toch de afspraak.'

François schudde zijn hoofd. 'Ik heb hier twee mannen gevonden die zich ook bij de Irgun gaan voegen. Dus… Sjalom!'

Een onhandige omhelzing volgde, terwijl het slechte nieuws langzaam tot Wojteck doordrong. 'Ga je niet met mij mee, met ons?' Zijn stem klonk ongewild geërgerd, boos.

'Nee, Wojteck, niet kwaad zijn. Ik kan niet anders.'

Wojteck draaide zich om. 'Je doet maar.'

François liep hem achterna. 'Hé, we zijn vrienden, ja! Zo gaan we hier geen afscheid nemen! Niet na alles wat er gebeurd is.'

Zijn woorden dwongen Wojteck zich om te draaien. 'Sorry, maar…'

'Ik weet het', onderbrak François hem. 'Maar het is niet omdat je verschillende paden kiest, dat je niet op hetzelfde eindpunt belandt.'

Wojteck reikte hem de hand. 'Oké, 15 mei op het grote marktplein in Haifa?'

'Natuurlijk. *Don't worry*!' rolde François een perfecte imitatie van hun schipper.

Wojteck keek de drie mannen die in de duinen verdwenen, met grote spijt na. Wie kon hem verzekeren dat hij zijn vriend ooit nog zou terugzien?

'Mogen wij met jullie mee?'

Het was Hannah, die, samen met Nadia, zijn sombere gepeins onderbrak.

'Natuurlijk, we kunnen iedereen gebruiken. Zeker twee dappere vrouwen zoals jullie.'

Wojteck moest ongewild glimlachen bij hun vreugdevolle gezichten, ook al had hij daar even de grootste platitude aller tijden gebruikt.

De volgende maanden waren hectisch, gevaarlijk en vooral verwarrend.

- 15 maart: inkijken VN-resoluties, alfabetische lijst van landen bij stemming:
Argentinië: onthouden
België: voor (!)
Egypte: tegen + alle buurlanden (!): Syrië, Jemen, Libanon, Saudi-Arabië, Iran, Irak
- 18 maart: nieuwe opdracht, logistiek regelen dorpje Gan Hafna
- 24 april: nieuwe functie hoofdkwartier Haifa + ontmoeting Hannah en Nadia
- 15 mei 1948!!!: radiotoespraak Ben-Gurion: Onafhankelijkheid Israël!!! Feesten!!!

Met een hoofd vol wilde plannen legde Wojteck zijn zwarte boekje neer. Hij ging vanavond feestvieren met zijn collega's. De Britten hadden hun woord gehouden. Palestina was vandaag Israël geworden! Hij moest toegeven, de problemen waren nog legio. Al die buurlanden die ertegen gestemd hadden, zouden dit niet zomaar pikken. En af en toe overviel Wojteck ook de twijfel: was deze agressie te rechtvaardigen? Was hij hier fout? Maar als hij dan weer in een van de kibboetsen de mensen bezig zag met een strijdlustig enthousiasme, verdween zijn twijfel.

'Oké?' Een van de collega's viel het rommelige kantoortje binnen. 'Klaar om de bloemetjes buiten te zetten?'

Wojteck sprong op en stak zijn zwarte boekje in zijn borstzak.

'Vol met afspraken?' lachte de man, terwijl hij op het boekje wees.

'Tuurlijk!' knipoogde Wojteck. 'En we gaan er daar vanavond nog een aantal aan toevoegen!'

Haifa bruiste in alle steegjes. Overal hoorde men lachende stemmen, vrolijke muziekjes en af en toe zelfs vuurwerkknallen. Wojteck voelde zich omringd door de warmte van een zomerse stad in feeststemming, met pulserende groepjes die door de straten struinden. Hij liet zich met alle plezier meedrijven op de golven van hun levenslust.

Vanavond ging hij aan niets meer denken! Misschien, misschien zou hij François terugzien!

Hun stamcafé puilde uit van de mensen. Overal zag hij lachende gezichten, knappe vrouwen. Het verleden was verdwenen. Genieten!

'Hannah is er al!' wees zijn collega haar verlekkerd aan. Wojteck moest stiekem lachen. De man kon amper zijn nachtelijke motieven verbergen. Maar hij moest het toegeven, Hannah was mooi en had de meest betoverende ogen die hij ooit gezien had. Behalve dan natuurlijk die van...

'Drink!'

Gulzig dronk hij van het glas om de herinneringen te verdrinken.

'Nadia!'

Het groepje draaide zich naar de jonge vrouw die met een ongewoon ernstig gezicht het café binnenkwam. Haar parfum bedwelmde Wojteck toen ze zich naar hem toe boog. Ze stond nog niet in zijn boekje... een onhandige kus in haar nek. Waarom niet?

Maar haar gefluisterde woorden brachten hem weer met beide voeten op de grond. 'We hebben berichten onderschept. Egypte gaat aanvallen. Morgen, bij dageraad.'

En hij zag in haar ogen heel andere beelden dan die van een paar seconden geleden.

12
De wedergeboorte
1960

Voor mij bestaat het hoogste genoegen uit het ontwarren van een mooi, ingewikkeld kluwen. Op het moment waarop ik eraan twijfel of de wereld een orde, een plan heeft, troost het me zo niet een orde, dan toch een reeks verbanden in kleine gedeelten van de zaken dezer wereld te ontdekken.

De naam van de roos, *Umberto Eco*

De rijkgouden glans van de borden met firmanamen werkte door in de hele wolkenkrabber, die tot in het kleinste detail de klasse van de eigenaar uitademde. Overal straalde de macht van de Montestella-holding, een van Buenos Aires' grootste concerns, dat in vele takken van het bedrijfsleven een al dan niet duidelijke vinger in de pap had.

'Goedenavond, meneer Montefiori. Meneer Klement zit al in uw kantoor te wachten. Ik hoop dat ik niet...'

Met een minzaam handgebaar wuifde hij haar onzekerheid weg. 'Geen probleem, Rosa, je weet toch ondertussen wel dat meneer Klement altijd welkom is.'

Een gerustgestelde glimlach verscheen op het onberispelijke gezichtje van zijn secretaresse. Hij gunde haar een verleidelijke blik, waarop ze hem ondeugend toelachte. Dit meisje aannemen was een van zijn betere beslissingen geweest. Totale gehoorzaamheid, aan én op zijn bureau. In de geruisloze lift die hem naar zijn penthousekantoor bracht, keek hij tevreden naar zijn beeld, dat hem door de vele spiegels in al zijn facetten begroette. Het grijs in zijn haar gaf hem een gedistingeerde look. Zijn hand raakte zijn strakke buik aan. Er waren veel mannen die, eenmaal de veertig gepasseerd, niet meer aan hun buikspieroefeningen dachten. Maar hij niet. Als op klokslag elke morgen minstens honderd.

Ze keek dan misprijzend op hem neer, als ze nog eens een keer zijn slaapkamer passeerde. Hij wist het. Ze had gewonnen. Nooit zou hij haar helemaal kunnen bezitten. Die minachtende afstand in haar ogen was gebleven. Ook al draafde ze altijd braaf op bij elke officiële gelegenheid als het visitekaartje van het perfecte gezin dat hij gecreëerd had. In de prachtigste ensembles van de bekendste Europese modehuizen. Ze was knap. Nog altijd. En de bewonderende blikken van zijn collega-zakenmannen deden hem nog altijd veel plezier. Maar het was allemaal schijn. En hoe lang ging hij dit spel nog volhouden? De meester verloor af en toe de controle over zijn onderpand. Kleine kinderen werden groot. Walters gedrag vertoonde af en toe bokkensprongen. Maar hij troostte zich met de gedachte dat zulke groeistuipen normaal waren voor zeventienjarigen. Zijn schermtrainingen waren nog altijd heilig en zijn interesse voor de zaken van zijn vader werd steeds groter. Vergeven waren dus zijn misstapjes met lokale schoonheden die hij, na zijn pleziertje, als oud vuil behandelde – tot groot verdriet van zijn moeder. Maar ja, wat begreep die ijskast nu van mannelijke passie?

De deuren gingen geruisloos open.

'Heinrich, eindelijk!' Het hele vertrek was al gevuld met de stank van die verdomde kankersigaretten van hem. Hij zag het al: iets of iemand had het derde lid van het pentakel weer duidelijk op zijn agressieve paard gekregen. Driftig ijsbeerde hij over het hoogwollige tapijt, terwijl hij met een grote zakdoek zijn ziekenfondsbril poetste. Elke keer als hij deze belangrijke man zag, verwonderde hij er zich over dat hij zo klein en afgeleefd leek. Het prototype van een ambtenaarboekhouder. Niemand zou hem ooit verdenken van zo'n massale verdelging. Tot je hem hoorde spreken. Zijn staccato stem ging door merg en been.

'Heb je dit gelezen?' Zijn hand beefde agressief naar een stapel kranten die op een marmeren tafeltje lagen. 'Dat vod!'

Hij glimlachte. 'Welke bedoel je, Adolf? Je weet toch dat ik geabonneerd ben op een scala van kranten van overal ter wereld.'

'Hier! Hier!' Hij zwaaide met een krant voor Heinrichs gezicht. 'Lees!'

Washington Post 11 mei 1960

Warm welcome to Ben Gurion in Washington!

Prime Minister Ben Gurion arrived yesterday in Washington DC and was given a warm welcome by a full delegation of US officials. Today he's supposed to meet president Eisenhower who will talk to him about recent problems in Gaza.
Ben Gurion is known to be a tough negotiator who doesn't back down easily. Remember the debacle over Gaza and Sinai in 1956 where Israeli forces occupied these areas and in response British and French troops landed at Port Said.
It took numerous deliberations to settle this.'

Extra: *'Ben Gurion: from freedomfighter to prime minister. From rags to riches?'* p. 5

'We hadden ze moeten tegenhouden in 1948, we hadden er nog veel meer moeten verbranden!' Driftig smeet hij de krant op de stapel, die gevaarlijk wankelde op het gladde marmeren blad. 'Maar ja, hoeveel geld je ook in de bewapening van die verdomde Egyptenaren stak...'

Dramatisch plofte hij neer in een van de witte lederen stoeltjes. 'Probeer met die Arabieren maar eens een oorlog te winnen! Voor je het beseft, beginnen ze elkaar uit te moorden. Al ons zuurverdiende geld dat opging aan wapens voor hun onderlinge gebakkelei. Nee, als je dat dan vergelijkt met onze *Männer*, die waren tenminste...'

Heinrich besloot dat het de hoogste tijd was om Eichmann de pas af te snijden. Het pentakel kwam hier vanmorgen niet bijeen om zoete herinneringen op te halen! '*Schon gut, schon gut*, Adolf!'

Hij zette zich achter zijn indrukwekkende bureau zodat Eichmann vanuit zijn stoeltje gedwongen werd naar hem op te kijken. Het moest nu maar eens en voor altijd duidelijk zijn wie de touwtjes van het pentakel in handen had.

'Als ik me niet vergis, dan was jij zelf in 1948 toch in Egypte, niet? Ik kon weinig doen, ik zat toen al hier. Maar ik denk niet dat we daarvoor hier vandaag zijn samengekomen. Laat die oude koeien waar ze horen. In de sloot. Het is de hoogste tijd dat we onze langetermijnplanning opnieuw evalueren.'

Eichmann stond op en wandelde naar het imposante raam dat uitzicht gaf op de woelige skyline van Buenos Aires. Een lage herfstzon gaf de kleine man een roodgouden aureool.

'Ik heb beneden gezien dat er alweer twee bedrijven bijgekomen zijn. De naambordjes klonken chic: Genetical Research and Development.'

Heinrich glimlachte. 'Klinkt in ieder geval beter dan Block 11, Auschwitz.'

Schichtig draaide Eichmann zich om. 'Ben je nu helemaal?' siste hij, terwijl hij vlak bij Heinrich ging staan.

'*Keine Probleme, Herr* Adolf. Deze plek wordt elke week grondig gecheckt op afluisterapparatuur. Alles om de industriële spionage tegen te gaan.'

Hij zag dat zijn zelfverzekerde houding Eichmann enerveerde. Tot hij de toon van zijn volgende woorden hoorde. 'Ja, *natürlich*', schampte Eichmann. 'Het is goed dat je onze fondsen gebruikt voor medisch onderzoek. De mensheid zal er ons later dankbaar voor zijn.' Hij zag het aan zijn lichaamstaal. De vulkaan Eichmann was weer in rust en genoot van de plannen die zich in zijn hoofd vormden. 'En heb je ons tweede nieuwe bedrijf gezien?' polste Heinrich. 'Metallurgie plant M.F.'

Eichmann knikte. 'Heel goed dat je ook aan de andere noden van diezelfde mensheid hebt gedacht.' Zijn gezicht glom tevreden. 'Wat je allemaal niet met staal kunt maken.'

Heinrich greep naar zijn telefoon, terwijl hij ongeduldig naar de grote wandklok keek. 'Even checken of Klaus iets heeft laten weten. Normaal gesproken is hij altijd stipt.'

Maar nog voor hij de kans kreeg om zijn secretaresse te bellen, verscheen Klaus, zwaarbeladen met dossiers en mappen, in de liftdeuropening.

'*Entschuldigung* dat ik te laat ben. Maar die *verdammte* secretaresse van mij, zo traag als een slak!'

Heinrich glimlachte. 'Je had maar moeten bellen. Ik had je zo die van mij uitgeleend. Altijd bereid, voor alle gebruik.'

Klaus pufte, ongeïnteresseerd in Heinrichs machopraat, en plofte alle papierwerk op de grote vergadertafel. Met een grote zakdoek depte hij het zweet van zijn kale voorhoofd en schedel. De tijd was minder vriendelijk voor zijn vriend geweest. Klaus was in de loop der jaren uitgegroeid tot een loensende pad die zelfs bij zijn bereidwillige secretaresse geen nummertje kon scoren. Maar zijn werk deed hij goed. Als een gargantueske spin spon hij een financieel web dat van Zwitserland over Duitsland naar Zuid-Amerika reikte. Hun financiële armslag werd steeds groter, hun macht steeds meer en meer omvattend. Wie had dat gedacht in '45?

'Ik heb hier de tussentijdse verslagen', onderbrak Klaus zijn gemijmer. 'Met een nieuw voorstel van ons kersverse bedrijf GRD.'

'Genetical Research and Development', verduidelijkte Heinrich snel voor Eichmann. 'Vertel.' Heinrich ging samen met Eichmann aan de tafel zitten.

'Jullie hebben ongetwijfeld ook gelezen over recente gelukte orgaantransplantaties in Boston?' Heinrich en Adolf keken elkaar verwonderd aan.

'Ik zie het al', zuchtte Klaus. 'Een kleine historische duiding lijkt me hier op zijn plaats.' Heinrich goot hen alle drie een flinke scheut van zijn beste whisky in. 'Oké, we zijn klaar voor onze geschiedenisles', knipoogde hij. Hij was er zeker van dat Klaus een dikke vis had gevangen. Hij zag het zo aan diens lichaamstaal. Hij ging nooit over één nacht ijs.

'Voor het begin van dit verhaal moeten we teruggaan naar 1954, naar Boston.' Eichmann knikte ongeduldig. 'Ik heb wel niet de hele avond, Klaus. Mijn bus wacht. Ik kan niet te laat komen. Vera weet van niks.' Heinrich rolde met de ogen naar Klaus. Eichmann met zijn verdomde tijdsobsessie.

'1954 was de eerste keer dat daar, in Boston, een succesvolle niertransplantatie is uitgevoerd op een eeneiige tweeling: een echte doorbraak in de medische wetenschap. Sindsdien zijn er nog meerdere operaties gevolgd, met groeiend succes, zodat de wachtlijsten met potentiële klanten ellenlang worden.'

'Patiënten', corrigeerde Eichmann droog.

'Dat ook', ging Klaus onverstoorbaar verder. 'Maar ik zou, als ik jou was, toch niet zo een aversie voelen voor het woord klant. Want...' Klaus keek hem met een bijzonder tevreden blik aan. Heinrich wist het. Braaf wachtte hij af tot Klaus de kat uit de zak liet. Ieder zijn *moment de gloire*. Hij gunde het Klaus.

'Maar wat is nu het probleem?' ging Klaus na een fikse slok whisky verder.

'De wachtlijsten met de patiënten – klanten – groeien elke dag, terwijl de lijsten met mogelijke donoren...'

Zijn duim ging dramatisch naar beneden. Net een decadente keizer na een gladiatorengevecht.

'De mensen hebben het er duidelijk nog heel erg moeilijk mee dat zijzelf of hun dierbaren na de dood in stukken worden gesneden en...'

'Verkocht aan de hoogstbiedende?' onderbrak Eichmann.

'Nee, donor en geld, dat gaat niet samen', berispte Klaus hem belerend. 'Waar zouden we dan naartoe gaan?'

'Mensen die hun oma ietsje sneller het graf in helpen?' gniffelde Eichmann.

'Nee, Adolf,' corrigeerde Klaus hem, 'goede donoren zijn jong.'

'Allemaal goed en wel, maar wat heeft deze medische geschiedenisles met ons nieuwe bedrijf te maken?'

Heinrich keek Klaus indringend aan. Zijn vijftien minuten van roem waren om. Hij had vanavond nog andere plannen.

'In Noord-Amerika, in Europa, overal is het donorschap gratis. Maar het aanbod is nu eenmaal veel kleiner dan de vraag. Daarom stel ik voor de wetten van de boekhouding en de algemene economie toe te passen.' Eichmann knikte tevreden. Dit was taal die hij begreep.

'Laten we de vraag en het aanbod wat meer in evenwicht brengen. Voor een gepast bedrag.'

'Natuurlijk', glimlachte Klaus. 'Laat ons die naar organen snakkende rijken verder helpen hun decadente leventje te leiden. Met de hulp van onze kennis van zaken, onze infrastructuur.'

Heinrich ging staan. Het plan groeide nu ook in zijn hoofd. Er bleef echter een obstakel over. 'Maar, die donoren...'

Klaus kwam naast hem staan en klopte hem geruststellend op de schouder. 'Kijk daar', wees hij naar de buitenwijken van de hoofdstad. 'De krottenwijken, een goudmijn aan wandelende nieren en levers. Ze staan nu al aan te schuiven bij ons bedrijf om voor een kleine vergoeding als proefkonijn te functioneren bij het ontwikkelen van nieuwe medicijnen. Iedere gezonde mens kan een nier missen, als hij daarmee zijn familie voor een jaar kan voeden.'

'En als het misgaat?' vroeg Heinrich.

'De klanten kennen het risico. En de anderen?'

‘Een *Untermensch* meer of minder’, haalde Eichmann de schouders op. ‘Geen haan die daar naar kraait.’

Met een soepele draai keerde Heinrich van het grote raam weg naar de vergadertafel toe.

‘Oké’, knikte hij goedkeurend. ‘Een nieuwe immense geldbron. Goed gedaan, Klaus. Ik voel het, niets gaat onze verdere plannen nog in de weg staan. Heb je nog vijf minuutjes, Adolf? Dan kunnen we het daar ook nog over hebben.’

In gedachten verzonken ging ook Eichmann weer aan tafel zitten. ‘Jammer dat onze “huisdokter” Joseph niet kan meehelpen aan dit plan.’

Heinrich keek hem vragend aan.

‘Ah’, antwoordde Eichmann. ‘Is die niet in Uruguay ondergedoken?’

Heinrich glimlachte. ‘Alsof dat zo ver weg is van Buenos Aires. Wees gerust, we gaan Mengele hier wel bij betrekken.’

Tevreden schikte Eichmann de papieren voor zich. ‘*Gut*. Die man heeft ons altijd goed gediend.’

‘Maar er is nog wel een zaak die we vanavond moeten bespreken. Hoe zit het met onze sponsoring? We mogen toch niet vergeten waarom we deze organisatie opgestart hebben?’

Zijn hand raakte onwillekeurig het pentakeljuweel aan dat hij in een ketting rond zijn hals koesterde. ‘De twee leden van ons pentakel mogen niet voor niets veel te vroeg de dood hebben ontmoet. Het is onze plicht hun *Lebenstraum* verder te zetten.’

Gesproken als een echte leider. Tevreden keek hij naar zijn twee kompanen. ‘De sponsoring van ons welgezinde Europese partijen begint langzaam maar zeker resultaat op te brengen. De politieke pendel gaat duidelijk van links weer naar rechts. In Frankrijk, Oostenrijk en Duitsland zijn onze vrienden nog altijd bijzonder actief én loyaal aan ons gedachtegoed. De tijd wordt weer langzaam maar zeker rijp om vanuit de as van ons Derde Rijk een Vierde Rijk te laten herrijzen.’ Heinrich knikte. Eichmann had altijd de beste contacten onderhouden met hun gelijkgezinden in Europa.

‘En in België?’ polste hij. ‘Je weet dat ik vooral Vlaanderen een bijzonder warm hart toedraag.’

‘Klein, maar dapper’, glimlachte Eichmann. ‘Ik weet zeker dat ook daar ooit een machtige partij zal opstaan.’

‘Goed’, antwoordde Heinrich. ‘We zijn goed bezig. “Zijn” droom mag nooit ten onder gaan in het lafhartige moeras van communistisch gespuis. Ook in Noord-Amerika groeit onze aanhang. Heeft onze contactpersoon bij de Ku-Klux-Klan nog iets laten weten?’

‘Negatief.’

‘En Cuba?’

‘Ook negatief.’

Heinrich mompelde afkeurend een vloek tussen de tanden. Dat gezwel moest en zou uitgeroeid worden.

‘*Gut*,’ besloot hij de vergadering, ‘dan stel ik voor dat wij alle rapporten hier van onze vriend Klaus grondig nalezen en dan volgende week weer samenkomen.’

Heinrich zag Eichmann slinks naar zijn horloge kijken. ‘Adolf’, zuchtte hij. ‘Je hebt nog alle tijd voor je bus, en anders neem je de volgende!’

13
Ricardo Klement
11 mei 1960

The wind runs free across our plains,
The live sea beats forever at our beaches.
Man makes earth fertile, earth gives him flowers and fruits.
He lives in toil and joy; he hopes, fears, begets sweet offspring.

... And you have come, our precious enemy,
Forsaken creature, man ringed by death.
What can you say now, before our assembly?
Will you swear by a god? What god?
Will you leap happily into the grave?
Or will you at the end, like the industrious man
Whose life was too brief for his long art,
Lament your sorry work unfinished,
The thirteen million still alive?

Oh son of death, we do not wish you death.
May you live longer than anyone ever lived.
May you live sleepless five million nights,
And may you be visited each night by
the suffering of everyone who saw,
Shutting behind him, the door that blocked the way back,
Saw it grow dark around him, the air fill with death.

20 juli 1960, Primo Levi

Wojteck voelde een zeurende pijn in zijn verkrampte ledematen. Gebiologeerd staarde hij naar het zwarte onding op het wankele tafeltje.

Hij was hier nu al twee weken. Twee weken van regelen en afwachten tot ze eindelijk van het hoofdkwartier een oké kregen. Met een zucht stond hij op om voor de zoveelste keer door de kleine kamer te lopen. Hij werd te oud voor zulke operaties. Maar voor deze had hij toch een uitzondering willen maken, ook al had hij er dan van Israël naar de andere kant van de wereld voor moeten reizen. Hij voelde het bij zijn dagelijkse avondtraining: hij kon bij het lopen een extra trui verdragen. Het werd hier duidelijk herfst. Een groot verschil met thuis, in Israël, waar de zon in mei al ongenadig kon branden. Thuis. Wojteck glimlachte. Ze had gisteren weer gebeld. Haar stemmetje vol leven had door de hoorn geklonken, alsof ze zich in de kamer ernaast bevond. Vertederd had hij naar haar avonturen van die dag geluisterd. Hoe die schlemiel van een Samuel haar vlechtjes had proberen te gebruiken als penseel bij hun schilderuurtje. Hoe ze dan maar één oplossing gezien had: een potje gifgroene verf over zijn arrogante kop te gieten. De juffrouw was heel boos geweest. En ze had in de hoek moeten staan! Van verontwaardiging was haar stemmetje naar boven geschoten. Net toen hij haar had willen zeggen dat de juf toch misschien wel… of nee, dat ze goed gehandeld had. Zijn dochter mocht niet over zich heen laten lopen, ook al was het dan de zoon van de rabbi die haar belaagd had. Maar toen werd haar de hoorn afgepakt.

'Kom, Tammy, laat mama nu ook nog eens iets zeggen.'

Hij had de nauwelijks verborgen ondertoon van ongerustheid in haar stem gehoord, ook al hadden ze alleen maar over koetjes en kalfjes gepraat. Na hun telefoongesprek had Wojteck nog lang nagedacht. Misschien had ze wel gelijk. Was dit allemaal nog wel de moeite waard?

Hoe zeiden de Engelsen dat ook weer, *water under the bridge*? Aan de ene kant begreep hij Nadia. Ze had gelijk, ze moesten verder. Weg van hun verleden, weg van Israël. En hij had het haar beloofd: na deze operatie zouden ze naar Amerika emigreren. Als de organisatie het tenminste toeliet. Hij wist dat ze hem nooit volledig zouden loslaten, maar hij had dit nog niet aan zijn vrouw durven zeggen. Hoe begripvol ze altijd was, dit zou ze niet willen begrijpen. Ook al had ze zich in het prille begin van hun relatie neergelegd bij zijn af en toe afstandelijke houding, zijn aarzeling om zich volledig aan haar te geven. Hij hield van haar, daar mocht ze zeker van zijn. Maar niet met die allesoverweldigende passie die hij voor Jacqueline gevoeld had. Nadia was een veilige haven in onzekere tijden.

Hij draaide met zijn trouwring. Hield hij wel genoeg van haar?

Ja.

Snel, die twijfel moest weggewerkt worden. Waarom zou hij haar niet liefhebben? Was hij haar anders zo blijven steunen, toen de geboorte van hun eerste kind steeds uitbleef? Ravensbrück had meer dan alleen maar psychische schade aangericht. Hij kon zich nog perfect haar blik voorstellen, toen eindelijk Tammy geboren was. Hun oogappel, hun niet meer verwachte godsgeschenk, dat jammer genoeg geen broertjes of zusjes meer had gekregen.

Om het piekeren uit zijn hoofd te krijgen, checkte hij nog maar eens of alles in orde was voor hun 'hoogvereerde' gast. De kleine kamer werd met schaduwen verlicht door een kaal peertje aan het plafond. Geen streepje daglicht kwam door het vakkundig afgeplakte raam. Met zijn hand streek hij over de pyjama die op het bed op zijn toekomstige bewoner lag te wachten. Ze waren er klaar voor. Meer dan klaar. De telefoon had al twee keer gerinkeld met elke keer het teleurstellende nieuws dat 'hij' er niet op zat. De frustratie en het ongeduld groeiden met elke minuut van die tergend langzame avond. Het was nu dat het moest gebeuren. De bijna dertig leden van deze operatie wilden graag deze zo pijnlijke, emotionele zaak afronden. Er was niemand die geen familielid had moeten afgeven aan de verpletterende moordmachine van deze man. Iedereen had zin om hem af te maken, ter plekke. Zoals de Hanoknin, de wrekers, die na de Tweede Wereldoorlog heel Europa hadden afgeschuimd om elke nazi met een nekschot met gepaste munt terug te betalen. Maar Isser Harel, het hoofd van deze operatie, had hen bezworen: geen wraakengelactie, deze man moest in het aanschijn van de hele Israëlische bevolking berecht worden. En dan sterven.

Als hij tenminste op zijn verdomde bus zou zitten. Wekenlang had een team hem gevolgd. Hij had zich als een man van *Deutsche Pünktlichkeit* bewezen. Altijd dezelfde routine, altijd dezelfde bus. Behalve vandaag...

Gefrustreerd wandelde Wojteck weer naar de voorkamer van hun gehuurde huis waar in de garage een vluchtauto stond te wachten. Aan alles was gedacht. Hij mocht niet meer ontsnappen! Hij keek door het raam naar de straat, die nog nazinderde van het pendelverkeer tussen centrum Buenos Aires en haar buitenwijken. Mooie stad, druk, maar ook vol met al dan niet verborgen armoede. Hij zou hier later met Nadia en Tammy nog eens moeten terugkomen. Als echte toerist, zonder verborgen agenda de schilderachtige wijken van deze wereldstad bezoeken. Hij wist zeker dat Nadia...

Het gerinkel op de tafel deed hem bijna tegen het plafond springen. Voor de tweede bel had hij al de hoorn in de hand.

'Hij is van de bus gestapt.'

Yes! Ze hadden hem. Misschien. Het wachten was nu op de auto die zijn pakketje kwam afleveren. Eindelijk kon de operatie echt van start gaan: 11 mei. Op 20 mei moesten ze het weten. Dan was een El Al-vliegtuig gereserveerd voor hen. Negen dagen om na te gaan of ze de 'real thing' hadden gevonden. De voordeur scharnierde open. Plots was dit voor enkele minuten doodstille huis gevuld met druk leven. Hun efficiënte gebaren, hun karige communicatie, alles verliep als een goed geoliede machine. Iedereen wist exact wat te doen.

Toen hij, gekneveld en wel, op het smalle bed lag en de zak van zijn hoofd was verwijderd, moest Wojteck even slikken. Was dit kleine burgermannetje, dit kalende kopje dat hem nu door zijn bril vol doodsangst aankeek, hét grote gevaar voor zes miljoen Joden geweest? Met zijn ene been aan de spijlen van het bed vastgemaakt en zijn lichaam in de veel te grote pyjama die Wojteck voor hem had gekocht. Als wriemelend ongedierte. Hij sidderde van angst toen een van hen zijn pyjamajasje losmaakte en zijn linkerarm ophief om een gelittekende oksel te laten zien.

'Heel onhandig weggehaald', concludeerde een van de mannen. 'Maar het is de plek van de SS. Zeker weten.'

Als op commando begon een krassende stem op het bed te ratelen. '45326 en 63752. Mijn lidmaatschapsnummer van de National Sozialistische Deutsche Arbeiterpartei: 889895.'

De getallen ricocheerden tegen de kale muren van de kamer. Ging het zo gemakkelijk worden?

Als door de hand Gods geslagen, keken de mannen elkaar aan. Was dit nerveuze mannetje het doel van deze zo minutieus voorbereide operatie?

'Mijn naam is Adolf Eichmann.'

Wojteck voelde zich, net als de anderen van het team, volledig uit het lood geslagen. Waarom gaf die man zo gemakkelijk toe? Waar zat de verborgen angel? Was dit een bedrieger? Als balletjes in een op hol geslagen flipperkast schoten zijn ogen van links naar rechts. Men kon de angst van dit mannetje ruiken. Net toen hij teken wilde geven dat het genoeg was voor die avond, begon het creatuur op het bed met gesloten ogen steeds luider te prevelen.

Nee! Het ongeloof in hun ogen sloeg om in agressie. Kon het waar zijn wat ze nu hoorden? In perfect Hebreeuws weerklonk het *Sh'ma Israel.*

'Hoor, o Israël, de Heer onze God, de Heer is een...'

Wojteck voelde zijn avondmaal in zijn keel. Dit kon niet waar zijn! Het Hebreeuws echode in de kleine ruimte en groeide met elk woord aan kracht en overtuiging. Als verlamd stonden zijn bewakers rond zijn bed met maar één woord in het hoofd, dat zich ook steeds sneller als mantra herhaalde. Dood. Dood. Dood!

'Schluss!'

Met een harde klap sloeg Wojteck met de vlakke hand op de spijlen van het bed. Een voor een verlieten ze de kamer en toen de laatste het licht wilde uitdoen, legde Wojteck een hand op diens schouders.

'Nee, het licht moet aan. *No rest for the wicked.*'

De ogen op het bed volgden hem tot in de voorkamer van het huis, waar kort en zakelijk de bewakings- en ondervragingslijsten werden overlopen voor de volgende dagen. De routine van de operatie probeerde de afschuw en de onbeschrijflijke emoties weg te duwen, tot een van hen het gesprek onderbrak.

'Dat Hebreeuws, hoe...?'

'Morgen. Eerste wacht?'

Twee mannen gingen naar buiten. De rest verspreidde zich. Om te eten. Om te slapen. Om te bekomen. Ook Wojteck wist dat slapen het verstandigst was. Morgenvroeg zou Isser Harl al heel vroeg aan de deur staan en de topman van de organisatie ontmoette je onder geen beding met een afwezige, slaperige geest. Op de tafel lag een plastic zak met de kleren en de portefeuille van Ricardo Klement, alias Eichmann? Nog even kijken? De versleten portefeuille voelde zacht aan in Wojtecks handen. Het gezicht van de man keek hem wantrouwend aan toen hij de portefeuille opensloeg. Zijn vingers gingen door het weinige geld en graaiden naar een aantal briefjes en kaartjes die blijkbaar al heel lange tijd in hun verpletterende omgeving hadden doorgebracht. Moest hij niet wachten tot morgenvroeg? Nee. Zijn vingers openden papiertjes, oude rekeningen, een gekartelde foto van een 'gelukkig' gezinnetje. Wojteck kon amper de misselijkheid in zijn maag bedwingen. Hij wél. Hij mocht wel het geluk van een familie rondom hem voelen. Nee! Zijn handen gleden over het stralende gezicht van de vrouw die neerkeek op haar zoontjes die in hun matrozenpakjes de onschuld zelve leken. Net zoals de velen die Wojteck had moeten...

Agressief schoof hij de foto van zich af. Nee. Niet die beelden. Niet die herinneringen! Toen hij het allemaal weer bij elkaar veegde om het in de portefeuille te proppen, weigerde één adreskaartje zich in zijn stapeltje te voegen.

MONTESTELLA HOLDING
AVENIDA TORRE LUNGO 2
BUENOS AIRES

Wojteck nam het relatief nieuwe kaartje uit het pakje en bekeek het aandachtig. Op de achterkant stond in een hanig handschrift geschreven:

Private: 675.987.234

Zijn hand ging naar het zwarte toestel. Zou hij? Na drie cijfers bleef zijn vinger aarzelend in het negende gaatje steken. Hij keek op zijn horloge. Het was al voorbij middernacht. Zijn nuchtere verstand zei hem dit alles aan Isser door te geven. Geen eigengereide acties op eigen initiatief. Alles in overleg. Het was er met de hamer bij hem ingeklopt. Maar zijn nieuwsgierigheid was groot. Zijn vinger ging naar het volgende cijfer. Wat kon één telefoontje kwaad? Waarschijnlijk kreeg hij toch maar een huishoudster aan de lijn. Of in het beste geval de opgetutte vrouw des huizes.

De telefoon ging over. Een-, tweemaal.

‘Wojteck!’ De stem kwam van ver. ‘Wojteck!’ Een hand op zijn schouder bracht hem dwingend tot de orde van de dag. ‘Aflossing van de wacht.’

Met spijt legde hij traag de hoorn weer terug op de haak. En net voor de hoorn het toestel raakte, leek hij een klik en een stem te horen. Wie? Nee. Wojteck schudde zijn hoofd. Verbeelding, meer niet. Met een beslist handgebaar veegde hij de inhoud van de portefeuille in de plastic tas. Morgen was er weer een dag.

‘Oké, ik kom.’ Aan de andere kant van de lijn keek een paar slaperige ogen verwonderd naar de hoorn in haar hand.

De volgende dagen verliepen hectisch en chaotisch. Wacht. Slapen. Aanwezig bij verhoor. Eten. Wacht. Toen ze uiteindelijk op 20 mei op het vliegtuig stapten, kon Wojteck pas opgelucht ademhalen. Zijn taak zat erop. Hij voelde zich vuil, besmeurd door de woorden van deze man die hij in die negen dagen maar al te goed had leren kennen. Zijn geamuseerde verhaal over de oude Jood bij wie hij vlak na de oorlog in Hongarije gelogeerd had. Die hem in alle onschuld een Joods gebed geleerd had. Het deed Wojtecks maag draaien.

Maar het verhoor dat door Isser Harl zelf gevoerd werd, zou voor altijd in zijn geheugen gegrift staan. Die morgen had Wojteck als opdracht gehad de gevangene van zijn kamer naar de verhoorkamer annex keuken te brengen. Zoals gewoonlijk stonden zijn schoenen in het gelid naast de bedspijl, waren zijn kleren mathematisch opgevouwen. Zelfs zich aankleden deed Eichmann met een boekhoudkundige precisie. De fysieke misselijkheid bij Wojteck nam er alleen nog maar door toe. In de keuken zat Harl al op hem te wachten. Braaf wachtte Eichmann tot Harl hem met een handgebaar te kennen gaf dat hij mocht gaan zitten. En net als alle andere dagen moesten ze zich ook vandaag enorm haasten om de bandrecorder op te zetten. Als een stortvloed stroomden de namen en de feiten uit zijn mond. Genadeloos gaf hij zijn vroegere medewerkers prijs, beweerde zelfs van velen te weten waar ze op dat moment exact ondergedoken zaten. Wojteck zag Harls sfinxgezicht soms even lichtjes reageren. Ook hij vond deze bekentenissen net iets te gemakkelijk.

‘Goed’, onderbrak hij de woordenstroom. ‘Dat zullen we allemaal wel grondig controleren, als we eenmaal in Israël zijn.’

Eichmann keek hem betrapt aan. 'Ik wil wel dat u heel goed beseft dat ik nooit, maar dan ook nooit een moord heb gepleegd.'

De stilte na deze schokkende woorden was enorm. De keuken zinderde nog na van deze leugen, die zo overtuigend was uitgesproken. Dit kon dat schepsel toch werkelijk zelf niet geloven! Nu pas voelde Wojteck alle woede om Auschwitz naar zijn vuisten kruipen. Wat belette hem om hier in dit achterafkeukentje in een buitenwijk van Buenos Aires de mensheid een enorme dienst te bewijzen?

Maar Isser Harl had het aangevoeld en bezwerend zijn hand naar de twee bewakers opgericht. 'Zoals gezegd, dit is voor Israël. Daar zult u in alle rust kunnen uitleggen dat u slechts de boekhouder, de organisator was.'

Het sarcasme in de laatste woorden was de enige toegeving aan zijn emoties die Harl zichzelf toestond. Kalm en beheerst haalde hij de portefeuille uit de plastic tas op de keukentafel om papiertjes en adreskaartjes voor Eichmann uit te spreiden. Wojtecks hart sloeg een tel over. Had Harl dan toch zijn rapport gelezen over de inhoud van die portefeuille en meer bepaald over dat adreskaartje dat hem zo van meet af aan geïntrigeerd had. Stiekem onderzoek had hem bij een machtig Argentijnse zakenman Montefiori gebracht. Hij had zelfs de bus naar het zakencentrum van de stad genomen en aarzelend voor de imposante deuren van zijn kantoren gestaan. Aandachtig had hij alle naamborden van de Montestella-holding gelezen. Wat was de link met het ongedierte dat in hun vluchthuis zat opgesloten? Hij was toen niet binnengegaan, maar had een rapport gemaakt, zoals het hoorde. En dat had Isser Harl blijkbaar hoogstpersoonlijk doorgenomen. Zijn rapport was volledig geweest. Zelfs het adres achter het privénummer stond erin. Klaar om door hen bezocht te worden. Zou hij... vandaag? Wojteck keek naar de handen van Harl, die schijnbaar achteloos door de papiertjes dwaalden. Tot ze stopten bij het bewuste kaartje.

'Montefiori. Zegt dat u iets?'

Een kleine, onzekere trek van de lippen. De ogen die zich richtten op een keukenkast achter Harl. De knieën die zich plots aanspanden tot een militaire plooi.

'Een zakenrelatie. Meer niet.'

De stem klonk verveeld, geïrriteerd dat ze van de kern van de zaak aan het afdwalen waren. Maar Wojteck voelde dat dit absoluut niet het geval was.

'Genoeg voor vandaag.'

Met een harde klap sloeg Harl het dossier dicht. De portefeuille werd aan de kant geschoven. Wojteck ontplofte inwendig. Wat? Ging de ondervraging niet verder? Zou hij…? Wojteck aarzelde. Het hoofd van de organisatie berispen in het bijzijn van een gevangene? Nee, dat kon niet. Harl zou wel weten wat hij aan het doen was.

Maar toen ze weer in de voorkamer waren, Eichmann veilig achter slot en grendel, kon Wojteck het toch niet laten.

'Isser, wat denk je? Zal ik even met een aantal mannen naar de villa van die Montefiori gaan? Het spoor volgen?'

Harl keek even peinzend voor zich uit. 'Nee.'

Wojteck kon de frustratie in zijn blik niet verbergen.

'Je kunt gerust zijn.' De man klopte op zijn schouder. 'Wij gaan elke rat verdelgen. Wees daar maar zeker van. Maar je weet toch ook hoe dat gaat met een bende ratten. Vang één rat en de rest scheert zich weg als de bliksem. Geloof me, Eichmann zijn vriendjes zitten al lang in Uruguay, Paraguay of…' Harl maakte een onverschillig handgebaar.

'Egypte?' vulde Wojteck sarcastisch aan.

'Inderdaad', antwoordde Harl ijskoud bij de gedachte aan de vijand die hen al jaren belaagde. Hij nam al zijn papieren bij elkaar. 'Laat ons eerst deze grote vangst binnenhalen voor een hard maar rechtvaardig proces.'

Het daaropvolgende jaar was verwarrend geweest. Maar nu, 2 juni, was het eindelijk afgelopen. Volledig. De zee voor Wojteck beleefde nog altijd zijn periodieke ritme, zich volledig onbewust van het menselijke slachtoffer dat ze die dag ontvangen had. Het strand van Herzlya lag er verlaten bij, nog wanhopig de warmte van de ondergaande zon opslorpend. Dit was Wojtecks favoriete moment van de dag.

Hun beslissing van vijf jaar geleden om hier in Herzlya te gaan wonen, vlak bij het strand, was een voltreffer geweest. Dicht bij Tel Aviv, met de rust waarnaar Wojteck zo vaak verlangde. Deze bank op de dijk was een van de dingen die hij in New York zou missen. Want de kogel was nu echt door de kerk. Ze gingen naar Amerika, naar Long Island, waar een familielid van Nadia blijkbaar een gelukkig bestaan had opgebouwd. Wojteck wist het niet. Zouden zij daar ook gelukkig worden? Lag zijn hart niet hier, in Israël? Hij wist het echt niet.

Nadenkend vonden zijn handen zijn zoveelste zwarte boekje in zijn jaszak. De kleine Marcel had hem een gewoonte voor het leven gegeven. Hij wist niet hoeveel boekjes hij al gevuld had. Aantekeningen, krantenknipsels, alles wat hem hielp om iets of wat orde in deze chaotische wereld te brengen. Het boekje van de laatste maanden bevatte vooral veel stukjes krantenartikels die rafelig uit de bladzijden staken. Krantenkoppen die hem ook nu nog altijd heftig emotioneerden. Dode letters die zoveel angst, schuld en agressie verborgen. Voor de zoveelste keer bladerde hij het boekje door.

27.5.1960

'Proces moet in Israël'

Ondanks vele protesten blijft Ben-Gurion bij zijn standpunt. 'Dit proces kan alleen maar hier plaatsvinden zodat de jongere generatie die in Israël opgroeit en wordt gevormd, en die slechts een vaag idee heeft van de onvoorstelbare wreedheden die zijn begaan, zal horen wat zich werkelijk heeft voorgedaan.
De Joodse staat is de erfgenaam van de zes miljoen vermoorde Joden. De enige erfgenaam.'

1.6.1960

Argentinië woest om cowboyactie van Israëlische Mossad

Wojteck glimlachte bitter. Alsof die nazisympathisanten Eichmann op een dienblad aangeboden zouden hebben!

2.6.1960

Eenpersoonsgevangenis voor grootste schurk?

A. Eichmann werd gisteren overgebracht naar Yagur, in de buurt van Haifa. Het omheinde gebied, dat de codenaam Kamp Iygar heeft gekregen, is in de tijd van het Britse mandaat opgericht. Het is voor de gelegenheid ingericht als gevangenis voor maar één gevangene: A. Eichmann. Het gebruikelijke personeel is elders ondergebracht en vervangen door het onderzoeksteam en een bewakingsdetachement van in totaal dertien man. Er zijn buitengewone maatregelen getroffen om elke poging hem te bevrijden of te vermoorden te verijdelen. De militaire eenheid van de grenstroepen, verantwoordelijk voor de bewaking buiten het kamp, is zelfs uitgerust met luchtafweergeschut. Alles wordt gedaan om deze gevangene levend naar zijn proces te krijgen.

30.5.1961

Zijn laatste woorden

'Lang leve Duitsland, lang leve Argentinië, lang leve Oostenrijk. Dit zijn de drie landen waarmee ik de meeste binding heb en die ik nooit zal vergeten. Ik groet mijn vrouw, mijn gezin en mijn vrienden. Ik ben er klaar voor. We zullen elkaar gauw weerzien, dat is ieders lot. Ik sterf in de overtuiging dat God bestaat.'

Een ijskoude huivering kroop over Wojtecks rug ondanks het opgewarmde hout van de bank. De hoogmoed van die man, zelfs op het schavot. Wojteck keek voor zich naar de rustig kabbelende golven. Bestond er dan toch zoiets als gerechtigheid? Zijn lijk werd onmiddellijk na de ophanging verbrand, de as uitgestrooid op zee. Hetzelfde lot als zovele andere onschuldige slachtoffers. Geen bedevaartsgraf voor dit monster. Schluss.

Tot Wojteck die morgen de krant las.

1.6.1961

Swastika's in Buenos Aires

Anti-Joodse aanvallen komen tot een pijnlijke climax in de Argentijnse hoofdstad Buenos Aires na de executie van A. Eichmann.
Gisteren, vlak na zijn dood, hebben een bende nazisympathisanten een jonge Joodse vrouw ontvoerd. Deze vrouw, Graciel Sirota, kwam gisteren na een gewone werkdag op kantoor, niet meer thuis. Enkele uren later werd ze teruggevonden in een van de buitenwijken van de stad. Een swastika in haar borst gekerfd. Het slachtoffer werd in allerijl naar het hospitaal gebracht, waar ze nu nog altijd voor haar leven vecht.
Van de bende geen enkel spoor.

Wojteck zuchtte. Zou die hel dan nooit verdwijnen? Het ijsklompje in zijn ziel won weer aan kracht. Auschwitz was weer heel dichtbij.

'Ik dacht al dat je hier zou zitten.'

Nadia wurmde zich naast hem op de bank. Haar hand ging troostend naar zijn nek en begon hem zachtjes te strelen. Ze herkende die blik van hem maar al te goed. Lange tijd zaten ze zo naast elkaar, zonder woorden. Langzaam voelde hij haar warmte de kilte in hem verjagen. Zijn hand ging naar haar gezicht. Hij keek in de ogen die hem beter kenden dan hijzelf.

'Ze heeft haar koffertje nog maar eens ingepakt. Tammy kan bijna niet meer wachten.'

Wojteck glimlachte.

Ze legde haar hoofd op zijn schouder.

'Het is voorbij, schat', fluisterde ze. 'Er komt nooit meer zo'n hel. Nooit meer.'

Wojteck wilde haar geloven. Voor minstens één minuut.

2

PRÊT

Welk dier loopt 's middags op twee benen?

Oedipus, *Sophocles*

14
Rites of passage

'Alleen de ontmoetingen die niet in onze agenda staan, zullen ons leven veranderen'

Martin Šimek

20.08.72

Liefste tante Hannah,

Hoe gaat het daar in de kibboets? Is oom Ben nog altijd zo druk bezig met zijn kinderkoor? En u, nog altijd zoveel werk met uw klasje? Of is het nu te warm in dat kleine lokaal? Mama doet u de groeten en hoopt dat de plannen voor september nog doorgaan: Nieuwjaar vieren bij ons in New York. Ik weet zeker dat Eli en Joshua er zullen van genieten. Zulke flinke zonen.

Hier is het ook vreselijk warm. Gelukkig kunnen we in het weekend naar ons huisje in Long Island. De zee biedt toch af en toe een koelere bries. Het ziekenhuis waar ik nu op dit moment stage loop, ligt net op de grens van Manhattan en Harlem, vlak bij de universiteit van papa. Da's wel handig. Zo kan ik 's middags tijdens mijn lunchpauze in zijn kantoor of in de gymzaal binnenspringen. Even die ziekenhuislucht van po's en geronnen bloed inruilen tegen de zweetgeur van de trainende schermers... Je zou papa eens moeten bezig zien. Zo trots op zijn mannen! En ik maar braaf zijn hulpje spelen. NY-university mag in haar handen klappen met zo'n schermtrainer. Hij heeft écht zijn roeping gevonden!

En ik? Ik weet het niet. Die dokters die behandelen een verpleegster in opleiding echt als manusje-van-alles! Maar mama zegt dat het wel gaat veranderen, als ik eenmaal afgestudeerd ben en een vaste baan heb. Heeft zij u al verteld dat ook zij ergens anders werkt? Jaja, gedaan met die vervelende oude zeur van een bankier. Geen verlepte koekjes meer met Nieuwjaar of nachtelijke klaagtelefoontjes. Mama werkt nu op 5th Avenue! Stel je voor! Als assistente bij een juwelier. Benieuwd wat wij cadeau gaan krijgen…

Trouwens, over geschenken gesproken, ik draag het elke dag! Nog eens duizendmaal dank voor dat schitterende kettinkje! Dat was echt veel te chic voor mijn twintigste verjaardag.

'Tammy!'

Ze liet haar pen vallen. Mama met haar dwingende stem!

'Kom je?'

Het ongeduld dwong Tammy de brief te laten voor wat die was en naar beneden te gaan. Ze had vanavond nog alle tijd om hem af te maken. De geur van het avondeten kwam haar al tegemoet. In hun kleine keukentje zat haar moeder alleen op haar te wachten. Hun flat was klein, maar ja, wat wilde je. Elke vierkante centimeter grond in Manhattan telde. En zij hadden nog altijd het huisje aan het strand.

'Is papa nog niet thuis?'

Nadia schudde geërgerd het hoofd. 'Hij had nog zo beloofd om deze avond op tijd te zijn. *Family time*! Ja, dat zal wel!' Met een verontwaardigde zucht lepelde ze de soep in de borden. 'Je zou denken dat er niets anders bestaat dan dat schermen.'

Tammy voelde het haar dochterlijke plicht als advocaat van haar vader op te treden. 'Mama, je weet toch dat hij alles op alles wil zetten. De tijd begint te dringen.'

'Daarom juist!' Haar slechte humeur werd nog gevoed door deze opmerking, die haar doel dus duidelijk miste.

'Morgenavond zijn jullie weg. Voor een hele maand! En ik, ik moet hier thuis maar weer de boel draaiende houden!'

Tammy moest stilletjes lachen. Daar hadden we het weer. Mama en papa hadden wekenlang gediscussieerd over deze reis naar Europa. Waarom ging mama niet met hen mee? Dan kon ze toch ter plaatse trots zijn op haar Wojteck en Tammy! Maar nee, ze kon toch moeilijk zo lang haar nieuwe werkgever in de steek laten. Ze kon toch niet dit, niet dat… een ellenlange waslijst van bezwaren om niet met hen mee te gaan. Ze hadden zich bij haar beslissing neergelegd. Dan vertrokken ze wel zonder haar. En nu, al een paar dagen, was mama in een zeurende dragonder veranderd. Niets was goed. Alles was reden tot mopperen en klagen.

Toen ze bij papa haar beklag had gedaan, had deze gelachen dat mama duidelijk aan het Assepoestersyndroom leed. Niet te veel van aantrekken. Maar papa had gemakkelijk praten. Hij zat de laatste dagen non-stop in de gymzaal en zij kon hier thuis de scherven proberen te lijmen.

Toen ze de hoofdschotel op tafel zette, streek ze afkeurend over Tammy's wilde blonde krullen.

'Hoe zit je er nu weer bij?'

De groenten trilden in de schotel die hardhandig op de keukentafel belandde. Tammy zuchtte. Daar gingen we weer.

'Die verschoten jeans, hoe lang heb je die nu al niet? En dan te weten dat er zoveel mooie jurkjes in je kast hangen!'

Ze besloot niet te reageren. Dit was zo'n discussie waarvan de uitslag al op voorhand bekend was: slaande deuren en beeld zonder klank. Voor minstens twee dagen. Maar niet deze keer. Niet zo vlak voor hun reis. De gedachte daaraan bezorgde haar kriebels. Zo'n kans kreeg ze nooit meer!

'Ik heb morgenmiddag een afspraak voor je geregeld bij Gino's. Om 2 uur. En wees op tijd, het was een wonder dat hij jou er nog zo op het laatste nippertje tussen heeft kunnen schuiven.'

Tammy draaide met haar ogen. 'Gino's? Mam, ik hoef niet naar de kapper!'

Nadia keek haar vernietigend aan. 'Toch wel. Het wordt hoog tijd dat je je eens wat meer als een echte jongedame gaat gedragen! Die trainingspakken, die jeans, dat haar! Denk je dat je zo...?'

Nu was het de beurt aan Tammy om met scherp te schieten. Haar portie zelfbeheersing van enkele seconden geleden was op. 'Wat? Mama kom, zeg het maar!'

Haar lenige lichaam zat gespannen als een veer op de keukenstoel. Haar blauwe Wojteck-ogen spuwden vuur.

'Niets. Niets.'

Nadia begon rustig te eten. De stilte was om te snijden. Tammy vloekte inwendig. Mama was er weer eens in geslaagd haar op de kast te krijgen. Diep ademen. Yoga. Ontspannen. Ze bedoelde het goed. Mama had het beste met haar voor. Natuurlijk.

'Weet je wie er vanmiddag gebeld heeft?' doorbrak haar moeder als eerste de stilte. Tammy ontspande. Strijd gestreden. Klaar voor de normale tafelgesprekken.

'Robbert.'

Het schild van haar verdediging kwam weer plots tevoorschijn. Hoe naïef te denken dat haar moeder zo snel de handdoek in de ring zou gooien!

'Een heel aardige jongen', merkte Nadia fijntjes op, toen er geen antwoord van de andere kant van de tafel kwam. 'Hij vroeg waarom je hem nog altijd niet hebt teruggebeld. Hadden jullie dan niet met elkaar afgesproken?'

'Nee, mama', zei Tammy, uiterlijk rustig maar inwendig kokend. 'Toch niet.'

Nadia ging op haar quasi-nonchalante toon verder. 'Echt een degelijke jongen. Is hij geen neef van de rabbi? Of nee, de broer van...'

Tammy liet haar moeder rustig verder de loftrompet steken over deze perfecte schoonzoon. Degelijk? Het woord alleen al deed een huivering van afkeer over haar rug kruipen. Met zijn tandpastaglimlach, zijn zoetgevooisde woorden en zijn perfecte plooibroek was hij wel de laatste op deze planeet die Tammy als toekomstige partner zag. Wat haar moeder degelijk noemde, vond zij saai. Zij zag zichzelf nooit, nooit als 'vrouwtje van' haar dagen slijten. Ze zou nooit oud worden, het monster van de verveling zou haar binnen de kortste keren vellen.

'Jaja', stemde ze in, toen haar moeders toon duidelijk vragend werd. Aan de tevreden blik die volgde op haar antwoord wist ze dat ze weer eens het brave dochtertje had gespeeld. Mama zag haar het liefst getrouwd en wel in een '*white-picket-fence*-huisje' waar ze voor haar zeven kinderen en liefhebbende man verpleegstertje kon spelen.

Tammy wist natuurlijk wel vanwaar die wens van haar moeder kwam. Ze was er zich al sinds haar kindertijd van bewust dat haar ouders anders waren. Haar kaartjes en geschenkjes die in de kleuterschool met veel moeite gefabriceerd werden voor haar grootouders, werden altijd met een trieste glimlach door haar mama en papa ontvangen. Het was pas onlangs dat ze begrepen had dat hun stilzwijgen een vloedgolf van verdriet, onmacht en woede verborg. Toen ze hen naar hun verleden gevraagd had, was hun antwoord bondig geweest. 'Het is voorbij', had Wojteck geantwoord, terwijl hij de hand van zijn vrouw zachtjes gestreeld had. 'Dat is het enige wat telt.' Verder doorvragen had naar twee plaatsnamen geleid: Ravensbrück en Auschwitz.

Ze had stiekem alles gelezen wat er in de bibliotheek over te vinden was. Gepolst bij ouders van klasgenootjes die er ook waren geweest en er niet over konden zwijgen. In tegenstelling tot haar ouders, die leken te doen alsof er geen verleden was, alleen maar toekomst. Alsof dat ook niet haar geschiedenis was! Maar ze begreep sindsdien haar moeder wel, die haar ten allen koste een veilig leven wilde bieden. Net als papa, die haar alles wilde geven wat hij had moeten missen. Zoals zijn passie voor het schermen. Een zalige sport die haar alles om haar heen liet vergeten. En zij was maar al te trots dat zij nu ook sinds een jaar officieel als hulpcoach van haar vaders team was aangesteld. De souplesse, de jager die zijn prooi besloop. Gewapend ballet. Geen enkele sport kon de gratie van een schermwedstrijd overtreffen. Zoals haar vader de degen hanteerde, net een verlengstuk van zijn arm.

'Hé, dromer!' Haar moeder bracht haar weer terug in de keuken. 'Had jij niet aan papa beloofd nog de laatste formulieren bij het reisbureau af te halen?'

Oeps.

'Je hebt nog exact een halfuur voor de zaak sluit.' Kon ze haar boezemvriend en vertrouweling Collin vragen om dat te doen? Nee. Die had nog dienst in het ziekenhuis. Dat werd rennen!

'En? Heb je je nieuwe paspoort al afgehaald?'

'Ja, pa.' Zijn stem klonk verveeld. Soms vergat zijn vader dat hij 29 was en al heel wat watertjes had doorzwommen. Opgelucht haalde hij het masker van zijn gezicht en opende zijn witte pak zodat zijn lichaam een beetje kon ademen. De bar van de countryclub, samen met de serveerster van die dag, lonkte. Hij voelde nog de adrenaline van de training door zijn lichaam stuwen. Hij was er klaar voor. Voor alles. Een tik van een degen deed hem omdraaien.

'Gute Arbeit.'

'*Danke*, maître.'

Zijn schermmeester was een man van weinig woorden, maar de goedkeurende blik na de laatste oefenwedstrijd was hem al genoeg geweest.

'U kunt gerust zijn, meneer Montefiori. Hij is er klaar voor. Net zoals ik, toen in Berlijn. Dat waren nog eens tijden.'

Heinrich glimlachte tevreden. 'Ik weet dat u in 1936 schitterend gepresteerd hebt voor het vaderland. Anders had ik u ook niet als persoonlijke schermmeester van mijn zoon gekozen.' Daar had zijn vader mooi een van de vele oeverloze machoverhalen van de oude man afgeblokt. Hij was een toptrainer, maar Walter kon zo ongeveer die hele Spelen van 1936 wel dromen. Als hij nu maar niet meeging naar de bar...

'Ik ga douchen. Tot morgen, maître Ulrich?'

De man knikte. Hij had het begrepen. Zijn vader deed hem nog snel teken. Jaja, hij wist het. Zo snel mogelijk naar de lounge komen. Ze wachtten.

Het warme water viel als een zachte balsem over zijn vermoeide lichaam. De ingezeepte spons gleed over zijn borstkas, die overging naar zijn smalle heupen: het perfecte lijf van een schermer. Pezig en snel. De uren touwtjespringen en de duizenden push-ups. Hij was er klaar voor. 29. Het was nu of nooit. Vanaf zijn dertigste zou het alleen maar bergafwaarts gaan. Ook al had hij zichzelf beloofd om net als zijn vader zijn lichaam de gepaste eer te bewijzen, een tempel waardig. Als een natte hond sloeg hij de druppels uit zijn blonde haar, dat extra kort geknipt was. Zijn blauwe ogen keken hem tevreden in de spiegel aan. Hij had alles onder controle. Zijn leven én dat van anderen.

Toen hij in de lounge kwam, deed de barman hem teken dat 'ze' al in een nis van de bar zaten. Alles voor de discrete behandeling van een van de kostbaarste leden van hun countryclub. Papa Montefiori stond alom bekend voor zijn vrijgevigheid

'Dag, Klaus.'

Hij zette zich snel bij de twee mannen en nam een slokje van het enorme glas milkshake dat al op hem stond te wachten. Niet echt mannelijk, naast de twee glazen amberkleurig vocht dat een berg ijsblokjes overspoelde voor zijn twee gesprekspartners. Maar alles voor de sport.

'Walter, mijn jongen. Je ziet er goed uit.'

'Ik weet het.'

Zijn antwoord lokte een bulderlach bij de man uit die zijn buik deed schudden. Een onschuldige, oude snoeper. Zo zag de countryclub hem. Een vriend des huizes van de Montefiori, dus ook meer dan welkom. Oom Klaus.

'Ik zie het al. München kan maar beter op zijn tellen passen. Argentinië gaat een medaille binnenhalen in de discipline degen.'

'En u denkt dat dat het enige is waarvoor ze moeten oppassen?'

Weer die bulderende lach. Heinrich keek geërgerd naar de man voor zich. Hij hield duidelijk niet van dit uitbundige gedrag. 'Hij kan nu in ieder geval die gemiste kansen van 1968 goedmaken. Hij had toen die medaille moeten winnen.'

Klaus sprak hem sussend toe. 'Kon ik het helpen dat er net dan een contrarevolutie inzat in ons bevriende buurland?'

Walter keek ongerust om zich heen, dit was materie die best niet in het openbaar op tafel kon komen. Maar de hele countryclub lag er verlaten bij en de barman zat in opperste concentratie op een kruk met een kleine televisie voor zich. Argentinië speelde blijkbaar weer een schitterende wedstrijd. De kust was veilig; niemand die naar het schijnbaar dronken gewauwel van een oude man zou luisteren. Ze zouden eens moeten weten...

Walter keek zijn mentor bewonderend aan. Hij zag er misschien niet bijzonder heldhaftig uit, maar Walter wist wel beter.

'Trouwens,' ging Klaus verder, 'je hebt me zelf gevraagd, Heinrich, om je zoon in te wijden in de meer duistere kanten van onze zaak. En ik denk niet dat je daarmee onze boekhouding bedoelde, die ik ook voor mijn rekening neem.'

Touché. Zijn vader kreeg zijn verdiende antwoord. Hij moest Klaus zeker niet onderschatten. Hoe hij met zijn doodseskaders alle linkse regeringen in Zuid-Amerika aan het wankelen kon brengen! Chapeau! Walter had in ieder geval grote ogen getrokken toen hij enkele jaren geleden bij hem 'stage' had gelopen. Weg was die saaie boekhouder/bankier die in zijn kindertijd een vast meubelstuk was bij elk feest dat door zijn familie georganiseerd werd. De handen die zijn toenmalige krullenbol altijd hadden gestreeld, waren absoluut niet onschuldig. Dat wist hij sinds hij in 1968 onverwachts door Klaus was opgeroepen om deel te nemen aan een contrarevolutie als lid van een van zijn vele doodseskaders die overal in Zuid-Amerika strategisch geplaatst werden.

Hij had altijd gedacht dat hij een harde was, voor niets bang. Maar die weken bij zo'n killerteam hadden hem toen doen beseffen dat hij slechts een groentje was. De door de wol geverfde mannen deinsden voor niets terug. Als hij terugdacht aan...

'Walter!' Zijn vader riep hem tot de orde.

'Ja?' Hij kon soms moeilijk de ergernis in zijn toon verbergen. Zijn vader dacht werkelijk nog echt dat zijn zoon een marionet was in zijn poppentheater. Wanneer zou de poppenmeester eindelijk doorhebben dat de touwtjes al lang geleden doorgeknipt waren?

'Zoon, Klaus en ik, wij denken dat nu de tijd is aangebroken voor je eerste grote missie alleen.' De plechtigheid in zijn stem deed Walter zijn milkshake op tafel neerzetten. Ook Klaus leek plots heel wat ernstiger. Gespannen keek Walter naar zijn vader, die uit zijn borstzak een plat doosje opdiepte. Met een eerbied die Walter ontroerde opende Heinrich het ding om daar uit de witte watten een kostbaar kleinood op te diepen. 'Dit was van Adolf.'

Het goud schitterde in het kaarslicht op de tafel. 'Maar ik dacht toch, in 1962 dat hij...'

Walter kon even niet meer volgen. Jaren geleden, toen hij 21 werd, had zijn vader hem ingewijd in het pentakel. En hem ook verteld over de drie andere leden die allemaal jammer genoeg hun strijd al hadden gestreden. Hoe hun vriend, Adolf, toen twee jaar geleden, zelfs niet de eer van een graftombe had gekregen, maar uitgestrooid was over het gebied dat hij zijn hele leven zo gehaat had. 'Zijn vrouw, Vera, heeft het aan ons gegeven. Haar zonen waren het blijkbaar niet waard om hun illustere vader op te volgen.'

De pentakelketting gleed door zijn vingers.

'Walter, zoon, wij vinden jou wél de moeite waard. Word lid van ons pentakel.'

Met een plechtige buiging nam hij het symbool in handen. Wat kon hij hierop zeggen? Hij wist dat hij nu de erfenis van jaren zwoegen en ploeteren van deze twee mannen ontving. Een levenswerk dat zijn begin had gevonden in de hoogtijdagen van de ideologie die ook Walter hoog in het vaandel droeg. Hij wist dat hij als lid van het Herrenvolk de plicht had zijn verantwoordelijkheid te nemen over deze domme wereld. Het was Heinrich die zijn stilzwijgen doorbrak.

'Fase één van ons werk zit duidelijk in volle vaart op de rails. De financiering voor toekomstige projecten blijft gewaarborgd. Onze rekeningen in Zwitserland en op de Kaaimaneilanden worden gespijsd. Steeds meer rijke Amerikanen vinden hun weg naar onze klinieken.

Een nieuwe lever, een verse nier, kan men zijn geliefde nog een mooier geschenk geven?'

'Ja', onderbrak Klaus Heinrich. 'Onze vrienden in Langley hebben ons met hun connecties al veel klanten bezorgd. Maar ja, ik moet ze toch bewijzen dat mij in 1945 uit Europa smokkelen een van hun betere zetten was.'

Heinrich glimlachte. 'Terwijl in Europa overal Amerikaanse overwinningsparades de naar vrede snakkende steden binnenwandelden, sluisde de CIA in alle discretie alle bruikbare SS-mannen naar Amerika. Hoe ver kan hypocrisie eigenlijk gaan?'

'Zolang wij er profijt van hebben', reageerde Klaus, 'niet ver genoeg.'

Heinrich keek hem goedkeurend aan. 'Ik ben in ieder geval meer dan tevreden dat ze dé burger van Lyon naar hier hebben gekregen.' Een knipoog van Klaus naar Heinrich. Walter deed ietwat onhandig de ketting om, die hij daarna voorzichtig beroerde.

'Weet dat wij je nu als volwaardig lid beschouwen. Tijd voor fase twee van ons werk.'

De stem van Klaus klonk nu beslist. 'We hebben niet het eeuwige leven. Genoeg met al die testcases in Zuid-Amerika. Tijd om de politieke structuren in Europa te ontwrichten. En daar ga jij binnenkort voor zorgen!'

Een harde klap op zijn schouder. Een ongemakkelijke glimlach als antwoord. Hij hoopte maar dat hij de verantwoordelijkheid die hem hier gegeven werd, kon dragen. Even een seconde van twijfel. Tot zijn hand het warme goud van het pentakel stevig vastpakte. Waarom zou hij deze taak niet aankunnen? Was hij niet de zoon van Heinrich Montefiori, steeds sterker, steeds meer onoverwinnelijk? Zijn glimlach naar de twee mannen voor zich sprak boekdelen. Hij was dé man voor deze nieuwe wereld en hij wist het.

'Tijd om dit te vieren.' Heinrich stond op en maande hem aan om te volgen. 'Ik heb je moeder gevraagd een exquis diner te laten bereiden. Dus, kom.'

Walter zuchtte. Toch geen diner met moeder? Hij haatte die kleurloze figuur die zijn hele leven als een dreigende schaduw had beheerst. Steeds weer die verstikkende liefde, die verpletterende bezorgdheid, die afkeurende blik elke keer als hij zich weer eens geamuseerd had. Hij begreep niet hoe zijn vader die vrouw zo lang getolereerd had. Toegegeven, ze was nog altijd een mooie trofee op officiële aangelegenheden. Maar was dat reden genoeg om getrouwd te blijven? Waarom was ze niet al lang weer terug naar dat verdomde Antwerpen van haar vertrokken waarover ze zo vol *Sehnsucht* sprak? Of was het dan toch échte liefde? Walter had het al lang opgegeven de bizarre verhouding tussen zijn ouders te begrijpen. Hij vertelde haar in ieder geval niets meer. Hij had zijn eigen leven, zij dat van haar. En zo kon het maar beter blijven.

'Het is al laat. Ze zal waarschijnlijk al zijn gaan slapen. Het zal dus maar met ons drieën zijn.'

'Perfect.'

Heinrich keek geërgerd naar zijn zoon. Hijzelf mocht alle kritiek van de wereld over haar spuien. Maar Walter moest haar nog altijd als liefhebbende moeder behandelen!

Klaus voelde de plotse spanning en ratelde. 'Ik zal mijn chauffeur roepen. Dan kunnen we met mijn wagen.'

De koude winternacht deed Klaus ongeduldig zijn chauffeur tot haast aanmanen.

'*Schnell*! Ze moeten hier dus wel niet afvriezen!'

De chauffeur verscheen in de houding en kon nog net de reflex van de klakkende hielen vermijden. '*Jawohl, Sofort, Herr* Ba...'

De laatste letters werden gesmoord door de hand van Klaus, die met een verrassende snelheid de man de mond snoerde.

'Noem me nooit zo. Nooit!' siste Klaus hem toe. Aarzelend ging de hand van de chauffeur naar de wang die al de afdruk van de zegelring van Klaus droeg. 'Wees blij, man', snauwde Klaus terwijl hij naar Walter wees. 'Als je van deze man een klap had gekregen, had je wel anders gepiept. De verhalen die ik al van hem gehoord heb...'

Met ogen vol angstige eerbied haastte de chauffeur zich om de portieren voor hen te openen. Toen ze in de warme ruimte tegenover elkaar zaten, klopte Klaus Walter op de knie. 'Ik heb vorige week nog een meeting met Carlos gehad. Ze vroegen zich af wanneer je nog eens met hen op missie gaat. Hij miste jou.'

De hele rit naar hun villa speelde zich de film van een bepaalde nacht voor Walters ogen af. Totaal van de wereld beleefde hij weer elke seconde. Hij voelde het zweet langs zijn doordrenkte hemd lopen, ook al was het dan nu een winterse augustusnacht. Hij snoof de geur van een donker oerwoud op, waarbij de hitte en de extreme vochtigheid een cocktail voor een drukkende sauna vormden.

Ze hadden die middag een zware training gehad, waarbij het uiteindelijke doel een piepklein, afgelegen dorpje was waar een van de kopstukken van de linkse regering een liefdesnestje had. De man was gevaarlijk populair geweest. Zijn zogenaamde integriteit dodelijk voor een contrarevolutie. Bovendien was hij altijd omringd door een leger lijfwachten. Bijna altijd. Want de organisatie had een scheurtje gevonden in het harnas van deze witte ridder. Een perfect glimlachende echtgenote en twee bloedjes van kinderen beletten hem niet om een wekelijks afspraakje met een primitieve schone te hebben die waarschijnlijk minder problemen had met zijn verknipte seksuele spelletjes. Ze waren hem ook die middag gevolgd en hadden braaf gewacht in het ingeslapen dorp. Een man die ten dode was opgeschreven, mocht toch zijn laatste pleziertje hebben. Zij waren geen onmensen, deden alleen maar hun plicht.

Walter had als eerste de deur van de slaapkamer geopend. De geur van seks had hem onmiddellijk opgewonden. De scène stond voor altijd in zijn geheugen gegrift. Niet de clichérode satijnglans van een bordeelboudoir. De kamer was Spartaans, de muren witgekalkt. Maar het bed was kingsize, de lakens van witte zijde, de spijlen van blinkend koper. Hij zou nooit vergeten hoe de man tevergeefs zich uit de boeien probeerde los te werken, blijkbaar te stevig door zijn maîtresse vastgeklonken. Het geluid van metaal op metaal, afgewisseld met zijn zuchten van genot die plots naar verstikte kreten van angst waren vergleden. De angstogen van de vrouw, die als een standbeeld op hem bleef zitten. Alleen haar handen bewogen zich naar haar borsten als uit een gevoel van schroom. Ze hadden hem afgemaakt volgens het boekje: één in het hoofd en één in de borst. En net toen hij haar wilde vastpakken voor eigen gebruik, had de man achter hem ook haar doodgeschoten. Hij had hem verwijtend gefrustreerd aangekeken. 'Geen getuigen.'

Een laatste blik op de kamer die nu al stonk naar het bloed dat de zuivere lakens besmeurde en de toekomstige geur van ontbinding van de twee lijken, voor altijd intiem vereeuwigd. Walter vroeg zich af hoe lang ze daar zo verstrengeld zouden blijven liggen. Zou die degelijke echtgenote ermee instemmen dat haar man en zijn maîtresse samen in één kist begraven werden? Het hele dorp had gedaan alsof het nog altijd in een diepe rust was ondergedompeld, braaf wachtend tot 'zij' veilig weg waren. Maar de fotograaf die bij hen was, zou er wel voor zorgen dat het hele land het allemaal morgen in de krant zou zien én lezen. 'Topminister geveld tijdens perverse seksspelletjes. Wat met zijn gezin?' En dan op de tweede bladzijde een subtiele uitwijding over al zijn seksuele aberraties. Prima leesvoer voor de ontbijttafel. De regering zou vallen. Dat was zeker. Nog vol adrenaline had Walter bij Carlos, de leider van hun team, gestaan, toen hij contact opnam met de basis. Het werk van die dag was blijkbaar nog niet gedaan. Een spoedbestelling voor een verse kindernier dreigde mis te gaan. En zij waren maar één dorp van de plots onwillige donor verwijderd. De steenrijke ouder die speciaal met zijn doodzieke zoontje van Florida naar hun privékliniek was overgevlogen, begon zijn geduld te verliezen. Hij was bereid de prijs te verdubbelen, maar dan moest het wel nu gebeuren.

Toen ze het huisje van de familie binnenvielen, zag Walter een totaal andere scène voor zich. De moeder met een nog bijzonder kleine baby in de handen, het zoontje dat stilletjes huilend aan haar rokken hing. Geen vader te bespeuren. Een wankele tafel met twee stoelen en een uitgezeten sofa. Ook hier was de inrichting Spartaans, maar dan uit noodzaak.

De grote ogen van de uitgeteerde, verrassend jonge moeder staarden hem vol angst aan. Haar afgedragen jurk verborg amper haar borsten, die zich puntig aftekenden. Carlos had haar zoontje opgeëist, haar herinnerd aan de eerder gemaakte afspraken. Zij was heftig nee blijven knikken. Haar hand op de ravenzwarte haren van het jongetje. Een abrupte zwaai van Carlos' uzi. Hij had duidelijk genoeg van de onderhandelingen met de onwillige moeder.

Walter kon ook hier de angst van deze vrouw weer ruiken. Hij dacht dat hij ging exploderen van opwinding. Toen de man die de maîtresse had doodgeschoten, het jongetje met harde hand onder de arm nam als een ietwat zwaar uitgevallen zak aardappelen, begon de moeder als een ware furie te gillen.

Carlos negeerde haar en gebaarde naar zijn mannen dat hun taak er hier op zat. De buit was binnen, kon met spoed naar het ziekenhuis gebracht worden. Walter was de laatste geweest om het huisje te verlaten. Hij was net niet snel genoeg geweest. De vrouw had zich naar hem toe geworpen, de nagels klaar om zijn ogen open te krabben. Haar moederwoede ontlaadde zich in zijn oren. Hij had geprobeerd om haar van zich af te duwen, maar uit dat tengere lijf kwam een bovenmenselijke kracht. Hij moest verder. De anderen zouden niet blijven wachten. Hij kon zich hier toch niet laten kennen door een vrouw? Met een harde klap had hij haar tegen de grond gekregen, zijn pistool tegen haar hoofd geduwd. De afdruk van het pistool tegen haar slaap had haar niet verlamd. Integendeel. De woede in haar ogen was dodelijk. Hij moest wel. Zijn wijsvinger aarzelde nog een seconde. Meer niet.

Haar lichaam zakte verder weg. De baby viel op de grond.

De deur schoot open en de man met het zoontje onder de arm keek hem ongeduldig aan.

De tijd bleef even stilstaan.

Alleen het gekrijs van de baby bestond nog.

En toen had hij, als in slow motion, zijn pistool weer opgespannen. Een droge knal. En dan: stilte.

Probleem opgelost.

De man had hem ongelovig aangestaard. 'Waarom?' had hij gesist. 'Die baby, dat...'

Walter had hem onderbroken: 'Je zei het toch zelf: geen getuigen.'

Geen enkele seksuele escapade had hem later nog zo kunnen opwinden. Alleen al de gedachte aan die avond verwarmde zijn liesstreek. Die nacht in het plaatselijke bordeel had hij lusten botgevierd die hij daarvoor nooit gekend had.

Plots stopte de limousine. Hij was weer in Buenos Aires. Bij Klaus en vader.

Hij hoorde nog net de laatste woorden van Klaus, die hun hele Europese campagne uit de doeken had gedaan.

'Jaja, Heinrich, jouw zoon gaat ervoor zorgen dat het in Europa een zwarte september wordt.'

15
München
5 september 1972

David Berger – Eliezer Halfin – Zeev Friedman – Yosef Gutfreund – Kehat Shoer – Yosef Romano – Amizur Sjapira – Mark Slavin – André Spitzer – Yakov Springer – Moshe Weinberg

Wojteck voelde zich 36 jaar teruggeschoten in de tijd. Maar dan zonder de frustraties van de atleet in gedwongen rust. Hoe had hij ervan genoten om samen met zijn schermers en zijn dochter mee op te stappen in de parade van de openingsceremonie, die net als in 1936 in Berlijn weer perfect georganiseerd was. Alleen was het kleurenpalet deze keer niet beperkt tot het harde rood en zwart dat toen alles domineerde. Overal wapperden de honderden vlaggen in de onwerkelijk blauwe zomerlucht. De moderne muziek onderstreepte het feit dat dit hier dé Spelen zouden worden die de vorige in Duitsland moesten doen vergeten. Stiekem had hij moeten lachen om de paniek van die Duitsers, toen één witte duif van de 5000 niet haar perfect georkestreerde pad volgde, maar het hoofd van een atleet van de Braziliaanse ploeg als nieuw nest zag. *Ordnung muss sein*. Nog altijd. Die avond had Wojteck de slaap niet kunnen vinden. Was het de overdreven kilte van zijn kamer in het betonnen dorp dat men hier vlak bij München had geplant? Een enorm verschil met de idyllische heimatbungalows, toen in Berlijn. Maar misschien wel veel eerlijker, minder hypocriet. Tevergeefs had hij geprobeerd zich te dwingen tot slapen. Het schermen was een van de eerste disciplines op de Spelen. Hij moest fit zijn. De trainingen en de barragewedstrijden zouden al vroeg beginnen. Hij moest slapen. Nu! Maar elke keer dwaalden zijn gedachten weer af. Wat als… wat als hij wél had mogen deelnemen toen en met een medaille naar Kraków was gegaan?

Wat als die verdomde oorlog zijn hele leven niet had verwoest? Zou hij dan uiteindelijk als atleet op welverdiende rust de boekhandel van zijn vader overgenomen hebben, zodat zijn ouders van hun pensioen konden genieten? Een wandelingetje door Kazimierz, een bezoekje aan een van de vele restaurantjes op de Vismarkt… En wie? Wie zou dan de vrouw geweest zijn die hem hielp bij de zaak? Zijn hart trok samen. Zou Jacqueline hem naar het verre Kraków gevolgd zijn? Als een trouwe echtgenote de kinderen van zijn zus Mirri verwend hebben? Hun eigen kinderen met rechtvaardige liefde omringd… Of zou die zomerliefde in Antwerpen een natuurlijke dood gestorven zijn, eenmaal weer in Polen?

Voor de zoveelste keer draaide hij zich weer om in de gesteven, witte lakens. Hij wist het niet en hij zou het nooit weten. Was die liefde voor Jacqueline die hem nu, na al die jaren, nog altijd pijn deed, slechts aangewakkerd door het gemis? Een verwarmend ideaal in barre tijden. En Nadia dan? En Tammy? Met hun gezichten voor ogen was hij eindelijk in slaap gevallen. Hij had de zachte handen op zijn gezicht gevoeld die langzaam over zijn borst afdaalden. Een ingehouden zucht van opwinding was hem ontsnapt. Maar net toen hij de handen wilde vastnemen en de ogen opende, sleurde een hardnekkig geklop hem uit deze weldadige droom.

'Papa, papa! Kom op!'

Met een enorme tegenzin voelde hij de handen van zich afglijden en nog net voor hij de werkelijkheid weer instapte, zag hij het gezicht van de jonge Jacqueline. Schuldbewust draaide hij zich naar de deur, waar zijn dochter hem ongeduldig aankeek.

'Slaapkop! Last van een jetlag? Je weet toch dat er vandaag atleten met onze gasten komen trainen die zelf geen eigen ploeg hebben. Die sukkelaars hebben een sparringpartner nodig. Hophophop, *rise and shine*!'

Haar enthousiaste woorden ratelden over hem heen. Een diepe kreun was zijn antwoord.

'Wat is er?' Haar toon werd bezorgd, haar hand raakte hem voorzichtig aan. 'Papa, gaat het?'

Hij opende weer zijn ogen. 'Jaja, maar kun je een oude man misschien de volgende keer ietsje zachter wakker maken?' Hij wreef over zijn buik. 'Dat buffet van gisteren. Moordend voor een goede nachtrust. En die Alkaselzer die mama heeft meegegeven… snoepgoed, meer niet.'

Met een diepe geeuw richtte hij zich op.

'Zou jij niet eens kunnen checken of de plaatselijke apotheker geen effectiever middeltje heeft tegen hun *Wurst und Sauerkraut*? Dan zal ik de trainingen wel opstarten. We zien elkaar in de sporthal, oké?'

Zijn voeten zochten zijn slippers. Snel douchen, de handen van de nacht van zich afwassen. Tammy stond al aan de deur. 'Geen probleem, als ik de weg nog terugvind! Alles lijkt hier zo op elkaar. En mijn Duits!'

'Het zal je lukken!' lachte Wojteck. 'Spreek jij trouwens niet een beetje Engels?'

Een verpletterende blik en de deur was dicht. Zijn dochter op stap in het labyrint van deze modernistische wereld waar twee dingen alom overheersten: tv-schermen én de lachende afbeeldingen van de eeuwige sponsor. Toch nog veel rood op de muren, in de straten.

Het had Tammy naar haar idee veel te veel tijd gekost om de pilletjes voor haar vader te vinden. De training was vast al lang begonnen. En ze was niet van plan ook maar een seconde van dit allemaal te missen. Alles was zo overweldigend! Alles zoemde hier van de vele activiteiten. Zo was ze gisterenavond naar een van de vele theehuisjes in het dorp gegaan, nadat haar vader al veel te vroeg was gaan slapen. Net als in New York zaten hier ook mensen zwaar te discussiëren over de wereldproblematiek, terwijl ze als pasja's in een nest van kussens lagen en de geur in de ruimte alleen al geestesverruimend werkte. Politiek en de Olympische Spelen, dat was hét onderwerp van gesprek. Had het olympisch comité er niet beter aan gedaan om Rhodesië te boycotten, dat alleen blanke atleten in zijn team had opgenomen? Nee! Zo hadden sommigen heftig beweerd. Ook in Berlijn waren sommige mensen geboycot. Daar moesten ze Tammy niets over vertellen. Ze had in volle onmacht de stille tranen van haar vader gezien, toen ze samen de immense Olympia Halle binnenkwamen. Ze kon wel raden wat er toen allemaal door zijn hoofd was gegaan, ook al praatte hij er nooit over. Maar was het verhaal van Rhodesië net niet een beetje anders? Even was ze in de verleiding gekomen om zich te mengen in de discussie, maar ze had het toch niet gedaan. Wat had het voor zin om deze salonrevolutionairen te vertellen hoe het voelde om met twee echt gekwetste mensen op te groeien? Niets! Ze was langs de nu uitgestorven speelstraat gelopen die de jongste bezoekers sportief vertier gaven en was dan ook maar gaan slapen.

Zo hoorde al het typische gekletter in de bijna lege sporthal. Een aantal journalisten zat verveeld op de tribunes, te wachten op de eerste wedstrijd van de dag. Aan de zwaarte van de echoënde geluiden hoorde ze het: de degens waren aan het oefenen. Ze zag haar vader al, die een van hun beste schermers aan het observeren was in een oefenwedstrijdje met een voor haar onbekende man. Zijn gratie was van een overdonderende schoonheid. Tammy had nog nooit een man zo perfect gecontroleerd zien schermen. Zijn degen en arm waren verlengstukken van elkaar. Elke beweging was bewust. Geen enkele aarzeling bij het afweren van de heftige aanvallen van hun schermer. Deze man was heer en meester van het spel. Toen Wojteck de wedstrijd ten einde floot, zag Tammy de man naar haar vader toe stappen en de hand reiken. Het was pas toen dat Tammy de letters op de rug van zijn pak kon zien: ARG.

Ze rende de trappen van de tribune af.

'Tammy!' Haar vader gebaarde haar snel te komen. 'Dit wordt een geduchte concurrent voor onze degenschermer. Heb je hem bezig gezien?'

Ze knikte. De man nam zijn masker af. De ogen die haar toen aankeken, verlamden haar even.

'Dit is mijn dochter, ehm...'

'Walter', vulde hij aan, terwijl zijn hand naar die van haar ging. Hoe oud was hij? Beginnende kraaienpootjes. Te oud? Nee. Die ogen, zo vol verborgen passie.

'Vraag hem maar eens de kleren van het lijf. Ik moet dringend naar de volgende trainingen. Veel succes!'

Wat?!

'Ik denk dat hij het over mijn trainingsmethode heeft.'

Tammy glimlachte onhandig. Ze had later nog een appeltje te schillen met haar vader. Haar daar zomaar achterlaten met die Argentijn! Hoewel, dat blonde haar, die blauwe ogen.

'Zullen we dan maar?' Zijn hand nodigde haar uit om hem mee te volgen naar de uitgang van de sporthal.

'Nu?!' Tammy keek hem verwonderd aan.

'Waarom niet? Hoe zeggen jullie Amerikanen dat, *there's no time like the present*? Of zoiets.'

Die glimlach, die ondeugende ogen. Ze moest oppassen dat hij haar knieën niet hoorde knikken.

'Ik wil u niet van uw trainingen afhouden. U moet niet op mijn vader letten, hij is gewoon bezeten door het schermen.'

'En zo hoort het ook voor een goede schermtrainer. Maar ik heb zo het gevoel dat ik genoeg getraind heb. Dus als je me even wilt excuseren voor mijn douche...'

Zijn hand ging naar haar schouder en gleed bijna onmerkbaar over haar ruggengraat. Zo zacht dat ze de aanraking bijna niet voelde, maar toch drong die als elektriciteit in haar diepste binnen.

'Ik ben zo terug. Wacht even.' Hij draaide zich om en verdween in de krochten van de kleedkamers. Een diepe zucht ontsnapte aan haar keel. Ze ging op een van de stoelen in de gang zitten. Pfff... wat was dat nu met haar? Ze moest zich spreekwoordelijk wakker schudden uit deze fantasie die haar lichaam al helemaal rond deze Walter gebreid had. Dit had ze nog nooit meegemaakt. Zo snel, zo efficiënt. Hij deed alsof ze elkaar al jaren kenden. Die vertrouwdheid tussen hen, zijn aanraking. Alles in haar verlangde naar meer...

'Ik ben er. Zullen we gaan?'

Ze schrok op van zijn stem, die warm klonk en dat leuke accent had van een buitenlander die Engels sprak. Hallo! Dat was hij ook!

'Goed, iets drinken?' Ze sprong op.

'Perfect.' Zijn hand ging weer naar haar heup met die vanzelfsprekendheid die hij daarvoor ook al tentoon had gespreid. Normaal gezien reageerde ze hyperallergisch op zulk voortvarend gedrag. Wat dachten die jongens wel dat ze waren? Zij zou wel bepalen tot hoe ver ze mochten gaan! Maar niet nu. Niet bij deze man. Zijn hand voelde zo vertrouwd aan. De geur van zijn pas gewassen lichaam en van zijn aftershave gaf haar een opgewonden gevoel. Toen ze buiten kwamen, scheen een stralende zon hen in de ogen.

'Kom, ik weet een perfect plekje.'

Het was al een gezellige drukte in het olympische dorp. De veelkleurige vlaggen wapperden overal. Iedereen glimlachte. De wereld was mooi! Wie had vanmorgen kunnen denken dat ze zo'n geschenk zou krijgen: een knappe schermer die haar heel saaie gevoelsleven met één blik overrompelde. Voor ze het goed en wel besefte, zaten ze op een beschaduwd plekje van een gezellig terrasje. In een met klimop begroeid hoekje waar zij iedereen konden zien, maar niet iedereen hen kon zien. Een eiland in de drukte.

'Thee voor twee?'

Ze knikte en keek hem na, terwijl hij naar de toog binnen in het café liep. Zelfs in zijn gewone gang zag je de tijgerloop van de echte schermer. Ze sloot even de ogen. Was dit hetgene waarop ze zat te wachten: door een duistere onbekende ontvoerd worden? Had ze vanmorgen maar niet gekozen voor die stomme korte broek die zij nu al aan haar billen voelde plakken. En dan dat belachelijke topje van New York University! Kon het nog duidelijker zijn dat ze slechts een *college girl* was?!

'Een pfennig voor je gedachten!'

Toen ze haar ogen opende, zag ze zijn hand met een muntstuk vlak voor haar gezicht. Zijn ogen bleven haar aankijken, tot zij lacherig de hare afwendde.

'Thee. Perfect.' Ze nam onhandig een slok van het nog veel te warme vocht.

'Pas op!' waarschuwde hij haar. 'Dat je je lippen niet brandt.'

En dan weer die innemende glimlach. Ze wist dat ze hier aan het vallen was voor de verleidingsmanoeuvres van deze man. Maar wilde ze zich verzetten? Waarom zou ze? En voor de eerste keer keek ook zij hem in de ogen.

Het gesprek ging verder over koetjes en kalfjes. Hoe hij trainde. Wat zijn motivatie was om net deze sport te kiezen. En Tammy voelde in zijn antwoorden dezelfde passie die ze al sinds haar kindertijd zo goed kende. Maar hij stelde haar ook vragen. Hoe het was om in New York te leven. Of zo'n verpleegstersopleiding niet bijzonder zwaar was. Hij sprak zijn bewondering uit voor haar beroepskeuze, haar uitgebreide kennis van het schermen. Hoe ze haar vader, toch tamelijk oud voor de baan van trainer, met haar enthousiasme bijstond.

Hij flirtte steeds onbeschaamder. Zijn hand belandde onschuldig toevallig op haar knie en bewoog in de loop van het gesprek zogenaamd ongemerkt steeds hoger op haar dij. En ineens was die hand weg, en keek Walter op zijn horloge. De warmte die ze daarvoor in haar hele lichaam gevoeld had, was ook verdwenen.

'Als je iets anders, iets belangrijkers gepland hebt, geen probleem. Ik besef nu dat ik al veel te veel tijd van je opgeëist heb.' Had ze nu werkelijk gedacht dat zo'n man voor haar zou vallen? 'Trouwens, mijn vader zal niet weten waar ik blijf.'

Hij keek haar geruststellend aan. 'Nee, helemaal niet. Ik wil hier nog uren, dagen met je zitten.'

Hij kruiste twee vingers. 'Dit klikt.' De vingers gingen teder naar haar verwarde haar, dat een blaadje van klimop gestrikt had.

'Maar ik moét even een vriend van mij bellen. Ik had het beloofd. Je blijft toch zitten?'

Ze knikte. Op hem zou ze altijd wachten, ook al zou ze dat nooit hardop toegeven. Hij wees naar een telefooncel op de hoek van het terras. 'Je ziet het, ik ben zo terug. Houd het vuur warm.'

Ze glimlachte voor zich uit bij die laatste woorden. Zo cliché, maar zo naar waarheid.

De telefooncel stond net iets te ver om hem te horen, maar ze zag wel aan zijn lichaamstaal dat hij aansluiting had. Welke taal zou hij nu spreken? Argentinië, dus Spaans. Hoewel: die haren, die ogen. Was hij wel een echte Argentijn? Waarschijnlijk een Europees slippertje van een van zijn voorouders. Zijn bewegingen werden geagiteerder. De ergernis was ook zonder woorden duidelijk. Hij hoorde niet graag het nieuws aan de andere kant van de lijn. Met een harde plof kwakte hij de hoorn op het toestel en met gedecideerde stap kwam hij terug naar hun tafeltje. Ze zag de transformatie naar de charmante man voltrekken. Maar ze zou nooit de ogen vergeten, toen hij zich net had omgedraaid. Zo vol kille berekening. Was dit dezelfde sensuele charmeur geweest die zo-even zijn masker had afgezet? Of net niet? Het maakte hem nog aantrekkelijker. Wat een verschil met die saaie zoon van de rabbi die mama zo aanprees alsof ze een extra procentje bij hem had.

'Het spijt me, ik moet weg. Dringende zaken.'

Met moeite kon ze de teleurstelling in haar ogen verbergen. Ze mocht zo niet laten zien dat ze als een blok voor hem viel.

'Jammer, maar ja, niks aan te doen. We zullen elkaar nog wel eens zien op een van de wedstrijden.' Uiterlijk onverschillig stond ze op, klaar om de aftocht te blazen. Maar net voor ze hem gepasseerd was, greep hij haar dringend bij de arm. Ze schrok en keek hem boos aan. Zijn greep verslapte, maar liet niet los.

'Sorry', fluisterde hij in haar oor. 'Vanavond om negen uur hier, op dezelfde plek?'

'We zullen zien.'

Snel stapte ze weer naar de grote sporthal zonder ook maar een keer om te kijken. Maar ze wist zo hoe ze die avond ging doorbrengen.

Walter had geen tijd te verliezen, hij moest onmiddellijk de organisatie verwittigen. Hij vloekte binnensmonds. Die verdomde Palestijnen bezorgden hem niets dan last. Eerst was daar het koppel geweest dat de wapens voor de bewuste dag had moeten binnensmokkelen in het land. Het had geen haar gescheeld of ze waren opgepakt. Gelukkig lagen alle wapens en munitie nu veilig opgeborgen in een aantal kluizen in het treinstation van München. Dat had je natuurlijk met mensen die onafhankelijk van elkaar werkten. Elke pion had zijn vaste opdracht, stelde geen vragen. Een handige strategie als je niet wilde dat leden van het team de hele operatie zouden verlinken. Maar af en toe was het ook knap lastig. Zoals vandaag aan de telefoon die plotse paniekaanval bij het krantenbericht over extra beveiliging van deze Spelen. Walter kon een smalende glimlach niet onderdrukken. Beveiliging? Die Duitsers waren er zo op gebrand dit de meest vreugdevolle en vredige Spelen van de eeuw te laten worden dat er bijna geen politieagent in het straatbeeld te bespeuren was. Undercoveragenten in kleurrijke trainingspakken patrouilleerden wel geregeld. Maar zijn team had al de eerste dagen geconstateerd dat de beveiliging van het olympisch dorp met zijn duizenden atleten zo lek als een zeef was. Zijn mannen zouden de minutieus geplande operatie tot een goed einde brengen. Hoewel, met die Palestijnen wist je maar nooit. Arabieren... dat hij zich met dit soort mensen moest inlaten. Hij schudde het hoofd. Die Fatah-organisatie was een echt wespennest met onder elke steen een schorpioen. Maar was het niet Allah zelf geweest die zei dat het doel de middelen heiligde? Acht Arabieren die vol enthousiasme bereid waren om Shuhada, martelaren, te worden. Zolang ze hem maar niet meesleurden in hun tocht naar het paradijs! Maar hoe konden ze? Ze zouden hem nooit in levenden lijve zien.

Hij keek rond. Zo tegen de middag was de drukte al beklemmend voor Walter. Overal zag hij blije gezichten die van de ene naar de andere wedstrijd zwermden. Het was weer een stralende dag met overal opgewekte kleuren en geluiden. De Olympische Spelen, een groot feest! Hij grinnikte. Nu nog wel. Al die onschuldige mensen om hem heen die niet wisten wat hen te wachten stond... Door de mensenmassa was hij er bijna voorbijgelopen, een afgesloten telefooncel zodat hij in alle discretie kon bellen. Hij moest nog elke dag aan de woorden van zijn vader denken, net voor hij vertrok: 'Laat het gespuis elkaar uitmoorden, zoon. En daarna, dan nemen de echte wereldleiders de macht.'

Toen hij na een kort telefoongesprek weer uit de cel stapte, kon hij tevreden zijn. De gemoederen waren weer bedaard. Zijn mannen konden zich weer als echte toeristen gedragen en zich onder het gepeupel wagen om te genieten van dit sportfestijn. Net zoals hijzelf. Het werd dringend tijd dat hij zich wat meer concentreerde op zijn wedstrijden. En op die mooie jonge vrouw die hij zo goed als zeker in zijn netten had gevangen.

Wie had kunnen denken dat deze Spelen zo een extra bonus gingen bieden? Een echte WASP-vrouw van Amerika, White Anglo-Saxon Protestant. Arische trekken, goede heupen. En bovendien nog onschuldig mooi ook, een combinatie waarvan hij wel hield. Zij zou zijn perfecte echtgenote worden. Dan was hij ineens van zijn vaders gezeur af. 'Je bent bijna dertig, Walter. Tijd om een pater familias te worden van een deftig gezin.' De 'mannen' hadden niet graag dat hij te lang single bleef. Er gingen nu al de wildste geruchten de ronde over een mogelijke seksuele afwijking. Walter was toen woedend opgesprongen. Hadden ze dan ook niet die geruchten gehoord van al de vrouwen die hij had afgewerkt? Zijn vader had fijntjes geglimlacht: 'Alsof een huwelijk je zou beletten om je collectie trofeeën uit te breiden.'

Hij knikte. Ja, vandaag ging hij er werk van maken. Langzaam. Tot ze hem er zelf om zou smeken.

Haar vader had raar opgekeken die avond, toen ze toch niet met hem naar het Israëlische feestje ging waar zij als burgers met dubbele nationaliteit waren op uitgenodigd. Papa had al contact gezocht met hun schermtrainer, André Spitzer, volgens haar vader een uiterst charmante jongeman. Jammer genoeg getrouwd. Ze had hem in het gezicht uitgelachen. Hij had al veel te veel tijd met mama doorgebracht, die drang tot koppelen werkte blijkbaar besmettelijk. Maar toch had ze hem niets over haar afspraakje met Walter verteld, ook al wist ze dat deze man met zijn schermkunst door haar vader gewaardeerd werd. Waarom niet? Intuïtie?

Die kille ogen van daarnet? Ze wist het niet. Misschien omdat ze zelf sinds vanmiddag helemaal uit het lood geslagen was?

Het tafeltje stond er nog verlaten eenzaam bij, toen ze ietsjes voor negen arriveerde. Ze wist dat het veel beter stond iets te laat op een afspraak aan te komen, maar ze had het niet meer kunnen uithouden in haar kleine kamer. Ze had de spiegel naast de deur vermeden bij het verlaten. Ze zou toch alleen maar die zenuwachtige blos zien die geen enkele crème kon verbergen. Papa was al een uur geleden vertrokken naar de Conollystrasse, waar de Israëli's gelogeerd waren. Hij was discreet geweest, had niet verder gevraagd. Zijn dochter was oud genoeg om te weten wat ze deed. Dat hoopte ze ook. Zenuwachtig streek ze over het zomerjurkje met open rug dat haar moeder stiekem in haar koffer had gestopt. Af en toe waren bemoeizieke moeders wel handig.

'Je bent er al.' De fluistering in haar oor en zijn geur die haar plots omringde, deden haar schrikken en ze draaide zich snel om. Ze had hem helemaal niet horen aankomen!

Ze glimlachte schutterig, toen ze zijn ogen bewonderend over haar lichaam voelde gaan.

'Zullen we wat gaan wandelen? Het is een perfecte zomeravond.'

Hij legde zijn arm rond haar schouder, zijn wijsvinger streelde haar blote sleutelbeen en bleef dat de hele avond door doen.

Het was inderdaad een perfect afspraakje geworden. Ze hadden de hele tijd gepraat met een vertrouwdheid alsof ze elkaar inderdaad al jaren kenden. Hoe hij met liefde over zijn moeder had gesproken. Hoe hij over zijn passie voor het schermen had gepraat. Deze man was absoluut niet de macho die ze eerst in hem had gezien. Hij deinsde er niet voor terug om zelfs bij een eerste afspraakje zijn gevoelige kant te tonen. Toen hij haar uiteindelijk als een echte gentleman tot bij de deur van haar kamer had begeleid, was een zachte kus zijn afscheid geweest. Meer niet. Ze had die hele nacht van opwinding geen oog dicht gedaan. Zo een lieve man, zo knap! Dit had ze nog nooit gevoeld. Haar lichaam verlangde al naar hun volgende afspraak.

De volgende dagen verliepen in een roes. Ze vervulde braaf haar taken als hulpcoach en treurde mee met haar vader toen zijn team het onderspit moest delven in de kwartfinale. Ze troostte de atleten, probeerde haar vader op te peppen door te zeggen dat ze met glans verloren hadden. Het waren stuk voor stuk wedstrijden op het scherp van de snee geweest. Maar ze deed alles op automatische piloot. De enige momenten waarvoor ze echt leefde, waren haar afspraakjes met Walter, die ze koesterde als een zoet geheim. Maar ook de verliezende wedstrijd van Walter zou ze nooit meer vergeten. Elke aanval die hij lanceerde of pareerde had ze al zelf enkele seconden daarvoor in haar hoofd bedacht. Soms had ze zich erop betrapt dat haar lichaam haar gedachten ook instinctief volgde. Haar vader had haar verrast aangekeken, toen ze bij een geslaagde flèche hem met een enorme armzwaai bijna van zijn zitplaats duwde. Zoveel enthousiasme had zij niet bij hun eigen schermers getoond! Waarom vertelde ze haar vader niet van haar prille relatie? Ze was zo gelukkig. Waarom dit gevoel niet delen? Omdat ze wist welke bezwaren hij haar voor de voeten ging werpen. Hij was te oud. Te glad. Uit Zuid-Amerika. En zijn beroep? Als schermer kon je amper voor jezelf zorgen, laat staan voor je gezin. Bovendien zag hij er veel te veel uit als een man die net iets te gevaarlijke watertjes had doorzwommen. Ze wilde dit niet horen. Niet van haar vader, niet van dat kleine duiveltje in haar hoofd. Ze was verliefd. Met een passie die ze nog nooit in haar leven gevoeld had.

En zo gingen ze de laatste week van de Olympische Spelen in. Haar vader ging naar elke mogelijke wedstrijd, verbroederde met de Israëlische ploeg en dan vooral met zijn jonge schermtrainercollega, André Spitzer. Ze had hem nog niet vaak zo echt ontspannen meegemaakt. De weemoedige blik van de eerste avond leek verdwenen. Hij voelde zich hier in dit sportparadijs als een vis in het water. Bovendien zorgden de Duitsers voor een perfecte omkadering van dit 'feest van vrede en vreugde'. En papa had van hen ooit wel een andere behandeling gehad.

Die morgen zaten ze samen aan de ontbijttafel als echte toeristen nog te genieten van het uitgebreide ontbijt en het vooruitzicht van weer een zonnige dag.

'Vandaag tijd voor dé twee showbeesten van deze Spelen. Zwemmen en turnen. Wat denk je, ga je mee?'

Haar vader reikte naar zijn koffie. Tammy roerde in de hare.

'Waarom niet? Ik kan toch moeilijk weer naar New York zonder de perfecte zwemstijl van Mark Spitz gezien te hebben? Naar het schijnt heeft hij al een filmcontract te pakken in Hollywood.'

Papa glimlachte. 'Daar zal zijn dikke snor misschien beter passen dan in het olympische zwembad.' Hij schudde afkeurend het hoofd. 'Net een walrus!'

'Maar dan toch wel een heel gestroomlijnde. Wauw, wat een lichaam!' plaagde ze hem.

'Wat hoor ik daar voor wellust uit de onschuldige mond van mijn dochter!?' ricocheerde hij. 'Jij trouwt pas als ik dat zeg. En dat andere, het s-woord, daar mag je pas aan denken na vijf jaar huwelijk, oké?'

'Ja papa, natuurlijk papa', antwoordde ze gedwee met een hoog stemmetje. Ze kenden alle twee hun rol op hun duimpje.

'Dat is dan afgesproken', lachte hij. 'Jij gaat mee naar Mark Spitz. En dan daarna naar die Olga Korbut? De lenigheid van dat meisje...'

'Ja, zo buigzaam en precies. Dat heb ik nog nooit eerder gezien.'

Hij wreef genoegzaam over zijn onbestaande buikje.

'Dat wordt weer een perfecte sportdag. En dan nog eens vanavond goed doorzakken met André en zijn collega's. Jij komt toch ook mee?'

Tammy's brein draaide ineens op volle toeren. Ze had die avond met Walter afgesproken. Een etentje op zijn kamer. Voor de eerste keer. Haar vader moest toch begrijpen dat dit niet opwoog tegen een avondje boemelen met de Israëlische ploeg, hoe vriendelijk en gastvrij die ook was.

'Ik, ik... ehm...' Nee, hoe kon hij dat begrijpen? Hij wist van niks! Misschien was nu de tijd gekomen. Ze meende het echt wel serieus met Walter. Dit was geen vakantieflirt.

'Ik had eigenlijk afgesproken met... een paar vrienden die ik hier heb leren kennen.'

Haar vader stond op. 'Dat is geen probleem. Neem ze mee. Je kent dat toch... hoe meer zielen... Kom, kunnen we gaan?'

Ze stond ook op en verliet samen met hem de ontbijttafel.

'Ik zal het vragen. We zullen wel zien.'

De wedstrijden van die dag waren ongemeen spannend, maar zorgden toch meestal voor de verwachte zege. Geen verrassingen van de olympische favorieten. Behalve dan voor de kleine Olga, die het moest afleggen tegen Touritcheva, een landgenote van haar.

Toen ze die avond op een terrasje zaten, vroeg haar vader het nog eens. 'Dus je weet zeker dat je de jongens van de Israëlische ploeg niet beter wilt leren kennen?'

Een ondeugende knipoog naar zijn dochter, die onzeker haar ogen afwendde.

'Hé, grapje!' gaf hij haar een speels klopje op de arm. Tammy glimlachte.

'Ik zal het wel vragen.'

'Je weet het, geen verplichting.' Hij keek op zijn horloge. 'Sorry, ik moet gaan. Ik ga nog snel een hapje eten met André, terwijl de rest van de ploeg naar het theater is. Weet je dat hij ook in België heeft gewoond? Tot straks! Of morgenvroeg.'

Haastig verliet hij het terras. Tammy keek hem na. Haar vader met die onverklaarbare fascinatie voor dat kleine landje? Het was net of ze daar familie hadden wonen. Ze lachte bitter in zichzelf. Haar vader en moeder waren de enige echte familie die ze had. Dat allemaal dankzij die Duitsers die nu hier...

Een kus in haar nek verjoeg direct de sombere gedachten. Walter!

'Ik dacht al dat ik die blonde lokken herkende.'

Hij plofte naast haar neer op de plaats waar nog enkele minuten daarvoor haar vader had gezeten.

'Hadden we niet bij jou afgesproken?'

Zijn hand streelde haar vingers een voor een.

'Ja, natuurlijk. Maar ik kon niet meer wachten en ik vermoedde wel dat ik je hier kon vinden.'

Hij kuste haar eerst voorzichtig, maar al snel dwong zijn tong zich tussen haar tanden. En plots was dat hele olympische universum rondom hen als bij toverslag verdwenen. Alleen zijn mond, zijn handen telden nog. Haar hand ging onder zijn T-shirt naar zijn wasbordbuik, die even trilde onder haar aanraking. Haar hoofd vulde zich met één gedachte. Ze wilde hem. Nu.

Maar zijn mond sloot zich. Discreet duwde hij haar hand van onder zijn shirt vandaan. Verongelijkt keek zij hem aan. Lachend tikte hij haar speels op haar neus en stond op.

'Heb jij ook zo'n reuzenhonger?' Hij boog zich als een echte ober. '*Dinner is served, Madam.*' Zijn accentvolle Engels verwarmde haar weer direct.

Ze ging mee. Natuurlijk. *Piece of cake,* deze verovering. Hij moest maar even in haar oor blazen en de stoom kwam er al uit. Dit werd een perfecte nacht in alle opzichten. Hij had nog geen kwartier geleden met de leider van het team, Issa, gebeld. Ze waren er klaar voor. Het moest die dag gebeuren, mooi in het midden van deze feeërieke Spelen. Alles was volledig onder controle. De bewaking in Conollystrasse was zo goed als onbestaande. Zelfs een groep die niet de speciale, door hen gesponsorde, opleiding had gehad in Libië, zou zonder enig probleem die zionistische appartementen kunnen binnendringen. Hij wierp een laatste blik op de vrolijke menigte van atleten die nog altijd de straten bevolkten, vooraleer hij de deur van zijn appartementsblok galant voor haar opende. Het kaarslicht en de zachte muziek op de achtergrond. Op een klein tafeltje in het midden van de kamer stond een fles champagne in de koeler. Alle registers van de clichéromantiek waren opengetrokken. Hij scande nog snel even het vertrek. De lakens waren al half opengeslagen. Er was maar één stoel. Het dessertbordje met aardbeien stond al op het nachtkastje, naast de wekkerradio.

20.19 uur. Nog acht uur te gaan voor uur nul. De telefoon op het andere nachtkastje stond braaf te wachten. Tevreden keek hij naar Tammy, die nieuwsgierig naar de borden was gelopen. Haar witte rokje stak af tegen haar mooi gebruinde benen. Haar hele lichaam ademde zomerse onschuld uit. Hij kende geen enkele manier die beter was om de tijd te doden.

'Is dat jouw idee van een degelijke maaltijd: oesters en kaviaar?' Ze wees lachend naar hun avondeten. Die kaars, dat tafellaken, en dan die muziek! Kon het nog zoeter? Maar toch moest ze wel toegeven dat ze door dit hele offensief gecharmeerd was. Dat een man zoals Walter zoveel moeite voor haar deed! Hij had ondertussen de champagne en de twee glazen meegenomen en was op de rand van het bed gaan zitten.

'Ik heb gewoon mijn lievelingseten voor mijn lievelingsmeisje besteld, meer niet.' Zijn hand ging over de sprei naast hem.

Gewillig ging ze naast hem zitten. Dit moment zou ze voor altijd willen koesteren.

De wapens werden nog eens voor de laatste keer gecheckt. Op de tafel van hun hotelkamer lag de plattegrond van het appartementsblok. Maar iedereen wist nu perfect wie waar moest binnenvallen. Dat was ook niet meer dan normaal, zo vlak bij het uur nul. De kamer was te klein voor de gespannen anticipatie van de acht mannen. De wapens en de granaten werden opgeborgen. In hun trainingspakken zagen ze er net zo uit als de talloze andere groepjes die je in München overal vond, klaar om te feesten. Niets aan de hand. Issa en de mannen wisten dat ze binnen enkele uren geschiedenis gingen schrijven.

'Kom je nog mee naar onze flat?' André keek Wojteck vragend aan. Toen ze uit het restaurant kwamen, was het al frisjes geweest. En nu, uren later, na het bezoek aan een overdekte Biergarten met de hele Israëlische ploeg, had hij er spijt van dat hij zijn dikke trui op zijn kamer had gelaten. Wojteck schudde van nee.

'Het was een perfecte avond. Maar ik heb het koud en mijn flat is hier vlakbij.'

Het had inderdaad echt deugd gedaan om met Israëli's over Israël te praten, te horen hoe het land, ook zonder hem, verder timmerde aan haar toekomst. Af en toe kreeg hij het zo benauwd in de metropool New York dat hij zijn vrijwillige ballingschap onmiddellijk zou opgeven. Of was dat zogenaamde heimwee slechts een uitvlucht voor dat gevoel van algemene mislukking dat hij al zijn hele leven probeerde weg te drukken?

Een zware hand belandde op zijn schouder. 'Kou?' bulderde de stem van Moshe hem in het oor. Weinberger was de worsteltrainer van de ploeg, één blok graniet. 'Daar heeft mijn pupil Mark wel de juiste oplossing voor. Hè, Mark?'

Een jongeman uit het groepje voor hen draaide zich om.

'Ja, coach?'

Zijn ogen hadden zelfs nu, totaal ontspannen, de spiedende blik van een worstelaar. 'Heb jij nog altijd die voortreffelijke wodka van jouw thuisfront?'

Een uitgestoken arm was zijn antwoord. 'Tuurlijk!'

'Mark is nog maar vier maanden geleden uit Rusland naar ons geëmigreerd', verduidelijkte André voor Wojteck. 'Speciaal voor de Olympische Spelen. Hij was hun beste worstelaar. Daar hebben we die Russen mooi te pakken gehad!' Zijn ondeugende lach galmde door de sterrenzwangere nacht.

'Dus, wat denk je, een glaasje wodka?'

Wojteck voelde dat de verleiding van vooral het gezelschap en ook wel de troostende warmte van de wodka het gingen halen op die kale kamer van hem. Tammy was duidelijk nog op stap met haar vrienden. Hoe dikwijls ging hij nog de gelegenheid krijgen? Nooit meer. Voor de volgende Olympische Spelen in Montréal was hij te oud. 60 jaar. Afgeschreven. De verbondenheid met deze ploeg deed hem terugdenken aan die eerste jaren in Israël, toen hij als kleine, bescheiden schakel mee had geholpen. Ook toen was de groep mensen waarmee hij samenwerkte vol enthousiasme geweest, bereid om tot het uiterste te gaan.

'Nee.'

'Kan zelfs die wodka je niet over de streep trekken?!'

'Nee, sorry.' Wojteck bleef staan. 'Als ik vannacht nog helemaal van bij jullie naar mijn kamer moet... Liever niet.'

'Blijf dan slapen. We hebben nog zeker twee bedden over.'

Wojteck schudde het hoofd. 'De Spelen zijn nog niet afgelopen. Er zijn nog avonden genoeg. Ik ben gewoon te moe. Zeg maar tegen die Mark dat hij zijn wodka koud houdt.'

André maakte een klein spurtje om de rest van de groep weer in te halen. Hij stak nog snel zijn duim op naar Wojteck. 'Tot morgen!'

Wojteck keek hen na tot de laatste man op de hoek van de straat verdwenen was. Dit waren mensen naar zijn hart.

1.43 uur: de cijfers op de wekkerradio gaven een zwak licht.

Zou ze weer naar haar kamer gaan? Voorzichtig verlegde ze zijn arm, die zich over haar heup had genesteld. Zijn vingers trokken zich samen in een reflex, maar zijn ademhaling bleef even rustig. Ze aarzelde. Die handen, die vingers, het genot dat die nog maar enkele uren daarvoor gebracht hadden. Waarom zou ze weggaan en een einde maken aan deze orgastische droom? De toekomst? Morgen? Ze wilde er niet aan denken. Hoe sterk ze ook hoopte dat het Walter ook zo menens was, ze wist dat hij haar misschien gewoon maar als een tussendoortje zag. Hij was niet het type om ook maar één seconde aan een huwelijk, een gezin te denken. Ze gniffelde stilletjes. Ze moest zichzelf eens bezig horen! Eén nacht slapen met een man en ze zag zichzelf al onder de choepa staan met hem, klaar om de glazen te breken. In een schitterende witte jurk, met als rabbi de volgens haar moeder ideale schoonzoon. Een diepe zucht naast haar. Ja, hij werd wakker. Ze voelde haar lichaam alweer naar hem verlangen. Hij in een mooie smoking. Wit of zwart? Hij zou wel niet Joods zijn, daar hadden ze het nog niet over gehad. Maar dat zou wel geen probleem zijn, zeker? Zij was zelf nu niet bepaald zo fanatiek Joods, maar de huwelijkse traditie, die was zo romantisch mooi. Ze wist zeker dat Walter daarmee zou instemmen. Zijn arm zocht naar haar en legde zich meer op haar borst. Zijn ademhaling werd weer dieper. Tammy glimlachte. Hij had het voor haar beslist: ze zou de hele nacht blijven. Haar twijfels over hem en zijn oprechtheid, ze moest zich schamen. Als ze terugdacht aan de tederheid waarmee hij haar die avond omringd had. Haar initiële zenuwen hadden al snel plaatsgeruimd voor een huizenhoog vertrouwen in hem. Zijn ogen, zijn handen, het waren de laatste beelden die ze zag, voor de slaap haar weer overmeesterde, haar hand verstrengeld in de vingers op haar borst.

De slechte koffie van het restaurant in het centraal station lag nog als een baksteen op hun maag. Maar het hielp de acht mannen wel om alert te blijven. Het zou nog een spannend etmaal worden. Ze hadden hun laatste orders van de zoveelste tussenpersoon gekregen, hun rugzakken met olympische tekens erop met de wapens uit de kluizen gevuld. Ze waren er klaar voor. Hun rode trainingspakken maakten hen tot onschuldige atleten die zich alleen maar schuldig hadden gemaakt aan een avondje zwaar doorzakken in de binnenstad van München. Toen ze aan de hekken van het olympisch dorp kwamen, sloeg hen even de schrik om het hart. Een groepje aangeschoten Amerikanen probeerde tevergeefs over de twee meter hoge afsluiting te klimmen. Het Duitse bier was hen duidelijk naar de benen gezonken. Na een stilzwijgend oké-gebaar van Issa, hun leider, hadden ze hun 'broeders in het kattenkwaad' over de omheining geholpen. Een tijdje liepen ze met dit groepje mee door het ingeslapen olympische dorp, een prima dekmantel als ze een bewaker of agent zouden tegenkomen. Om 4.10 uur gingen de twee groepjes uit elkaar en wensten ze elkaar welterusten. Om 4.13 uur betraden de acht mannen Conollystrasse 31.

4.49 uur. De telefoon rinkelde ongenadig hard in zijn hoofd. De vrouw naast hem nestelde zich nog dieper onder de lakens, klitte nog harder aan zijn lichaam. Tammy. Natuurlijk, Tammy. Hij opende de ogen en keek naar de klok. Ja, volgens plan. Hij hield de hoorn vlak aan zijn oor zodat ze niet zou horen wat ze niet mocht weten.

'Ja?' Zijn stem klonk schor en vermoeid.

'I. heeft net gebeld. Negen gijzelaars. Twee dood. Aan de kant van de zionisten.'

Een droge klik van de telefoon was zijn antwoord. Vanaf nu zou hij geen enkel contact meer hebben. Hij zou de beelden wel op de duizenden tv-schermen hier kunnen volgen, met alle andere geschokte bezoekers.

'Wie was dat?' Een geërgerd gefluister kwam vanonder de lakens.

'Verkeerd verbonden.' Zijn handen gingen naar haar hoofd.

'In het midden van de nacht?'

Zijn hoofd dook nu ook onder de lakens en hij fluisterde haar toe: 'Ik beken. Ik geef toe, ik heb gelogen. Maar vanaf nu is dat gedaan. De waarheid en niets dan de waarheid voor mijn vrouw.'

Ze lachte. Tot de stilte net iets te lang duurde. 'Wat?!' Ze sloeg de lakens van zich af.

'Is dat niet de goede basis voor een relatie?' lachte hij. 'Geen geheimen voor elkaar?'

Toen hij zag dat ze aan hem begon te twijfelen, wierp hij haar van zich af en klom boven op haar. 'Ik heb de wekdienst van het hotel ons speciaal zo vroeg laten wekken. *Unfinished business*.'

Hij kuste haar hartstochtelijk. Haar lippen openden zich eerst aarzelend, maar al snel verdween de angst in haar ogen om plaats te maken voor puur genot. Ook al was er niets meer van zijn tederheid van de vorige avond te merken. Bij elke keer dat hij zich steeds dieper in haar ramde, kon hij nog maar aan één ding denken: twee dood, negen te gaan. Hij kon niet wachten om zijn vader te bellen. Twee, nog negen. Zijn lichaam ontplofte bijna. Twee, nog negen. Het gezicht onder hem verkrampte. Twee, nog negen. Een zacht gesnik van hulpeloosheid volgde. Maar Walter hoorde haar niet meer. Alleen de stilte aan de telefoon in zijn telefoongesprek met zijn vader na zijn onverwachte schermnederlaag. Twee, nog negen. Een luide schreeuw vol agressie en passie galmde door de hotelkamer. Hij gleed van de vrouw af. Hij was weer hier, bij zijn toekomstige. Hij zag het aan haar gezicht vol teleurstelling en pijn. Dat werd een nieuw charmeoffensief. Zijn hoofd en handen daalden van haar navel naar haar schaamstreek. Hij voelde haar handen over zijn kort geschoren hoofd gaan. Bij elke beweging werd haar blik zachter en extatischer. Dit werd een goede dag!

12.06 uur. '*The games must go on.*' Ze draaide zich op haar zij om naar het televisietoestel te kijken dat hun halfverduisterde kamer spookachtig verlichtte. Een nors kijkende Avery Brundage in close-up. Was dat niet de man die ook bij de openingsceremonie een speech had gegeven, de voorzitter van het olympisch comité?

Walter zat op de rand van het bed, gebiologeerd naar het scherm te staren. Zijn naakte rug keek haar verleidelijk aan. Stilletjes kroop ze over het bed om met een vinger over zijn ruggengraat te strijken. Een afwerende hand was zijn antwoord. 'Nu niet.' Zijn stem klonk koud. Gebeten stapte ze uit bed, de lakens rond haar lichaam gedrapeerd. Waar was die tederheid van de vorige avond, de ruwe passie van de morgen? Teleurgesteld ging ze naast hem zitten.

'Sorry.'

Hij legde een hand op haar knie. 'Er is iets heel ergs gebeurd.' Zonder zijn blik van het scherm af te wenden, vroeg hij: 'Wil je ontbijt?'

Ze schudde haar hoofd en begon nu ook de beelden in zich op te nemen. Een man aan het woord. De tekst onderaan in beeld: München, Conollystrasse. Tammy kreeg een week gevoel in de maag. Connollystrasse, was dat niet waar haar vader...? Volgend beeld: een balkon met daarop een doodsbange atleet. Een close-up van een donkere man in het grote raam met een wapen in de aanslag. In grote letters: Zwarte September. Een lijst met namen werd in beeld gebracht. '236 gevangenen in ruil voor Israëlische atleten. 234 in Israël, twee in West-Duitsland. Ulrike Meinhof en Andreas Bader', gaf een offscreenstem commentaar.

Tammy sprong op. 'Zoiets hier, vlakbij?!'

Walters gezicht vertoonde geen enkele emotie. Als een sfinx zat hij op het bed vastgebeiteld.

'Het ultimatum is enkele minuten geleden voor een tweede keer verlengd. De praktische organisatie van deze uitwisseling vraagt immers meer tijd.'

Tammy kon haar oren niet geloven. Gingen ze die terroristen nu ook nog hun zin geven? Dat kon niet waar zijn!

De verslaggever ging onverstoorbaar verder. 'Het is maar te hopen dat de uitwisseling snel plaatsvindt. Als er niet aan de eisen van de groepering wordt voldaan, zullen ze elk uur een van de gijzelaars doden. En we weten dat het ze menens is. Twee Israëlische atleten zijn al zonder pardon vermoord.' Een moment van stilte. Close-up van het appartementsgebouw, het balkon dat nu weer leeg was. Dan weer de verslaggever: 'De Olympische Spelen van waardigheid zijn precies geworden wat wij, Duitsers, niet wilden: de Olympische Spelen van terreur.'

Een tussenbeeld van de olympische vlag en dan weer een andere journalist: 'En dan nu, de wedstrijden voor vandaag. Het kanoën...'

Walter ging staan, zette het toestel uit. Zijn knappe, naakte lichaam deed haar niets. Ze kon nog maar aan één ding denken: zo snel mogelijk bij haar vader zijn. De nacht was al iets uit een ver verleden. Ze kende die mannen die daar nu in een machteloze doodstrijd beland waren! Van de verhalen van haar vader, van de gezamenlijke etentjes. Snel scharrelde ze al haar kleren bij elkaar. Ze moest weg. De hele tijd voelde ze de ogen van Walter op zich. 'Sorry, ik moet naar mijn vader.'

Een vluchtige kus op zijn wangen, toen ze hem passeerde om naar buiten te gaan. Ze had de deur al open, toen een sterke arm haar weer naar binnen trok. 'Mijn vader, ik moet...'

'Eén seconde. Meer niet.' Hij klonk beslist. Zijn kus was bijna letterlijk adembenemend. Zijn geslacht drukte zich tegen haar aan. Met moeite rukte ze zich los.

'Je seconde is om.' Ze spurtte naar de deur. 'Ik bel je nog!'

Met een grote glimlach van tevredenheid liet hij haar gaan. Alles verliep volgens plan.

Een aardbeving had hem niet erger kunnen doen schrikken. Het nieuws dat die morgen op zijn tv-scherm verschenen was, had hem eerst even volledig verlamd. Dit kon niet! Wat als... wat als hij toch was ingegaan op het aanbod van André? André. Hij was niet een van de twee doden, nog niet. Maar Moshe Weinberger wel; nooit zou hij nog wodka met hem drinken.

Hij had zich na die eerste beelden nog niet aangekleed of hij had al een telefoontje gekregen. 'Ze' wisten perfect dat een 'sleeping agent' van hen zich vlak bij de plaats van de gijzeling bevond. De organisatie vroeg hem weer actief te worden. Nu! En alles te rapporteren wat hij aan informatie te pakken kon krijgen.

Hij had eerst aan Tammy's deur geklopt, maar geen antwoord gekregen. Zou ze al weg zijn? Wist ze het al?

Zijn trip naar Connollystrasse was vruchteloos. De hele straat was hermetisch afgesloten. Onmogelijk om daar binnen te komen. Ook niet met zijn ervaring als agent. Hij was maar weer naar zijn kamer gegaan, de organisatie had hem immers opgedragen stand-by bij de telefoon te blijven. Er zou een delegatie van Israël vandaag nog arriveren.

De minuten kropen voorbij. De beelden op het scherm bleven zich herhalen, afgewisseld met de onschuldige uitslagen van wedstrijden, die voormiddag gespeeld. Hoe konden ze nu gewoon verder gaan met hun Spelen, terwijl negen collega-atleten voor hun leven aan het vechten waren?! Hij had de onbezorgde mensen die nog geen 200 meter van de plaats van de gijzeling lagen te zonnebaden, willen toeschreeuwen. Schaamden ze zich niet? Zijn bloed kookte intussen van woede en machteloosheid.

Hij was even op zijn bed gaan liggen.

De beelden van Auschwitz, hij kreeg ze weer niet weggeduwd. Ook toen bleven alle mensen gewoon verder hun saaie leven leiden. Ook toen...

'Papa!'

Tammy stond over hem gebogen. Hij was blijkbaar toch even weggeweest, had haar zelfs niet horen binnenkomen. 'Waar zat je?' Zijn stem brak even. Woordeloos omhelsde ze hem.

Die dag en nacht bleven ze samen op zijn kamer, aan het tv-toestel gekluisterd. Gelukkig waren dit dé tv-spelen...

Wojteck noteerde alle feiten in zijn zwarte boekje dat hij nog altijd, na al die jaren, bij zich had. Na de uitslagen van hun schermwedstrijd volgden nu in droge, zakelijke stijl emotioneel schokkende feiten.

12.06 uur: ultimatum uitgesteld tot 15 uur

12.58 uur: de enige deelnemende Israëlische zeilboot, de Flying Dutchman van Michaeli Yair en Nir Izchak, start (sic!!!)

Een telefoontje: de grote baas kwam zelf!

15.35 uur: het tweede ultimatum wordt uitgesteld tot 17 uur

15.39 uur: de Egyptische basketbalspelers weigeren te spelen!

15.51 uur: de Spelen worden onderbroken tot de volgende dag 10 uur

17 uur-17.45 uur: onderhandelingen van Genscher, Duitse minister van Binnenlandse Zaken en Troeger, burgemeester van het olympisch dorp, in het Israëlische verblijf met het commando.

Een onaangeraakte avondmaaltijd, door Tammy gehaald.

20.57 uur: leider van commando verlaat gebouw en gaat naar een voor journalisten verboden gedeelte

21.17 uur: tonen van Israëlische gijzelaars op het balkon

21.21 uur: twee helikopters arriveren bij het bezette gebouw. Een derde helikopter staat achter het gebouw.

22.10 uur: het commando en hun gijzelaars komen uit blok 31. Een bus brengt hen naar onbekende bestemming

Een telefoontje: Cohen!

Wojteck was overdonderd. Zo'n topagent die hem op de hoogte hield! Gebrekkige, amateuristische Duitse organisatie van het gijzeldrama volgens Cohen.

Gevoel van enorme frustratie.

22.15 uur: aankomst van helikopters op vliegveld Fürstenfeldbruck. De politie ontdekt in het Israëlische paviljoen het lichaam van Yossef Romano en drie door messteken zwaargewonde Palestijnen

22.30 uur: schotenwisseling op het vliegveld! Grote onzekerheid...

Wojteck en Tammy zaten naast elkaar. Geen van beiden durfde te zeggen wat ze dachten dat er gebeurd was. Geen enkele vraag werd gesteld. Waarom papa contact had met Israël? Waar zij die hele nacht en morgen geweest was?

Alles verdween in het niets.

2.16 uur: officiële bevestiging. De burgemeester van München aan het woord: 'Alle gijzelaars zijn gedood, vier Palestijnen neergeschoten, drie an-

dere gevlucht. Eén politieman gedood en een helikopterpiloot zeer ernstig gewond.' Alles is mislukt.

Wojteck kneep in de hand van Tammy, die lijkbleek naast hem zat. Dit had een feest moeten zijn. Hij had haar zo graag dit gevoel van machteloosheid willen besparen.

Aan de andere kant van het olympische dorp stond een man naar dezelfde duistere beelden van Fürstenfeldbruck te kijken.

Zestien dood, nog drie te gaan. Niet slecht. Een duivelse tevredenheid kwam over zijn gezicht. De eerste solo-operatie was meer dan gelukt.

Zaterdag, 9 september 1972 – New York Times

Israëlische wraakactie na bloedbad in München?

Vrijdag acht september om 15.50 uur aan de vooravond van het Joodse Nieuwjaar, sloegen vierentwintig straaljagers van de basis Ramat David in Noord-Israël toe, ver binnen Libanees en Syrisch grondgebied. Dit is de meest vernietigende aanval van de Israëlische strijdkrachten in twee jaar tijd.

Vliegtuigen van de luchtmacht bombardeerden elf Palestijnse bases, waaronder één op niet meer dan 8 km van Damascus, en doodden tweehonderd terroristen en elf Libanese burgers. Honderden anderen, zowel terroristen als burgers, raakten gewond.

Het blijkt dat deze slachtoffers niets te maken hebben met de slachting in München. Op een persconferentie later die dag antwoordde stafchef David Elazar op de vraag of de luchtaanvallen een Israëlisch antwoord op München waren, als volgt: 'Nee, is er volgens u een antwoord mogelijk op wat er in München is gebeurd? De aanvallen zijn een onderdeel van de oorlog die wij gedwongen zijn te voeren zolang de terroristen doorgaan met het doden van Israëliërs. Zwarte September is een onderdeel van Fatah. Wij houden ons niet bezig met de vraag of de leden van deze vleugel zich in Syrië of Libanon bevinden.

Er zijn terroristische organisaties die van daaruit opereren en ons de oorlog hebben verklaard. Wij kunnen niet anders dan terugslaan. Wij hebben de plicht volgens de Talmoed om 'op te staan en hem die is gekomen om jou te doden neer te slaan'.

Dit lijkt nog maar het begin van een nieuwe reeks aanslagen in het Midden-Oosten én Europa.

16
Noodlottige beslissingen
September 1972

'Strijd niet met monsters of je wordt er zelf een. Want als je in de Afgrond kijkt, kijkt de Afgrond ook in jou.'

Friedrich Nietzsche

Al haar zekerheden waren met één harde ruk uit haar leven verdwenen. De laatste dagen waren haar gevoelens in een turbulentie verstrikt geraakt waarbij de luchtzakken hier in het vliegtuig in vergelijking niets waren. Het *fasten-seatbelt*-lichtje floepte alweer uit. Voorzichtig reikte ze naar haar veiligheidsgordel. Ze wilde haar vader, die eindelijk in een onschuldige slaap was gesukkeld, zeker niet wekken. Tammy keek naar zijn doorgroefde gezicht, dat weer die gekwelde herinnering aan pijn en verdriet had, ook al waren zijn ogen gesloten. Zijn peperzoute haar stak alle kanten uit. Met zijn mond half geopend, lichtjes onderuitgezakt, zag hij er nog altijd goed uit. Voor zijn leeftijd.

Niet zomaar een coach en lesgever op New York University. Nee, helemaal niet. Dat hij haar nooit eerder iets over zijn vroegere leven had verteld! Ongelooflijk. Dat zij daar nooit iets van gemerkt had. Was het niet door München, ze had het nog altijd niet geweten. Haar vader bij wat hij zo eufemistisch de 'organisatie' noemde? Al die operaties waarover ze in de kranten gelezen had en waarover ze thuis geen woord had gehoord! Duizenden vragen raasden in haar hoofd. Had hij ooit gevaar gelopen? Bij welke beroemde operaties was hij ooit verwikkeld geraakt? Had hij ooit iemand moeten... liquideren? Waarom had die man in München, die Cohen, nu nog contact met hem gezocht?

Ze hadden betrapt gekeken, toen ze in haar vaders hotelkamer was binnengevallen. Alleen haar volharding in het vragen blijven stellen, had haar vader eindelijk zover gebracht een tipje van de sluier op te lichten.

Ze was tenslotte oud genoeg om het te weten en hij was niet meer in actieve dienst. Ook al was dit gesprek met Cohen, een van de topmensen van de organisatie, een onverhulde poging geweest om hem als 'slapende agent' weer klaarwakker te krijgen. Hij had op zijn geweten gespeeld, een beroep gedaan op zijn verantwoordelijkheid als Israëlisch staatsburger, zelfs haar bij zijn overredingspoging betrokken. Toen ze de kamer was binnengekomen, had ze onmiddellijk gevoeld dat ze die ene persoon te veel was. Haar vaders ogen hadden haar waarschuwend en gebiedend aangekeken. Ze was hier duidelijk niet gewenst. Maar die Cohen had haar bij de arm genomen en vriendelijk uitgenodigd zich bij hen te zetten. Alsof het zijn hotelkamer was! Hij had haar zonder enige terughoudendheid verteld over de mogelijk grootse taak die haar vader bij dit hele drama kon vervullen. Ze hadden ervaren mensen nodig en haar vader had alle kwaliteiten van een chief operator. En dan een begrijpende blik naar Tammy, die helemaal uit het lood geslagen was. Waar had die man het toch over? Ze wist dat hij haar als een pion gebruikte in het verbale schaakspel met haar pa. Maar ze had het niet kunnen tegenhouden, de stroom van vragen waarmee ze haar vader overspoelde nadat Cohen eindelijk de hotelkamer had verlaten.

Maar niet nadat hij haar foto's van het hele drama had getoond. Ze zou nooit de beelden vergeten. Ze wist niet wat haar het meest aangegrepen had. De foto van de stoere Moshe, geveld op het grasveldje van Connollystrasse. De verkoolde lijken in de uitgebrande helikopter. De close-ups van de kamer waar de Israëlische atleten uren in een terechte doodsangst hadden doorgebracht. Een half opgemaakt bed, een geopende sportzak, trainingsbroeken op een stoel: alles in volle paniek en vol leven achtergelaten. Met vale bloedvlekken. Natuurlijk had ze vroeger al slachtoffers van terreur gezien. In kranten, op tv. Maar deze foto's waren zoveel gruwelijker. Ze had deze mensen gekend, de dag ervoor met hen gepraat, gelachen. Welk monster kon nu iets tegen deze onschuldige atleten hebben? Ze moesten hem… Levend verbrand worden in een helikopter… De serene glimlach van André, papa's schermcollega en nieuwe vriend…

Haar vader, die als een gebroken man op de rand van het bed zat, toen ze die nacht het nieuws vernomen hadden op tv… Zijn lege blik naar haar…

Ze moest, ze kon...

'Dinner is served.'

De stewardess manoeuvreerde de twee plateaus in de beperkte ruimte. Wojteck opende traag de ogen. Van slechte timing gesproken. Net nu hij even alle ellende van zich af had gezet.

Stilzwijgend begonnen ze hun prefab-eten te verorberen. Pas toen de hele plastic rommel van hun tafeltje verdwenen was, keek Tammy haar vader aan.

'En? Blijf je bij je beslissing?'

Wojteck bleef voor zich uit staren. Het was pas na een paar minuten dat hij zijn stem voldoende onder controle had om haar te antwoorden. 'Mijn besluit staat vast. Ze moeten deze wraakklus zonder mij klaren. Ik weet zeker dat er genoeg kandidaten zijn.'

Tammy knikte. Wojteck pakte haar hand dwingend vast. 'Tammy, jij niet!'

'Nee, natuurlijk niet.'

Maar haar antwoord kwam net iets te snel, haar ogen dwaalden net iets te vlug af.

Zijn hand verpletterde bijna haar vingers. 'Tammy!' Hij nam haar kin in de andere hand en dwong haar in de ogen te kijken. 'Geloof niet in de wraakuitspraken van de Talmoed. Een oog om een oog. Het heeft geen zin! Geloof me, je voelt je er achteraf niet beter om.'

Ze knikte weer.

'Bovendien,' ging Wojteck verder, 'er zijn al zoveel gijzelnemers mee omgekomen.'

'Dat wel, papa.' Tammy zuchtte. 'De marionetten wel. Maar hoe zit het met de man die aan de touwtjes van de gijzelnemers heeft getrokken? Die heeft er wel voor gezorgd dat hij buiten schot is gebleven!'

Haar stem trilde van verontwaardiging. De ervaringen op deze reis hadden haar veel volwassener gemaakt. In vele opzichten.

'Alsof je die man, die organisatie ooit op het spoor gaat komen...'

Tammy ergerde zich aan de fatalistische ondertoon in zijn stem.

'Nee, papa, zo mag je niet denken!'

'Ach, Tammy. Ik heb ook ooit geloofd dat ik alle daders van de holocaust bij de kraag zou kunnen vatten. Als ik maar genoeg mijn best deed. Maar wat maakte ik mezelf wijs? Waar stopt het? Iedereen is schuldig.'

Hij schudde het hoofd. 'Je moet Cohen niet geloven. Ze kunnen wel degelijk zonder mij. Ik ben vast en zeker niet de oplossing voor het probleem. Je belangrijk, onmisbaar laten voelen. Dat is gewoon een van hun efficiëntste technieken. En geloof me, ik kan het weten. Ik ben er zelf jarenlang ingetrapt.'

Tammy liet hem verder praten. Het had geen zin om hem nog verder op stang te jagen, angst in te boezemen. Haar besluit stond vast. Ze moest hen helpen. Iets zei haar dat ze het aan haar ouders verplicht was. Mensen mochten nooit, nooit meer de hel doormaken die mama en papa zo verminkt hadden. Zorgen voor. Het had al in haar verpleegstersopleiding gezeten. Zij ging nu hetzelfde doen, maar op een ander vlak. Eindelijk had ze echt een doel gevonden. Geen rustig kabbelen in een verpleegstersbaan en een huis met een tuintje. Dit was haar leven.

Na het gesprek met haar vader en Cohen had ze stiekem contact gezocht met een van de veiligheidsmensen van de Israëlische delegatie, een man die haar ook al voor het drama spontaan had aangesproken. Intuïtief had ze aangevoeld dat dit de man was om haar vage toekomstplannen mee te bespreken.

En ze had gelijk gehad. In een onderhoud op een slap koord hadden ze elkaars intenties verkend. En na een halfuur was het duidelijk. Deze man zou haar verder kunnen helpen. Toen ze hem bekende dat ze misschien niet de geschikte kwaliteiten voor een medewerker bezat, had hij haar onzekerheid weggewuifd.

'Ik zie een onuitputtelijke wilskracht in je ogen. Meer heb ik absoluut niet nodig.'

Ze had hem haar adres en telefoonnummer gegeven. Ze zouden haar bellen, als ze haar in het grote plan hadden ingeschoven. In alle discretie. Zonder dat haar vader en moeder er iets van wisten. Ze kon bijna niet meer wachten op dat telefoontje. Ook al betekende dit dat ze van nu af aan een dubbelleven zou leiden. Maar had ze dat de afgelopen twee weken ook al niet gedaan?

Walter. Een andere realiteit, een andere wereld waar zij de koningin was en alleen maar hun passie voor elkaar bestond. Hij had haar beloofd contact te blijven houden. Hun laatste nacht samen zou voor altijd in haar lichaam gegrift staan. Zijn handen die haar bedwongen, de geur van zijn lijf... Ze voelde zichzelf weer samentrekken bij de herinnering. Ze wist dat ze er alles voor zou overhebben om dat gevoel te herbeleven. Ook al moest ze ervoor naar het andere eind van de wereld vliegen. Wat had ze die eerste nacht over een huwelijk gedroomd! Meer haar moeders dochter dan ze gedacht had! Ze glimlachte voor zich uit.

'Wat zit jij daar zo geheimzinnig te lachen, La Gioconde?' Wojteck kneep haar in de hand. 'Vooruit, vertel!'

Tammy voelde dat ze begon te blozen. Ze kon het hem onmogelijk vertellen. Niet aan haar vader. Een blik op de klok voor hen redde haar. 'Het is bijna Nieuwjaar, papa.'

Hij gaf haar een klapzoen op de wang. 'Mijn kleine Tammy, we zijn bijna thuis. Weg van hier!' Hij zuchtte gelaten. 'Ik had je zo graag écht willen laten genieten op deze reis samen. Wie had kunnen denken dat er zoiets afschuwelijks zou kunnen gebeuren?'

'Niemand, papa, niemand.'

Even hing daar weer die zware stilte van de laatste dagen, die zich maar moeilijk onderdrukken liet.

'Zouden tante Hannah en de jongens er al zijn?'

'Vast wel', knikte Wojteck. 'Je moeder zal ze al wel vreselijk verwend hebben. Als het weer het toestaat, kunnen we misschien naar ons huisje. Ik voel een dringende behoefte om op het strand eens volledig uit te waaien. Alle gedachten en gruwelijke beelden uit mijn hoofd!'

Thuis. Het leek allemaal zo lang geleden, zo ver weg. En het zou ook nooit meer hetzelfde aanvoelen. Ze wist dat zich vanaf nu een treurige mijlpaal in haar leven had gepoot: voor en na München. Haar hand ging naar haar broekzak en omklemde de ring die ze de laatste nacht gekregen had.

'Van een simpele eenvoud en klasse, zoals jij', had hij haar toegefluisterd, terwijl hij de zilveren ring om haar vinger schoof. Ze had na de ramp nog niet echt met hem gepraat.

Elke keer als ze Connollystrasse ter sprake bracht, was zijn blik naar een onbestemd punt in de verte gegaan. Zijn gezicht zo gesloten als een sfinx. Hij had het er bijna even moeilijk mee gehad als haar vader. Geen woorden van troost van hem. Het leek wel alsof zijn taal die van de aanraking, de liefkozing was.

De ring voelde warm in haar broekzak aan.
Wie zou haar het eerst bellen?

'Een whisky voor meneer', reikte de stewardess hem met een nauwelijks verholen bewonderende blik een glas aan. De business seats waren amper voor de helft gevuld. Deze gewillige zuiderse schone zou meer dan tijd genoeg hebben om de wensen van de heer Montefiori te vervullen. Hij legde zijn hand uitnodigend op de lege stoel naast hem.

'Kom er even bij zitten. Ik drink niet graag alleen.'

Haar korte rokje kroop nog een aantal centimeter de hoogte in, toen ze zich neervlijde. 'Eventjes maar, mijn collega's...'

Hij gaf haar een glimlach. Ze sloeg haar ogen zedig neer. Wat was dat toch met die vrouwen, geen enkele weerstand meer! Hij wist zeker dat hij haar nog diezelfde dag zou hebben: in de lucht of aan de grond. Het tintelende glas ging naar zijn lippen. Het amberkleurige vocht brandde zijn keel.

'U komt uit München?' De dame was nieuwsgierig.

'Ja, ik maak deel uit van het Argentijnse olympische schermteam.'

Ze stond op, raakte met haar ontblote dij net even zijn knie en met haar hand zijn onderarm. 'Stevige spieren, daar hou ik wel van.'

Hij glimlachte. De buit was binnen.

De whisky maakte hem slaperig. Zijn hoofd gleed naar achter op het extra kussentje dat zijn vrouw van die dag voor hem gebracht had. Zijn gedachten versprongen als de beelden in een caleidoscoop van heden naar verleden en terug. Tammy. Haar open, eerlijke gezicht dat zo oprecht verdrietig was geweest. Gelukkig was hij een goede trooster...

De belofte om haar te bellen... Hij zou het doen. Maar niet direct. Dat ze maar een tijdje gek werd van verlangen naar hem...

Ergens in de verte van zijn geest hoorde hij de omroepstem van de piloot. Ze waren boven de Atlantische Oceaan. De buitentemperatuur...

Hij rilde even. Koud. Denken aan zwoele, warme herinneringen. Wanneer was het bloedheet geweest? En daar was die geur weer, die penetrante stank die hem al zovele nachten had belaagd.

Hij probeerde zich te verzetten. Hij moest weer wakker worden. Maar de droom en de slaap wonnen het gevecht. Hij voelde zijn lichaam wegglijden, zijn geest dwalen naar dat ene huisje in dat kleine dorp. De geur van het net verschoten kruit drong zijn neus binnen. De getuigen waren opgeruimd. Het kleine jongetje stond buiten geluidloos in shock te huilen. De adrenaline joeg door zijn aders. Hij had het hen bewezen. Hij was harder, de enige echte leider.

'Hier.'

Een koelbox in een felblauwe kleur. Met een vragende blik naar Carlos opende hij het onding, dat vol ijs bleek te zitten.

'Nemen we altijd mee. Voor als de donor wat moet geholpen worden met het afgeven...'

'Maar...' Walter wees naar het jongetje. Carlos knikte, maar wees daarna weer naar de baby. 'Weet je hoeveel een lever en een hart van een baby kunnen opleveren?'

Walter pakte het kindje vast, dat nog warm aanvoelde. Het leek in een diepe slaap, als men maar niet naar het half verbrijzelde hoofdje keek. Walters maag draaide om, toen het kopje naar zijn hemd toe knikte. Een vaalroodbruine vlek verscheen op zijn linkerborstzak. Bot, hersenen, bloed. Hij moest de neiging bedwingen om het ding niet agressief in de box te keilen. Weg ermee! Die handen kreeg hij nooit meer schoon, nooit meer!

'Nee, nee.' De stem van Carlos klonk als die van een geduldige schoolmeester in een leergesprek met een trage leerling. 'Hier.'

De twee messen glansden in het maanlicht. 'We nemen alleen het noodzakelijke mee. Geen afval.'

Een plotse zware druk op zijn borst. De beklemming nam toe. Hij zwaaide met zijn armen wild om zich heen.

'Ssst, meneer Montefiori.' Hij voelde een koele hand op zijn voorhoofd. Haar parfum bracht hem weer in het heden. 'Een nachtmerrie?' fluisterde ze hem in het oor. Hij kreeg zijn ogen niet open. De beelden van het lemmet flitsten nog op zijn netvlies.

'Ik zal u even instoppen.' Haar handen bleven net iets te lang op zijn lichaam liggen. Het hele vliegtuig was ingeslapen, haar intimiteit zo vertrouwd. '*Sweet dreams*.'

Haar geur verdween. Hij was weer alleen. De slaap won het weer.

'Hoe?' Walter had het groepje mannen rond hem aangekeken. 'Aan jou de eer.' Als in een plechtige ceremonie overhandigde hij Walter de messen. 'De lever en het hart, meer niet. Dat ga jij als bedrijfsleider toch wel kunnen?'

Hij had de nauwelijks verhulde spot van de mannen gezien. Meenden ze dit nu echt?

Dan kon hij niet meer terug. Hij was de baas. Hij moest het hen hier en nu tonen.

En hij had het gedaan.

De aanraking van de stiletto op het zachte buikje. Een kleine aarzeling voor het doordringen in de huid, zacht als boter. Het bloed dat hem in het gezicht sprong, zijn lippen vochtig maakte. Dit was geen kind, geen menselijk wezen. Hij moest gewoon aan een hardnekkig ribstuk op zijn bord denken. Meer niet. Het kraken van de kleine ribbetjes. Het lillende vlees in zijn handen. Een opperste concentratie die elke walging en twijfel buiten sloot. De gebroken ogen van de moeder hadden hem de hele tijd dodelijk beschuldigend aangekeken. Het bloedrode hartje, dat nog leek te kloppen, belandde in het ijs.

Zijn triomf was onmiskenbaar.

Tot hij de walging op het gezicht van de andere mannen had gezien. De hele weg terug naar het hoofdkwartier had geen enkele hem nog in de ogen durven kijken. Het jongetje zat veilig opgesloten in de koffer als toekomstige donor. Ze hadden allemaal opgepast om hem ook maar één strobreed in de weg te leggen.

Later had Carlos hem uitgelegd dat dit eigenlijk alleen maar een soort van inwijdingsgrapje van de gasten was geweest. Het was nooit de bedoeling dat hij ook effectief de uitdaging had aangenomen! Maar één ding was zeker. Ze wisten nu dat hij werkelijk voor niets terugdeinsde.

Een tevreden warmte vulde zijn lichaam. Langzaam opende hij de ogen. Naast hem zat de stewardess. Het licht in het vliegtuig was nog altijd gedimd. Ze hadden nog alle tijd. Vastbesloten ging zijn hand onder haar bloes naar haar linkerborst, waar hij haar hartje als een angstig vogeltje steeds sneller voelde kloppen.

17
Punta del Este
November 1979

'Het genie woont slechts één verdieping hoger dan de waanzin'

Arthur Schopenhauer

'Mirrors on the ceiling. Pink champagne on ice. And she said we are all just prisoners here of our own device. And in the master's chambers they gathered for the feast. They stab it with their steely knives. But they just can't kill the beast...'

Tammy keek naar de omgedraaide fles champagne in de koeler. Het kingsizebed met de fijngeweven Egyptische lakens was een eilandje in deze suite, die ondertussen zo een beetje haar tweede thuis was geworden. De wekkerradio speelde zachtjes. Voorzichtig stapte ze uit bed.

'*Welcome to the hotel California...*' Ze neuriede het liedje stilletjes mee, terwijl ze naakt naar de luxueuze badkamer liep. Ze hoefde zich geen zorgen te maken dat iemand haar zou zien. Hun Cielo-suite garandeerde honderd procent privacy. Als ze wilden, hoefden ze zelfs geen enkele gast van het hotel Art las Cumbres onder ogen te komen met hun privé-ingang naar een persoonlijke garage.

Ze keek naar haar nog slaperige gezicht in de spiegel. Dit was zeker geen Hotel California, dat bij gevangenen, in tegenstelling tot het liedje, niet zo'n prettig verblijf was. Was Hotel California geen bijnaam voor zo'n kleine cel waarin je niet eens kon zitten of staan? Ze keek rond in hun balzaalbadkamer. Aan ruimte hadden ze hier in ieder geval geen gebrek. Zou ze de jacuzzi aanzetten? Ja, maar niet hier. Buiten op hun terras, dat was nog beter. Vreemd hoe ze elke keer weer zo snel aan de extreme luxe gewend was. Het flatje in New York kon twee keer in deze suite in Punta del Este.

Al jaren hun kleine paradijs in Uruguay waar nooit vragen gesteld werden, als je maar met de juiste dikte van geldbundel kon wuiven. In de boekjes werd dit oord het Saint-Tropez van Zuid-Amerika genoemd. Ze wist niet of die vergelijking opging, ze was nog nooit in Frankrijk geweest. Van Europa kende ze alleen maar Israël, en dan vooral Tel Aviv. En natuurlijk ook München. Maar dat was nu niet bepaald een van haar favoriete plekken. Hoe lang was het nu al geleden? Zeven jaar. Ongelooflijk. En nog altijd was volgens de organisatie niet iedereen opgepakt die verantwoordelijk was voor deze wandaad tegen de mensheid. Het web was veel vertakter dan men eerst gedacht had.

Een diepe zucht kwam vanonder de lakens. Snel glipte ze in de donzige badjas die voor haar klaarhing en wandelde op haar tenen langs het bed naar de openstaande ramen. Ze had geen zin in een arm die naar haar reikte om haar weer eens helemaal voor zich op te eisen. Ook al zag hij er nu, onschuldig slapend, nog altijd even goddelijk uit als die eerste dag dat ze hem in München ontmoet had. De tijd leek vooralsnog geen effect te hebben op zijn gespierde lichaam, ook al was hij volledig gestopt met het schermen. De ideale partner? In bed wel. In de werkelijke wereld? Haar hand ging door het jacuzzibad. De perfecte warmte. Ze deed haar badjas uit en stapte in het grote, houten bad. De telefoon en een boek waren binnen handbereik. Maar eerst even genieten. Haar lichaam schrok even van de beweging in het water, toen ze de jacuzzi aanzette. Maar de weldadige massage deed haar de ogen sluiten. Alleen maar zijn, meer niet. Collin kon dat perfect. In hun flat tegen de keukenmuur in lotushouding zo opgaan in meditatie dat zijn geest volledig leeg werd. Tammy benijdde hem daar enorm om.

Collin. Betrapt opende ze de ogen. Haar geest was weer niet leeg. De opkomende zon tekende een steeds groter wordende streep warmte op haar armen, die op de leuning rustten. Het uitzicht was nog altijd even adembenemend. Een laagje rood licht, een laagje blauw-witte wolken, een streep koraalblauwe oceaan en om af te sluiten nog een streepje wit zand. Dit alles omkaderd door de wellustige fauna van hun privétuintje, dat een rechtstreeks pad had naar hun eigen strandinham, waar de zee klaar was voor een rondje naaktzwemmen. Een tevreden tinteling aan de herinnering ging door haar lichaam. Haar hand ging naar haar borsten, die kwetsbaar aanvoelden.

Als hij maar bleef slapen.

Ze pakte haar paperback. Er was nu genoeg daglicht om te lezen. Vroeger had ze de film gezien, maar het boek was zoveel beter. McMurphy was hier niet het belangrijkste personage. Het was de Indiaanse Chief die hier het verhaal van het Cuckoo's Nest vertelde. Het verhaal slorpte haar direct weer op en deed alles vergeten. De rinkelende telefoon vlakbij deed haar dan ook heftig opschrikken. Een afkeurend gebrom kwam vanuit de suite. Snel opnemen! Haar natte hand kon amper de hoorn vasthouden. Het boek dreigde kletsnat te worden.

'Hallo, ja?' Haar stem klonk geïrriteerder dan ze wilde.

'Oeps, ik bel duidelijk niet op het juiste moment.'

'Collin, sorry.'

Ze manoeuvreerde zich uit de jacuzzi, de hoorn tussen oor en schouder balancerend. 'Zeg maar, toch niks aan de hand?'

Ze hoorde beweging in de grote suite.

'En?' Collins stem kon amper zijn bezorgdheid verbergen.

'Niks', antwoordde ze cryptisch. Een korte stilte aan de andere kant van de lijn. 'Hoe? Niks? Heeft hij écht niks gezegd?'

Tammy zuchtte en zweeg.

'Je hebt het hem nog niet verteld. Is dat het?'

Toen ze niet direct antwoordde, begon hij op haar in te spreken.'Tammy, alsjeblieft, dat kun je niet menen! We hadden het toch zo afgesproken?'

'Ik weet het, ik weet het. Maar...'

'Nee, Tammy. Er staat te veel op het spel. Je moet open kaart met de man spelen. Je kunt niet anders!'

De gordijnen gingen open. Walter verscheen op het terras en begon zich omstandig uit te rekken en te stretchen.

'Ik zal het zeker doen, Collin. Beloofd. Maar ik moet nu wel echt ophangen.'

'Oei, heb ik zijne hoogheid wakker gemaakt?! Bel me, vandaag nog!'

Na een snelle blik op zijn gezicht, legde ze vlug de hoorn op de haak.

'Weer je homovriendje?' Zijn stem klonk snerend.

Ze kon het niet laten. 'Het is wel dankzij dat homovriendje van mij dat wij al jaren – wat jij een relatie noemt – kunnen hebben.'

Ze stapte uit haar jacuzzi en liep langs hem heen, de badjas omgeslagen. Zijn arm hield haar tegen.

'We gaan zo op de vroege morgen toch geen ruzie maken?'

Zijn warme adem in haar oor deed haar nekhaartjes overeind staan.

'We hebben al zo weinig tijd samen.' Een kus op haar oorlelletje. Hij nestelde zich bij haar in de badjas. 'Kom met mij terug in de jacuzzi.' Zijn hand pakte de hare vast. Haar wrevel maakte plaats voor een verlangen, een liefde die ze na al die tijd nog altijd niet kon verklaren.

Want Walter was absoluut niet de prins op het witte paard geweest die ze in München had leren kennen. Ze had lang moeten wachten op zijn eerste telefoontje. Het leven was weer zijn gewone gang gegaan in New York. Alhoewel.

Het contact dat ze wél onmiddellijk kreeg, had in het begin haar leven toch wel door elkaar geschud. Ze was een sanyan, een vrijwillige hulp, geworden voor de organisatie. Niet dat dat haar leven zo had veranderd. Een van de voorwaarden van die functie was dat zij haar werk als verpleegster deed en haar contacten met haar vrienden onderhield zonder dat ze ook maar iets zouden merken. Maar... ze moest wel bereid zijn om dag en nacht de katsa's, de echte agenten van de organisatie, bij te staan.

Een braaf, degelijk huwelijk had ze absoluut niet zien zitten. Zo werd de organisatie een excuus, een uitvlucht. Tot grote frustratie van haar moeder, die nooit iets mocht weten van haar dubbelleven. Zij niet, maar ook papa niet. Vandaar Collin, haar studievriend en verplegercollega. Hun samenwonen, hun flatje was het perfecte alibi. Tammy en Collin, het koppel dat nog nooit elkaars bed had gedeeld. Hij was de enige die alles van haar wist. Haar frustraties over Walter, zelfs haar opdrachten voor 'hen'. Ook al was het dan strikt verboden. Hun familie en vrienden zagen hen als de ideale symbiose en in zekere zin was dat ook zo, was het niet voor de seks. Collin was alles wat Walter niet was. Oprecht bezorgd, empathisch, slordig en tenger. Hoe dikwijls had ze hem al niet moeten troosten na het zoveelste blauwtje dat hij had opgelopen. Collin en de liefde...

'Kom.' Walter ging haar voor naar het strandpad. Ze sloeg haar badjas om zich heen.

'Nee.'

Met een beslist handgebaar trok hij die van haar af.

'Ik betaal genoeg voor onze privacy.'

Tammy voelde zich nog altijd ongemakkelijk. Ook al wist ze dat ze hier volledig veilig op hun mini-eilandje zaten. Het zand voelde koud aan tussen haar tenen. Het water dat hen later met zachte golfjes omspoelde, was nog aangenaam fris. Hun contact was heftig en woordeloos geweest. Inmiddels had de zon aan kracht gewonnen en lag hij op de badjas zich als een wilde kat in de warmte te koesteren. Ze zat tegen hem aan geleund, haar blik op de onveranderlijke oceaan. Was dit nu het juiste moment om het hem te vertellen? Collin had gelijk. Ze mocht het hem niet onthouden. Zijn hand streelde haar verwarde krullen. Hij was nog wakker. Nu was het goede moment.

'En?' opende hij het gesprek. 'Hoe gaat het met hem?' Walter had altijd naar Collin gevraagd, ook al hadden ze elkaar nooit persoonlijk ontmoet. Soms verdacht ze hem van een zekere jaloezie, die volgens haar niet echt gegrond was. Hoewel. Ze had zoveel in haar leven waarvan ze hem totaal niets vertelde. Net zoals hij voor haar geheimen had. Een doodeenvoudige zakenman, hij? Ze was dan misschien wel blond, maar niet achterlijk. Hoe kon men met eerlijk zakendoen zoveel kapitaal bij elkaar krijgen? Maar het leek wel alsof er een stilzwijgend pact van geen vragen stellen tussen hen bestond. Zo bleef hun 'relatie' het beste in stand. Tot nu. Net toen ze zich naar hem omdraaide, richtte hij zich ook op. 'Je bent zo stil, is er iets? Voel je je niet goed?' Hij legde haar de woorden in de mond. Dit was het perfecte moment.

'Je zit toch weer niet met die kontneuker in je hoofd!'

Haar huid onder zijn hand verstrakte.

'Hij zal zich wel amuseren in die herentoiletten van hem.' De walging droop van zijn stem.

Ze stond op, uiterlijk koel, innerlijk kokend van woede. Ze was het kotsbeu. Hoe had ze ooit kunnen denken dat hij haar zou begrijpen? De afstand naar hun terras en suite leek eindeloos. Ze wist dat hij haar nooit achterna zou komen, laat staan zijn verontschuldigingen aanbieden. Zijn ego liet dat nooit toe. Maar ze kon er wel zeker van zijn dat hij via al dan niet onschuldige binnenwegen toch weer zijn plekje in haar hart zou innemen. Ze zou het hem wel zeggen. Eerst even laten sudderen. De warme straal van de douche spoelde alle vervelende zandkorrels weg. Ze ging joggen en dan in de tearoom van het hotel van een uitgebreid ontbijt genieten. Mét de voorbereidende notities voor een volgend artikel voor haar recente katsa Maxwell. Zonder Walter, die trouwens helemaal niets van die papieren onder ogen mocht krijgen. Hij zou het besterven als hij zou weten waar zijn brave verpleegstertje zich allemaal mee bezighield.

Toen ze zich aan het afdrogen was, hoorde ze hem telefoneren. In het Spaans. *Business and pleasure*. Hij kon het echt niet laten. Discreet liep ze langs hem heen, pakte haar spullen en wilde zich naar het terras begeven. Haar trainingspak voelde vertrouwd aan. Een stevige portie lopen zou haar zinnen verzetten.

Het Spaans was Engels geworden. '*No, I told you. I want it yesterday. Comprendo?*' Zijn stem klonk zakelijk hard. '*A deal is a deal. I never back down.*' Dreigend. Ze zou niet graag de persoon aan de andere kant van de lijn zijn.

Ze wuifde ten teken dat ze ervandoor was. Hij tikte op zijn horloge. 'Vanmiddag. Hier', fluisterde ze. Ze glipte snel weg, had geen zin om naar zijn bezwaren of voorstellen te luisteren. De time-out zou hen beiden goed doen.

Het lopen, de thee, de afstand hadden het juiste effect gehad. Ze mocht zich niet zo laten opjutten door zijn sneren over Collin. Integendeel. Het was eigenlijk een compliment, die steekjes van jaloezie. Gewoon een bewijs dat hij wel degelijk om haar gaf. Ook al toonde hij dat dan niet met een normale relatie, één die zelfs nog niet het etiket van huwelijk moest krijgen.

Ze had nog rode oortjes van het gesprek dat ze die voormiddag met Robert Maxwell had gevoerd. Maxwell slaagde er altijd in, ondanks zijn leeftijd, haar met zijn aantrekkelijke stem van haar stuk te brengen.

Ze herinnerde zich nog maar al te goed hun eerste ontmoeting in zijn luxueuze kantoor in New York. Robert Maxwell, de grote mediagigant én geheim agent van de organisatie die met haar, een eenvoudige pion, een meeting had. Zijn charme had haar vanaf het begin geboeid. Achteraf had ze van zijn reputatie als notoire rokkenjager gehoord. Ze kon alleen maar zeggen dat hij ongelooflijk hoffelijk was. Een echte gentleman. Hij had haar overtuigd om als freelance journaliste voor hem te werken. Hij was er zeker van dat ze, onder zijn deskundige leiding, een scherpe pen kon krijgen. Ze had zich heel bewust door hem laten inpakken. Die baan van zogenaamde journaliste maakte het haar gemakkelijker om contact met deze katsa te hebben. En ze moest het toegeven: ze hield van deze nieuwe freelance baan. Gegevens verzamelen, analyseren, selecteren. En dan, héél voorzichtig, eens een artikeltje schrijven. Ze zou nooit een Pulitzer Prize winnen, dat wist ze ook wel. Maar er was nog een grote beweegreden om Maxwell ter wille te zijn. Ook hij was op zoek naar de daders van München. Want, zeven jaar na de feiten, waren ze nog altijd niet allemaal opgepakt. Verspreid over de wereld zaten er nog zoveel kakkerlakken onder stenen verborgen. Het verhaal deed de ronde dat de grote chef van de organisatie een grote toonkast in zijn kantoor had waar in kaders de foto's van de daders stonden. En elke keer als er weer één geliquideerd was, doorstreepte hij plechtig met een dikke, zwarte stift zijn foto. Maar hoe kon hij weten dat hij van elke dader een foto had? De grootste schorpioenen zaten misschien nog altijd onder hun steen.

Toen Tammy, eerder dan afgesproken, hun terras opwandelde, hoorde ze binnen meerdere stemmen. Hij had blijkbaar een meeting georganiseerd. Iets hield haar tegen om naar binnen te gaan. Ze voelde zich net als die ene keer, toen ze onverwachts vrij had gekregen vanwege een zieke leerkracht en ze haar ouders in een vergevorderd stadium van een vrijpartij betrapt had. Vooral haar moeder was toen duidelijk beschaamd geweest, terwijl haar vader stiekem naar haar geknipoogd had. Ze kon zo al voorspellen hoe haar ma zou reageren op haar speciale verhouding met Collin. Ze wist niet hoe lang het nog ging duren, voor hij uit de kast zou komen.

Stilletjes ging ze in een van de strandstoelen zitten. Hopelijk waren die besprekingen bijna afgelopen. Ze haatte het dat hij zo onbeschaamd een zakenbespreking in hun weekendje samen had geregeld. Waren hun uren samen niet zogenaamd 'heilig' voor hem? Of was dat hetzelfde soort leugen als degene die ze hem met vlotte hand uit de mouw had horen schudden aan de telefoon? Ze voelde haar ergernis groeien, haar liefde krimpen. En met deze macho zou ze haar leven verder moeten?

Met een diepe zucht legde ze zich op de stoel die vlak bij het open raam stond. Ze hoorde drie mannenstemmen. Een zware, oudere bromstem, die van Walter en een derde onzekere, jongere. Duidelijk iemand met een zekere schroom.

'*Yes*, meneer Montefiori. Natuurlijk.'

'Als jij het zegt, zal het wel zo zijn. Als ik maar geen klachten krijg over te late leveringen. Je weet dat het in deze business allemaal om timing draait!' Walters stem was weer hard, onvermurwbaar. Een zakenman pur sang.

'U weet toch dat ik alles doe om de producten bij een tevreden klant te brengen. Niets werkt zo goed als mondelinge reclame. En we kunnen moeilijk een advertentie in de kranten zetten!' Een schuchter lachje dat om instemming vroeg bij de grote haaien.

'Oké, oké, het is al lang goed. De driemaandelijkse cijfers bewijzen het: de donormarkt is nog altijd aan het groeien. En hoe staat het met Uruguay? Nog veel potentieel?'

'Beter dan ooit', klonk het trots. 'Maar dat is vooral te danken aan meneer Klaus hier. Zijn personeel kan heel overtuigend zijn.'

Een brommende bulderlach volgde.

Tammy kon het totaal niet volgen. Waar hadden die mannen het over?

Walter hield zijn zaken altijd goed gescheiden. Ze wist dat ze hem niet moest vragen welke 'zaken' er exact voor zorgden dat hij haar zo in luxe kon laten zwemmen. Maar donoren?

Het geschuifel van stoelen. Ze ging snel rechtop zitten. Als ze maar niet naar het terras kwamen... Hoe ging ze haar stiekeme aanwezigheid daar verklaren? Maar de voetstappen gingen duidelijk naar de hal van de suite. De vergadering was bijna afgelopen. Gelukkig.

'Amuseer je met je vriendinnetje. Geniet van dit snoepreisje van de firma!' Walter klonk plots geforceerd opgewekt. 'Pak haar maar eens goed!' Een vettige lach volgde. De deur viel dicht.

Tammy schudde haar hoofd. Mannenpraat onder elkaar. Net toen ze al haar spullen bij elkaar had geraapt, hoorde ze die oudere stem weer. Walter was nog niet alleen. Aarzelend bleef ze staan.

'Je hebt toch een videocamera in zijn suite laten installeren?'

'Natuurlijk', lachte Walter. 'Als die ooit zou gaan twijfelen aan de goede zaak waarvoor hij werkt, dan zullen we dat vrouwtje van hem eens een pikante videoband sturen. Wie weet, misschien kan ze nog iets leren van de verschillende standjes van haar echtgenoot op dit weekend?!'

De oude man grinnikte. 'Je hebt gelijk, Walter. Veiligheid gaat voor alles.'

Ze hoorde Walter weer naar de stoeltjes lopen waar de andere waarschijnlijk nog zat. Tammy's oren tuitten. Was dat de manier waarop Walter zijn personeel behandelde?!

'Oké', plofte Walter in de stoel. 'Zeg eens, beste vriend, hoe staan de zaken op het continent?'

De man schraapte zijn keel. Het continent? Hij sprak als een koloniaal die met heimwee over het oude Europa sprak. Maar Tammy betwijfelde het dat het diezelfde *Sehnsucht* was die haar ouders af en toe overviel.

'1980 gaat een explosief jaar worden voor Europa én voor Zuid-Afrika. Kijk eens.' Ze hoorde geritsel van papier. 'Peter, een van mijn contacten heeft hen gevonden. Dat is hun symbool.'

Walter las hardop. 'Afrikaner Weerstandsbeweging.'

'Kijk eens naar hun logo.'

Walter lachte. 'Dat is ook duidelijk. Drie zevens en ons teken! Die moéten we gebruiken!'

'De eerste contacten zijn al gelegd. We hebben beloofd dat we ze zullen sponsoren.'

Tammy bleef aan de grond genageld staan. In wat voor wespennest zat Walter eigenlijk? Ging zijn bedrijf gewoon uitbreiden naar Europa en Afrika? Nee. Intuïtief voelde ze dat hier meer aan de hand was.

'Wat zijn dan de afspraken voor 1980? Jij sprak over "explosief".' Walter klonk ongeduldig. Tammy herkende die toon. Die man in de stoel kon maar beter met iets goeds afkomen.

'Bologna, 2 augustus. De Münchner Bierfeste. Dat staat al vast. En dan hebben we ook nog Les Tueurs du Brabant toegezegd met hun campagne te starten. Maar zij zien meer de gewone burger in de straat, de supermarkt als hun target. Een heel overtuigende loge, die laatste. Daar gaan we in de toekomst nog goed mee kunnen samenwerken. Vanuit België heel Europa destabiliseren. Er gaan koppen rollen.'

Waarover hadden die mannen het? Dit was geen zakengesprek. Maar… Ze kon geen voet verzetten. Haar overlevingsdrang deed haar ter plekke bevriezen. Nu naar binnengaan was ongeveer het domste wat ze kon doen.

'Goed zo, de systemen ontwrichten, regeringen laten vallen. Laat terreur maar een grote schoonmaak houden.'

Zijn stem kreeg iets geladens, iets ongepast verhevens. 'En dan, dan zijn wij er, Klaus.'

'En jouw vader, Walter. Laten we die niet vergeten.'

'Natuurlijk niet', reageerde Walter bits. 'Maar ik heb de indruk dat wij het vooral zijn die de laatste tijd het échte werk moeten doen. Ik denk dat hij te lang met mijn moeder geslapen heeft. Hij wordt net zo'n vervelende oude zeur als zij.'

Sprak hij zo over zijn moeder, die hij tegenover haar zo had opgehemeld?!

'Die twee sterven nog eens van pure verveling! Let op mijn woorden!'

De oude man koos er duidelijk voor deze laatste opmerkingen te negeren. De stoel kraakte. 'Ik ben weg. Straks staat je vriendinnetje alweer voor de deur!'

Hij moest eens weten.

'Op het pentakel!'

De deur sloot zich. Wat een afscheidsgroet! Net mislukte boyscouts. Ze liep stilletjes terug naar het strandpad. Hij mocht haar zeker niet als een echte afluisteraar aan het open raam betrappen. Net toen ze zich omdraaide om weer naar de suite te lopen, verscheen hij op het terras. 'Hé, schoonheid. Perfecte timing.'

Haar ogen ontweken de zijne. Geen enkel spoor meer van de ergernis van die ochtend in zijn stem.

'Kom.'

Weer die imperatief. Haar hart wilde het tegen hem uitschreeuwen, hem om uitleg over al die cryptische flarden vragen. Maar haar verstand zei haar het spel gewoon mee te spelen.

'Lekker gelopen?'

Ze knikte. Dat gepraat over koetjes en kalfjes van hem. Alsof er niks aan de hand was! Toen ze binnen ging, voelde ze zijn lichaam gevaarlijk dicht achter haar. Bij het bed aangekomen, pakte hij haar vast en smeet haar op haar buik. Zijn ademhaling klonk gejaagd.

'Nee, Walter, niet nu.' Maar haar stem miste duidelijk de nodige overtuigingskracht. Hij negeerde haar volkomen.

'Nee, niet zo', snikte ze. De vernedering was verschrikkelijk. Haar geest zei haar te ontspannen, maar haar lichaam verstijfde, zodat het nog erger werd.

Het duurde niet lang. Een laatste tevreden zucht en hij stond alweer naast het bed. 'De perfecte manier om een succesvolle zakenvoormiddag af te ronden. Ga je mee iets eten?'

Ze schudde nee.

'Dan niet.'

Ze hoorde hem naar de deur wandelen. De klik van het sluiten. De stilte in de kamer. Als op automatische piloot begon ze haar kleren bij elkaar te zoeken en vulde ze haar koffer. Niet nadenken, gewoon niet nadenken. De enige zin die in haar hoofd bleef dreunen.

Toen ze alles had ingepakt, belde ze een taxi voor de luchthaven.

Zijn zilveren ring legde ze op het nachtkastje. De boodschap zou duidelijk zijn.

Net voor ze de deur achter zich sloot, keek ze nog even de kamer rond en sprak tot de stilte in de suite:

'O ja, er is eigenlijk nog iets dat ik je wilde vertellen. Ik ben zwanger.'

18
Van binnenuit
November 1983

'Uw zoon is op vijfjarige leeftijd uw gebieder, op tienjarige leeftijd uw slaaf, op vijftienjarige leeftijd uw gelijke en daarna ofwel uw vriend of uw vijand'

Aforisme uit India

De Antwerpse ring lag er rond deze tijd van de nacht bijna verlaten bij. Zelfs de lange sliert straatverlichting had het opgegeven. De hele stad sliep. Een saaier uitzicht had Walter zich niet kunnen indenken.

Maar hij was hier niet als toerist. Helemaal niet. Dit hotel was hem aangeraden door zijn contacten en hij moest toegeven dat het hem wel beviel. De discrete luxe en de grootte van het Cresthotel zorgden net voor de anonimiteit die Walter graag had. Het was al de derde keer dat hij hier verbleef. Officieel om een dochterfirma van de Montestella-holding op te richten. Een farmaceutisch concern dat zelfs gesponsord werd door de regering van dit landje! Chemie, hét wapen van de toekomst. Hij had zijn vader maar moeizaam kunnen overtuigen om het zwaartepunt van hun financiering van de traditionele wapenfabricage naar de moderne vorm van oorlogvoering te verleggen. Ontwerpen van chemische bommen, onder het mom van liefdadig onderzoek naar nieuwe geneesmiddelen die de mensheid gingen redden.

Hij hield wel van België, een land met ontelbare mogelijkheden. Zijn vader had het hem al met de nodige nostalgie in de stem uitvoerig verteld. Na het zoveelste straffe verhaal over zijn tijd in Antwerpen had Walter hem uitgenodigd op zijn zakenreis. Maar Heinrich had geweigerd zijn zoon te vergezellen. Hij bleef wel in Buenos Aires. Iemand moest toch het fort bewaken. Toen zijn moeder gehoord had dat hij naar Antwerpen ging, had ze hem alleen maar met die typisch melancholische ogen van haar aangekeken. Haar gelaten treurnis had hem voor de zoveelste keer op de kast gejaagd.

'Waarom ga je niet mee, mama? Wat oude vrienden en familieleden bezoeken?'

Hij had haar zien ineenkrimpen bij dit voorstel, maar had het niet kunnen laten. 'Wat is er? Nog altijd schrik dat ze u gaan kaalscheren omdat u met papa in de koffer gedoken bent?'

Heinrich had hem weer op zijn plaats gezet. 'Zo praat je niet tegen je moeder!' Zo heilig tegenover deze vrouw die hij al zijn hele leven bedroog. Wat een hypocrisie! Zij was geen moeder voor hem. Een echte moeder moedigde haar kinderen aan, keurde hun ambitie goed. Hij had van haar alleen maar afkeurende en teleurgestelde blikken gezien. Nee, ze zou hem nooit begrijpen. En dat hoefde ook niet meer. Hij kreeg die bewondering wel van de eindeloze rist vrouwen die in zijn leven de revue passeerden. Er was er eigenlijk maar één geweest die zijn aandacht langer dan de spreekwoordelijke seconde had kunnen houden. Maar één die hij nog altijd miste. Ook al zou hij dat nooit aan zichzelf toegeven. Hij had geprobeerd haar terug te winnen. Zij wilde niet. Dan was de kous af. Er waren genoeg kandidates voor zijn suite in Punta del Este. Hij schudde het hoofd. Gedaan is gedaan.

Hij moest zich concentreren op zijn nachtelijke meeting met een van de kopstukken van deze groepering die Klaus hem had leren kennen. Ze hadden grootse plannen, deze mannen. Maar waarom deze geheimdoenerij met een vergadering om twee uur 's nachts? Was dit geen overdreven paranoia of was hij gewoon te veel aan de *laisser-faire*mentaliteit van de Argentijnen gewend? Er waren bepaalde restaurants en cafés in Buenos Aires waar je echt geen Wiesenthal moest zijn om de vrienden van het Oude Rijk op te sporen.

Nog een halfuur te gaan. Verveeld bladerde hij nog maar eens door de krantenknipsels die Klaus hem had gegeven, leesmateriaal voor de lange vlucht.

En hij moest het toegeven: die oude butcher van Lyon was zijn streken nog niet verloren. Hij hield hier in zijn handen een indrukwekkende palmares van terroristische aanslagen, vliegtuigkapingen en gijzelingen, verspreid over heel Europa én stiekem gesponsord door de Montestella-holding.

Onbewogen las hij nog eens het artikel over de eerste grote bomaanslag van de reeks.

3.8.80

Bloedbad in Bologna

Gisteren werd de Italiaanse stad Bologna door de zwaarste naoorlogse bomaanslag in de Italiaanse geschiedenis opgeschrikt. Om 10.25 uur plaatselijke tijd ontplofte in het treinstation van Bologna (het belangrijkste treinknooppunt van Italië) een koffer met 18 kg nitroglycerine en C4. Door deze enorme explosie stortte het dak van het gebouw volledig in.

Trieste balans van deze terroristische aanslag: 85 doden en 200 gewonden. Nog dezelfde avond werd deze aanslag opgeëist door 'Nuclei Amati Rivoluzionari' (NAR), verbonden met de P2-loge *(zie blz. 3)*.

Vijf augustus is uitgeroepen tot een dag van nationale rouw om dit zinloze geweld.

Walter lachte voor zich uit. Zinloos geweld? Ze moesten eens weten. Hij wierp een blik op de extra informatie rond de P2-loge.

P2-loge

Vrijmetselaarsloge, opgericht in 1877.

Er heerst een waas van geheimzinnigheid rond deze loge, die naar verluidt meer dan 1000 leden zou tellen. Onder hen bankiers, militairen, politici... mensen met een duidelijk (extreem-)rechtse voorkeur.

Klaus had ook de lijst bijgevoegd die men in 1982 in een villa van een van de leden had gevonden. Naast een actieplan met de zeer ambitieuze titel 'Plan voor een Democratische Wedergeboorte'. Een economische en politieke elite zou Italië moeten leiden onder een meer autoritaire democratie.

Waar had Walter die plannen nog gehoord? De pentakelketting brandde op zijn borst. Het was goed te weten dat er nog mensen zijn ideaal deelden. Autoritaire democratie, net de contradictio in terminis die hij ook nastreefde. Bij één naam had Klaus een kruisje gezet en 'bruikbaar' gekriebeld. Berlusconi S. Een naam die hij onmiddellijk in zijn geheugen opsloeg. Klaus sloeg zelden de bal mis als het op mensenkennis aankwam.

Van Italië naar München, stad van zijn eerste triomf. Het krantenartikel was gerafeld en gedeeltelijk gescheurd, maar nog duidelijk leesbaar.

27.9.80

Na de Olympische Spelen nu ook de Münchner Bierfeste bezoedeld door terreur

Wat een mooie dag had moeten worden, draaide gisteren uit op een bloedbad. Een fragmentatiebom in een vuilnisbak op de grote feestweide zorgde voor een dodelijke knal.
De massahysterie die erop volgde, maakte het de hulpdiensten bijzonder moeilijk om bij de plaats van de ramp te komen.
De droeve balans van deze gewetenloze aanslag is: dertien doden en achtentwintig gewonden.
Het is nog niet volledig duidelijk wie deze aanslag heeft opgeëist. Eerst werd vermoed dat het hier om een linkse splintergroepering ging. Maar deze geruchten werden al snel dezelfde avond nog de kop ingedrukt, toen ontdekt werd dat onder een van de dodelijke slachtoffers de genaamde Gundolf K. was. Een geologiestudent en zogenaamd voormalig lid van de Wehrsportgruppe Hoffmann, een neonazistische beweging. Verwacht wordt dat deze extreemrechtse organisatie nu ook openlijk deze aanslag gaat opeisen. Meer informatie op blz. 3 'Waarom dit zinloze geweld?'

Walter glimlachte. Waarom?! Voor hem was dit alles overduidelijk. Deze maatschappij kon alleen maar door terreur tot een hoger niveau gebracht worden. Eerst zuiveren, de bevolking duidelijk maken dat het niet zo verder kon. En dan... diezelfde bange mensen een eeuwig veilig bestuur geven dat geen enkele gevaarlijke dissident meer gedoogde. Hij had met die Karl-Heinz Hoffmann vlak na München een geheime meeting gehad. Heel interessant gesprek en een uiterst bruikbare pion in Europa. De pseudomilitaire uniformen en zijn bizarre voorliefde voor rituelen moesten ze er dan maar bijnemen. Hoe hij hem op de hand gekust had en bijna een knieval had gedaan?! Een audiëntie bij de zoon van een krijger van het Derde Rijk! Maar toen hij daarna losgebarsten was in een vurige monoloog over zijn grootse plannen voor de toekomst, had Walter dezelfde passie gevoeld die ook hij van zijn vader had geërfd.

Tevreden keek hij naar de cijfers die Klaus bij het dossier had gestoken. Hoffmann was niet alleen een gepassioneerde militair, hij wist ook maar al te goed dat zijn plannen geld kostten. Hij was nu al een paar jaar hun belangrijkste tussenpersoon voor hun wapentrafiek in het Midden-Oosten. De transacties liepen als een trein. De geldkranen bleven mooi open: organen, wapenhandel, farmaceutica.

Hij ging naar de uitgebreide drankbar en het nachtelijke buffetje dat het hotel voor hem ter beschikking had gesteld. De druiven waren knapperig vers, het water net op de juiste temperatuur. Hij ging zich niet laten verleiden door de collectie sterkedrank die daar voor hem stond. Hij moest het hoofd koel houden en zijn lichaam in onberispelijke staat. Net als zijn vader, die op zijn leeftijd nog altijd de discipline kon opbrengen voor zijn dagelijkse rondje lopen.

De telefoon rinkelde.

'Ja?' Zijn stem klonk achterdochtig. Walter verwachtte dit niet op dit uur. Toch geen slecht nieuws uit Buenos Aires, waar het nog maar laat in de middag was?

'*Monsieur* Montefiori? Excuseer dat we u nog storen. Maar onze contactpersoon had verteld dat u in het land was en wij hadden u graag over onze gezamenlijke toekomst gesproken. Als dat mogelijk zou zijn, natuurlijk.'

Walters brein raasde door zijn geheugen. Die stem? Wie?

En omdat hij niet onmiddellijk reageerde, ging de stem aan de andere kant van de lijn verder. 'Monsieur Klaus heeft ons bij onze laatste acties enorm goed geassisteerd. Onze recente studie van de Belgische supermarkten heeft zijn vruchten opgebracht. We vermoeden dat België klaar is voor de volgende stap.'

Zijn handen vlogen door het dossier van Klaus. Daar waren ze, 'Les Tueurs'.

- 30 september 1982: wapenhandelaar in Waver. 1 dode agent, 15 wapens buit, waaronder machinepistolen

- 23 december 1982: restaurant in Beersel, 1 dode. Buit: koffie, wijn en champagne

- 11 februari 1983: Delhaize Genval. Geen doden. Buit: 692.384 BEF

- 25 februari 1983: Delhaize Ukkel. Geen doden. Buit: 600.000 BEF

- 3 maart 1983: Colruyt Halle, 1 dode. Buit: 704.077 BEF

- 7 mei 1983: GB Supermarkt Houdeng-Goegnies. Geen doden. Buit: 800.000 BEF

- 10 september 1983: textielbedrijf Wittock-Van Landeghem in Temse, 1 dode. Buit: 7 kogelvrije vesten

- 17 september 1983: Colruyt Nijvel. 3 doden, 1 agent

- 2 oktober 1983: restaurant Aux 3 Canards in Ohain. 1 dode

- 7 oktober 1983: Delhaize Beersel, 1 dode. Buit: 1.300.000 BEF

'Inderdaad.' Walter verbrak de stilte na de uitgesproken intentie van deze groepering. 'Ik heb hier uw voorlopige palmares voor me. Veelbelovend. Morgen, 13 uur lunch in mijn suite. Ik verwacht u.'

'We zullen er zijn.'

Met een brede glimlach legde hij de hoorn neer. Ze kwamen allemaal naar hem, de rattenvanger van Buenos Aires, de nieuwe leider van het pentakel. Hij kon tevreden zijn. Alles verliep volgens plan. Vluchtig bekeek hij het recentste krantenartikel van deze groepering uit Nijvel. 'Danger du visiter des supermarchés.'

Hij wist niet of dit nu de ideale manier van werken was, maar het zorgde in ieder geval wel voor de juiste paniekaanvallen bij de bevolking. Bovendien waren de mannen achter deze 'bad cowboy-acties' de perfecte pionnen in de Belgische staatsstructuur. Hij begon er steeds meer van overtuigd te geraken dat dit de volgende fase zou zijn: de landen veranderen van binnenuit.

Een bescheiden klop op de deur.

'Binnen.' Walter ging aan de vergadertafel zitten. Dat ze maar tot bij hem kwamen. Dan had hij de tijd om hen te observeren en wisten ze meteen hoe de verhoudingen tussen beide partijen lagen. Een oudere man in muisgrijs pak met dezelfde kleurloze das en een vaalwit hemd. Zijn rug was iets gebogen, alsof de last van de hele wereld op zijn schouders rustte. Zijn ogen achter de dikke brilglazen schoten de hele tijd van links naar rechts, als de kraaloogjes van een rat in het nauw. Achter hem stond een veel jongere man, een jongen nog aan zijn babyface te zien. Maar zijn ogen keken hem onbeschaamd direct aan. De gretigheid van zijn hele lichaamstaal stond in groot contrast met het aarzelende Frans van zijn vader/grootvader/baas?

'Ik heb mijn pupil Filip meegebracht. Ik hoop dat dit geen bezwaar is. Deze jongen heeft grootse politieke ambities.'

De man sprak met een nauwelijks verholen trots over zijn beschermeling. Toch een vader met zijn zoon? Walter voelde even een steekje jaloezie. Misschien werd het toch ook tijd om te trouwen en een perfecte zoon te creëren? Een ware opvolger zoals zijn vader hem nog altijd met grote trots noemde. Misschien wel. Een zoon. Toen hij naar de twee mannen voor zich keek, kon hij aan hun gespannen afwachtende houding zien dat hij even mijlenver weg was geweest.

'Ga zitten. Neem iets te drinken', sprak hij hen vriendelijk autoritair toe. '*Let's talk business.*'

Gideon was de mooiste baby geweest van de hele wereld. Natuurlijk. Zeiden dat niet alle ouders en grootouders op deze aardbol?

Tammy keek naar haar zoon, die samen met Collin hun hele flat in een enorme racebaan had omgetoverd. Drie jaar en één brok ondeugend leven. Zijn blonde krulletjes kleefden tegen zijn knalrode hoofdje van het inspannende racen. Zijn helderblauwe ogen blonken van plezier. De ogen van zijn vader. Tammy was nog maar eens voor de zoveelste keer blij dat ze toen, na Punta del Este, in overleg met Collin de juiste beslissing had genomen. Zijn massa's rozen en andere geschenken die aan haar flat bezorgd werden, had ze genegeerd. Als hij aan de lijn was, had ze onmiddellijk opgehangen. Ze had Walter niet nodig. Collin was er.

Ze zou haar zoon geen minuut kunnen missen. Collins steun was onbetaalbaar geweest. Hij zou officieel de vader van het kind zijn, alle verantwoordelijkheid op zich nemen. Alleen een traditioneel huwelijk had hij niet zien zitten. Dat was net die ene stap te ver. Toen ze hem had gezegd dat ze zo'n immense opoffering van hem niet kon vragen, had hij haar enigszins ontroerd geantwoord: 'Een offer? Mijn hele leven verlang ik er al naar om vader te zijn. Jij biedt mij hier mijn enige kans.'

En zo was de buitenwereld vanaf het begin van de zwangerschap ervan overtuigd geweest dat Collin de vader was. Hij was het die de geboorteaangifte had gedaan en ook de naam van hun zoon had gekozen: Gideon, Hebreeuws voor de vernietiger, de verbrijzelaar. Tammy vond de symboliek achter deze naam maar niets, maar Collin had haar op de historische Gideon gewezen, een rechter die opkwam voor de rechtvaardige behandeling van de Israëlische bevolking. Tammy had hem toen maar zijn zin gegeven. Hij wist duidelijk niet dat ook de medewerkers van de organisatie door insiders 'Gideon's spies' werden genoemd. Ze keek naar het dossier in haar schoot, waarvan ze nu al zeker vijf keer de eerste pagina had gelezen, maar dan altijd weer door die F1-piloten was gestoord. Toen ze weer eens haar stoel passeerden, zwaaide ze met een wit blad.

'Dit is een witte vlag. Gideon, ongeluk op de piste! Alle piloten zetten hun voertuig aan de kant! Nu!'

'Mama!' Gideon plofte op haar schoot. 'Ik was net aan het winnen.'

Ze hield van zijn taaltje, dat met de dag beter werd. Ze streelde hem over zijn weerbarstige haar. 'Heel goed, piloot Gideon! Maar piloot papa is blijkbaar vergeten dat z'n echte baan op hem wacht!'

'Oeps.' Collin liet zich in de stoel naast haar vallen. 'Is het al zo laat? Dan zullen we...', hij begon Gideon uitgebreid te kietelen, 'deze piloot maar eens naar zijn bedje brengen, zodat mama haar artikel kan afmaken!'

Onder luid protest werd Gideon over Collins schouder gelegd en keerde er een onwerkelijke rust in de kamer. Ze hoorde de typische geluidjes van dit slaaptafereel. Het lopende water, het verhaaltje, de belofte dat er een lichtje aanbleef, de voordeur die voorzichtig gesloten werd.

Tammy nestelde zich als een lapjeskat in haar mand. Gideon in bed, Collin op nachtdienst in het ziekenhuis. Een zee van tijd om dit dossier vol informatie te verwerken. Net toen ze weer in de helft van het eerste blad zat, rinkelde de telefoon. Onder het mompelen van een lichte vloek, nam ze op.

'Tammy, het is mama.'

'Ja?' Tammy zuchtte inwendig. Haar zee van tijd kromp in. Mama hield ervan uren aan de telefoon te hangen om te praten over niets. Papa zou waarschijnlijk weer niet thuis zijn. Dan kon zij alleen maar het spook van de verveling verjagen door aan haar telefoonverslaving toe te geven.

'Ligt hij al in zijn bed?'

'Ja, mama, net.' Tammy had nooit kunnen inschatten hoe de komst van hun kleinzoon haar ouders zo had kunnen veranderen. Gideon was hun schat, waarvoor geen enkel van de pedagogisch principes gold die ze steeds zo hoog in het vaandel hadden gedragen bij haar opvoeding.

'En je... Collin al op weg naar het ziekenhuis?'

Was het een onbewuste lapsus of een bewuste strategie om hen toch nog op andere gedachten te brengen? Mama hield van Collin als was het haar eigen zoon, maar zij had hem toch liever met een officiële ring rond de vinger gezien. 'Collin, de echtgenoot van mijn dochter', klonk toch veel beter.

'Ja. Hoe is het daar?' Tammy wist dat ze gewoon geduldig moest afwachten tot haar moeder met haar dringende vraag of kritiek op de proppen kwam.

'Goed, goed. Zeg, ik heb gehoord van papa dat je dit weekend weer naar Londen moet.'

'Ja, dat klopt.'

Een ingehouden stilte waarin het luide verwijt van haar moeder oorverdovend was.

'Collin heeft een paar dagen vrij, dus dat is geen probleem voor Gideon. Mama, de berg kan niet altijd naar Mohammed komen! Maxwell heeft nu eenmaal zijn hoofdkantoor in Londen.'

Weer die typische stilte.

'Ik vind dat hij mij als een van zijn persoonlijke assistentes voor New York al heel veel vrijheid geeft. Dankzij mijn fax en telefoon kan ik bijna al mijn werk thuis doen.'

Nog altijd geen reactie. Ze zuchtte. Die discussie was al zo dikwijls gevoerd. Mama had het haar nooit vergeven dat ze haar zekere baan als verpleegster had opgegeven voor een onzeker bestaan in de mediawereld.

'Mama, Maxwell zorgt er wel voor dat ik deze flat kan betalen en Gideon alles kan geven. Als we het alleen met het loon van Collin zouden moeten doen...'

'Ja, maar...' Ze was op stoom. Tammy wist wat er ging volgen.

'Al die extra cursussen waarvoor je altijd dagen weg bent. Waarvan je altijd kapot thuis komt. Is dat allemaal nodig? Het is jouw plicht als moeder er voor je zoon te zijn, Tammy.'

Daar hadden we het weer. Ging ze weer op haar schuldgevoel als moeder spelen. Alsof ze haar moeder kon vertellen dat die zogenaamde opleidingen en cursussen absoluut niet allemaal voor haar werk bij Maxwell waren! Ze was vastbesloten geweest om van sanyan naar katsa op te klimmen. De expertise van een échte agent voor de organisatie. Dankzij Maxwells steun deed ze steeds meer ervaring op. Hij had zich elke keer weer als dekmantel laten gebruiken, als ze weer eens op zogenaamde missie voor hem moest. Ze zou hem eeuwig dankbaar zijn voor alle kansen die hij haar had gegeven.

Ook al stond haar recente opdracht van de organisatie haaks op haar positieve gevoelens voor deze corpulente rokkenjager die haar nog nooit onheus bejegend had. Blijkbaar beschouwde men Robert Maxwell als een op hol geslagen paard. Een wilde hond in het spel van de diplomatie en de spionage. Zijn megalomanie zou hen in de loop van de jaren meer kwaad dan goed doen. En dus moest zij als een soort van extra verzekering voor de organisatie al zijn ideeën, plannen en bewegingen doorspelen naar hen.

Ze had het er moeilijk mee. Zij, een mol? Ze had het er zelfs niet met Collin over gehad, moest nog wennen aan de idee. Als ze een echte katsa wilde zijn, moest ze het bevel opvolgen. En ze troostte zich met één gedachte: de organisatie had het mis met Maxwell, ze zou nooit iets verdachts moeten rapporteren. Hopelijk. *Fingers crossed.*

'Zeg jij Collin dat hij gerust mag langskomen op sabbat? Ik heb toch altijd te veel eten.'

Ze had er zich bij neergelegd.

'Ik zal het hem zeggen. Bedankt!'

'Geen probleem. Elk excuus is goed om Gideon te zien. Mevrouw Kowalski zei ook nog onlangs: zo'n mooie ogen. Net die van zijn grootvader. Zij...'

Tammy liet haar rustig verder kabbelen. Mama gebruikte Gideon als een échte trofee in haar kennissenkring. Hij was de slimste, de mooiste, kon al lopen voor zijn concurrenten nog maar konden kruipen, praatte al in volzinnen terwijl de kleindochter van mevrouw Kowalski alleen nog maar 'koek' kon zeggen.

'Mama!'

Een angstige snik volgde na de schreeuw op de babyfoon.

'Sorry, mama. Maar ik moet ophangen. Gideon is wakker. Een nachtmerrie, denk ik.'

Snel legde ze de hoorn neer en haastte zich naar zijn bedje.

Half opgetrokken tegen de spijlen huilde hij inmiddels hartverscheurend. Een onmetelijk groot verdriet bedreigde zijn wereldje. Het warme lijfje nestelde zich onmiddellijk in haar omhelzing, zijn hoofdje rustte op haar schouder. De ademhaling, die weer rustig werd, verwarmde haar nekhaartjes. Haar zoontje dat zich zo aan haar vastklampte, of was het andersom?

De nachtmerrie was duidelijk vergeten. Hij was alweer in een onschuldige slaap gevallen. Zachtjes liep ze met hem naar het raam waar de straat er verlaten bijlag. Dit waren de momenten die ze koesterde als moeder. Toen ze hem dan eindelijk na een hele tijd weer voorzichtig in zijn bedje had gelegd en hem vertederd in zijn slaap naar zijn knuffel zag grijpen, fluisterde ze zachtjes: ‘Maak je geen zorgen, jongen. Mama zal er altijd voor je zijn.’

3

ALLEZ

Welk dier loopt 's avonds op drie benen?

De mens!

Oedipus, *Sophocles*

19
De ontmoeting
1990

'Als dit universum in zijn miljoenvoudige orde en precisie het resultaat van een blind toeval zou zijn, dan is dat net zo geloofwaardig als wanneer een drukkerij explodeert en alle drukletters weer op de grond terechtkomen in de voltooide en foutloze vorm van het woordenboek.'

Albert Einstein

Ze was dood. Al jaren. En er was niemand geweest die ook maar één traan om haar gelaten had.

Ze keek om zich heen in de grote slaapkamer. Alles was aanwezig in haar gouden kooi. De dressing bevatte een scala van cocktailpakjes en gewaagde avondjurken. Heinrich had haar écht verwend. Dat kon ze niet ontkennen. Ze had alles van hem gekregen om ervoor te zorgen dat het spook van de ouderdom zo ver mogelijk wegbleef. Haar handen gingen van haar gezicht naar de ontblote hals die net zijn hydraterende massage had gehad. De spiegel gaf haar blik vol minachting voor zichzelf weer. Ze liet haar badjas verder zakken en nam uit de uitgebreide collectie van parfums een flesje. Niemand zou haar ware leeftijd kunnen raden. Zeventig. In de herfst van een vruchtbaar leven? Ze sloot de ogen, toen ze de discrete voetstappen op het hoogwollige tapijt hoorde.

'Had mevrouw nog iets gewenst?' De stem van haar persoonlijke masseur klonk even gepolijst als altijd. Niets wees erop dat hij zich ook maar iets bewust was van de gevoelens van totale verlatenheid die zijn handen op haar lichaam nog altijd opriepen. Heinrich had haar al in jaren niet meer écht aangeraakt. Buiten de verplichte hand op haar onderrug op een officieel avondje of het incidentele nachtelijke bezoek aan haar slaapkamer, als hij ergens anders niet aan zijn trekken was gekomen. Kort, heftig, zonder enige emotie en steeds sporadischer. Ook Heinrich slaagde er niet altijd in om de oude dag in zijn lichaam te ontkennen.

Ze wuifde naar de man die nog geduldig op haar antwoord stond te wachten.

'Nee, dank je, Paulo, het is wel genoeg voor vandaag.'

Bijna hoorde ze zijn hakken tegen elkaar klappen bij wijze van groet. 'Dan hoop ik dat mevrouw ten volle zal kunnen genieten van het grote jachtfeest dat uw zoon vanavond organiseert. Ik heb vernomen dat het een groot gezelschap zal zijn.'

'Ik denk rond de vijftig genodigden. Maar ik weet het niet zeker. Mijn zoon heeft alles geregeld.'

Paulo glimlachte: 'Dan is het maar te hopen dat hij veel wild schiet op zijn jachtpartij!'

Jacqueline antwoordde droog: 'U denkt toch zeker niet dat mijn zoon zo'n feest als dit aan het toeval van een al dan niet gelukt schot zou overlaten? Als u naar de keuken zou gaan, zou u nu al de reeruggen en everzwijnen aan het spit zien. Mijn zoon gaat nooit af voor een publiek. Nooit.'

Ze keek naar haar bediende, die haar zonder woorden feliciteerde met zo een fantastische zoon. Ze mocht echt wel trots zijn op haar zoon. Dat was zeker.

Toen ze het gesprek liet stilvallen, wist hij dat hij kon verdwijnen naar zijn andere oude, vrouwelijke patiënten die op zijn wonderhanden zaten te wachten.

Jacqueline zuchtte. Ze had nog een hele middag voor zich. Zoveel uren van leegte, van piekeren. Mechanisch begon ze de kleren aan te trekken die ze voor de massage op het bed had neergelegd. Een foto op haar nachtkastje van haar zoon in zijn kinderjaren. Zijn open blik vol verdoken ondeugendheid, een minischermpakje met bijpassende degen voor zijn voetjes geplant. Waar was het in hemelsnaam misgegaan? Niets was er overgebleven van die jongen die ze als jonge moeder zo had gekoesterd. Niets had ze kunnen doen om te verhinderen dat hij een perfecte kopie van Heinrich werd. Zijn liefde was haar uit de handen geglipt als de vluchtige korrels op het strand. Met lede ogen had ze gevochten, met alle macht tegen de stroom van Heinrich ingezwommen.

Maar ze was moe geworden. Levensmoe. Het was zoveel gemakkelijker om zich over te geven aan de stroming en willoos mee te drijven. Walter was een verloren zaak. Ze was al jaren elk echt contact met hem verloren.

Hoe dikwijls had ze al niet overwogen om Walter en Heinrich van de onnodige ballast die zij geworden was, te bevrijden? Maar zelfs daarvoor was ze te moe. De slaappillen in haar nachtkastje, het scheermes in zijn badkamer, alles bleef waar het was. En elke dag dat ze nog leefde, verachtte ze zichzelf meer.

Werktuigelijk begon ze zich aan te kleden en op te maken voor weer een middag braaf wachten tot de grote heren haar weer zouden sommeren. Gelukkig was die ergerlijke Klaus er niet meer bij.

Ze zou zich afsluiten met een boek in wat haar echtgenoot bijzonder opzichtig hun oranjerie noemde. Verhalen waren zowat het enige dat haar even het eigen leven deed vergeten. Het herinnerde aan de feuilletons die ze in haar jeugd had verslonden.

De geur in de kamer met airconditioning was overweldigend. Een mengeling van bloemen- en citrusflarden overspoelde haar. De collectie orchideeën stond er zoals altijd onberispelijk ongenaakbaar bij. De vertrouwde rieten ligstoel stond al te wachten. Een van de bediendes had een kan met ijswater op het belendende tafeltje gezet. Ze kende haar gewoontes en lege agenda. Toen ze zich in de volle kussens genesteld had, sloot ze de ogen met een vinger tussen de opengeslagen bladzijden van een boek.

Een bescheiden kuchje van een dienstmeisje deed haar geïrriteerd opschrikken uit een droomloze halfslaap. 'Mevrouw Jacqueline, sorry.' De stem verraste Jacqueline door de jeugd die erin doorklonk, waardoor ze nog meer haar jaren voelde.

'Ja?'

'Er is hier een mevrouw voor uw zoon. Ze had blijkbaar met hem afgesproken, maar...'

Met een zucht onderbrak ze het meisje: 'Jong en knap?' Nog voor ze haar liet antwoorden, sneerde ze: 'Zeg maar dat ze in de rij gaat staan. Ik bemoei me niet met het liefdesleven van mijn zoon.'

'Maar mevrouw', probeerde het dienstmeisje haar te corrigeren. 'Dit is niet zo'n mevrouw. Ik denk dat het een journaliste of zoiets is. Ik heb hier een visitekaartje.'

Ze liep naar Jacqueline om het kaartje te overhandigen. Jacqueline twijfelde. Waarom zou zij zich bezighouden met een vrouw die, onder het mom van een interview, alleen maar weer bij haar zoon tussen de lakens wilde belanden? Verspilde energie. Maar net toen ze het kaartje wilde wegwuiven, viel haar oog op de naam. Haar hart sloeg over.

Zou het? Nee. Onmogelijk. Gewoon een ongelukkig toeval.

Maar de naam deed iets in haar weer tot leven komen dat al decennia dood en begraven was. Uiterlijk onbewogen nam ze het visitekaartje aan en sprak tot het dienstmeisje: 'Vooruit dan, laat de jongedame binnenkomen, maar zeg haar wel dat mijn tijd beperkt is.'

Tammy keek discreet om zich heen. Van buiten zag deze typische vuilroze villa er al imposant uit. Binnen was het nog veel indrukwekkender. De eigenaar-stichter van de Montestella-holding had er duidelijk alles aan gedaan om de grandeur van zijn bedrijf in de privésfeer te laten doorwerken. Het chique marmer, een art-decowenteltrap, een reusachtig abstract schilderij aan een hoge muur dat de hand van een van de Angry Young Men uit de jaren vijftig verraadde. Tammy besefte maar al te goed dat ze zich nog niet eens het kader voor dit topstuk kon veroorloven. En dit was nog maar de hal.

Heinrich Montefiori.

Toen ze voor de eerste keer deze naam gehoord had op het bureau van Maxwell, had haar adem even gestokt.

Montefiori. Walter? Háár Walter Montefiori?

Of was die naam zoveel voorkomend dat dit gewoon stom toeval was? Maar ze wist wel dat het nooit goed nieuws was, als je op de agenda van de vergadering kwam die Maxwell wekelijks met zijn contactpersonen met de organisatie had. Als een van zijn persoonlijke assistentes woonde ze traditioneel ook deze meeting bij. Ze was trots op de positie die ze in de loop van de jaren verworven had. Een van de rechterhanden van de grote mediagigant Robert Maxwell en dat zonder met hem in bed te duiken, zoals kwade tongen af en toe beweerden. Maxwell had zich tegenover haar altijd als een echte gentleman gedragen. De wilde verhalen van zijn seksuele hebzucht en overmaat in eten en drinken, deerden haar niet. Hij had haar immers al veel over de wondere, verraderlijke wereld van de media geleerd.

Bovendien was hij, net als zij, de goede zaak van de Joden toegedaan. Ze kon zich nog perfect de eerste grote reportage herinneren die ze samen met hem had opgevolgd.

'De slachter van Lyon, opgepakt in 1983 en eindelijk veroordeeld in 1987.'

Zij had toen voor achtergrondreportages gezorgd.

'Klaus Barbie, door de CIA als bron van kennis binnengesmokkeld. Bravo VS!'

En dan daarnaast in een kadertje de drogere, meedogenloze feiten van de SS-carrière van deze man. De reportage had veel stof doen opwaaien, vooral toen ook nog bekend werd dat men al van in 1971 wist dat dat varken zich in Uruguay bevond. Tammy had toen gerild bij de gedachte dat ze hem in Punta del Este misschien wel onbewust had ontmoet.

Haar interview met Serge en Beate Klarsfeld, een beroemd nazi-jagerkoppel dat in New York woonde, was niet alleen voor haar onthullend geweest. De frustratie van deze twee gedreven mensen toen ze in 1971 die sadist gevonden hadden, maar ze hem niet aan Frankrijk konden uitleveren, omdat de toenmalige rechtse regering van zijn toevluchtsland dat niet wilde. Gelukkig had de linkse regering er in 1983 anders over gedacht. Ze had gehoord dat zijn levenslang wel eens sneller afgelopen kon zijn dan men bij zijn proces gedacht had. Een agressieve vorm van kanker zou er wel eens voor kunnen zorgen dat hij 1991 niet ging halen. Ze wist dat ze dit niet mocht denken, maar kon het toch niet laten. Verdiende loon.

Een kuchje en ze draaide zich om. Het dienstmeisje in een anachronistische zwart-witte outfit glimlachte haar toe.

'De heren Montefiori zijn pas vanavond te bereiken.'

Natuurlijk. Dat had ze op hun kantoor al vernomen. Walter zou er niet zijn.

'Maar mevrouw Montefiori is bereid u nu te ontvangen. Als u mij wilt volgen?'

Tammy knikte en nam haar aktetas met opzoekmateriaal en persoonlijke gedachtespinsels in de hand. Dit was de eerste keer dat ze achter de rug van Maxwell op onderzoek was gegaan. Hij had haar, na het bezoek van zijn contactmensen, alleen maar de opdracht gegeven om hun mensen in Zuid-Amerika de doopceel van die Montefiori te laten lichten. Maar zij had hun bevindingen niet kunnen afwachten. Ze moest het weten. De vermoedens die bij haar tot angstige zekerheden waren gegroeid. Barbie met zijn vele onschuldige schuilnamen van Altmann tot Müller. En dan vlak daarop de naam Montefiori. Toeval of het topje van een ijsberg van nazisme? Ze wist het niet. Nog niet.

Het meisje leidde haar door koele gangen, die ook, net als de hal, geld uitstraalden. Dit was echt een reusachtig paleis!

Uiteindelijk stopten ze voor de deur van een enorme serre. De geur van de overdaad aan planten bedwelmde Tammy even. Een stukje oerwoudsfeer in luxe verpakking. De oude dame die op een passende rieten stoel lag, gebaarde haar te komen zitten met een nonchalance die zo typisch was voor de upperclass. Het dienstmeisje verdween in het groen, nadat ze ook voor Tammy een koel glas water had neergezet. Stiekem bekeek ze de dame voor zich. Het was moeilijk haar leeftijd te schatten. Alles aan haar straalde tijdloze klasse uit. Ze moest in haar jonge jaren een echte schoonheid zijn geweest waarvan ook nu nog duidelijke tekenen aanwezig waren. Even flitste het door haar hoofd: was dit nu de grootmoeder van Gideon? Haar zoon die haar maar met veel tegenzin had laten gaan. Nu zou ze zijn fantastische voorleesmomenten moeten missen. Tammy glimlachte bij de herinnering. Leren lezen had voor hem de wereld van verhalen geopend die hij absoluut met zijn mama wilde delen. Maar ze kon gerust zijn, Collin was een waardig plaatsvervangend luisterend oor.

'U wilde mijn zoon spreken?' Haar stem klonk zacht en nog opvallend jong. Haar Engels had diezelfde exotische kleur die ze ook bij Walter zo aantrekkelijk gevonden had.

Tammy knikte.

'Voor een reportage of...?' Haar vraag bleef aarzelend in de zwoele kamer hangen.

Tammy's brein werkte in paniek even op volle toeren. Dit gesprek zou het spreekwoordelijke balanceren op slap koord zijn. Ze mocht zeker niet te veel in haar kaarten laten kijken. Nu besefte ze dat ze hier te veel als een kip zonder kop was aanbeland. Wat had ze ook weer tijdens haar opleidingen bij de organisatie geleerd: gedetailleerde planning was de sleutel tot een succesvolle operatie! Wat dacht ze met deze vlucht halsoverkop naar Zuid-Amerika te bereiken? Collin had haar nog zo gezegd alle bange vermoedens even te laten bezinken.

'Een reportage, ja', greep ze de kans die de oude vrouw haar gaf. 'Succesvol zakenman, van vader op zoon. U kent dat vast wel, *from rags to richess*.'

De vrouw knikte. 'Dan vrees ik dat ik u niet echt van dienst kan zijn.' Haar blik dwaalde naar een onbepaald punt in de verte. 'Het is niet zo dat mijn echtgenoot en zoon mij ook maar een beetje hebben ingewijd in hun zaken. Blijkbaar is mijn vrouwenverstand daar net iets te beperkt voor.'

Tammy kon het sarcasme in die laatste uitspraak bijna aanraken, zo bleef de verbittering in de lucht hangen. Maar ze besloot discreet dit te negeren: 'Zo zou ik het niet durven stellen, mevrouw Montefiori. We zijn altijd op zoek naar de mens achter de harde zakenman. U kent dat wel, *human interest*.'

Haar lach was hard als antwoord, maar ook zij besloot de regels van de beleefdheid te respecteren.

'Vraagt u maar. Ik ben tenslotte de vrouw, de moeder. Van wie is het eigenlijk dat u zo een portret wilt maken, van mijn man of mijn zoon?'

'Van Walter', gooide Tammy haar kaarten op tafel. 'De atleet die al in 1972 in München bewees dat hij als schermer de mentaliteit van een échte winner had.'

Ze keek mevrouw Montefiori gespannen aan. Nu zou ze het weten. Dan was hij het echt. Zoveel toeval kon niet. Toen ze niet onmiddellijk antwoord kreeg, ratelde ze verder: 'Of hebben mijn bronnen zich hier vergist?'

De vrouw schudde het hoofd. 'Nee, nee, u hebt het bij het rechte eind. Mijn zoon is altijd een enthousiaste schermer geweest.'

Dus toch. Dit was Gideons familie. Het besef deed haar inwendig huiveren. Wat als de rest van de geruchten die ze bij Maxwell gehoord had, ook waar zouden zijn? Dat het echtpaar Klarsfeld ook in Argentinië nog een restant van de Tweede Wereldoorlog zou vatten? Gideons grootvader een...?

'Ik vrees wel dat ik vanmiddag niet veel tijd meer heb voor een uitgebreid interview', onderbrak mevrouw Montefiori haar razende gedachtesprongen. 'Mijn man en zoon geven vanavond een uitgebreid jachtfeest waar zelfs de minister-president bij aanwezig zal zijn. U begrijpt dus…' Een beetje moeizaam stond de vrouw op uit haar sofa. Het liefst van al had Tammy, zich net als Scotty van *Star Trek*, naar haar flat, naar Collin, laten 'beamen'. Ze had tijd nodig om alle puzzelstukjes in haar hoofd te laten samenvallen, om nog verder het wespennest van hun zakendoen uit te pluizen, voor ze alle informatie op een presenteerblaadje aan de organisatie zou geven. Of kon ze dat niet doen met Walter, die toch de vader van haar zoon was, maar…?

'Als u wilt, kunt u natuurlijk als mijn gast vanavond ook komen.' De vrouw stond nu vlak naast haar en keek haar gebiologeerd onbeschaamd in de ogen. Tammy werd er ongemakkelijk van.

'Nee mevrouw, die uitnodiging kan ik echt niet aannemen.'

Ze moest er niet aan denken om Walter die avond, na al die jaren, terug te zien. Ze zou nooit haar gevoelens van afschuw en minachting voor hem kunnen verborgen houden. En iets in haar, diep weggestoken, voelde ook de angst dat er misschien toch nog meer van haar passie voor hem was blijven overleven dan ze gedacht had. Ze had, sinds Punta del Este, nog wel een aantal relaties gehad, maar niemand had haar zo in een totale, alles vergetende extase kunnen brengen als Walter. Hij was en bleef haar zwakke plek.

Ze nam haar aktetas en stond ook op. 'Bedankt voor uw tijd. Misschien kunnen we nog eens afspreken voor een echt interview?' Terwijl ze haar hand uitstrekte om de vrouw een hand te geven, hoorde ze de holheid van haar eigen woorden. Ze zou deze dame nooit meer zien. Ze moest hier weg. Zo snel mogelijk. Voor hij er was. 'Bedankt. Ik vind de weg wel.'

Maar toen Tammy zich omdraaide, belemmerde een verrassend krachtige hand op haar arm haar verder te gaan. Verbaasd keek ze naar mevrouw Montefiori, die haar plots met een heel andere blik aankeek. Dit was niet de onderkoelde snob van het begin van hun gesprek. Haar hele houding leek iets dwingends en smekends gekregen te hebben. Ze stond nu zo dicht bij haar dat Tammy zonder enige moeite haar dure parfum kon opsnuiven, de gebarsten adertjes in de weemoedige ogen kon zien.

'Ik móét het weten.'

Tammy keek haar vragend aan. Wat bedoelde die vrouw? De wanhoop in haar hele houding verlamde Tammy.

'Zipowitsch?' Haar stem klonk dwingend.

'Ja?' antwoordde Tammy.

'Wojteck Zipowitsch?' Met zoveel tederheid en verdriet uitgesproken dat ze de tranen van mevrouw Montefiori in haar eigen ogen voelde. 'Een Poolse schermer?'

'Ja,' draaide Tammy zich verbaasd om, 'dat is mijn vader. Hoe weet u dat?'

En toen kwam het. Als een vloedgolf van pijn om de gemiste kansen, van wanhoop om een gemist leven. Het hele verhaal. Alles. Met de zieligste details, de pijnlijkste vernedering.

'Je ogen. Net dezelfde. Net als die van...' Een gesmoorde snik. Mevrouw Montefiori liet zich weer in haar stoel vallen, schijnbaar totaal uitgeput door deze vloed van bekentenissen.

Tammy stond als aan de grond genageld. Haar vader en deze vrouw?! Wat? Hoe? En haar moeder dan? Een oneindige lijst vragen flitste door haar hoofd. Waarom had hij haar daar nooit iets over verteld? Vandaar zijn sympathie voor België, voor Antwerpen! Maar, wat als... nu...?

'Ga zitten.' De vrouw was blijkbaar een beetje bekomen van de emotie. 'Alsjeblieft.'

'Maar ik moet, nee.' Tammy was helemaal verward. 'Ik moet naar mijn hotel.'

'Wojteck', zuchtte de vrouw voor zich uit. 'Hij heeft het toch overleefd. Het is allemaal niet voor niets geweest.' Ze leek in de tijd weg te zinken. Tammy voelde zich te veel. Verward, boos. Ja, boos omdat haar vader er nooit iets over verteld had. Zo belangrijk zou die jeugdliefde van hem dan wel niet geweest zijn! Of juist wel? Zou haar moeder er iets van weten?

Ze moest hier weg. Hiervoor was ze niet gekomen! Stilletjes stond ze op. Ze kon deze vrouw zonder enig probleem in de wereld van haar herinneringen achterlaten. Toen ze weer naar haar aktetas reikte, hoorde ze echter die stem tot haar gericht.

'Nee, mevrouw Zipowitsch. Alsjeblieft, ga nog niet weg. Ik heb nog niet alles verteld.'

Iets in haar waarschuwde haar dat ze niet meer verder wilde luisteren. Ze moest hier weg, voor hij er weer zou zijn. Dus draaide ze zich om.

'Het spijt me, mevrouw Montefiori. Maar ik denk dat ik al meer dan genoeg heb gehoord.' Ze moest nu doorzetten, ze had echt geen zin om naar de hopeloze liefdesfantasieën van deze oude dame te luisteren. Het verleden van haar vader was niet het hare.

'Nee, echt', klonk de vrouw nu dwingender. Tammy aarzelde. 'Dit moet je weten.'

En wat ze toen hoorde, schudde haar hele wereld, die ze zo perfect had uitgestippeld, door elkaar. Als een wals raasde de vrouw haar leven plat. Haar initiële ontkenning maakte al snel plaats voor een onmetelijke walging voor haar lichaam, voor zichzelf.

De stille hoop van deze vrouw stond in schril contrast met haar eigen gevoelens.

Dit mocht niet waar zijn!

De stem die maar bleef doorratelen verdween op de achtergrond.

Ze voelde het bloed in haar oren suizen. Haar hart sloeg in overdrive.

Het enige wat ze nog kon horen. De schaamte. De schande. Nooit. Nooit zou ze dit aan haar ouders kunnen vertellen. De walging deed haar lunch van die middag weer in de keel komen. Ze voelde haar handen onbedaarlijk beginnen trillen.

'Dus?' De toon gaf aan dat dit een herhaling was. De vraag was duidelijk al een paar keer gesteld. Tammy besefte dat mevrouw Montefiori haar vragend aankeek.

'Wat denk je?'

Niets! Helemaal niets! Dit brulde een steeds bozere stem in haar hoofd. Ze sprong weer op, pakte haar spullen bij elkaar en liep, zonder nog een keer om te kijken, door de gangen naar buiten. Niet te veel denken.

'Mevrouw Zipowitsch!'

De stem klonk verbaasd, geërgerd en steeds verder weg. Verdomde vrouw die haar leven zo met een vingerknip verwoest had.

Weg! Hotel! Douchen! Collin! Ze zou Collin bellen.

Het wachten op een taxi leek uren te duren. De hele rit naar haar hotel bleef ze trillen van verontwaardiging, woede en schaamte. De stad was een bad van bruisend leven, de taxichauffeur vertelde haar in een eeuwige monoloog zijn visie op de wereldgebeurtenissen van die dag. Alles ging zijn gewone gangetje. Het was niet omdat haar wereld zonet volledig was ingestort dat de rest van de planeet zou volgen.

Het kostte haar onmenselijk veel moeite om het juiste nummer gevormd te krijgen. Het leek wel alsof het pas vernomen nieuws niet alleen haar geest, maar ook haar fijne motoriek had lamgelegd. Maar toen het haar uiteindelijk wel gelukt was en ze Collins stem door de hoorn hoorde, kon ze niet anders meer dan huilen. Snikkend kon ze alleen nog maar uitbrengen dat zij het was.

'Tammy? Er is toch niets gebeurd?'

Zijn stem was zo bezorgd, zo lief.

'Nee. Ja.'

Ze hoorde hem geduldig ademen. Het was pas na een paar minuten dat ze eindelijk genoeg controle had teruggevonden om het hem te vertellen. De stilte aan de andere kant van de lijn zei haar dat dit ook voor Collin als een donderslag bij heldere hemel kwam.

'Pfff...' zuchtte hij. 'En Wojteck? Gaan we het je vader vertellen?'

'Nee, nooit!' Ze schrok van de heftigheid in haar stem. 'Nee Collin, alsjeblieft! Niemand mag dit ooit weten! Beloof het me!'

'Maar hoe... denk je niet dat...?'

'Nee', onderbrak ze hem. 'Ik doe hier nog wat research voor Maxwell en dan neem ik de eerste de beste vlucht naar New York, oké?'

'Als je dat het beste vindt', legde Collin zich bij haar besluit neer. 'Gideon zal blij zijn. Hij zit net in het spannende avontuur van Pieter Konijn in het Grote Dierenbos en hij vreest dat ik de spanning niet meer ga aankunnen.'

Zo onhandig, zo lief van hem om haar enigszins wat op te beuren. Maar de gedachte aan haar zoon deed haar alleen nog meer huiveren. Gideon. Ze sloot bruusk het telefoongesprek af.

Geen tijd te verliezen. Douchen. Bellen. Contacten leggen met hun mensen hier. Alles, behalve nadenken over het verschrikkelijke nieuws dat ze zonet vernomen had.

Het hoofd van Jacqueline tuimelde. Na 48 jaar. Niet te geloven. Was het te laat? Nee, dat kon en mocht ze niet denken. Haar jarenlange bange hoop dat haar offer voor hem toch niet vergeefs was geweest. Eindelijk had ze zekerheid. Alles had weer zin.

Met een levendigheid die ze al jaren niet meer gevoeld had, haastte ze zich naar de bibliotheek om briefpapier te pakken. Ze moest hem schrijven. Of zou ze bellen? Nee, zijn dochter zou het hem nog niet gezegd hebben. Het zou een te grote schok voor hem zijn.

Als hij zich haar nog herinnerde.

Nee, duwde ze dat duiveltje uit haar hoofd. Dat mocht ze niet denken. Natuurlijk zou hij haar nog kennen. Een brief. Ja, dat was beter.

Ze kon hem schrijven nog voor dat stomme feest zou starten. Ineens was er zoveel te doen, zoveel te voelen. Haar hele lichaam tintelde van het nieuwe hervonden leven.

Maar toen ze voor het witte blad zat, viel haar energie stil. Wat kon ze nu schrijven? *Hallo Wojteck, het is Jacqueline hier van de Polostraat op het Kiel. Ken je me nog?* Nee. Weifelend keek ze voor zich uit.

Heinrich.

Zou ze het hem vertellen? Nee, natuurlijk niet. New York. Zou ze hem gaan opzoeken? Haar paspoort! Heinrich had dat. Verdorie!

Er gingen uren voorbij. Het papier voor haar bleef maagdelijk wit.

'Mevrouw Jacqueline, ze zijn er.'

Met een zucht plooide ze het papier dicht. Na 48 jaar zou een dag meer of minder ook geen verschil meer maken.

'Moeder, wordt het geen tijd om je te gaan optutten?'

De geur van natuur en wild overspoelde plotseling de kamer. Ze moest Walter niet vragen of de jacht gelukt was. Ze kon zijn triomfalisme bijna ruiken.

'Wat is dat?' Hij griste het adreskaartje van Tammy van haar schrijftafel.

'Niets! Een kaartje van een journaliste, meer niet.'

Verrassend snel trok ze het kaartje uit zijn handen.

Hun blik verborg veel meer dan ze van elkaar wisten.

20
Verklikken
Oktober 1991

'If you prick us, do we not bleed? If you tickle us,
do we not laugh? If you poison us, do we not die?
And if you wrong us, shall we not revenge?'

The Merchant of Venice, *William Shakespeare*

'En wat met de zaak M.?'

Tammy trilde even inwendig, ondanks de verdovende warmte in het kantoor van Maxwell. Ze had die morgen al de eerste sneeuwdruppels op haar gezicht gevoeld, toen ze uit de onderwereld van de metro stapte. Eind oktober, veel te vroeg. New York leek zich al in zijn winterslaap te wikkelen. Alles was grijs en kleurloos. Ze had met tegenzin Gideon bij haar moeder achtergelaten. Met zijn koortsige hoofdje met loopneus had hij haar licht verwijtend nagekeken toen ze de deur achter zich had dichtgetrokken. Of was dit slechts haar schuldige verbeelding geweest? Ze had de laatste maanden veel te lange dagen gemaakt. Het leek wel alsof het begrip tijd steeds meer aan haar controle ontsnapte. Zeker nu ze vorige maand door de organisatie benaderd was om hen over elke stap van Maxwell te briefen. Blijkbaar broeide er meer dan ze gedacht had. Natuurlijk had ze van zijn megalomanie gehoord bij zijn laatste bezoek aan Israël. Hij had zich net gedragen alsof hij dé redder des vaderlands was geweest. Dat was niet nieuw. Maar blijkbaar was hij nu ook nog begonnen met de chef van de organisatie orders te geven. Zijn lijstje van te elimineren doelwitten. Zijn aanbod om een medium in te huren dat dan als opdracht zou krijgen om de gedachten van de vijanden van Israël te lezen? Het ene gerucht was nog gekker dan het andere.

'Tammy? Heb je nog informatie gekregen van onze mensen in Argentinië over die Montefiori?'

Ze keek hem betrapt aan. Zijn ogen waren zo vol vertrouwen in haar. Ze kon het nog altijd niet goed geloven dat men Maxwell als een oncontroleerbare en dus gevaarlijke schakel in hun operaties zag. En dat nadat hij altijd zo vrijgevig was geweest met zijn 'sponsoring' van honderdduizenden dollars!

Tammy bladerde door haar dossier. 'Heel veel papieren sporen door een wirwar van financiële constructies die weer naar andere, al dan niet fictieve bedrijven leiden, met weer een link naar...' Ze draaide met haar vinger een denkbeeldig rondje. 'Een echte geldcarrousel. Illegaal, misschien. Crimineel? Ze zijn nog volop bezig met de research.'

'Creatief met geld', knipoogde Maxwell. 'Als vrije ondernemer kan ik daar moeilijk bezwaar tegen hebben!'

De katsa die aan het andere eind van de tafel zat, had duidelijk genoeg van de onemanshow die Maxwell van elke vergadering maakte. De man leek met zijn pak met sleetplekken en met de weinige haren die hem nog restten op zijn hoofd geplakt, meer op een grijze ambtenaar van een van de nabije overheidsgebouwen dan op de ervaren geheimagent die hij wel degelijk was.

'Allemaal goed en wel. Dus die meneer Montefiori bezit veel, te veel, van het slijk der aarde. Maar, mevrouw Zipowitsch, is er nog enige informatie binnengekomen over zijn persoonlijke geschiedenis, over zijn verleden?'

Tammy voelde de vier brieven die ze inmiddels vanuit Buenos Aires had gekregen in het geheime vakje op haar schrijftafel thuis branden. Ze herkende ondertussen het fijne, aarzelende geschrift. Alleen de eerste brief had ze geopend. Hij leek ten slotte aan haar gericht. Maar het kattebelletje aan Tammy was kort geweest.

Dag mevrouw Zipowitsch,

Zou u deze brief aan uw vader kunnen geven?

Mijn hart dankt u.

Jacqueline

Met enige schroom had ze alleen maar de eerste lijnen gelezen, maar haar nieuwsgierigheid had het al snel gewonnen. Ze had er de eerste keer bijna de hele nacht met Collin over gepraat. Hij vond dat ze het aan die Jacqueline verplicht was de brief aan Wojteck te geven. Maar Tammy kon alleen maar aan het verdriet op het gezicht van haar moeder denken. Wat waren haar ouders ermee gebaat dat ze wisten dat die vrouw uit het verleden nog leefde? Niets. Wat had het allemaal nog voor zin? Bovendien, ze wilde echt niet de Montefiori's in hun leven laten. Wat als Jacqueline het in haar hoofd zou halen om met zoonlief naar New York te komen? Zeker niet na dat verschrikkelijke nieuws dat ze in die zwoele oranjerie gehoord had. Nee. Er mocht absoluut geen contact komen. Dat was de beste oplossing voor iedereen. Voor bijna iedereen.

'Van de heer Montefiori senior? Heel weinig. Alle sporen lopen dood.'

'Dat is op zich al meer dan verdacht', antwoordde Maxwell.

'Ja', bevestigde de katsa. 'Vanavond krijg ik nog een extra rapport van het echtpaar Klarsfeld over hem binnen. De netten zijn zich aan het sluiten. Onze mannen in Buenos Aires hebben de operatie al volledig voorbereid. Ze wachten op ons teken. Net als toen in 1960 met Eichmann. Maar daar zul jij wel alles over weten, Tammy. Ik durf ervoor te wedden dat je vader jou al dood heeft verveeld met zijn verhalen!'

Ze glimlachte ongemakkelijk. 'Wojteck Zipowitsch is niet dat soort man, vrees ik. Mijn vader heeft me nooit iets verteld over zijn bijbaan. Voor mij was hij altijd een lieve vader die schermles gaf. Niet meer, niet minder.'

'Jammer', haalde de man de schouders op.

'Nee, juist niet', reageerde Tammy. 'Ik weet waarom hij zo gehandeld heeft. Om dezelfde reden dat mijn ouders ook van mij niet weten dat ik niet alleen een persoonlijke assistente van Robert Maxwell ben.'

'En dat is?' vroeg de katsa, lichtjes geamuseerd door die heftig uitgesproken woorden.

'Bezorgdheid', negeerde Tammy zijn blik. 'Wat niet weet, wat niet deert.'

'Goed, genoeg gepraat, actie!' Maxwell stond op. 'Of beter gezegd, wachten op actie.' Zijn brede glimlach ging over het gezelschap. Maar

Tammy bleef zitten. 'En wat met de zoon? Wat met Walter Montefiori? Die financiële zwendel, al die louche zaakjes, die...'

Maxwell legde een hand op haar schouder. De anderen aan de tafel keken haar peilend aan. Ze zag in hun ogen de vraag: wat een vertrouwelijkheid, hoe betrouwbaar is de informatie die zij ons doorstuurt?

'Alles op zijn tijd, Tammy', suste hij haar. 'Als we eenmaal de belangrijkste schakel hebben gevangen, valt die hele ketting uit elkaar. Een dodelijk domino-effect, als het ware.'

Maxwell verdween naar zijn luxesuite in het nabijgelegen Hilton.

Toen ze aan de uitgang van het kantoorgebouw uit elkaar gingen om in de donkere anonimiteit van de stad op te gaan, hield de oudere katsa Tammy tegen.

'Ik hoop dat wij op u kunnen blijven vertrouwen, dat u ons niet teleurstelt.'

Haar blik ging naar de hand op haar arm, die haar desondanks in een dwingende greep hield.

'We hebben gehoord dat de loyaliteit van uw werkgever net iets te veel de Russische kant opgaat. Het is zijn plicht te denken aan de staat Israël, niet aan zijn eigen portefeuille.'

'U kunt gerust zijn.' Tammy schudde zich los. 'Ik geef u alles wat ik vind. En ik weet zeker dat Maxwell nog altijd de goede zaak is toegewijd. Vergeet de organisatie soms niet dat hij hen al jaren sponsort? Elk dier kent toch de basisregel: bijt nooit in de hand die je voedt.'

De man draaide zich om en stapte weg. Einde van dit onaangename gesprek?

Nee. Ze hoorde zijn stem door de verlaten straat. 'Dan kent u ongetwijfeld ook een andere basisregel: onvoorwaardelijke trouw.'

Ze wachtte tot de man om de hoek van de straat verdwenen was. Zou ze naar de suite van Maxwell gaan, hem alles vertellen, volledig open kaart spelen? Ze aarzelde. Hij had haar altijd fair behandeld.

Maar na enkele seconden stapte ze toch naar de metro-ingang. Nee, dit kon ze niet doen. Haar intuïtie zei haar dat Maxwell nog altijd te vertrouwen was. En als dit echt een wespennest was, dan had ze de plicht aan haar zoontje te denken. De organisatie was niet mals voor mensen die haar dwarsboomden. De ijzige kou die uit het metrohol kwam, gleed langs haar benen en kroop naar boven. Schichtig keek ze op haar horloge. Ze was weer eens veel te laat. Mama zou niet weten waar ze bleef. Het griezelige van de plaats overviel haar. Collin had al zo vaak gezegd niet op dit late uur nog een metro te nemen. Ze zou niet de eerste vrouw zijn die een gevaarlijke of zelfs dodelijke rit naar Harlem nam. Ze keek verlangend naar het zwarte gat links van haar. Wanneer zouden die lichten verschijnen? Ze bewoog zich van het ene been op het andere om de ijzige kou te verdrijven. Haar metro zou er zo wel zijn.

De stilte in de kelder van de grote stad was zo voelbaar dat ze bijna een meter de lucht in sprong, toen ze een hand op haar schouder voelde. De aanraking deed haar verstijven. De stank overweldigde haar maag.

Nee, niet op deze manier. Dat was het enige dat nog door haar hoofd flitste. In haar verbeelding voelde ze al het mes van de overvaller door haar rug gaan en een nier spietsen. De berg afval achter haar was dus meer dan een onschuldige bron van ergernis geweest. Ze keek naar links en zag de vieze, zwartomrande vingers van een verrassend sterke oudemannenhand. 'Geld, *please*.'

Het speeksel van zijn woorden belandde op haar wang. Ze kon een rilling van walging niet onderdrukken, maar bleef als bevroren staan. Hoe lang stonden ze daar zo, als een wel heel vreemd koppel in een intieme houding? Seconden, minuten, uren?

Als er nu maar iemand in het metrostel zat. De neonlichten gaven haar een positief antwoord. Ze zag nog een persoon op de kapotte skai stoelen.

Met een sprong belandde ze in het toestel en ze liet zich met een zucht van opluchting op een van de zitplaatsen vallen. De zwerver keek haar gefrustreerd na toen de deuren zich sloten en de metro schokkend in beweging kwam. Nooit zou ze nog zo laat een metro nemen. Een taxi, zoals Collin gezegd had. Zeker weten.

Haar hart vond langzaam het normale ritme terug. Ze kreeg weer genoeg energie om rond te kijken. Maar de man in grijs pak met grote gleufhoed die eerst zo een geruststelling was geweest, deed haar lichaam weer in alarmfase komen. Zijn blik van onder de hoed was dodelijk.

Hij knikte. 'Mevrouw Zipowitsch.'

Zijn onbekende stem klonk afgemeten zakelijk en joeg Tammy de stuipen op het lijf. Wie? Wat? Hoe? Haar naam? Plots verlangde ze naar de stank van de oude zwerver.

'Jacqueline!'

De toon was nog geïrriteerder dan 5 minuten geleden. Walter keek op van zijn papieren en zag zijn vader ongedurig in de grote hal ijsberen. Hij schudde het hoofd. Waarom was hij niet in zijn vleugel van de villa gebleven? Dan was hij weer eens geen getuige geweest van het perfecte huwelijk van zijn ouders. Hij hoorde zijn vader hardop vloeken. De man werd oud. Te oud om nog echt grote beslissingen te nemen. Toegegeven, hij zorgde er nog wel altijd voor dat hun verhouding met Carlos Menem pico bello was. De president was een graag geziene gast op hun feesten, samen met zijn schitterende echtgenote, die Walter ook wel zag zitten als tussendoortje. Een voormalige miss World zat nog niet in zijn collectie. Maar hij kende zijn wereld. Hij kon het aantal gezelschapsdames niet tellen dat hij Carlos al cadeau had gedaan. Blijkbaar was zo een wereldtitel niet altijd een garantie voor goede seks. Als echte peronist stond Carlos aan de kant van de zakenmensen. Zeker nu hij als president ook nog pogingen ondernam om de contacten met de Verenigde Staten weer aan te halen. George Bush was al een paar keer gespot op niet-officiële bijeenkomsten waar natuurlijk ook zijn vader en hij aanwezig waren.

Maar dat nam allemaal niet weg dat hij Klaus nog altijd enorm miste. Wie had in 1983 kunnen denken dat ze hem alsnog in zijn villa in Uruguay zouden oppakken? Die verdomde linkse regering. Van de ene op de andere dag was toen zijn steunpaal weggevallen. Gelukkig waren alle voorzorgsmaatregelen die ze als pentakel hadden getroffen, perfect geweest. Geen enkel spoor had naar hen geleid. Klaus had zich heel goed ingedekt. Het hele proces lang hadden zijn executeurs zich geconcentreerd op zijn beleid in Lyon. Walter had elk artikel over de zaak gelezen. Stiekem gelachen om de morele verontwaardiging in de kranten om zijn werkwijze bij het folteren. Blijkbaar had Klaus zich altijd met een secretaresse geamuseerd, terwijl een gevangene lag bij te komen. Waarom niet? Tijd was geld. En Walter wist dat folteren een van de beste afrodisiaca was. Hij zuchtte. Om dan zo roemloos ten onder te gaan aan kanker in een Franse gevangeniscel. Maar hij kon trots zijn op het pentakel!

Walter had de zaak, samen met zijn vader, waardig voortgezet. Van de financiering van revolutionairen in Zuid-Amerika van de jaren vijftig tot zeventig, via sponsoring van terroristische organisaties in Europa van de jaren zeventig tot negentig, waren ze nu in een nieuwe fase beland.

De eindfase. De staat van binnenuit veranderen. Het destabiliseren van regeringen via politieke overtuigingen.

De mensen zo ver krijgen dat ze smeekten om op een rechtse partij, gesteund door het pentakel, te mogen stemmen.

Ze waren nog niet zover. De linksen spartelden met alle macht en geweld tegen. Ook hier in Argentinië. Maar Walter voelde het. De tijd was er bijna rijp voor. Zelfs Argentinië kende nu een periode van rechtse rust en stabiliteit na een decennium van wilde aanslagen en ondoordachte coups. En in Europa, daar...

'Walter!' Zijn vader verstoorde zijn gedachtegang. Hij kwam gehaast binnengelopen. Nog altijd even vinnig, ondanks zijn 79 jaar.

'Je moeder en ik zijn eindelijk weg. De chauffeur zal niet weten waar we blijven.'

Onverstoord door het gemor van haar echtgenoot kwam Jacqueline de kamer binnen. Weer als altijd om door een ringetje te halen. Walter vond dat ze de laatste maanden nog meer afwezig was dan vroeger. Zou de oude dag haar ingehaald hebben?

'Ik ben er. Zullen we gaan?' Haar stem klonk al verveeld voor ze het feestje gehad had.

'Goed, oké', antwoordde Heinrich geïrriteerd en dan tot zijn zoon: 'Zeker dat je niet meegaat? Je weet dat Carlos ook jou heeft uitgenodigd op het inwijdingsfeestje van zijn helikopter. Naar het schijnt is het een exacte kopie van die van George Bush. Nou ja, elk excuus is goed voor onze president om een feestje te geven.'

Walter schudde het hoofd. 'Nee, sorry, niet vandaag. Veel te veel werk.'

Hij sloeg met de vlakke hand op de stapel dossiers die over de glazen tafel verspreid lagen.

'No rest for the wicked.'

Heinrich lachte hem toe. 'Blij dat de zaken zo goed gaan.'

Walter gooide hem zijn autosleutels toe. 'Het is een mooie dag. Rijd toch met mijn cabrio. Tenzij moeders kapsel dat niet overleeft.'

Walter zag in de oude ogen van zijn vader weer die jongensachtige verbondenheid van al die jaren. 'We zullen zien', knipoogde hij.

Hij hoorde hun voetstappen op de marmeren vloer, het dichtslaan van de zware eiken deur. Eindelijk rust. Zijn handen gingen door de correspondentie. Nog een dossier voor hun minister van Economische Zaken.

Hij luisterde of hij nog iets hoorde buiten. Hij wist zeker dat die oude snoeper ook op dat feestje zou zijn. Het was veel discreter om dat heikele dossier via zijn vader in de juiste handen terecht te laten komen.

Blijkbaar waren er organisaties die elke stap van hen onder de loep namen. Onder het mom van journalistieke belangstelling was er, volgens zijn inlichtingendiensten, zelfs vorig jaar iemand van een organisatie hier in huis geweest. Hij was diezelfde avond direct naar zijn moeders schrijftafel gegaan om het bewuste adreskaartje te zoeken, maar had niets meer gevonden.

Toen ze hem de volgende dag gevraagd hadden of het probleem geliquideerd moest worden, had hij negatief gereageerd. Eerst even afwachten. Maar er was niets gebeurd.

Die naam. Die inlichtingen.

Een ongelukkig toeval?

Walter wist het niet.

Vlug liep hij door de hal en opende de voordeur met de papieren in zijn handen. Goed. Ze waren er nog. De twee auto's stonden nog aan de imposante fontein geparkeerd. Zijn vader had de discussie gewonnen. Hij zag hen in zijn splinternieuwe cabrio stappen. De chauffeur liep naar het grote ijzeren toegangshek. Heinrich had blijkbaar besloten om zelf de bolide eens uit te testen. 79 jaar en nog altijd zo verzot op snelheid.

'Hé, pa', liep hij naar hen toe. 'Zou je deze papieren aan Pablo kunnen geven?'

Hij wuifde met het dossier boven hun hoofden in de lage auto. 'Kun je dat een beetje discreet doen?'

Zijn vader lachte. 'Natuurlijk. Voor wie houd je mij?'

Walter klopte op de motorkap van de cabrio. 'Wees er voorzichtig mee. Tot morgen?'

'Als je vroeg op bent', antwoordde zijn vader. 'Ik heb toch verteld dat je moeder me zover gekregen heeft dat we samen naar New York gaan. Morgen, 7.15 uur, Ezeiza Airport.'

De gelukzalige glimlach van zijn moeder sprak boekdelen. Zich zo verheugen op een reisje met haar echtgenoot? Bestond er dan toch iets als echte liefde tussen hen?

'Zo vroeg, nee, dank je. Amuseer je in de Big Apple.'

'Dat zal geen probleem zijn.' Haar stem had al in jaren niet zo opgewekt geklonken.

Walter ging terug naar de voordeur. Hij aarzelde even, onbewust op het zoemende geluid van zijn speeltje wachtend.

De klap sloeg hem tegen de deur, het geluid verdoofde zijn gehoor.

Nee!

De geur van brandende benzine vulde zijn neusgaten. Als in slow motion draaide hij zich met gesloten ogen om. Hij wilde de gruwel niet zien. Maar zijn ogen registreerden toch alles. Koud en koel. Zijn verstand weigerde te volgen.

De chauffeur die hij nog net door de toegangspoort zag weghollen. Het personeel dat in allerijl kwam aangesneld. Het vuur dat zich met een steekvlam de lucht in boorde. De brokstukken die brandend op het gemillimeterde gazon waren gevallen en al begonnen na te smeulen. Het gegil van de dienstmeisjes bij de aanblik ervan.

Nee! Zijn ogen weigerden de twee gedaanten te erkennen die daar in de vlammenzee als brandende toortsen rechtop bleven zitten.

Hij zag de butler naar hem toe komen lopen. Hij zag zijn lippen bewegen, maar hoorde geen woord. De ambulance en de brandweer arriveerden en nog steeds stond hij op dezelfde plaats. De drukte om hem heen scheen zich niets van hem aan te trekken.

Alleen voor hem was de wereld stilgevallen.

Gefrustreerd links? Misnoegd rechts? Een niet-betaalde rekening? Dat adreskaartje? Een vroegere concurrent? Een minicoup? Een afrekening? Dat adreskaartje.

Hij balde zijn vuisten tot zijn nagels hem tot bloedens toe in het vlees drongen.

Iemand ging hiervoor boeten.

21
Lady Ghyslaine
November 1991

'Doodsklederen maakt men zonder zakken'

Jiddisch spreekwoord

'Nee, mama, nee!' Een hartverscheurend gehuil ging door de New Yorkse flat. Collin probeerde Gideon tevergeefs te sussen met zijn favoriete knuffel, maar deze keer slaagde hij er niet in. 'Ik wil, ik wil, ik wil mama!'

Zijn woorden werden door een heftige snik steeds onderbroken. Alle verdriet van de hele wereld lag op deze tere schouders en Collin kon niets meer verzinnen om het leed te verzachten. Vertwijfeld keek hij naar het kleine ventje dat zich in de stoel genesteld had waarin hij net een boek had zitten lezen. Tot Gideon in de schaars verlichte woonkamer was verschenen en hem met zoveel verdriet had aangekeken, had hij het niet over zijn hart gekregen om hem direct weer naar bed te sturen, ook al hadden Tammy en hij afgesproken dat ze kordaat gingen zijn met zijn nieuwe vervelende gewoonte om 's nachts door de flat te dwalen. Tot groot ongenoegen van zijn nieuwe, nu bijna weer ex-vriend, die het duidelijk niet had kunnen appreciëren dat Gideon opeens aan hun bed verschenen was. Collin zuchtte. Het was niet altijd gemakkelijk om aan vreemden zijn bizarre relatie met Tammy en haar zoontje uit te leggen.

Hij kroop naast de jongen in de stoel en begon hem over zijn blonde krullen te strelen.

'Waar is mama?' fluisterde hij. De snikken verdwenen. 'Ik heb zo eng gedroomd. Papa, ik...'

'Ssst...' Collin voelde nog altijd een vonkje van ontroering elke keer als Gideon hem met die voor hem zo vanzelfsprekende titel aansprak. Ooit zouden ze hem de waarheid moeten zeggen. Ooit. Maar nu nog niet.

'Je weet toch dat mama weg is voor haar werk. Dat ze gauw terugkomt.'

De woorden werkten rustgevend. Hij voelde het lichaampje naast zich ontspannen. 'Ja, hè papa. Dat heeft ze beloofd. Met een cadeautje.'

Collin begon hardop te lachen. Zijn onmenselijke nachtmerrie en huizenhoge verdriet waren duidelijk een wazige herinnering aan het worden. Net toen Collin hem wilde zeggen dat het nu toch echt wel tijd werd om zijn bed weer op te zoeken, klonk het voorzichtig: 'Nog even, papa?' en kroop hij in Collins armholte, zich met zijn armen aan zijn lichaam plakkend. Alle opvoedkundige principes waren verdwenen. Waarom zou hij zijn zoon niet even weer een veilig gevoel geven? Hij voelde de slaperigheid van Gideon ook over zijn lichaam kruipen. Zalig nirwana van wegdoezelen. De hele wereld kon voor hem ontploffen.

Tot een agressief gerinkel vlak naast zijn oor hem hardhandig weer tot de realiteit bracht. De telefoon op het bijzettafeltje. Snel. Voor Gideon weer wakker werd. Zijn nog halfslapende arm gleed onder het hoofdje vandaan, dat misnoegd zachtjes kreunde en een nieuwe rustplaats zocht.

'Collin?' Haar stem klonk verrassend dichtbij en fris.

'Ja?' In tegenstelling tot de zijne.

'Oei, heb ik je wakker gemaakt? Ik zal het nooit leren met dat tijdsverschil.'

'Geeft niet.' Hij rukte zich voorzichtig los uit de warme stoel. 'Zeg maar.'

'Niets speciaals. Gewoon om te zeggen dat ik uiteindelijk veilig op het jacht van Maxwell ben aangekomen.'

'Goed', glimlachte Collin. Hij was altijd opgelucht haar te horen wanneer ze op missies was. Hij had zich eigenlijk nooit echt goed kunnen verzoenen met haar carrièrekeuze. Maar wie was hij om kritiek te uiten? Ieder zijn levenswijze, dat was vanaf het begin de basis geweest van hun onvoorwaardelijke vriendschap.

'Niet te lang moeten wachten op je aansluitingen?'

'Nee, alles ging perfect. Zelfs dat kleine vliegtuig naar Tenerife stond al op mij te wachten. Net een echte vip, toch?'

Haar ondeugende lach die volgde, verwarmde de bezorgdheid van Collin. 'Help me het nog eens herinneren: waarom moest jij nu weer per se naar de andere kant van de wereld vliegen om de grote Robert Maxwell ter wille te zijn?'

Ze aarzelde even. 'Ik zou de Canarische Eilanden nu niet onmiddellijk het eind van de wereld noemen. Je weet toch dat Maxwell de hele planeet als zijn achtertuin beschouwt. Bovendien is zijn jacht de ideale plaats om indruk te maken op mogelijk nieuwe zakenpartners. Hij zei me dat hij interessante contacten aan het opbouwen was met onze vrienden in het oosten. Met de muur die weggevallen is, zijn de mogelijkheden legio. Alles is te koop. En nu Israël met haar atoomprogramma...'

Hij onderbrak haar bruusk. 'Tammy, liever niet. Ik hoor het liefst zo weinig mogelijk, dat weet je.'

Een betrapte stilte aan de andere kant van de lijn. 'Sorry, ik liet me even gaan. Waarschijnlijk van de opluchting dat Maxwell nog altijd aan de juiste kant staat. Collin, je kunt niet geloven hoe dat voelde. Dat wantrouwen, steeds dat dubbel checken. Hij heeft jou en Gideon trouwens uitgenodigd voor een tocht met zijn boot, als hij in New York aanmeert. Zie je onze jongen daar al op het dek staan als een echte miniatuur-Popeye? Natuurlijk, pas in de zomer. Met dit weer zou hij nog ter plekke vastvriezen. Is hij braaf geweest?'

Collin keek naar de jongen, die met zijn knuffel in een innige omhelzing in een diepe slaap lag.

'De meest perfecte tienjarige van deze planeet en omstreken. Hij slaapt als een roos.'

Wat had het voor zin om haar een schuldgevoel aan te praten? Hij loog trouwens niet echt. Gideon lag nu in alle onschuld te slapen. Even twijfelde hij. Zou hij haar dat andere nieuws vertellen? Ze bleef maar een week weg. Maar aan de andere kant, op zeven dagen kon er heel veel gebeuren. En ze gaf hem dan ook nog eens de pap in de mond.

'Is er verder nog iets interessants gebeurd?'

'Ja', knikte Collin. Ze moest dit weten. Het had geen zin. Uitstel van zeven dagen. En dan? 'Er is weer een brief gekomen.'

Een diepe zucht aan de andere kant van de lijn. 'Wat staat erin?'

'Tammy, ik heb hem niet gelezen, ik heb hem gewoon op je schrijftafel gelegd.'

Ze wist wat hij van deze hele zaak vond.

'Wil je hem alsjeblieft gaan halen en hem me voorlezen?'

Collin keek verwonderd naar het bureau in een hoek van de woonkamer. 'Nu? Via de telefoon? Tammy, dat kost stukken van...'

Ze onderbrak hem op een ironische toon: 'Stukken van Maxwell, bedoel je? Hij gaat er niets op tegen hebben. Kom, alsjeblieft!'

Collin legde de hoorn neer en liep naar de schrijftafel. Wat dacht ze er deze keer in te lezen dat anders zou zijn dan die vorige brieven? Terug aan de telefoon scheurde hij de briefomslag voorzichtig open en ontvouwde het chique briefpapier.

'En?' klonk het ongeduldig. 'Wat wil ze nu weer?'

De ogen van Collin gingen snel over het verrassend korte briefje. Geschrokken hield hij even zijn adem in en probeerde de datum op de kalender aan de muur te lokaliseren. Hoeveel dagen waren dat nog? Was ze dan al terug thuis? Dat ging ze niet graag horen.

'Collin! Hallo?! Is het zo een lang epistel? Vooruit, lees voor!'

'Ik weet het niet.'

'Collin!'

Hij zuchtte. Ze had gelijk, het had geen zin dit voor haar te verzwijgen. Snel begon hij voor te lezen.

Liefste Wojteck,

Eindelijk, eindelijk zal ik je weerzien! Heinrich heeft erin toegestemd. In de eerste week van november zullen we in New York zijn. Ik heb het adres van je dochter al opgezocht op de kaart.

Niets houdt me nu nog tegen om in jouw blauwe ogen te verdrinken. Er is zoveel en tegelijkertijd zo weinig te vertellen.

Voor altijd de jouwe,
Jacqueline

'Ja?' klonk haar stem bedrukt.

Collin plooide het briefje weer dicht. 'Dat is het. Meer niet.'

'Geen concrete gegevens over haar vlucht? Wanneer ze exact arriveren en zo?'

'Nee', antwoordde Collin. 'Niks van dat.' Hij hoorde haar bijna hardop piekeren.

'Ze kan dus evengoed morgen al voor onze deur staan?'

Collin knikte. 'Dat zou kunnen, ja.'

Een diepe zucht en een zware stilte.

'We moeten het hem zeggen, Tammy. Het zal niet anders gaan.'

'Nee!' klonk haar stem heftig. 'Wacht nog maar even. Wie weet, met een beetje geluk komt ze niet in New York. Die Heinrich Montefiori...' Ze stopte.

'Ja?' vroeg Collin.

'Nee, niets.' Ze kon dit niet aan Collin vertellen. Zeker niet via de telefoon.

'Oké, jij beslist', gaf Collin maar weer eens toe. 'We hebben het er nog wel over als je weer thuis bent.'

'Bedankt', klonk ze kalmer. 'Geef die zoon van ons een dikke zoen. Ik zal me hier gedragen op het "bootje" van Maxwell. Ook al doet die benaming van hem niet echt recht aan dit luxejacht. Zijn – volgens hem – duurste vrouw, de Lady Ghyslaine.'

'Geniet ervan. Laat je maar eens goed verwennen door de bemanning van die boot.'

'Ai ai, kapitein. Ik bel je morgen!'

'Liefst voor middernacht, als dat kan.'

Ze grinnikte. 'Goed, boodschap ontvangen.'

Het werd even stil. 'Tammy?'

'Ja, Collin?'

'Wees voorzichtig.'

'Altijd.' Ze legde de hoorn neer. De kapitein van het jacht keek haar vriendelijk aan en gebaarde of ze klaar was. 'Ja, bedankt. Meneer Maxwell zit waarschijnlijk al op mij te wachten.'

Hij tikte met gepaste hoffelijkheid aan zijn pet en liet haar passeren. Robert Maxwell had op zijn 'Lady' wel elf bemanningsleden. Een minihofhouding voor de 68-jarige pasja die in zijn luxesuite al op haar zat te wachten voor een werkontbijt.

Toen ze bovendeks kwam, voelde ze een zachte bries door haar haren gaan. Zalig, dit gevoel van een onverwachte nazomer na de ijzige koude van New York. Maxwell wist wel waar het op aarde aangenaam te vertoeven was. Toen ze de deuren van de lounge opende, rook ze al de geur van versgebrande koffie en roereieren. Een uitgebreid ontbijtbuffet stond klaar. Maxwell hield ervan om uren te tafelen, ook bij het ontbijt, om dan met papieren naast het overvolle bord zaken te doen. Dit zou nu ook het geval zijn. Dat wist Tammy zeker.

'Hoe is het met je zoontje? Alles in orde?' De baritonstem klonk gemeend.

Ze stak haar duim op. 'Pico bello.'

'Dan kunnen we samen de agenda van de dag doorlopen.' Met een schok zette de boot zich in beweging. Het servies kletterde even zachtjes tegen elkaar en gaf zich dan over aan de deinende beweging van de zee. Tammy ging tegenover Maxwell zitten en diepte haar notitieblok uit haar tas op.

'Tammy, drink wat, eet iets. Veeg die bezorgde rimpel van je gezicht. Er is toch werkelijk niets aan de hand op het thuisfront?' Betrapt keek ze haar baas aan. Ze kon hem onmogelijk vertellen wat er aan de hand was. Ze moest die hele Jacqueline-zaak van zich afzetten. Ze kon er hier op weg naar de Canarische Eilanden weinig aan veranderen. Dat vakje in haar hersenen moest terug afgesloten worden.

'Sorry, nee. *Shoot*! Zeg maar, ik ben er klaar voor.'

Ze klonk geforceerd enthousiast, maar de peilende blik van Maxwell werd zachter. 'Goed, dan. Zolang je maar weet dat ik alles voor mijn persoonlijke assistente zou doen wat in mijn macht ligt, oké?'

Ze knikte, maar dacht bitter: als hij die onbeschrijflijke schaamte in mijn lichaam met een krachtige toverspreuk nu eens kon wissen. Maar Tammy wist dat zelfs niet al het geld van Maxwell haar van deze gevoelens zou kunnen redden.

'Het wordt een spannende dag vandaag. Onze eerste officiële contacten met onze Russische connectie. Ik heb zo het gevoel dat we de zaken gaan rond krijgen. Dat ze in Israël hun laboratoria maar klaarhouden.'

De rest van de morgen verliep met het opstellen van brieven en faxen. Ze voelde zich weer rustiger worden in deze pseudokantoorkajuit. Zonder de waakzame ogen van die man in het pak die haar al een paar dagen aan het volgen was. De eerste keer in de metro was ze zich een ongeluk geschrokken. Hij had geen contact met haar genomen, maar ze had hem overal gezien en gevoeld. In de weerspiegeling van de etalages toen ze ging winkelen. Nog net een glimp op een straathoek toen ze bij haar ouders met Gideon op de arm naar buiten kwam.

Extra bescherming van de organisatie? Of was het eerder controle? Of...? Ze had niemand over hem verteld. Zelfs Collin niet. Hij maakte zich zo al genoeg zorgen om haar. Trouwens, de man had haar duidelijk geen kwaad willen berokkenen. Hij had er alle gelegenheid toe gehad en had niets in die zin ondernomen. Ze was weer bezig zichzelf gerust te stellen. Ze mocht niet beginnen piekeren. Vooral niet aan die verdomde brief denken.

Walter.

Zijn naam dreunde weer op de voorgrond van haar gedachtegang. Hij mocht Gideon nooit zien. Hun zoon, het evenbeeld van zijn vader, haar... nee.

De boot kwam schokkend tot stilstand. Tammy keek naar buiten. De zon flirtte met de kleuren van de oceaan. Een oneindige wereld die onverstoorbaar in perpetuum mobile verder leefde zonder de banale zorgen van de mens. Nu begreep ze haar vader. Hij kon uren naar de oceaan zitten staren, met een boek of zijn zwarte schriftje als excuus in de hand. Het had haar als kind altijd een bijzonder vervelende bezigheid geleken. Er was zoveel meer te beleven op Long Island. Maar toch had ze hem nooit durven storen, als hij daar zo had gezeten. Onbewust had ze blijkbaar altijd aangevoeld dat hij dan in een andere wereld zat die hij bewust niet met zijn dochter had willen delen.

Een klopje op de deur haalde haar van Long Island naar de kajuit. Het gepolijste gezicht van een van de crewmembers verscheen in de deuropening. Met zijn witte pak en Ken-kapsel zo weggelopen uit *Love Boat*.

'Mevrouw Zipowitsch, meneer Maxwell vroeg mij u te verwittigen dat zijn gast elk moment kan arriveren.'

Ze keek naar de stapel kranten die ze nog van Maxwell moest doorspitten. Dat zou nachtwerk worden. Hij wilde van elk belangrijk nieuwsfeit op de hoogte blijven, maar had het volgens hem veel te druk om elk gedrukt woord ook effectief te lezen. De dagelijkse lawine kranten van over de hele wereld was voor zijn persoonlijke assistentes bedoeld, die hem dan alles mooi samengebald moesten rapporteren. Net toen ze de deur wilde sluiten, hoorde ze het faxtoestel in actie schieten. Ze aarzelde. Toch nog eerst even checken? Maar ze hoorde Maxwell aan de andere kant van het dek al luidkeels roepen naar een bootje dat in volle snelheid kwam aangevaren. In de verte zag Tammy het schip waarvan deze kleine versie duidelijk vandaan kwam. Die ontmoetingen zo op internationale wateren. Maxwells geliefde werkwijze. Tammy wist dat hier een luchtje aan zat, maar was verstandig genoeg om haar opmerkingen voor zich te houden. Maxwell balanceerde nu eenmaal graag op het gevaarlijke klif van wettelijkheid. Maar crimineel was hij niet. Dat moest ze zichzelf blijven vertellen.

De man die tevoorschijn kwam aan stuurboord, leek in niets op het norse cliché van een Rus dat Tammy in haar hoofd had. Met zijn blonde, gepermanente kapsel en tandpastaglimlach leek hij eerder rechtstreeks uit een reclamefilmpje voor Bounty of Baccardi gestapt. Zijn hand bleef net iets te lang in de hare rusten. Zijn ogen probeerden net iets te krampachtig haar blik te vangen. Zijn chique pak verraadde veel geld, weinig klasse. Dit soort mannen gaf haar kippenvel. Ze probeerde discreet op de achtergrond te verdwijnen en liet Maxwell de honneurs waarnemen. Hun Russisch klonk haar hard in de oren. Maxwell hield ervan om zijn talenkennis te etaleren, te pas en te onpas. Soms zat er nog meer van de Tsjechische boerenzoon in hem dan hijzelf zou toegeven. Net als haar vader sprak hij nooit over zijn jeugd. Maar Tammy had het opgezocht. Zijn ouders waren ook slachtoffers van de holocaust geweest en hijzelf was op het nippertje aan datzelfde noodlot ontsnapt en naar Groot-Brittannië gevlucht. Daar had hij van niets zijn gigantische imperium opgebouwd. Een echte selfmade man.

'Tammy, zullen we samen vroeg dineren?' sprak Maxwell haar weer in het Engels toe.

Galant opende hij de deur van de lounge waar een imposant feestbuffet hen opwachtte. Alles om zijn zakenpartners te overtuigen dat hij een van de belangrijkste, zoniet de enige zakenman was. Het hele diner verliep in een aftastende sfeer. Van gesprekken over koetjes en kalfjes naar de kern van de zaak. Afspraken over bedrag, transport, veiligheid. Dit was niet alleen politiek gezien gevaarlijke handelswaar. Mensen die over zoiets onderhandelden, waar waren ze mee bezig? Om het machtsevenwicht in het oosten te herstellen. Om Israël niet als een lam naar de Arabische slachtbank gevoerd te zien worden. Dat moest ze zichzelf blijven voorhouden. Dit plutonium was geen wapen. Nee, dit was een afschrikmiddel. Naarmate de avond vorderde, was de Rus steeds dichter bij haar komen zitten. Onbehaaglijk was Tammy discreet steeds weer één millimeter opgeschoven op de bank. Tot ze niet meer kon.

De zon was al lang onder, toen de zaak eindelijk beklonken was. De man had toegestemd in de voorwaarden van Maxwell. Tammy had de nodige gegevens genoteerd. Maxwell liet nu met veel ommezwaai een champagnefles knallen.

'Op een geslaagde meeting! *Nazdrovia*!'

De glazen werden geklonken. Het echte spul. Natuurlijk. Voor Maxwell was het beste niet goed genoeg. De Rus lachte uitbundig.

'En nu dit als bonus!'

Zijn hand ging onbeschaamd van haar knie naar haar dij. Ze verstarde. Dit kon toch niet de reden zijn dat Maxwell haar uitgenodigd had op deze geheime vergadering? Ze kende de seksuele appetijt van haar baas, die een huwelijk niet als belemmering zag voor escapades. Had ze zich dan toch vergist in zijn oprechte respect?

'Nee!' Zijn stem klonk beslist. 'Nu niet. Bij de volgende meeting, oké?' Hij ging staan. De Rus haalde met tegenzin zijn hand weg.

'Tammy is mijn persoonlijke assistente. Ze heeft nog werk voor mij.'

De man stond nu ook op.

'Ik begrijp het', knipoogde hij. 'Persoonlijk gebruik.'

Tammy kon een blik van walging niet onderdrukken.

'Inderdaad', manoeuvreerde Maxwell hem naar de deur. Hij schakelde weer over op het Russisch. Een vettige lach van de Rus weerklonk nog net in de lounge. Net voor hij de deur sloot, draaide Maxwell zich om. 'Ik zie je hier in een uur terug met een update van het internationale nieuws?'

Tammy keek op haar horloge. 'Nu nog?'

Maxwell keek haar geruststellend aan. 'Maak je geen zorgen. Ik heb je enkel en alleen voor die update nodig.'

Gehaast liep ze via de andere toegangsdeur naar haar kantoorkajuit. Alles om die kwal niet meer onder ogen te komen. Een uur. Niet veel tijd om al die kranten te doorworstelen. Ze zag een nestje opgerold papier bij het faxtoestel liggen. Snel scande ze de boodschappen. Beursberichten, brieven van een van de advocaten van Maxwell. En een bijzonder korte boodschap van de oude katsa van New York!

'Het probleem M. heeft zichzelf opgelost.'

Haar hart begon onbedaarlijk te razen bij deze cryptische boodschap. Montefiori? Had de organisatie…? Nee, er stond 'zichzelf'. Of was dat slechts beeldtaal? Zenuwachtig woelden haar handen door de krantenmassa. Maxwell had in zijn vaste pakket ook altijd een aantal Zuid-Amerikaanse kranten zitten. Haar Spaans was met deze scanopdrachten al grondig bijgeschaafd. Eindelijk had ze de krant gevonden die ze zocht.

Clarín. Volgens Argentijnen de beste krant van de wereld. Het grijze papier knisperde in haar handen. Nee, niets. Haar ogen scanden elke titel. Nergens de naam Montefiori. Had ze zich vergist, betekende die codeboodschap iets heel anders?

Toch nog maar eens de *Buenos Aires Herald* doorbladeren. Het Engels was veel sneller te lezen. Bladzijde na bladzijde gleden onder haar ogen door. Tot ze bij de overlijdensadvertenties kwam.

Door een tragisch ongeluk ons uit het leven gerukt:
Meneer en mevrouw Heinrich en Jacqueline Montefiori
Succesvol zaakvoerder van de internationale Montestella-holding
Gerespecteerd Argentijns staatsburger.
Dienst en avondwake: 19:30 uur, Cathedral Metropolitana
Geen bloemen noch kransen. Giften op rekeningnummer 007.897.523 o.v.v. 'Dwaze moeders van de Plaza de Mayo'.

Een zucht van opluchting en tegelijkertijd droefheid ontsnapte aan haar keel. De brief die haar de hele dag achtervolgd had, had ook zichzelf opgelost!

Ze moest dit naar Collin faxen. Dat hij niet bij elk belgerinkel aan de deur moest opschrikken. Ze nam schaar en papier in de hand en begon een fax te fabriceren.

Een ongeluk?!

Wat zouden ze daarmee bedoelen? Ze probeerde met alle macht het medelijden dat in haar opkwam, te versmachten. Zo ineens je twee ouders kwijtraken. Walter moest zich wel bijzonder… Nee… geen gevoel voor deze onmens… maar… hij was wel… nee…

Het piepgeluid gaf aan dat de fax verstuurd was. Op een drafje werkte ze de rest van de kranten af. Ze had het motorbootje horen vertrekken, de bemanning had zich ook al teruggetrokken voor de nacht. Maxwell zou wel op haar zitten wachten. Hij zou tevreden zijn met deze boodschap van de katsa.

Toen ze de lounge binnenkwam, vond ze Maxwell met een fles dure wijn in de hand. Maar met alerte ogen. Hij knikte goedkeurend bij het lezen van de fax en het overlijdensbericht.

'Het is natuurlijk nog niet voor honderd procent zeker dat die man...' opende Tammy het gesprek. Maar Maxwell blokte haar al snel af.

'Daar mag je niet aan twijfelen.' Hij glimlachte. 'Een ongeluk noemt hij dat.'

Tammy keek hem vragend aan, maar Maxwell negeerde haar.

'En de rest van het nieuws?'

Tammy ging naast Maxwell zitten en nam haar papieren en krantenknipsels in de hand. De lounge dobberde in een beperkte zee van licht. Hij had een zacht klassiek muziekje opgezet, zodat de onverschillige stilte van de oceaan gedempt werd. De zware wijn die hij haar serveerde, maakte haar slaperig. Maar hij bleef ideeën en voorstellen spuien, die ze braaf noteerde. Wat zou ze er veel voor geven om haar hoofd op haar donzen hoofdkussen te kunnen leggen. Maar de adrenaline van een geslaagde deal was duidelijk nog niet uitgewerkt. Hij werd er zelfs lyrisch van.

'Geloof me, Tammy. We zullen nooit meer verjaagd worden. Onze thuis wordt vanaf vandaag nog veiliger bewaakt. Israël zal nooit verdwijnen.' Zijn stem had een beetje getrild van emotie. 'Hadden mijn ouders dit maar kunnen meemaken.'

Tammy keek hem vol medelijden aan. Ze herkende zo dat gevoel. De emotionele roetsjbaan van deze dag eiste zijn tol. Ze voelde de tranen zonder controle over haar wangen rollen.

'Hé, dat was wel niet de bedoeling!'

Toen hij opstond om haar te troosten, gebeurde het.

De hele ruimte was gevuld. De schok verlamde haar volledig. Geen geluid kwam over haar lippen. Haar hersenen registreerden koel en boekhouderig. Waren dat uzi's? Hoeveel man? Vier. Nee, vijf. Allemaal in het zwart. Alleen de heftige ogen zichtbaar. Moeizaam draaide ze haar hoofd naar Maxwell, wiens doodangst in zijn blik alle onzekerheid en hoop wegveegde. Dit was het. Haar bestaan. Moest nu niet haar hele leven voor haar ogen voorbijflitsen?

Het enige dat ze kon denken, was: nu niet!

Een van de uzi's wees vragend naar haar, terwijl een andere Maxwell naar de deur manoeuvreerde. De man knikte bevestigend. Het was Maxwell die ze moesten hebben. Een ingehouden zucht van opluchting ging door haar lichaam.

Ze sloot de ogen, had niks gezien, niks gehoord. Maar moest ze niets doen voor haar baas?

Te klein, te machteloos. Waar was zijn bemanning? Als ze nu eens brulde, de longen uit haar lijf riep? Dan ging ze alsnog dood. Snel en genadeloos. Waar was die kapitein met zijn welwillende glimlach?! De angst deed haar onbeheersbaar klappertanden. Ze was hier niet. Weg. Weg.

Een puntige aanraking in haar hals verstrakte haar huid. Wat?!

Ze voelde de naald een gloeiend hete vloeistof door haar lijf jagen.

'Niet te diep! Geen sporen!' vermaande een uzi. Engels, registreerde ze. Een accent? Nee. Ja?

Haar lichaam gehoorzaamde al niet meer. Weerloos werd ze door een man over de schouder genomen.

Ze hoorde een luide plons, voelde de reling als laatste steunpunt.

'De volgende!'

Ze voelde handen die haar steeds verder naar het water balanceerden. Ze hoorde nog de woorden die met een nonchalante onverschilligheid over haar hoofd werden uitgesproken.

'Jammer van deze vrouw. Aantrekkelijke vangst, niet?'

Het antwoord klonk al even koud: 'Je weet wat ze ons hebben gezegd: geen getuigen. Ook geen knappe.'

Een laatste duw op haar achterste. De klap verdoofde nu ook haar ogen. De kou sneed haar de adem af. Haar hersenen probeerden paniekerig haar armen en benen tot zwembewegingen aan te manen.

Maar er gebeurde niets. Helemaal niets.

Hoe diep bleef ze zakken? Ze moest uiteindelijk toch weer boven komen? Dat moest!

Lucht!

Waar was Maxwell? Haar ogen openden zich weer. Het zwartste zwart omringde haar. Was ze nu niet weer aan het stijgen? Waar was de oppervlakte?

Vooruit, lichaam, zwemmen!

De pijn in haar borst groeide. Scheurend, alsof een woeste tijger in de kooi van haar longen luid brulde. Een onverwacht woeste rimpeling in het water schokte haar nog dieper weg. Ze hoorde het vervormde geluid van een buitenboordmotor.

Ze waren weg! Nu kon de crew hen komen redden!

Haar mond dreigde zich te openen. Nee! Volhouden. Ze zouden komen. Dat wist ze zeker.

Het koude water was al overal doorgedrongen. Ze ging het nooit meer warm krijgen. Nooit meer.

En ineens was haar strijd gestreden.

Haar mond ging open. De pijn in haar rug verdween. Haar longen kregen eindelijk wat ze wilden. Waarom had ze toch gedacht dat ze niet onder water kon ademen?

Ze had het gevonden! Gewoon meedoen. Het water was geen vijand. Het had geen zin zich te verzetten. Het onverschillige, lome gevoel van haar lichaam nam nu ook bezit van haar geest.

Dit was zalig. Totale verdoving. Dat ze nog maar even wachtten om haar te redden…

En net voor haar longen zich volledig met het zilte water hadden volgezogen, ontsnapte haar nog een laatste gedachte: dit moest ze aan Gideon vertellen!

22

Het begin van het einde

November 1991

'Rouw heeft niks met geluk of ongeluk te maken. Geluk en ongeluk behoren tot het gebied van lukken en mislukken, tot het gebied dat behoort tot je keuze, je talent, macht, verantwoordelijkheid, competentie, tot het gebied waarin je handelt en actie onderneemt. Het is het gebied waarvan de poort dichtgaat bij je eigen dood, maar niet bij de dood van anderen.'

I.M., *Connie Palmen*

Het kleine steentje om op haar graf te leggen, voelde loodzwaar aan in zijn hand. Zo hoorde het niet. Een vader zou nooit zijn eigen kind moeten begraven. Naast hem liet Nadia haar tranen de vrije loop. Hij niet. Het leek alsof hij geen tranen meer over had. Het dodelijke nieuws dat Collin hen gebracht had, had hen een laatste krak gegeven. Zijn vrouw was met een vingerknip een stokoude mummie geworden. Hij had Tammy nog willen zien, willen ontdekken dat ze zich daar in Europa vergist hadden. Dat zijn dochter in werkelijkheid nog ergens springlevend op een verlaten eilandstrand was aangespoeld. Collin had hem gewaarschuwd, met tranen in de ogen gezegd dat hij Tammy zo beter niet kon zien.

Het lijk dat een aantal dagen in de oceaan gelegen had, was zijn dochter niet meer. Maar Wojteck had zijn zin doorgedreven. Collin wist niet welke beelden van Auschwitz hij in zijn geheugen noodgedwongen nog altijd opgeslagen had. Maar de jongen had gelijk gehad. Dit was zijn dochter niet geweest.

Tevergeefs zocht de hand van Nadia de zijne. Wojteck negeerde het gebaar uit angst dat haar aanraking een dam van tranen zou doen openbreken. Steeds dezelfde vragen en gedachten bleven dag en nacht door zijn hoofd razen. Waarom had de bemanning van dat jacht zogenaamd niets gehoord? Waarom was niemand hun baas en assistente te hulp gekomen? Omdat ze het gewend waren een oogje dicht te knijpen voor de louche zaakjes van hun chef? Hij was razend op die vette pasja die haar baas was, dat hij zijn dochter zo gewetenloos mee de dood in genomen had.

Maar wat had het voor zin kwaad te zijn op een lijk?

De wildste geruchten deden de ronde over de dood van de mediagigant. Hij zou met de Russische onderwereld in conflict gekomen zijn. Een jaloerse echtgenoot zou hem een dodelijke duik hebben laten nemen. Er werd zelfs gefluisterd dat de organisatie had besloten dat de staat Israël Maxwell, hun 'wild veulen', niet meer in de hand had gehad. Wojteck had zijn vroegere contacten aangesproken, maar die gaven hem steeds weer dezelfde boodschap, als een naald die steeds op een plaat bleef hangen. Tammy was duidelijk een klassiek geval van verkeerde plaats en tijd. Doodzonde, maar weinig aan te doen. Een 'casualty of war'. Wojteck bleef zich afvragen van welke oorlog. Hij kreeg constant het gevoel dat men hem iets verzweeg, of was dit slechts de paranoia van een oude man? Zijn hoofd kon niet wachten om deze hele zaak tot op het bot uit te spitten, maar zijn lichaam was zo moe, zo levensmoe. Het was alsof nu pas de folterjaren in Auschwitz hun tol opeisten. Zijn lichaam wilde rouwen. Om alles. Zijn geest wilde wraak. Om alles.

Waarom was zijn dochter gewoon niet braaf in het ziekenhuis blijven werken, getrouwd met een degelijke man? Dan was dit allemaal niet gebeurd. Tammy en Collin konden misschien Nadia een rad voor de ogen draaien. Hij wist wel beter. Al die reizen naar Zuid-Amerika, vlak voor Gideon geboren was. Te veel toeval om waar te zijn. Maar hij had haar leven gerespecteerd. Discretie voor alles. Collin was een perfecte vader voor zijn kleinzoon. Wat had hij dan het recht om haar terecht te wijzen?

Had hij het maar wel gedaan.

'Opa, opa!' Gideons kinderstemmetje klonk ongepast op deze versteende woestijn van doden.

Wojteck keek naar rechts. Daar kwam Gideon aanrennen. Collin probeerde hem in de verte tot kalmte aan te manen. De smalle paden tussen de graven waren op sommige plaatsen gevaarlijk glad. De ijzige kou leek die winter maar niet te willen plaatsmaken voor de lente. Een weerspiegeling van het ijs dat nooit uit zijn hart verdwenen was en de laatste weken weer was aangegroeid.

Het warme wantje van Gideon nestelde zich zonder scrupules in zijn verkleumde hand. Hij had er zoveel voor willen geven om zijn kleinzoon het onmenselijke verdriet van een verloren moeder te besparen. Maar hij had niets kunnen verzinnen om zijn leed te verzachten.

Gideon voelde het steentje in de hand van Wojteck. 'Mag ik het steentje geven, opa?'

Hij klonk zo lief, zo oprecht dat Wojteck bijna zijn hart voelde breken. Woordeloos gaf hij hem het kleinood. Hij hoorde de woorden niet die het jongetje zachtjes prevelde. Een eenzijdig gesprek met zijn moeder van steen.

Nadia en hij hadden met Collin over de toekomst van Gideon overlegd. Ze zouden hem samen opvangen. Collin kon dat anders met zijn onregelmatige uren moeilijk combineren. Eerst hadden ze geopperd om Gideon volledig in huis te nemen, maar dat aanbod had Collin heftig afgeslagen. Hij hield van de jongen, hij kon de gedachte niet verdragen hem ook nog eens te verliezen.

Collin. Een lieve man, een goede vader voor zijn kleinzoon. Maar toen hij Collin had gevraagd om met hem het fijne van de zaak rond de dood van Tammy te weten te komen, had hij Wojteck teleurgesteld. Hij bleef de hele tijd maar opmerken dat het toch allemaal geen zin meer had. Tammy bleef dood. Wat ze ook allemaal over die Maxwell zouden opgraven.

Ze hadden die morgen naar de beelden van de baas van Tammy op CNN gekeken. Bijna een staatsbegrafenis. Wojteck had Isser Harl ontdekt. Begraven mogen worden op de Olijfberg in Jeruzalem. Met alle belangrijke nationale helden van Israël. Natuurlijk. Wojteck had zijn woede en verontwaardiging amper kunnen verbijten. Toen hij de woorden van president Shamir hoorde, was het hem te veel geworden. '*He has done more for Israel than today can be said.*'

Dat deze moordenaar van zijn dochter mee een van de eersten zou zijn die de Messias bij zijn komst op aarde zou zien!

Nadia had alleen maar stilletjes zitten bidden. Ze had geen oog voor zijn woede op het noodlot dat zij gelaten leek te ondergaan. Als twee schaduwen leefden ze naast elkaar en toch zo dichtbij in de kleine flat. Wojteck had het die morgen nog maar eens beseft: hij was alleen. Helemaal alleen. En zelfs dat besef kon geen traan meer in zijn ogen doen verschijnen.

Zijn familie zette zich in beweging. Hij hoorde hen praten. 'Natuurlijk komen jullie bij ons lunchen. Oma heeft zelfs al jouw lievelingsbroodjes gebakken.' De jonge stem danste om Nadia en Collin heen. Wanneer ging hij echt beseffen dat zijn moeder hem voor altijd verlaten had?

Aarzelend bleef hij voor het graf staan. Hij had geen zin om naar het leven terug te keren. Hoeveel veerkracht verlangde men eigenlijk nog van hem? Het was genoeg geweest. Niemand kon hem nog overtuigen dat al dit verlies voor een goede, hogere zaak was. Hadden die eenlettergreepmensen in de Tweede Wereldoorlog dat ook niet gedacht?

'Opa, opa, snel!'

Wojteck moest ongewild glimlachen. Hoe dezelfde woorden plots zo onschuldig konden klinken. Nog voor Gideon tot bij hem was gehuppeld, had Wojteck zich van haar graf afgewend en met gesmoorde stem gesproken: 'Tammy, zolang één geest op deze aarde een herinnering aan jou blijft hebben, sterf je nooit helemaal. Ik zal ervoor zorgen dat jouw zoon je nooit vergeet. Hij krijgt na mijn dood mijn dierbare zwarte schriftjes.'

Walter genoot van de stilte in zijn villa. Na de drukte van de begrafenis, het uitgebreide onderzoek dat gevolgd was en het afwerken van het testament, had hij eindelijk een time-out voor zichzelf ingelast. Het nieuws dat ook de wagen van zijn vader een bom bevatte, was schokkend. Maar toen hij er verder over had nagedacht, was het toch een zekere geruststelling geweest. Dit was geen persoonlijke aanslag, alleen op hem gericht.

Hij lachte. Te weten dat er op dit moment een speciale wagen van de Argentijnse politie voor zijn poorten geparkeerd stond. De staat die voor zijn bescherming betaalde. Wat wilde hij nog meer?

Het personeel had raar opgekeken toen hij hen de dag na de begrafenis had bevolen om alle meubels van zijn ouders op zolder op te slaan en voor de zijnen te vervangen. Hij was de zogenaamde stijlvolle prullaria van zijn moeder beu geweest. Eindelijk was hij uit de beklemmende vleugel kunnen ontsnappen. De riante woonkamer was perfect om zijn ideeën de vrije loop te laten. Hier had hij eindelijk de ruimte. Een onbestemd muziekje speelde op de achtergrond. De witlederen stoelen voelden behaaglijk aan. Hij sloot de ogen. Zijn handen gleden naar de pentakelketting die onder zijn hemd verborgen zat. Hij was nu de enige overgeblevene van de hele pentakelgroep. Een zware erfenis om te dragen, maar hij was er zeker van dat hij een waardige opvolger van zijn vader was. Meer zelfs. Hij had grootse plannen nu hij ongehinderd zijn gangen kon gaan. Geen steun, maar ook geen betuttelingen meer van zijn vader of oom Klaus. Hij wist wat er te gebeuren stond. Voor morgenavond had hij een vlucht geboekt naar Europa. Drie landen in één klap: België, Frankrijk en Oostenrijk. En misschien als kers op de taart Italië?

Drukke tijden. Maar succesvol, daar was hij van overtuigd. Niets hield hem nog tegen om de idealen van het pentakel te verwezenlijken. Hij gaf zichzelf maximaal vijftien jaar. Dan zou heel Europa aan zijn voeten liggen. Zijn mannen zouden daar wel voor zorgen. Hun ambitie kende geen grenzen en wat nog beter was, ook hun scrupules niet. De ideale partners om de dood van zijn ouders te wreken. Ooit zouden de daders gestraft worden. Hij nam tevreden een slok van zijn whisky, die in zijn keelgat brandde.

Zijn moeders dienstmeisje verscheen in de deuropening. 'Meneer Montefiori, ik heb uw bad laten vollopen.'

Dat stemmetje, dat accent. Als een rode lap op een stier. Met een zucht stond hij op en rekte zich uit. 'Ik kom.'

'Als u mij zou willen volgen?'

Haar korte zwarte rokje danste voor zijn ogen. Zou zij ook zo lieftallig 'O, meneer Montefiori' kreunen, als hij bij haar binnendrong?

Nieuwsblad – maandag 25 november 1991

Zwarte zondag? Niet voor het Vlaams Blok!

Met 479.917 stemmen haalde gisteren de extreemrechtse partij het Vlaams Blok een verrassende verkiezingsuitslag. De hele politieke wereld is met stomheid geslagen. Dringend overleg is volgens de politieke kopstukken gewenst. Meer achtergrondinformatie vindt u op pag. 5.

3 november 1993

Dag Gideon, dit is een droeve dag voor je opa. Al zal hij het nooit zo openlijk toegeven. Nadia, jouw oma, is vannacht zacht in haar slaap gestorven. Ik heb van haar gehouden. Natuurlijk. Maar misschien niet genoeg. Heb ik haar alles gegeven waar ze recht op had? Nooit is de schaduw van Ravensbrück van haar gezicht verdwenen. Hoe onrechtvaardig dat juist zij haar dochter op zo'n manier heeft moeten verliezen. Vaak denk ik: misschien was ze met een andere man gelukkiger geweest? Misschien. Maar weet één ding zeker: ze hield zielsveel van jou.

Ik hoop dat je als erfgenaam van mijn zwarte schriftjes zult weten dat ik je ontzettend liefheb.

London Times – zondag 12 januari 1996

Geruchten rond neofascistische bijeenkomsten

Bronnen die anoniem wensten te blijven, vermeldden reusachtige geheime bijeenkomsten van niet nader genoemde extreemrechtse partijen in het Londense Greenwich. De samenkomsten zouden als enig doel het ronselen van nieuwe leden hebben. Politie heeft tevergeefs de aangegeven plaatsen bezocht.
Wilde verzinsels? De hardnekkigheid van de geruchten doet anders vermoeden.

1 juli 1998

Nog nooit ben ik zo trots geweest. Mijn kleinzoon die zo een speech durft te geven op zijn Graduation Day.

Je school mag trots op je zijn. Jouw pleidooi voor verdraagzaamheid in deze harde wereld, met subtiele verwijzingen naar het onrechtvaardige noodlot van je grootouders. Het ontroerde me enorm dat je zo over ons sprak. Ik wist niet dat de geschiedenis van ons je zo geraakt had. Ik heb nu eenmaal niet de neiging om met jou over zulke dingen te praten.

Ik weet zeker dat je keuze voor de toekomst een succesvolle zal blijken te zijn. De medische wereld zal mensen als jij goed kunnen gebruiken.

Je moeder zou trots op je geweest zijn.

Frankfruter Allgemeine Zeitung – 28 februari 2000

FPÖ, de grote overwinnaar!

Oostenrijk doet heel Europa op haar grondvesten schudden. Jörg Haider komt met zijn partij FPÖ als de grote overwinnaar uit de bus.
Zijn uitspraken over werkgelegenheid *(zie bladzijde 3, 'Hitler had een perfecte arbeidspolitiek')* hebben blijkbaar niet kunnen verhinderen dat de Oostenrijkse burgers massaal op hem gestemd hebben.
'Deze charmante man zegt wat veel Oostenrijkers denken', vertelde de partijsecretaris van FPÖ.

Januari 2006

'Antwerpen troef!'

23
De doos van Pandora
Oktober 2006

'Hoe streng een vader ook kan zijn als hij zijn zoon beoordeelt, hij kan nooit strenger zijn dan een zoon die zijn vader beoordeelt.'

Poncela

'Een dodelijke dans in het holst van de nacht.'

De twee atleten op het scherm wierpen, door de tijd heen, schaduwen in de woonkamer van zijn opa. Hij zag er zo breekbaar uit. Zijn ademhaling was de laatste weken steeds hoorbaarder geworden. Hij had in het ziekenhuis al veel van dit soort patiënten gezien. De dood leek hem als een morbide beschermer omhelsd te hebben. Zijn vader zat ongemakkelijk met een kopje in de hand.

'Die Riefenstahl, dat was een hevige!' onderbrak Wojteck de stilte. 'Zoals zij die cameramannen liet rondhossen!'

'U spreekt daar met sympathie over?' vroeg Gideon verwonderd. 'Een schoothondje van dat monster, Riefenstahl deed braaf alles wat hij haar zei. Ik had gedacht dat zeker u zulke mensen zou minachten!'

Wojteck schudde vermoeid het hoofd.

'Er is een belangrijk ding dat je niet mag vergeten, jongen. Die mensen toen hadden geen glazen bol die hen vertelde wat Hitler nog allemaal voor onmenselijke plannen in zijn hoofd had zitten broeden. Hij was gewoon de man die haar de mogelijkheid gaf om te doen wat ze het liefst van alles wilde: filmen.'

Gideon besloot wijselijk te zwijgen. Alsof die vrouw nooit iets over de holocaustvisie gehoord had! *Pillow talk* in de suite van Goebbels! Hij had ergens gelezen dat die vrouw zich letterlijk een weg naar de top had geslapen. Zou ze ook met Hitler zelf… of zou hij genoeg gehad hebben aan zijn Eva? Nee, dat geloofde hij niet.

'Gideon.' Zijn vader wees naar zijn opa, die wankel voor zijn stoel was gaan staan. Snel sprong hij recht om de oude man te ondersteunen, die nog altijd koppig weigerde zijn stok te gebruiken. Moeizaam manoeuvreerden ze zich naar de schrijftafel met de vele opbergvakjes die Gideon als kind altijd geïntrigeerd hadden. Langzaam haalde Wojteck een sleutel uit zijn broekzak en stak hem zonder enig beven in de onderste lade, waar een stapel zwarte schriftjes op hen lag te wachten. Hij gebaarde Gideon ze naar de stoel mee te nemen.

'Allemaal?'

Zijn opa kon alleen nog knikken als antwoord en het was pas na enkele minuten in zijn stoel dat hij weer genoeg adem had gevonden om te spreken.

'Gideon, zoon', begon hij, terwijl hij de onderliggende emotie in zijn stem nauwelijks kon onderdrukken. Hij sloeg met zijn krachteloze hand op de schriftjes die Gideon net daarvoor op de brede leuning had gelegd.

'Dit is mijn hele leven. Nou ja, bijna.'

Het tv-scherm liet nog eens de schaduw van de twee schermers zien die in 1936 een voorafspiegeling hadden opgevoerd van de echte bloedige strijd die amper vier jaar later in datzelfde Berlijn zou woeden.

Kom, gebaarde Wojteck naar zijn kleinzoon. 'Kom naast me zitten. Ik wil ze samen met jou doorbladeren. Ze zijn voor jou, allemaal.'

'Maar opa, ik kom toch terug. Die doktersstage in Afrika duurt geen eeuwen!'

'Dat weet ik', antwoordde Wojteck. 'Zes maanden, zo lang ben je weg. Maar je weet net zo goed als ik dat zelfs een week al te veel voor mij is. Dit is de laatste keer dat we elkaar zien. Heeft jouw vader daarom niet dit etentje, deze avond georganiseerd?'

'Nee, opa', reageerde Gideon fel. 'Zo mag je niet praten. Natuurlijk zien we elkaar nog.'

'Ik hoop dat hier de kleinzoon en niet de dokter spreekt. Want als arts moet je al lang opgemerkt hebben dat mijn dagen geteld zijn.' Hij glimlachte even. 'Als dat niet het geval is, zou ik toch maar even met die organisatie contact opnemen en die stage afzeggen. Ze hebben bekwame dokters nodig.'

'Wojteck', onderbrak Collin hem op een licht vermanende ondertoon.

'Oké, goed', ging de oude man verder. 'Geen tijd te verliezen. Hier, dit was mijn eerste schriftje, van Marcel gekregen.'

Zijn handen gingen over de vergeelde eerste bladzijde waarop een door de tijd verkleurd adres in een kinderlijk handschrift geschreven stond.

'Marcel', mijmerde Gideons opa. 'Wat zou er van die jongen geworden zijn?'

Gideon keek hem vragend aan.

'Nee nee', zuchtte Wojteck. 'Alles op zijn tijd. Eerst vertel ik je van mijn leven voor 1945, voor de schriftjes.' En zo zaten ze met z'n drieën in het vooroorlogse Kraków.

Collin keek ontroerd naar de twee mannen voor zich. Hij had Wojteck nog nooit zo horen praten. Zijn ambities als jonge schermer, zijn liefde voor zijn kleine zusje Mirri, allemaal verhalen die Collin nog nooit gehoord had.

Hij had er goed aan gedaan deze avond te organiseren. Maar hij vroeg zich wel af of hij de brieven die in zijn broekzak een gat aan het branden waren, zou laten lezen. Wat had het voor zin om deze oude man, die al zoveel geleden had, misschien wel een laatste knak te geven?

'En toen was er Antwerpen en Jacqueline.'

De ogen van Wojteck kregen een diepwarme glans. Zijn verhaal viel even stil.

'Wat hoor ik nu?' probeerde Gideon met een grapje de stilte te verbreken. 'Is er ooit iemand anders geweest dan oma? Was ze mooi?'

Wojteck zuchtte. 'Ze was mooi, intelligent, lief, ze was alles. En ze is vooral veel te jong gestorven.'

Zijn handen werden ongemerkt vuisten. 'Had ik maar iets kunnen doen voor haar en haar familie. Dan hadden ze... maar nee... ik zat vast in Breendonk, mijn tussenstation naar Auschwitz.'

Het laatste woord bleef als een stille beschuldiging hangen in de woonkamer, waar de beelden van euforische partijleden in rood en zwart te Nürnberg, gefilmd door Riefenstahl, getoond werden.

Collins twijfel groeide met elk woord dat Wojteck uitsprak. Zou hij het dan toch nog doen? Na al die jaren, na zijn belofte aan Tammy?

'Nee', herhaalde Wojteck stil voor zich. 'Mijn Jacqueline is veel te jong, voor niets, gestorven.'

‘Toch niet.’ Collin schrok even van zijn eigen stem. De eerste stap was gezet, hij kon niet meer terug.

Twee paar ogen keken hem aan. Plechtig ontplooide hij de brieven uit zijn broekzak op de salontafel. Aarzelend ging Wojtecks hand naar de enveloppen om haar geschrift voorzichtig te strelen. De emotie werd hem duidelijk te veel. Het was pas na een lange stilte dat de eerste vragen stokkend bij hem opkwamen: ‘Maar… hoe… waarom?’

‘Ja’, onderbrak Gideon hem. ‘Vertel eens. Waarom kom je daar nu pas mee aan?’ Zijn toon was vol nauwelijks verborgen kwaadheid. Zag hij dan niet wat dit nieuws allemaal met Wojteck deed?

Collin besloot om het uitgesproken verwijt van Gideon te negeren en hij begon te vertellen. Hoe Jacqueline helemaal niet in de Tweede Wereldoorlog in *Nacht und Nebel* was verdwenen, maar in Buenos Aires was beland. In het gezelschap van een topnazi.

Wojteck had de wenkbrauwen gefronst. Dat kon niet! Zijn Jacqueline met zo’n monster?

Maar toen Collin hem vertelde waarom Jacqueline dit gedaan had, was de verontwaardiging van Wojteck als een pudding in elkaar gezakt. Collin probeerde de tranen te negeren die de woordeloze getuigen waren van zijn verdriet. Hij moest het allemaal vertellen. De geheimen, hij kon en wilde ze niet langer meer dragen. Dus ging hij verder met zijn verhaal.

Ook met het vertellen over Walter, haar zoon.

‘Ze had een kind?’ Wojteck sloot de ogen. ‘Van hém?’

Collin aarzelde even. Zou hij? Ja, alles was beter dan wat hij nu dacht. Of niet?

‘Nee, Wojteck. Die jongen, die zoon is van jou.’

Collin stond op en hurkte voor Wojteck. Hij nam zijn beide handen vast.

‘Ik weet niet of ik er goed aan doe om dit nu allemaal aan u te vertellen. Maar u moet één ding weten: ze is altijd van u blijven houden. Ook toen ze dacht dat u omgekomen was. Toen ze eindelijk wist dat u in New York leefde met uw gezin, heeft ze er alles aan gedaan om u alsnog te ontmoeten. Maar een jammerlijk ongeluk heeft anders beslist.’

‘Ze is dus dood’, antwoordde Wojteck met de gelatenheid van een negentigjarige.

Het tv-scherm gaf nu beelden van een hersenloze soap waar emoties onnodig lang uitgesmeerd werden. Collin stapte naar het toestel en zette de zoveelste liefdesverklaring van Brooke aan Ridge uit. In deze kamer was geen plaats voor onnodige woorden.

Het was het beste de oude man even te laten bekomen van de emotionele lawine die Collin veroorzaakt had.

'Ik heb dus een zoon?'

De vraag bevatte de hoop waarvoor Collin al die jaren zo bang was geweest.

'En ik een oom?'

De woorden van Gideon verlamden Collin. Hij hoorde Tammy bijna luidkeels in zijn oor fluisteren en hem manen te stoppen. Haar zoon mocht nooit te weten komen wat er werkelijk gebeurd was. Niemand mocht dit ooit weten! De schande zou ze nooit overleven.

Maar… Tammy was er al lang niet meer en Gideon was een volwassen man nu. Hij had het recht op de volledige waarheid. Bovendien, hij kon die geheimen zelf niet meer alleen dragen. De last werd gewoonweg te groot. Of… moest hij toch meer zijn vriendschap met Tammy respecteren?

Hij begon onhandig de kopjes op het dienblad te zetten om zo naar de keuken te verdwijnen. Een kleine time-out, meer wilde hij niet. Even die onzichtbare, verwijtende ogen van Tammy niet voelen. Hij was nog net op tijd gestopt. Hij had nog niet alles verteld.

Maar toen hij bijna over de keukendrempel was, hoorde hij eerst papiergeritsel en dan de moeizame vraag van Wojteck: 'Waarom zijn de brieven van Jacqueline allemaal aan Tammy gericht?'

Het was te laat. De doos van Pandora was geopend.

Collin wist dat hij nu alles moest vertellen. Gelaten zette hij het dienblad weg en begon door de woonkamer te ijsberen. Hij kon hen onmogelijk in de ogen kijken.

'Waarom, Collin?' herhaalde Wojteck.

'Omdat Tammy in Buenos Aires bij haar, bij hen, is geweest. Vlak voor haar dood.'

'Waarom?' Ook Gideon dwong nu Collin verder te vertellen.

'Het was in opdracht van Robert Maxwell.'

'Een krantenartikel, of wat?' vroeg Gideon ongeduldig.

'Ja', antwoordde Collin. Dit was de veilige route. 'Voor een reportagereeks over succesvolle zakenmannen. Het geslacht Montefiori.'

'Maar hoe… hoe…?' De sneltrein aan vragen in Wojtecks hoofd deed hem sputteren. 'Hoe wist Tammy dat die Montefiori, dat Jacqueline… mijn geliefde was?'

Colin verbeet zijn aarzeling, hij moest door de zure appel heen.

'Omdat ze Walter Montefiori al langer kende. Uit München.'

Hij zag dat er bij Wojteck een licht opging.

'Montefiori, zei je? Dan heb ik hem al gezien. Een goede schermer, een mooie man.'

Gideon volgde met zijn ogen gespannen het gesprek dat zich hier voor hem afspeelde. Hij voelde dat zijn vader met iets worstelde. Dat hij met alle geweld iets voor hem probeerde achter te houden.

Collin knikte. 'Tammy heeft hem toen leren kennen. Zonder te weten wie hij werkelijk was. En… ze is hem blijven ontmoeten, tot in 1980.'

De stilte die volgde, was ondraaglijk.

Collin zag hoe langzaam maar zeker de puzzelstukjes in het hoofd van Wojteck op hun plaats schoven. Om een afgrijselijk eindbeeld te vormen.

'Die Walter Montefiori was dus de man met wie ze jarenlang een langeafstandsrelatie in Zuid-Amerika had.'

Collin zag de verschrikking in de ogen van de oude man.

'Hoe wist u… Dat heeft ze u nooit verteld!' bedacht Collin zich.

Wojteck schudde zijn hoofd.

'Ze kon misschien Nadia om de tuin leiden, maar ik had al heel snel begrepen dat mijn dochter verliefd was. En niet op jou.'

Collin voelde zich ongemakkelijk beginnen blozen. Niet passend voor een man van zijn leeftijd.

'Toen, in die sporthal in München.' Wojtecks geest maakte een sprong van meer dan dertig jaar. 'Ik heb haar toen met hem weggestuurd. Het is mijn fout dat ze… met haar halfbroer…' Maar Wojteck kreeg niet de kans om zijn zin verder af te maken.

'Nee!'

Gideon was gejaagd uit de stoel opgesprongen en veegde met een agressieve zwaai de brieven van de salontafel.

'Dit was bedoeld als afscheidsetentje! Hoe durf je, papa, hoe durf je deze avond zo te verpesten met je smerige insinuaties, die stomme brieven van je?'

Zijn machteloze woede zocht tevergeefs een uitlaatklep en werd volledig platgewalst met Collins antwoord.

'Ik ben je "papa" niet, Gideon.'

Volledig verslagen liet Gideon zich in de stoel tegenover Wojteck zakken. Hij wist al heel lang dat Collin homo was, maar dat belette toch niet het feit dat hij en zijn moeder ooit Gideon hadden kunnen krijgen. Zo lang was Collin nog niet uit de kast. Hij was altijd meer dan een goede vader voor hem geweest.

Zijn enige vader.

'Daarom heeft ze in 1980 die relatie afgebroken', sprak Wojteck meer tot zichzelf dan tot de twee anderen.

Maar Collin antwoordde: 'Ja. Toen ze ontdekte dat ze zwanger was, heeft ze er lang met mij over gepraat. Wat moest ze doen? Ze wist dat een échte relatie, een huwelijk met Walter, geen kans van slagen had. En dat was niet om de reden die ze vlak voor haar dood te weten kwam. Want dan was jij er nooit gekomen, Gideon.'

Verdwaasd staarde de jongeman voor zich uit.

'Waarom? Is mijn va... die Walter dan zo slecht?'

'Nee nee', haastte Collin hem gerust te stellen. 'Je moeder zag een huwelijk met hem gewoon niet zitten.'

Collin ademde diep in. Gideon mocht nooit te weten komen wat voor onmens zijn vader was. Gideon stond op.

'Ik moet mijn contactpersoon bellen.'

'Waarom?' vroeg Collin alert.

'Om mijn reis af te zeggen, natuurlijk. Nú kan ik toch zeker niet vertrekken!'

'Juist wel', reageerde Wojteck. 'Dit verandert niets aan de hele zaak. Collin is én blijft jouw echte vader. Wat hier gezegd is, blijft tussen deze vier muren.'

Collin keek ontroerd naar Wojteck, een dapper man. Zelfs op zijn leeftijd.

'Dat weet ik wel', reageerde Gideon ongeduldig, terwijl hij naar de telefoon wandelde.

Maar toen hij de hoorn wilde pakken, legde Collin zijn hand bezwerend op de zijne.

'Opa heeft gelijk, Gideon. Laat het verleden rusten. Respecteer de wensen van je moeder. Je toekomst ligt nog voor je. Wojteck en ik, wij zullen je nog nodig hebben.'

Na een korte aarzeling scheen Gideon zich bij hun raad neer te leggen en ging hij naast zijn opa zitten, die een blauw geaderde hand op zijn knie legde.

'Je neemt de juiste beslissing. Even, daarnet, dacht ik ook: ik moet die Walter zien. Maar er is al te veel gebeurd. Te veel, te laat.'

Zo bleven ze die nacht bij elkaar zitten.

Het verwerken van dit schokkende nieuws zou tijd kosten. Tijd die deze oude man niet meer had. Hij had gelijk, ze moesten dit alles laten rusten.

Maar toen ze uiteindelijk weer naar hun appartement stapten door de verlaten New Yorkse straten, kon Gideon maar aan één ding denken: hoeveel zou een ticket New York-Buenos Aires kosten?

Hij moest zijn vader zien.

Epiloog

8 oktober 2006

Hij zat op hem te wachten.

De duisternis omsloot de reusachtige ramen die een verpletterend uitzicht gaven op de stad Buenos Aires, die ook na middernacht nog zinderde van al dan niet illegale activiteiten.

Hij had zijn plasmascherm afgezet. Maar de beelden van de millimeterstrakke troepen in Nürnberg paradeerden nog altijd voor zijn ogen. Hoeveel mensen zouden kunnen zeggen dat ze mensen uit die documentaire gekend hadden?

Hij wandelde naar zijn immense bureaublad, dat er maagdelijk bij lag, buiten de gouden pentakelketting die hij daar had neergelegd.

Zijn vader en Klaus.

Ze zouden deze avond trots op hem geweest zijn.

De politieke slinger van het oude Europa ging eindelijk weer in een overtuigende rechtse zwaai. Filip had daarnet al snel het goede nieuws gegeven: Antwerpen behoorde weer toe aan de vrienden van Walters vader. Hij had beloofd hem nog terug te bellen. Diezelfde nacht nog.

Dus kon hij de euforie van zijn geslaagde plannen alleen maar met de stilte in zijn kantoor delen. Hij grijnsde bitter naar de ketting. Alsof in zijn villa iemand op hem zat te wachten.

Maar met een besliste zwaai nam hij de ketting in zijn handen en ging aan de grote ramen staan. Geen tijd om zichzelf te verliezen in zelfbeklag. Dit was nu eenmaal de tol die de groten der aarde moesten betalen. En dat hij met iets groots bezig was, daar was hij heilig van overtuigd. Zijn ogen gleden over een denkbeeldige kaart van Europa op het raam.

Italië. De parelwitte glimlach van de eeuwig jong gemaakte mediamagnaat, Silvio. Glad als een aal, ongrijpbaar als een arend.

In Frankrijk, waar de georkestreerde massabetogingen en vernielingen de regering permanent schokken toebrachten.

En dan Oostenrijk. Dat ze maar niet dachten dat Jörg zijn laatste troeven had uitgespeeld.

De draden van het web dat hij al die jaren had gesponnen. Het werkte. De droom van het pentakel werd werkelijkheid. Gedaan met de wereld van de *Untermenschen*.

Na het Derde, het…

Het telefoongerinkel deed hem opschrikken. Snel nam hij de hoorn op.

'Meneer Montefiori?'

'Ja, Filip?'

'Ik bel even om de overwinning te bevestigen. Ze is verpletterend. Ook in de omliggende gemeenten. Hun cordon ligt aan diggelen.'

'Heel goed gedaan.'

Walter wist dat hij deze pupil van hem moest aanmoedigen.

'En dit is nog maar het begin. We krijgen jou nog wel in het Europese parlement.'

'Alles op zijn tijd', antwoordde de Belg bescheiden, maar Walter kon de nauwelijks verborgen ondertoon van trots en ijdelheid in zijn stem horen. 'Eerst moeten we nog de horde van 2007 nemen.'

'De nationale verkiezingen?'

'Inderdaad', antwoordde Filip.

'Maar ze kunnen er zeker van zijn: 2007 gaat een bijzonder warme "zomer" kennen.'

Walter lachte even mee om het weinig subtiele woordspel van de Vlaming, maar ging toen verder: 'Dat gaat geen probleem vormen. Daarvan ben ik overtuigd. Eerst België en dan…'

'Europa!' klonk de stem aan de andere kant van de oceaan euforisch. 'Je zou de kranten hier moeten lezen. We zijn overal voorpaginanieuws!'

Walter wist dat hij deze man ooit nog eens zijn plaats in de pikorde moest leren kennen. Maar hij besloot hem zijn korte *moment de gloire* te gunnen.

'Dat ze maar oppassen, daar op het oude continent', lachte Walter met de man mee.

'Europa, en garde!'